EIN KRIMI AUS DEM MITTELALTER

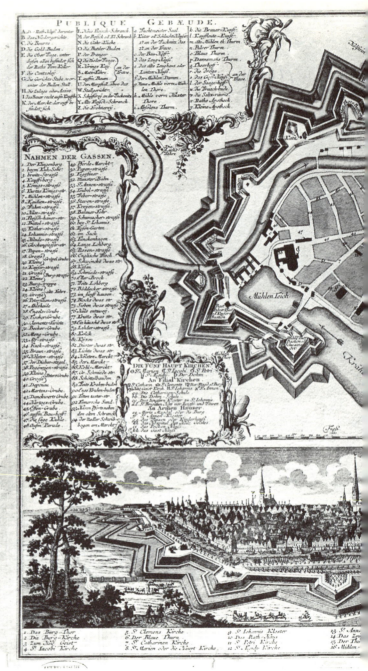

Stadtplan von Lübeck, um 1750,
Museen für Kunst und Kulturgeschichte der Hansestadt Lübeck

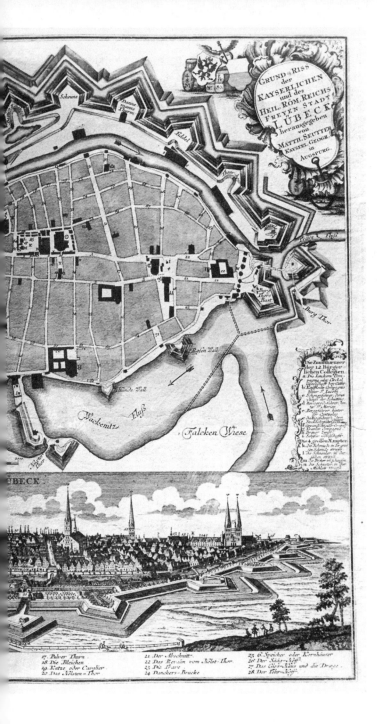

Michael Siefener, geboren 1961 in Köln, promovierter Jurist, ist seit dreizehn Jahren freischaffender Autor und Übersetzer.
Silke Urbanski, geboren 1964 in Hamburg, ist promovierte Mittelalterhistorikerin mit den Schwerpunkten Kloster-, Hanse- und Wirtschaftsgeschichte.

Dieses Buch ist ein Roman. Die Handlung ist frei erfunden, wenngleich im historischen Umfeld eingebettet. Einige Personen, Ereignisse und Orte sind historisch, einige sind es nicht.
Der Anhang enthält ein Glossar.

SILKE URBANSKI / MICHAEL SIEFENER

TOTENTANZ

EIN KRIMI AUS DEM MITTELALTER

Emons Verlag

© Hermann-Josef Emons Verlag
Alle Rechte vorbehalten
Umschlagzeichnung: Heribert Stragholz
Druck und Bindung: Clausen & Bosse GmbH, Leck
Printed in Germany 2006
ISBN-10: 3-89705-454-X
ISBN-13: 978-3-89705-454-7

Unser Newsletter informiert Sie
regelmäßig über Neues von emons:
Kostenlos bestellen unter
www.emons-verlag.de

Gewidmet unseren Eltern:
Christel und Alois († 1986)
Lilo und Horst

Der Tod:
Heran, ihr Sterblichen, die Zeit ist aus, heran!
Vom Höchsten in der Welt bis auf den Bauersmann,
Das Zögern ist umsonst, umsonst ist alles Klagen,
ihr müsset einen Tanz nach meiner Pfeife wagen.

aus Nathaniel Schlott:
»Totentanz oder Sterbensspiegel«,
Lübeck 1701

PROLOG Lübeck, 1466

Drum bricht der Tod mit Macht zu meinem Fenster ein

Die Strahlen der Frühlingssonne fielen durch die hohen Fenster im Chor von St. Marien und tauchten das Innere der Kirche in sanftes Licht. Mit seiner Mutter am Arm schritt Jordan Wulfledder langsam an dem mächtigen Lettner vorbei, der den Chor verschloss und nur undeutliche Blicke auf den silbern und golden glänzenden Hochaltar erlaubte. Die steinernen Figuren des Lettners schauten auf die beiden hinunter. Die heilige Dorothea, die einem Bettler eine milde Gabe reichte, Maria und der Engel waren von einer überirdischen Schönheit, welche die Freuden des kommenden Lebens pries. Auch die Stifter wirkten, als wären sie bereits der jenseitigen Welt ansichtig: Hermann von Alen und Marquard vam Kile blickten vergeistigt – und vielleicht auch ein wenig entsetzt, als wüssten sie genau um das, was in der schönen Stadt Lübeck in den letzten Wochen vorgefallen war.

Als Jordan die Oldesloer Kapelle betrat, spürte er, wie sich seine Mutter verkrampfte.

»Warum ausgerechnet hier?«, fragte sie ihren Sohn leise.

»Gerade hier«, erwiderte er. »Damit das Böse getilgt wird.«

Einige Gemeindemitglieder hatten sich bereits zur Messe eingefunden. Jordan blieb ganz weit vorn vor dem Altar stehen. Er erinnerte sich sehr genau an das, was er dort entdeckt hatte; das Blut, die kleine Leiche. Es schien ihm wie eine Erinnerung an ein anderes Leben zu sein. Hier hatte das Grauen seinen Ursprung gehabt. Jordan ließ den Blick über die Beichtbänke schweifen, die an der Wand der Kapelle umliefen. Bald würde über ihnen der Totentanz prangen – das Werk, das die Stadt so sehr erschüttert hatte. Das Meisterwerk, das die Menschen an ihre Endlichkeit gemahnen würde. Das Werk, das die Mächte der Finsternis heraufbeschworen und zu entsetzlichem Morden geführt hatte.

Zitternd schloss Jordan die Augen und sammelte sich für die Messe.

Die Bilder der letzten Wochen würde er nie vergessen können …

CAPUT I

Beschaue nun dich selbst und nicht dein Krankenglas

Sancta Anna protege nos, Sancta Barbara protege nos, Sancta Katharina protege nos ...« Juleke Gudalbert kniete neben ihrer älteren Schwester Alheid und betete. Alheid sah nicht von ihrer Arbeit auf, aber ihre Stirn war ärgerlich gerunzelt.

»Könntest du bitte auch Cosmas und Damian anrufen, die Schutzheiligen der Apotheker? Damit würdest du mir wirklich helfen!«, sagte sie gereizt und schälte mit geübtem Schnitt eine Mohnkapsel, die sie am Tag zuvor in Wasser eingelegt hatte.

Juleke schenkte ihrer älteren Schwester einen verzweifelten Blick. »Ich bete, weil wir wegen deiner Arbeit in Gefahr sind. Deshalb brauchen wir den Beistand der Heiligen«, sagte sie mit sanfter Stimme.

»Der Apotheker macht die Medizin, aber Gott heilt. Ich brauche keinen Beistand, *weil* ich so etwas tue, Juleke. Nur die Hilfe der Heiligen, *damit* ich so was tun kann. Glaubst du nicht, dass es Gottes Wille ist, dass ich für arme Menschen Medizin mache?« Alheid legte das Messer auf den Tisch und blickte streng zu ihrer knienden Schwester hinüber. »Bete lieber für unseren Vetter, den Herrn Apotheker Morkerke, der die Armen von der Tür weist, auch wenn sie Schmerzen haben. Unseren Vetter, der denen, die nicht gut zahlen, veraltete und schlechte Substituarien in die Antidote mischt. Bete für Volke Morkerkes verkommene Apothekerseele!« Sie kratzte den Saft aus der Mohnkapsel. Eine winzige Messerspitze voll probierte sie mit geschlossenen Augen, dann lächelte sie erleichtert. Sie würde der armen Krämerwitwe Daledorp aus dem Ägidienviertel helfen können, ihre letzten Tage in Würde zu verbringen – ohne die rasenden Schmerzen im Leib. Alheid sammelte den Mohnsaft in einer Glasschale und nahm sich die nächste Kapsel vor.

Lucia, die Jüngste der drei Töchter des verstorbenen Lübecker Apothekers Gudalbert, hatte jeden Handgriff ihrer ältesten Schwester genau beobachtet.

»Glaubst du, der Mohnsaft kann wirken, auch wenn wir kein Theriacum mehr haben, um ihn darunter zu mischen?«, fragte sie Alheid.

»Sicher. Theriak ist nicht immer von Nöten.«

»Gebete würden ihr auch helfen«, unterbrach Juleke die beiden.

»Dann geh zur Daledorp'schen und bete mit ihr, Juleke!«, sagte Alheid harsch. »Tu du das, was du kannst. Ich tue, was ich kann. Mit Gottes Hilfe.«

Juleke stand schweigend auf und ging. Alheid und Lucia horchten auf die polternden Schritte der großen Frau auf den Stufen der Wendeltreppe.

»Und du, Lucia, geh zum Markt, um Früchte für eine Latwerge zu kaufen. Das wird der Träger für die Medizin sein. Und denk auch an das Marzipan, das wir für Tante Agnes machen sollen.«

Lucia nickte und ging in das Schlafgemach der Schwestern. Sie nahm Geld aus dem Kistchen in der Tuchtruhe und stieg zur Diele hinab. Hier neben dem Kamin, dem Kochgeschirr auf hohen Borten und dem großen Arbeitstisch der drei Apothekertöchter standen Körbe und Tabletts für die wertvollen Näschereien, die sie mit Hilfe ihrer Schwestern herstellte. Sie lud sich eine kleine Korbkiepe auf den Rücken und machte sich auf den Weg.

Als Lucia aus dem Haus trat, sah sie Juleke mit gesenktem Haupt in Richtung Salunenmacherstraße schlurfen. In ihrem sackförmigen Gewand über den breiten Schultern und mit dem Beutelbuch am Gürtel sah sie aus wie ein Klosterbruder. Groß und knochig wie sie war, wirkte sie männlich und grob. Kein Wunder, dass die Lübecker sie »die Mönchin« nannten. Lucia rief nach ihr, und Juleke blieb stehen. Sie wandte sich zu ihrer jüngeren Schwester um. Lucia sah, dass Juleke aus dem Streit mit Alheid keinen Grimm mitgenommen hatte. Ihre Frömmigkeit schenkte ihr ein sanftes Gemüt.

»Begleitest du mich noch zum Markt, bevor du zur armen Daledorp'schen gehst?«, fragte Lucia.

Juleke nickte mit einem Lächeln. Sie bekreuzigte sich, als sie am dicken Tor des St. Johannisklosters vorbeigingen. Viele Lübecker glaubten an die Wirkungskraft von Julekes Gebeten, auch wenn sie keine Geistliche war. Schon als Kind wäre sie gern ins Kloster gegangen, vielleicht zu jenen Zisterzienserinnen, die gegenüber dem Wohnhaus der Familie lebten. Doch davon hatte ihr Vater nichts wissen wollen. Er sagte, er habe kein Geld für die Pfründen, die man einer Nonne kaufen musste. Niemand hatte seinen Geiz verstanden, denn die Geschäfte des Apothekers liefen gut.

»Bist du Alheid nicht böse?«, fragte Lucia ihre Schwester. Sie nahm sie an der Hand und gemeinsam schlenderten sie zur Fleischhauerstraße.

»Nein, ich habe nur Angst um sie. Sie handelt gegen die Ordnung. Jeder Apotheker muss beim Rat gemeldet sein. Sie kann nicht einfach Arzneyen anmischen.« Juleke nestelte nervös an dem Beutelbuch an ihrem Gürtel, als würde von dort Schutz kommen.

»Sie ist doch vorsichtig. Genauso wie ich, wie wenn wir Marzipan machen.«

»Das ist etwas anderes. Es bleibt uns nichts übrig, als Leckereien herzustellen, um unseren Lebensunterhalt zu verdienen. Dabei brechen wir keine Zunftgesetze, auch wenn die Bäckermeister anderer Meinung sind. Aber das weißt du besser als ich.«

Lucia nickte. Sie sorgte für die Aufträge von den Mächtigen und Reichen der Stadt. Lucia Gudalbert war bekannt für ihre hübschen Gebilde aus Marzipan, Latwergen und Zucker. Erst in der letzten Woche hatte sie einen liegenden Rehbock aus Nussmarzipan an die Ratsfamilie Lipperade geliefert. Sein Fell war aus gerösteten und glasierten Haselnusssplittern geformt, seine Augen aus kandierten Kirschen glänzten lebendig, weil sie ein Blattgoldfädchen darin versteckt hatte. Die Hörnchen waren aus zimtiertem Zuckerguss – sie hatte eine ganze Woche gebraucht, bis das teure Süßzeug fest geworden war. Die Ratsfruwe Lipperade hatte sie dafür über alle Maßen gelobt.

»Die Lipperade waren gute Kunden. Der Lohn wird uns einige Wochen ernähren. Und vielleicht bringen sie uns neue Aufträge«, sagte sie leise.

»Du betreibst das Geschäft sehr geschickt, Lucia«, meinte Juleke.

»Mit Gottes Hilfe, ja. Es geht uns besser, als wir es nach Vaters Klostereintritt erhoffen konnten«, antwortete Lucia leise.

Lucia hatte nicht verstanden, warum ihr sterbenskranker Vater nur einige Tage vor seinem Tode überraschend als Laienbruder der

Franziskaner in das Katharinenkloster eingetreten war und den Bettelbrüdern sein ganzes Barvermögen übertragen hatte. Alheid und Lucia schrieben diesen Schritt dem Einfluss von Hinricus Risebitter, dem Guardian des St. Katharinenklosters zu. Er war der Beichtvater der Familie. Als der Vater lebensgefährlich erkrankte, hatte Pater Hinricus den Apotheker im Kloster versorgen lassen und sich um die Beerdigung und die Grablege gekümmert. Doch die Töchter des Apothekers Johannes Gudalbert blieben ohne eine Mark Bargeld zurück. Nur Juleke brachte damals Verständnis dafür auf, dass der Vater seine letzten Tage auf Erden in Gottes Nähe zubringen wollte.

»Es war recht, was Vater für sein Seelenheil tat. Der Herr hat seine Hand stets über uns gehalten und deinen Fingern jene Kunstfertigkeit beim Marzipanmachen verliehen, die uns das tägliche Brot sichert. Danke dem Herren«, flüsterte Juleke und ließ ihren Rosenkranz durch die Finger gleiten. »Aber Alheid bringt das, was du aufbaust, durch ihre geheime Apotheke in Gefahr. Die heilige Elisabeth möge sie andere Barmherzigkeit lehren.«

»Juleke, Alheid ist die unglücklichste von uns dreien. Mit Vaters Tod hat sie ihre Aufgabe im Leben verloren. Uns beiden geht es besser. Streite nicht mehr mit ihr, bitte.« Lucia sah ihrer zu groß geratenen Schwester in die Augen.

»Ich weiß, Lucia. Der Herr möge mir vergeben, dass ich mit ihr streite. Sie war Apothekerin mit Leib und Seele. Es ist eine Schande, dass der neue Apotheker Brakel sie nicht zur Frau genommen hat.«

Lucia schüttelte den Kopf. Es lag nicht an dem neuen Ratsapotheker, dass Alheid auf dem Dachboden im Geheimen Arzneyen kochen musste.

»Brakel war ein Fremder, als der Rat ihm nach Vaters Ableben das Ratsprivilegium erteilte. Er kannte uns gar nicht. Es ist vielmehr eine Schande, was unsere Verwandten mit Vaters Apotheke gemacht haben, nachdem sie sie erbten.«

»Das waren schreckliche Tage«, murmelte Juleke.

Das väterliche Testament war ein weiterer Schlag für die Gudalbertschwestern gewesen. Es hatte sie der Apotheke beraubt. Nur wenige Tage nach seinem Eintritt bei den Franziskanern starb der Vater, und den Schwestern wurde klar, weswegen er sein Geld ein

Leben lang zusammengehalten hatte – und weswegen er es kurz vor seinem Ende an die Bettelbrüder verschenkte.

Alles, was Johannes Gudalbert besaß, fiel laut Testament an seinen Schwager. Diesem Clawes Morkerke hinterließ ihr Vater in seinem letzten Willen aus Dankbarkeit die ungeheure Summe von fünfzig Mark jährlicher Leibrente und alles erbliche Gut – aufgrund eines Versprechens aus seiner Jugend.

Es war keine anderthalb Jahre her, da hatten die Schwestern zusehen müssen, wie ihr Onkel, ihre Tante und ihr Vetter ihnen das Haus ausräumten. Sie hatten die schönen Zinnkannen, die glänzenden Schauteller und sogar das neue Bett des Vaters mitgenommen. Nur das, was zur Mitgift ihrer Mutter, zu ihrem »Gerade« gehört hatte, mussten sie den Mädchen lassen, dafür stand der alte Bürgermeister Berend Witig als Testamentsvollstrecker mit seinem Wort. Seine Schergen waren angewiesen, darauf zu achten, dass das Eigentum der Jungfrauen nicht angerührt wurde. Zur Mitgift der Mutter gehörte das Wohnhaus gegenüber dem St. Johanniskloster, das die Morkerkes nicht beanspruchen konnten. Dafür plünderten sie es gewissenhaft, sie ließen den Mädchen nur die gebrauchten Töpfe und Grapen, das alte Bettlinnen und die benutzten Kissen, die Küchen- und Gartenwerkzeuge sowie das gebrauchte Tuch und ihre eigenen Aussteuertruhen. Alles andere verschwand in Richtung der Morkerke-Apotheke.

Die zwei Schwestern schlurften in trüben Gedanken versunken weiter. In stummer Einmütigkeit wandten sie sich an der Breiten Straße nach rechts und gingen zu den Krambuden. Sie blickten nicht in den geöffneten Laden der neuen Ratsapotheke, sondern betrachteten sie nur von der gegenüberliegenden Straßenseite aus. Brakel hatte ein Schild aufgehängt, das ihn als »Privilegierten Apothekarius des Hochlöblichen Rats« auswies.

»Weißt du noch, wie sie in der Apotheke gewütet haben?«, fragte Lucia und legte einen Arm um die Taille der großen Juleke.

Ihr Vater, Johannes Gudalbert, hatte die Ratsapotheke 1441 in den Krambuden an der Breiten Straße eingerichtet. Er war dazu vom Stadtrat beauftragt worden, seine Arbeit wurde geschützt und geehrt. Er, seine Frau und seine Tochter Alheid hatten aus jener Bude auf der anderen Straßenseite eine Stätte der Heilmittelkunst gemacht, auf die die Stadt stolz sein konnte. Sein Erbe, Clawes Morkerke, hatte noch am Tag des Todes von Johannes Gudalbert versucht, vom Bürgermeister das Ratsprivilegium für die Apotheke an den Krambuden zu erlangen. Doch er war ein schlechter Apotheker, das wussten auch die Bürgermeister. Der auswärtige Johannes Brakel wurde stattdessen angeworben, erhielt fünfzig Mark und eine warme Kammer auf Lebenszeit. Doch Morkerke überließ ihm nicht die wohlgeordnete Medizinsammlung seines Schwagers. Am Morgen nach dessen Beerdigung standen er, sein Sohn Volke und seine dürre, ewig verschreckt wirkende Frau Agnes vor der Tür des Hauses der Gudalbertschwestern. »Gib mir den Budenschlüssel, Alheid!«, blökte Morkerke. »Die Apotheke ist mein, das weißt du!«

Alheid hatte geschwiegen und war ihnen zu den Krambuden vorausgegangen. Lucia und Juleke folgten eilends. Alheid öffnete die Bude, und die drei sahen zu, wie alle Arzneyen, alle Werkzeuge, alle Bücher davongeschleppt wurden. Clawes und sein Sohn Volke verhöhnten Alheid, doch diese zuckte nicht mit der Wimper.

»Wäre der Rat damals nicht so unbarmherzig mit Onkel Clawes verfahren, dann hätte er uns nicht so schlecht behandelt. Er hatte eine verunsicherte Seele. Der Herr mag ihm gnädig sein«, sagte Juleke mit einem leichten Kopfschütteln.

»Ich verstehe nicht, wieso du für jeden Menschen Verständnis aufbringst, Juleke«, meinte Lucia. Sie lächelte ihre Schwester an. Und das Lächeln, das ihr Juleke zurückgab, strahlte von solcher Gottesliebe, dass es sogar die schlechten Erinnerungen erträglich machte.

»Hattest du damals schon Angst um Alheid, als wir in der Nacht vor der Beerdigung in der Apotheke waren, nach dem Tag, als das Ratsprivilegium an Brakel fiel?«

Juleke nickte. »Ja, auch damals hatte ich Angst. Man soll nichts Unrechtes tun. Aber ich habe Alheid immer verstanden, weißt du?«, hauchte Juleke ihr ins Ohr und lächelte wieder. In jener Nacht hatten die Schwestern zu dritt von allen Kräutern und Arzneyen die Hälfte abgezweigt und auf ihren Dachboden in der Johannisstraße geschafft. Sie hatten die Heilmittel unter altem Sackleinen und Stroh versteckt, um wenigstens einen Teil des Lebenswerks ihres Vaters vor den Morkerkes zu retten. Mit diesen Arzneyen half Alheid den Armen.

»Du kennst doch die Geschichte von Maria und Martha aus Bethanien, nicht wahr, Lucia?«, fragte Juleke. »So ist das auch mit Alheid und mir.«

Lucia nickte. Ihre Schwestern waren wie die beiden Freundinnen Jesu: Die eine schuftete für die Armen als heimliche Apothekerin, und die andere betete und verteilte all das an Almosen, was die Schwestern nicht brauchten.

»Haben sich Martha und Maria auch so oft gestritten?«, fragte Lucia nach und hielt im Schritt ein.

»Aber ja. Martha hat Maria sogar ermahnt, sie solle nicht faul zu Jesu Füßen sitzen. Das ist immer so, wenn eine Martha und eine Maria aufeinandertreffen. Doch beide werden vom Herrn geliebt.«

Wenn Juleke das sagte, musste man es einfach glauben. Lucia lächelte sie an. Juleke war so erfüllt von Frömmigkeit, dass sie eine beseelte Wärme ausstrahlte und alles wiedergutmachte.

»Und was bin ich?«

»Du bist Lucia, die Lichtbringerin. Deine Kunstfertigkeit mit dem Süßwerk macht allen das Leben schöner. Das ist ein gutes Werk. Und uns bringst du das Lachen in den Alltag.« Juleke küsste ihre jüngere Schwester auf die Stirn.

Sie schaute zerstreut auf den Stand der Sonne, als wäre plötzlich Eile geboten. »Die Daledorp'sche wohnt doch in St. Ägidien, nicht wahr?«

Lucia nickte. »In dem Gang an der Schildergasse«, sagte sie.

»Was wäre ich ohne dich«, meinte Juleke und kehrte um, ging in Richtung der Domtürme, den Rosenkranz betend.

Was wärt ihr ohne mich? fragte sich Lucia. Noch zerstrittener? Bestimmt wären die beiden ärmer, plusterte sie sich innerlich auf. Sie machte das beste Marzipan der Stadt. Aber sie konnte ihre feinen Waren nicht offen anbieten wie ihre Tante in der Apotheke. Allerdings bat ihre Tante Agnes Morkerke sie regelmäßig um Hilfe. Sie kannte sich mit Süßwerken nicht aus, doch sie brauchte gute Marzipane und Latwergen für die Apotheke. Und sie bezahlte schlecht.

Die Morkerkes hatten zwar das Gut der Familie Gudalbert geerbt, aber nicht ihr Glück im Geschäft. Clawes Morkerke zerrann das Erbe zwischen den Fingern, und er verdiente wenig hinzu. Als er dann am Suff krepiert war – in den Armen einer Hübschlerin – entdeckte sein Sohn, dass der Alte alles in die Hurenhäuser getragen hatte und deren Wirte zudem noch offene Rechnungen einforderten. Seither lief die Apotheke Morkerke immer schlechter. Wenigstens verhielten sich Vetter Volke und seine Mutter unerwartet freundlich und zuvorkommend gegenüber den Gudalbertschwestern. Volke ging auf Lucia zu, ließ sie spüren, dass er sie brauchte. Manchmal bat er sie um Geld, wenn Heilmittel gekauft werden sollten, und manchmal traute er sich sogar, ihr zu zeigen, dass er sie mochte. Und das mochte sie ganz und gar nicht.

Lucia gab sich einen Ruck und überquerte die Straße. Sie stellte sich vor den Laden und sah hinein. Brakel saß am Mörser. Die Tiegel waren wieder wohlsortiert und gut beschriftet wie zu ihres Vaters Zeiten. Es zerriss ihr fast das Herz.

CAPUT 2

So focht ich wie ein Löw, so stand ich wie ein Mann,
bis dass mein Gegenpart gestrecket lag zur Erden

Der fröhliche Lärm des Marktes umschäumte Lucia wie die Wellen der Trave und riss sie aus ihren düsteren Gedanken. Rechts von ihr nahm der Markvogt Maß, am Pranger stand ein armer Sünder, von dem keiner Notiz nahm. Sie kaufte acht sparsame Hand voll getrockneter Kirschen von Bauern aus der Gegend des Klosters Reinfeld für die Latwerge, drängte sich dann weiter in das Marktgetümmel, vorbei an den Salzhering- und Trockenfischverkäufern zu den Ständen der Kaufherren, die Waren aus der Ferne feilboten. Honig aus Russland und Mandeln aus dem Süden wollte sie, dann noch Zucker und Rosenblüten. Die zartbetürmte Schauwand des Rathauses dämpfte durch ihre runden Öffnungen den Wind zu einem lauen Lüftchen, das den Gestank der Fischhändler und Knochenhauer fortwehte. Unter den Bogengängen des Rathauses stellten die Wandschneider ihre wertvolle Ware aus: bunte Tuche aus Flandern, schlichte aus dem Osten, Wollhosen aus England, Seide aus Venezien. Auch die Güter eines Novgorodfahrers wurden hier feilgeboten: Pelze und Wachs und frischer Honig aus den Wäldern im Osten, billig für wenige Witten zu haben. Lucia ließ ihre Kiepe mit einem kleinen Fässchen beladen und ging beschwingt von Stand zu Stand. Gerade ließ sie die Finger durch ein Fass voller Mandeln gleiten, als sie Volke Morkerkes raue Stimme hörte. Ihr Vetter war unüberhörbar mit jemandem um einen Preis in Streit geraten. In der Tat: Zwei Stände entfernt konnte sie sein blondes Haupt sehen. Sie wusste, dass sie ihn nicht würde abschütteln können, wenn sie ihn erst einmal entdeckt hatte. Vor allem sollte er nicht die teuren Trockenkirschen und den Honig für die Latwerge sehen. Wenn er herausbekam, dass Alheid Medikamente kochte, gab es mit Sicherheit Scherereien.

Eilends schlängelte sie sich am Gewandhaus vorbei zur Marienkirche. Mit schnellen Schritten lief sie am Börsensaal entlang, zwischen den Wandschneidern hindurch in die hohe Kirche des Rats, ihre Pfarrkirche.

Durch den niedrigen Seiteneingang betrat sie den heiligen Raum. Links von ihr war das Gemurmel vieler Stimmen aus der Bürgermeisterkapelle zu hören. Sie wandte sich nach rechts und schlich an den Kapellen des südlichen Seitenschiffs entlang. Keine bot die Möglichkeit, allein im Gebet zu versinken. Überall wurde geredet, verhandelt, gelacht. Gegenüber, neben der Oldesloer Kapelle, hängten Männer in schmuddeligen Kitteln große Leinwandbahnen auf, unter Aufsicht eines Mannes, der zu grünen Hosen ein weinfarbenes geschlitztes Wams mit blauen Borten trug. In der Briefkapelle diktierte jemand leise sein Testament, wie es einst auch ihr Vater getan hatte.

Wie immer, wenn sie an das widersinnige Testament dachte, wurde Lucia von einer unheiligen Wut ergriffen. Sie lief fort von den Geschäften in der Kirche, hinter einem Pfeiler im Nordschiff wollte sie sich im Gebet versenken, um ihre Wut zu bekämpfen. Nach oben blickend sah sie den Garten Gottes auf Erden. Grünes Rankenwerk, rote Blüten, zarte Ornamente schmückten das Gewölbe in der Höhe. Sie nahm ihre Kiepe ab und versank vor einem kleinen Altar ins Gebet. Gerade als ihre Lippen das erste Ave Maria formten, brach am Eingang der Kirche die Hölle los.

Angeführt von Pater Hinricus Risebitter, dem Guardian der Franziskaner, drang eine Menge von Handwerkern, Gesellen und Bettlern in die Kirche. Sie brüllten Verse, von denen Lucia nur einige Fetzen verstand.

>*De Herre hat schrieven*
dode solln in de greve bliven
bis an den letzten Tach …
nich danzen an de kerken Wende
dat givt ein böses Ende …
bringt Pest und Ungemach«

Doch auch grobe Rufe wie »Notke in die Trave« und »Tod dem Totenschmierer« erschallten in der Kirche. Die Gesichter der Handwerker und Bettler waren wutverzerrt, einige schwenkten Knüppel. Einer, dessen Kopf völlig kahl und dessen schwarzer Bart verfilzt war, schrie: »Notke an den Galgen! Lübecks Maler für Lübecks Bilder!« Und ganz vorn stand der große Mönch, dessen Tonsur wie ein Lichtfleck über dem schwarzen Haarkranz lag.

Lucia kannte ihren Beichtiger gut. Er war ein strenger Mann. Sie wunderte sich, dass er eine solch zusammengewürfelte Horde anführte. Der Guardian hielt die aufgebrachte Menge mit ausgebreiteten Armen zurück. Seine braune Kutte ließ ihn selbst zum Kreuz werden, vorangeschoben von den singenden Eiferern.

Lucia lugte hinter ihrem Pfeiler hervor.

Zwei Ratsherren eilten aus der Bürgermeisterkapelle herbei, Simon Batz de Homborch, der Ratssyndikus, ließ das Testament liegen, die betenden Gläubigen erhoben sich, zwei junge Priester stürmten aus ihren Kapellen. Mit den Protestierern drängte eine Traube Schaulustiger in die Kirche.

Vor der Oldesloer Kapelle blieb der bleiche, große Guardian stehen. Der bunt gekleidete Mann unterbrach seine Arbeit und wandte sich ihm zu.

»Bernt Notke!«, donnerte der Guardian. »Wir sind hier, um dich zu gemahnen, dass dein Werk unchristlich ist und ungehorsam gegenüber Gott. Du verherrlichst das Grauen aus Freude daran und nicht als fromme Mahnung!«

Der Künstler verschränkte die Arme. Er lächelte den Guardian ruhig an und rief der Menge zu: »Guten Morgen, seid gegrüßt, liebe Leute, möge der Herr euch einen schönen Tag schenken.«

Gebrüll war die Antwort auf seinen Gruß, doch der Guardian brachte seine Anhänger mit einem Wink der Hand zum Schweigen. Seine buschigen Brauen sausten in die Höhe, aber er antwortete nicht. Notke nutzte die Stille.

»Und Ihr, Pater Hinricus Risebitter, seid mir mannigfaltig gegrüßt. Ich fühle mich geehrt, dass Ihr die erste Aufhängung eines Teils des Totentanzes mit ansehen wollt.«

Die Menge antwortete mit noch lauterem Geschrei. »Fort mit dem Totenfirlefanz! Das Geld den Armen! Raus mit dem Böhnhasen!« Bettler schwangen drohend die Krücken, die Maler schwenkten ihre Knüppel.

Doch der Guardian verschaffte sich Ruhe. »Wir sind nicht gekommen, um deine Bilder anzusehen, Notke. Wir sind gekommen, um sie zu verhindern.«

»Dazu müsst ihr aber erst mit mir reden«, sagte eine klare Stimme im Hintergrund. Kein Gebrüll folgte auf diese Aufforderung, denn die Stimme gehörte Bürgermeister Berend Witig, der durch die Horde der Aufgebrachten ging wie Moses durch das Rote Meer. Lucia erhob sich nun auch aus dem Gebet. Wie viele ihrer Mitbürgerinnen freute sie sich, Witig zu Gesicht bekommen. Er würde der Lage Herr werden.

Der alte Bürgermeister war der Sohn eines jener aufständischen Ratsherren, die vor mehr als fünfzig Jahren für die Mitsprache der Bürger gekämpft hatten, und er war mit dem kürzlich verstorbenen, verehrten Bischof Albert Westphal befreundet gewesen. Er war reich, erfolgreich und gerecht. Die Bürger vertrauten ihm. Die Wütenden schwiegen, als der grauhaarige Patrizier sprach.

»Was habt ihr gegen das Werk des Meisters Notke vorzubringen, da ihr es gar nicht kennt?«

»Gebt das Geld lieber den Armen!«, schrie ein Einbeiniger, dessen Kleider so zerfetzt waren, dass sie überall Haut durchblicken ließen.

»Er ist kein Meister der Zunft!«, brüllten die Maler.

»Er verhöhnt Gott!«, schrie eine Frau.

Bürgermeister Witig gebot mit einer kleinen Handbewegung Ruhe. »Ich will gerne den Armen so viel Geld spenden, wie wir Bürgermeister dem Bernt Notke für seine Leinwände geben werden, wenn ihr mir nachweist, dass seine Bilder Gott verhöhnen«, sagte er und nickte Notke zu.

Der trug gemeinsam mit einem kleinen verhutzelten Mann eine lange Leinwand nach vorn und stellte sie vorsichtig auf.

Der Tod, eine unverhüllte, nackte, grau-verwesende Leiche, beugte sich über eine Wiege, die Sense in den Händen. Sein Grauen erregendes, zähnebleckendes Gesicht jedoch war abgewandt, die dürren bekrallten Füße schwangen sich in einem Tanzschritt. Das Kind, mit Rosenmund und gold-braunem Haarschopf, schlief nichtsahnend wie in paradiesischem Frieden. Hinter seinem Kopf ballte sich ein Wiegenkissen gleich einem Heiligenschein.

Der Tod, vertrieben vom Jesuskind?, dachte Lucia. Oder ausholend zum Sensenschlag auf die arglose Unschuld?

Ein Raunen ging durch die Menge, aber kein Protestgeschrei erhob sich.

»Ist das nicht etwas, was ihr alle kennt? Sterben nicht in jeder Familie die Kleinen, so Gott will?«, rief der alte Bürgermeister. Jetzt gesellte sich ihm ein hoher Geistlicher zur Seite, der Pfarrer von St. Marien. »Es ist Gottes Wille, dass einige Seelen uns verlassen, bevor sie sündigen«, hauchte der Geistliche. »Und in der Unschuld des Kindes liegt die Kraft, den Tod zu überwinden.«

Alle, die in der Kirche waren, drängten nach vorn, um das Kunstwerk zu bewundern. Gerade als die Stimmung umzuschlagen schien, flog ein fauler Apfel durch die Luft und klatschte zwischen Tod und Kind gegen die Leinwand.

Sofort erhob sich wieder Geschrei. »Böhnhase, Pfuscher, Lohndrücker!«

Doch ein verkrampftes Röcheln übertönte alles: Notkes kleiner Geselle fiel zu Boden und wand sich, die Augen in den Höhlen verdreht. Notke ließ das Gemälde zu Boden sinken, beugte sich über den Keuchenden, presste ihm ein Tuch auf den Mund und träufelte eine Flüssigkeit darüber.

»Er hat die Fallsucht ...«, versuchte er zu erklären, doch er wurde niedergeschrien.

»Der Teufel. Er packt ihn!«, brüllte jemand. Der Guardian konnte seine Leute kaum zurückhalten.

»Ruhe, haltet euch im Zaum!«, schrie er, doch er wurde übertönt. Gelassen winkte Witig seinen Stadtwachen zu, die unbemerkt in die Kirche geschlichen waren. Deren Hauptmann, der adlige Söldner Moritz von Pyrmont, hatte die Lage im Griff. Die Schergen umrundeten die Menge wie eine Schlange und drängten sie mit Knüppeln und Flüchen zum Ausgang. Ein großer Zunftmaler wehrte sich, bekam von dem Ritter von Pyrmont höchstpersönlich eine kräftige Kopfnuss verabreicht und wurde von vier Schergen hinausgeführt. Lucia erblickte ihren hochgewachsenen Vetter Volke unter der zusammengetriebenen Menge. Er hatte offensichtlich zu den Schaulustigen gehört, die den Wütenden gefolgt waren. Sie versteckte sich schnell wieder hinter ihrer Säule. Volke wurde mit den anderen aus der Kirche geschoben. Hinter den Leuten warf der Küster von St. Marien die Kirchentür zu und atmete laut erleichtert auf. Bernt Notke kniete über seinem Gesellen und träufelte ihm die Flüssigkeit auf ein Tuch, das er dem kleinen Mann auf Mund und Nase presste. Besorgt redete er auf seinen Gesellen ein. Lucia trat vor.

»Vielleicht kann ich helfen?«, fragte sie leise.

Bürgermeister Witig senkte vor ihr das Haupt. »Jungfru Gudalbert, Apothekertochter.«

Notke nickte ihr geistesabwesend zu. Lucia nahm ihm das Tuch aus der Hand. Minzegeruch stieg ihr in die Nase.

»Minze. Das war gut«, sagte sie. »Aber er muss sie auch tief einatmen.«

Sie drehte den schmächtigen Leib des Malergesellen in eine entspanntere Stellung, schob ihre Knie vorsichtig unter seinen Rücken und unterstützte seinen Atem mit sanften Bewegungen. Dann hielt sie ihm das Minzöl leichtfingerig unter die Nase, statt ihm wie Notke zuvor den Mund zuzudrücken. Er atmete tiefer, ruhiger und öffnete schließlich die schwarzen Augen: erst einen Schlitz weit, dann groß und erschrocken. Notke lachte laut, sodass die ganze Kirche widerhallte.

»Willkommen in der Welt, Marquard Fassmaler!«, rief er mit Freudentränen im Gesicht.

»War ich wieder weg?«, fragte der schmächtige Geselle müde. Notke nickte.

»Ich hab Feuer gesehen«, hauchte er. »Der Totentanz, die Kirche und die ganze Stadt standen in Flammen!«

»Erschrecke deine Retterin nicht«, sagte Notke und gebot dem Gesellen mit einer Geste zu schweigen.

Marquard drehte sich zu Lucia um. »So angenehm bin ich noch nie wieder aufgewacht.«

Lucia wurde rot, antwortete aber schlagfertig: »Vermutlich hat Euer Herr immer versucht, Euch zu ersticken. Presst ihm das Tuch nicht mehr so fest aufs Gesicht, Meister Notke. Und kauft in der Ratsapotheke Pfingstrosenelixir und Mispelextrakt. Das ist die beste Hilfe gegen die Fallsucht.«

Marquard stützte sich auf einen Arm und rappelte sich hoch. Todmüde setzte er sich auf einen Säulensockel. Galant bot Notke Lucia die riesige Hand zur Hilfe beim Aufstehen und verbeugte sich dann vor ihr. Sie fragte sich, wie er mit solch einer Pranke zeichnen konnte.

Notke wandte sich an den Bürgermeister. »Es tut mir leid, dass es einen Aufruhr wegen des Bildes gab. Ihr hättet doch lieber einen Maler aus der ehrsamen Zunft zu Lübeck mit Eurem ›Danse Macabre‹ beauftragen sollen.«

»Nein, Meister Notke, nein. Der hätte nie den Ausdruck so meisterlich getroffen.«

Notke machte eine kleine Verbeugung.

»Darin aber liegt die Sünde«, meinte der Pfarrer von St. Marien. »Ihr seid zu frei, Notke, Ihr gehört zu keiner Zunft, und Ihr wirkt wahre Wunder mit Pinsel und Palette. Und dann diese Gleichmacherei in dem Kunstwerk. Kaiser und Bauer in einem Reigen, das wühlt viele auf. Nehmt Euch zurück, Meister. Im Leben und in der Kunst. Malt wie die alten Meister vor Euch.«

Der Maler wollte grade zu einer Antwort ausholen, da zerriss ein wütender Schrei die Stille in der Kirche.

»Nein, nie!«

CAPUT 3

Ich, der so manches Schloss doch in der Luft gemacht?

Jordan Wulfledder wurde von einem der Stadtwächter ergriffen, sowie er hinter seiner Säule hervortrat. Seit den frühen Morgenstunden hatte er dort auf Notke gewartet. Er wollte als Erster die Totentanzbilder sehen, deren Verfertigung er schon lange heimlich durch die Fenster der Kirchenmalerbuden hinter St. Marien beobachtet hatte. Er wollte Notke sagen, wie sehr er ihn bewundere, wie angsteinflößend und herzzerreißend die Bilder seien. Stattdessen sollte er aus der Kirche geworfen werden. Das war nicht gerecht. Er wehrte sich, wurde gepufft und geschubst. Er wollte den Ritter von Pyrmont fortstoßen, doch der gab dem jungen Mann einen gezielten Hieb in die Magengegend und warf ihn einfach aus der Tür. Schwer atmend setzte sich Jordan auf einen Stein neben dem Kircheneingang. Er sah, wie Notke, der Geselle und die Honoratioren die Kirche verließen, in ein ernstes Gespräch vertieft. Die blondbezopfte junge Frau, die dem Gesellen geholfen hatte, bemerkte ihn in seinem Schmerz und seiner Schmach.

Sie trat auf ihn zu. »Legt Euch lieber flach auf den Stein. Dann löst sich der Krampf besser.«

Er gehorchte.

»Beine anwinkeln«, befahl sie. Er atmete nun leichter, doch sein Gesicht war noch schmerzverzerrt.

»Sind die Bilder die Qualen denn wert?«, fragte die junge Frau. Er nickte. »Sie sind wundervoll.«

»Eher grausig, würde ich sagen«, meinte die Frau und legte ihm eine Hand auf die Magengrube. Wie selbstverständlich griff sie unter sein schlichtes schwarzes Wams.

»Schön warm?«, fragte sie.

Er nickte. Sie hat Augen wie der Himmel über Lübeck im Herbst, dachte er. Grau und gleichzeitig strahlend.

»Keine Angst, ich bin keine Zauberin. Das kann jeder. Zu Hause könnt Ihr dann Melissenauszug trinken.« Sie lächelte ihn an.

»Ich finde übrigens die Malereien am Kirchendach viel schöner als den Danse Macabre: Blüten, Ranken, Tierchen, wie ein heiliger Garten. Und unter den Steinschnitzereien habe ich sogar eine Maus entdeckt.« Ihre feinen Lippen machten einen schmalen Bogen beim Lächeln. »Das ist doch nur Verzierung, kein wahres Werk«, antwortete Jordan leise.

»Aber es zeigt mir Gottes Liebe im Wachsen und nicht das Grauen des Endes«, wandte sie ein.

»Mitten im Leben sind wir vom Tode umfangen.«

»Wir sollten aber nicht vergessen, dass wir mitten im Leben sind, mitten in Gottes schönster Gabe. Dankt Maria, dankt dem Herrn dafür.« Sie stand auf und reichte ihm die Hand, damit er sich leichter wieder aufrichten konnte. Sie war klein und kräftig. Unter dem braunen Tuch ihres schlichten Gewandes zeichneten sich die Formen einer flämischen Madonna ab. Nachdem sie Jordan auf die Beine geholfen hatte, strich sie sich die langen, dicken Zöpfe zurück. Jordans Magenschmerzen waren verflogen. Er versuchte sich das Haar in offener Pracht vorzustellen.

»Trotzdem ist Notke ein großer, ein ganz großer …«, stotterte er.

»Künstler des Pinsels und der Rede?«, ergänzte die junge Frau lachend. Jordan schenkte ihr einen verkniffenen Blick. Er merkte, dass auch seine Arme wehtaten, und rieb sie. Als er wieder aufschaute und die junge, anmutige Frau nach ihrem Namen fragen wollte, war sie bereits verschwunden. Er schüttelte den Kopf, als wolle er eine Vision vertreiben. Eine sehr angenehme Vision.

Die schwere Stundenglocke der Marienkirche verkündete dumpf und gewaltig die zehnte Stunde und erinnerte Jordan daran, dass er im Kontor seines Vaters erwartet wurde. Sehnsüchtig warf er einen letzten Blick auf die Kirche, die mit ihren aufstrebenden Stützpfeilern und Spitzbogenfenstern geradewegs in den Himmel zu fliegen schien, und dachte an die wunderbaren und erregenden Kunstwerke, die in ihrem Innern sowie in der Malerbude draußen vor dem Chor entstanden. Wie gern hätte er weiter zugesehen. Am liebsten hätte er sogar mitgeholfen, denn er konnte sehr gut mit dem Kohlestift umgehen.

Doch er war Kaufmann, wie sein Vater, und würde eines Tages das mächtige Handelshaus der Wulfledders erben. Mit einem Seufzer ging er los.

Auf dem kurzen Weg in die Mengstraße, in der sein Elternhaus stand, kam er am Chor der Marienkirche vorbei und konnte sich einfach nicht versagen, einen Blick durch eines der Budenfenster des Meister Notke zu werfen. Es war nicht verhängt, damit das Licht ungehindert einfallen konnte. Jordan sah den verwachsenen Rücken des kleinen Mannes, der vorhin in der Kirche diesen schrecklichen Anfall gehabt hatte. Er wusste, dass es sich um Marquard, den Gesellen, handelte. Er bewunderte die schnellen Striche, mit denen der Mann die Umrisse eines Kaufmannes auf eine große, weiße Leinwandbahn zeichnete, die später mit Notkes wunderbaren kräftigen und erdigen Farben zum Leben erweckt werden würde. Wie gern hätte Jordan sich an der Stelle des Verwachsenen befunden. Wie sehr hasste er die Zahlen, die belanglosen Waren, mit denen sein Vater handelte, Tuche aus Flandern, Harz und Honig aus Russland und Fisch aus Schonen. Er verachtete das Geschäft, die schriftlichen Verträge, das Geldeintreiben, die endlosen Gespräche über Konditionen und Zinsen, die allesamt am wahren Leben vorbeiliefen.

Das wahre Leben wurde hier erschaffen, im Schutz der stolzen Marienkirche mit ihren ausgreifenden, zum Licht strebenden Pfeilern, den vielfältigen Zeichen Gottes, dem durch die Bleiglasfenster vergoldeten Licht in ihrem Innern. Ja, hier war das wahre Leben, auch wenn die Tafeln des Meisters Notke den Tod zeigten.

Nur der Tod ist das wahre Leben, denn mitten im Leben sind die Menschen vom Tod umfangen. Das galt es abzubilden, den Leuten mit Farbe und Kohlestift ins Hirn zu schreiben.

Jordan riss sich vom Anblick des zeichnenden Gesellen los. Inzwischen war die Gestalt auf der Leinwand ein Stückchen weiter ins Leben getreten. So bald wie möglich würde er zurückkommen.

Als Jordan Wulfledder die Breite Straße erreicht hatte, auf der es geschäftig zuging, Farben und Formen wogten, reifte in ihm der Entschluss, ein Abbilder der Welt zu werden, ein Maler, ein Künstler, der die Flüchtigkeit des Vergänglichen einfing und zur Ewigkeit erstarren ließ.

Er bog in die Mengstraße ein und hatte bald das große Giebelhaus erreicht, in dem sich das Kontor, das Lager und die Wohnräume des Handelshauses Wulfledder befanden. Von hier aus konnte man die Marienkirche gut sehen; ihre gewaltigen Türme warfen an sonnigen Tagen tiefe Schatten auf das rote Backsteinhaus mit den Ziergiebeln, den Fenstersäulen und Blendbögen, das genau wie die Kirche für die Ewigkeit erbaut worden zu sein schien.

Mit immer schwerer werdendem Herzen schritt Jordan die ausgetretenen Stufen zur Tür hoch, deren von Wetter und Zeit veredeltes Holz dicke Messingbeschläge trug. Er drückte die Tür auf und trat von einer Welt in die andere. Es war warm in der Schreibkammer. Die Frühlingssonne schien hinein, und der Herd, der sich jenseits der Wand in der Diele befand, wurde für das Mittagsmahl geheizt. Peter Rode, der dürre Schreiber seines Vaters, begrüßte ihn von seinem hohen Hocker aus und wandte sich sofort wieder seiner Arbeit zu. Eifrig und mit hochrotem Kopf übertrug der junge Mann Zahlen von Wachstäfelchen auf eine Rolle Papier, auf die man so viele wunderbare Dinge hätte zeichnen können, wie Jordan fand. Er wurde jäh in seinen Gedanken unterbrochen, als die Tür zur Diele aufflog und sein Vater in das Kontor stürmte. Brun Wulfledder wirkte, als würde ihn gleich der Schlagfluss treffen. Seine vollen Wangen waren grellrot, aus den Augen schossen Blitze, der weiße, buschige Bart zitterte, und der gewaltige Bauch unter dem Brokatwams tanzte. »Jordaaan!«, rief er mit einer Stimme, die Tote wieder lebendig machen konnte. Er blieb dicht vor seinem Sohn stehen und schaute auf ihn hinab, als betrachtete er eine ärgerliche Wanze. »Du warst den ganzen Morgen nicht im Kontor. Peter ist Zeuge.«

Jordan sah an seinem Vater vorbei zu dem Schreiber hin, der sich schamhaft hinter seinem Pult zu verstecken versuchte. Als er erkannte, dass es ihm nicht gelang, zuckte er entschuldigend die Achseln.

»Wo warst du?«, herrschte der Vater den Sohn an. Er ragte über Jordan auf wie ein Riese.

Kurz überlegte Jordan, ob er zu einer Notlüge Zuflucht nehmen sollte, wie er es oft tat, obwohl er den Verdacht hegte, dass sein Vater über seine Kunstbesessenheit längst Bescheid wusste. Er schaute in die schwarzen Augen seines Vaters und wunderte sich einmal mehr darüber, wie Gott Vater und Sohn so unterschiedlich hatte gestalten können.

»Ich war in der Marienkirche«, sagte er so leise, dass es kaum mehr als ein gehauchter Gedanke war.

»Sprich lauter!«, brüllte der Vater. Die Ader an seiner rechten

Schläfe schwoll an. Jordan bemerkte, wie sich Peter, der Schreiber, in die hinter dem Kontor liegende Diele zurückzog, in welcher die Waren gewogen, abgemessen und zum Lagern bereit gemacht wurden. Als er die Tür zur Diele leise öffnete und sofort wieder schloss, erhaschte Jordan einen kurzen Blick auf farbenprächtige Stoffballen, in denen das durch die hohen Fenster hereinfallende Frühlingslicht spielte. Wenn er diese Farben doch nur malen könnte – wenn er mit diesen Stoffen die gemalten Menschen bekleiden könnte, mit denen der Tod auf Notkes Bildern tanzte. Er atmete tief ein und stellte sich der Wut seines Vaters.

»Ich war in der Marienkirche und habe Meister Notke bei der Arbeit zugesehen«, sagte er mit festerer Stimme, während er sich mit den feingliedrigen Fingern der rechten Hand über das Grübchen am Kinn fuhr, wie er es häufig tat, wenn er aufgeregt war.

»Manchmal will ich kaum glauben, dass du mein Sohn bist!«, schimpfte Brun Wulfledder. »Womit habe ich das verdient? Mein Sohn zieht die Farbenschmiererei dem Handel vor. Bist du von Sinnen, oder hat dir der Teufel eingeflüstert, dass deine Bestimmung in nutzlosem Gemale besteht?« Brun Wulfledder führte oft den Teufel im Mund, vor allem wenn die Dinge nicht so liefen, wie er es wollte.

»Der Teufel war es ganz sicher nicht«, wagte Jordan zu widersprechen und starrte dabei unruhig auf die pulsierende Ader an der Schläfe seines Vaters. »Eher Gott.«

»Bernt Notke malt Teufelszeug, also ist er des Teufels, und wenn du ihn bewunderst, wandelst du bereits am Schlund der Hölle entlang. Es gibt viele Leute in Lübeck, die mit Notkes Arbeit gar nicht einverstanden sind. Du weißt, dass ich dazu gehöre. Sie ist teuer und sie ist Teufelswerk!« Er wedelte mit dem Arm und redete mit dem ganzen Körper, sodass ihm beinahe die samtene Kappe mit der prächtig schillernden Pfauenfeder vom fast kahlen Kopf gerutscht wäre.

»Bernt Notke hat sich Feinde gemacht, weil er ein Freimeister ohne Zunft ist«, sagte Jordan, »und weil er die Menschen daran erinnert, dass sie sterblich sind. Manche nehmen sich nämlich so wichtig, dass sie sich selbst über den lieben Gott stellen und glauben, sie wären das Maß der Welt.« Dabei sah er den Vater fest an und wunderte sich über seine eigenen mutigen Worte.

Brun Wulfledder rückte seine Kappe zurecht, fuhr kurz mit seinen Stummelfingern an der Feder entlang und warf Jordan einen Blick zu, den dieser gern gemalt hätte. So stellte er sich das göttliche Strafgericht vor. Und er bemerkte erstaunt, dass dieser Gedanke den Vater weniger schrecklich für ihn machte. Wenn man durch die Kunst etwas aus dem Augenblick heraushob und ihm einen neuen Sinn gab, nahm man ihm den unmittelbaren Schrecken. So bewirkte Kunst Reinigung und Beruhigung. In ihr wohnte offenbar etwas Göttliches – etwas, für das zu kämpfen sich lohnte.

»Willst du etwa andeuten, dass ich mich wichtig nehme?«, erboste sich Brun Wulfledder. »Ich verdiene das Geld für deine Mutter und dich und für all unsere Knechte und Kostgänger. Mir allein hast du es zu verdanken, dass du in Brokat und Seide gekleidet gehen, dass du Fleisch essen, guten Wein trinken und in einem weichen Bett schlafen kannst.«

»Um all das habe ich dich nicht gebeten«, entgegnete Jordan und spreizte die Beine ein wenig, um einen sichereren Stand zu haben.

Einen Augenblick lang sah es so aus, als wolle Brun Wulfledder seinen Sohn schlagen. Er holte mit der Hand aus, etwa so, wie man eine lästige Fliege verscheucht. Doch er hielt mitten in der Bewegung inne und wurde plötzlich ganz ruhig. Er nahm die Kappe vom Kopf und betrachtete sie nachdenklich. Sein gepflegter weißer Haarkranz wirkte wie ein Heiligenschein. Jordan sah allerdings deutlich den Schädel hindurchschimmern. Vanitas vanitatis et omnia vanitas, dachte er. Alles ist Eitelkeit und nichts als Eitelkeit. In Gedanken war er wieder beim Totentanz in St. Marien.

Sein Vater sagte kalt: »Es beeindruckt mich, dass du deine Meinung so fest vertrittst. Aber du wirst dich eines Besseren besinnen müssen. Du wirst dich entweder meinem Willen beugen oder ein schlimmes Ende nehmen. Komm jetzt. Wir müssen zum Hafen gehen und die Ladung der ›Dat hilligen Book van DeSleghte‹ löschen.« Er wollte seinen Sohn mit einer knappen Handbewegung zur Seite drängen, doch Jordan blieb breitbeinig vor Brun Wulfledder stehen. Dieser kniff die Augen zusammen. Seine Blicke waren Speere, die dem Sohn bis in die Seele drangen. Doch er wich nicht aus.

»Ich gehe nicht mit. Der Kaufmannsberuf war mir schon immer zuwider. Ich will Künstler werden. Ich werde Bernt Notke bitten, mich als Lehrling aufzunehmen.«

»Und wie willst du ihn bezahlen?«, fragte sein Vater höhnisch. Er war mitten in seiner Bewegung erstarrt.

»Mit meinem Erbteil.«

»Du wirst kein Erbteil haben, wenn du zu Notke gehst«, sagte sein Vater leise. So stellte Jordan sich die Stimme der Paradiesschlange vor. »Ich werde dich enterben und verstoßen!« Er war lauter geworden, und die letzten Worte brüllte er so heftig, dass Jordan den Eindruck hatte, der Boden erzittere unter seinen Füßen. »Dann bist du nicht mehr mein Sohn. Dann habe ich nie einen Sohn gehabt!«

Nun geschah alles sehr schnell. Brun Wulfledders Hand hob sich zu einer Ohrfeige, doch sie erreichte ihr Ziel nicht. Jordan hatte nicht bemerkt, dass sich die Tür geöffnet und jemand leise das Kontor betreten hatte. Ein Aufruhr aus Stoff und weißer Haut wirbelte zwischen Jordan und dessen Vater und fiel dem Kaufmann in den Arm.

»Wie kannst du es wagen, die Hand gegen deinen Sohn zu erheben?«

Jordan atmete auf. Es war Johanna, seine Mutter, die sich zwischen die beiden Männer geworfen hatte. Brun Wulfledder sah sie an, und Jordan befürchtete schon, er wolle sie nun statt seiner schlagen. Doch er beherrschte sich mühsam. »Das ist nicht deine Sache, Weib. Geh mir aus dem Weg.«

Jordans Mutter dachte nicht daran. Sie war eine große, stattliche Frau mit kräftigen Armen und breiten Schultern. Entschlossen schüttelte sie den Kopf. Lange graublonde Haarsträhnen hatten sich aus ihrer Haube gelöst und umtanzten ihre Wangen.

»Was ist hier los?«, wollte sie von ihrem Gemahl wissen.

»Dein missratener Sohn treibt sich bei den Malern herum, anstatt der anständigen Arbeit eines Kaufmanns nachzugehen.«

»Er ist nicht nur mein, sondern auch dein Sohn, Brun Wulfledder«, sagte Johanna ruhig. »Vielleicht hast du es einfach nicht geschafft, ihm die Vorteile des Kaufmannsdaseins deutlich zu machen.« Zu Jordan gewandt sagte sie: »Geh mit ihm, Jordan. Die große Kraweel ›Dat hilligen Book van DeSleghte‹ liegt im Hansehafen, und es gibt sicherlich eine Menge zu sehen und zu entdecken. Wir sprechen morgen weiter über deine Zukunft.«

Das war keine Frage, sondern ein Befehl. Jordan seufzte, und sein Vater entspannte sich. Die Ader an seiner Schläfe klopfte nicht mehr. »Komm jetzt«, sagte er. »Wir können nicht länger warten. Du weißt doch, welches Gesindel am Hafen auf die Waren lauert. Peter, gib mir die Listen.«

Der Schreiber kam herbei und reichte seinem Herrn mit zitternder Hand ein Bündel Papier, in dem die einzelnen Waren verzeichnet waren, die die »Dat hilligen Book van DeSleghte« für das Handelshaus Wulfledder geladen hatte. Blätter, mit Zahlen beschmiert, anstatt neue Bildwelten zu tragen, dachte Jordan. Er sah seine Mutter an. Unter ihrem Blick schmolz seine Gegenwehr dahin. Er machte einen Schritt zur Seite, und sein Vater drängte mit seinem prachtvollen Bauch an ihm vorbei, schon ganz in die Listen vertieft. Peter öffnete ihm die Tür zur Diele, lief vor ihm her wie ein eifriges Hündchen, das gefallen will, und riss das Haustor auf. Brun Wulfledder sprang die Stufen hinunter, ohne darauf zu warten, dass sein Sohn ihm folgte. Für den Handelsherrn war dieser Streit entschieden, wenn auch nur durch das Dazwischentreten seiner Frau. Jordan folgte seinem Vater mit flinken Schritten, doch da seine Beine erheblich kürzer waren, musste er sich sehr anstrengen, wenn er mit ihm mithalten wollte.

CAPUT 4

Wahr ist's, ich liebte nichts als Wucher und Gewinn

Der Weg zum Hafen war nicht weit. Sie brauchten nur die Mengstraße bis zum Ufer der Trave hinunterzugehen. Die Türme von St. Marien hinter ihnen schienen zu nicken. Schon von weitem waren durch das offene Tor im Turm der Befestigungsmauer die Schiffe zu sehen, die am Ufer festgemacht waren oder in der Mitte des Flusses lagen. Brun Wulfledder schritt mit seinem Sohn durch das Torhaus, grüßte die Wächter knapp und trat auf den belebten Weg unmittelbar vor dem Fluss.

Koggen, Kraweele und Holke mit Flaggen aus aller Herren Länder wurden entladen, beladen oder schaukelten still im Wasser der Trave. Träger liefen mit Karren, Brettern und Seilen umher, schleppten damit Heringsfässer aus Schonen, Stoffballen aus Flandern, Felle aus Novgorod, Erze aus Schweden, Wolle aus England und vieles, vieles mehr hin und her. Auf Jordan machte dieses Treiben immer den Eindruck eines Ameisenhaufens – scheinbar lief alles planlos durcheinander, doch am Ende des Tages hatten die meisten Waren ihre vorläufigen Bestimmungsorte erreicht, seien es die Speicher der Stadt, die Speicher der Kaufmannshäuser oder die Laderäume anderer Schiffe, denn oft wurde unmittelbar von Schiff zu Schiff gehandelt.

Brun Wulfledder schaute den Kai auf und ab. »Sie muss irgendwo weiter flussaufwärts liegen«, brummte er und sah noch einmal auf seine Listen. Dann lief er das Ufer entlang, bis er endlich die »Dat hilligen Book van DeSleghte« gefunden hatte. Kapitän Hollebeck stand vor seiner stolzen Kraweel und wirkte, als gehe ihn das ganze Gerenne und Geschiebe auf der schmalen Kaianlage im Schatten der Stadtmauer nichts an. Jordan hatte ihn schon mehrfach im Kontor seines Vaters getroffen und von ihm den Eindruck eines wortkargen, eigenbrötlerischen und harten Mannes gewonnen, der Jordan immer nur wie ein lästiges, störendes Kind betrachtet hatte. Jetzt war es nicht anders. Hollebeck trottete die Landeplanke hinab und begrüßte Brun Wulfledder mit einem kräftigen Händedruck und beachtete Jordan erst gar nicht. Der Handelsherr drückte seinem Sohn die Schiffslisten in die Hand.

»Sorg dafür, dass alles auf den Wagen geladen wird, der gleich kommt. Wehe, es fehlt etwas«, brummte er und brach mit dem Kapitän auf, vermutlich in eines der vielen Gasthäuser am Hafen oder eines der Brauhäuser in der Hüxstraße oder der Fleischhauerstraße. Wer weiß, wohin er den Kapitän später am Tag sonst noch führen würde. Auch dieser Teil des Kaufmannsdaseins ekelte Jordan an. Er schaute auf die Listen, während er auf den Wagen wartete und die Besatzung der »Dat hilligen Book van DeSleghte« über die Planke schritt. Die Schiffskinder pfiffen am Kai den wenigen Frauen nach, die es wagten, hier herzugehen.

Einem plötzlichen Drang folgend, zog Jordan einen Kohlestift aus einer Tasche in seinem Bauchgürtel und zeichnete mit schnellen, recht feinen Strichen die Schiffer in ihren verschiedenen Posen: Einer lehnte sich an einen Pfosten und hatte die Beine übereinandergeschlagen, ein anderer stand mit vor der Brust verschränkten Armen da, wieder ein anderer setzte sich einfach auf das Pflaster der Straße und betrachtete die stolzen Giebelhäuser, die hinter der Backsteinmauer aufragten und die Stadt und ihre hohen Kirchen zu bewachen schienen. Dann gesellte Jordan diesen Gestalten den Tod hinzu. Geripppe umtanzten die Gezeichneten in einem höllischen Wirbel, so wie er es auf den Bildern und Skizzen des Lübecker Totentanzes gesehen hatte.

Als endlich die beiden von zwei Pferden gezogenen Karren eintrafen, die Brun Wulfledder bestellt hatte, waren fast alle Ränder der Listen mit kleinen Zeichnungen bedeckt. Als Letztes hatte Jordan eine Bettlerin verewigt, die an der Mauer hockte und ihr kleines Kind in einer herzzerreißenden Geste vor sich ausgestreckt hielt, aber sowohl von den Trägern als auch von den Schiffern nur Hohnlachen erntete. Jordan glaubte schon den Todesengel über dem armen Kind schweben zu sehen, also hatte er es als Leiche gezeichnet, mit vor der winzigen, eingefallenen Brust gefalteten Händen, geschlossenen Augen und einem ganz leichten Lächeln, das es im Leben sicherlich nie gezeigt hatte. Auch jetzt schaute das Kind mürrisch und grämlich drein, aber es weinte nicht. Offenbar war es an diese Art der Zurschaustellung gewöhnt. Rasch warf Jordan noch ein Gerippe neben das Kind aufs Papier, bevor er sich den Wagen und den ihnen folgenden Trägern widmete. Dabei beschlich ihn der unbestimmte Verdacht, dass er das Kind schon einmal gesehen hatte. Wo das gewesen war, daran vermochte er sich aber nicht zu erinnern.

In den folgenden Stunden hakte er Stoffballen um Stoffballen ab, und als die Karren beladen und bereit zur kurzen Fahrt in die Mengstraße waren, wo die feinen Gewebe gelagert werden sollten, kehrten sein Vater und Kapitän Hollebeck recht heiter und ausgelassen zurück. Es war beinahe, als hätten sie gerochen, dass die Arbeit getan war.

Jordan schämte sich seiner Zeichnungen und verbarg die Listen schnell unter seinem Wams. Wenn Brun Wulfledder dem Wein oder dem Bier zugesprochen hatte, war er jähzornig und unberechenbar. Leicht konnte der Streit vom Vormittag wieder aufflackern. Also sagte Jordan seinem Vater nur, alle Stoffe seien eingeladen, kein Ballen fehle – was der Wahrheit entsprach.

»Gut, dann geh mit den braven Schiffskindern essen und trinken. Was du danach mit ihnen unternimmst, sei dir selbst überlassen«, sagte Brun Wulfledder mit schwerer Zunge und warf seinem Sohn eine prall gefüllte Geldkatze zu. Jordan gefiel es nicht, mit so viel Geld durch die Stadt zu gehen, deren Gefahren auch bei Tage vielfältig waren, doch er traute sich nicht, seine Bedenken vor dem Vater und der Schiffsbesatzung auszusprechen. Die Seeleute hatten sich bereits um ihn geschart, grobe Hände klopften ihm auf die Schulter, und mancher Scherz machte die Runde, den Jordan nicht verstand, weil er des Flämischen nur eingeschränkt mächtig war. Zum Glück sprachen einige der Seeleute auch Niederdeutsch, wie sich rasch herausstellte. Brun Wulfledder und der Kapitän zogen wieder ab; sie würden die Nacht sicherlich in einem der Badehäuser Lübecks in der Stavenstraße verbringen, und Jordan blieb nichts anderes übrig, als diejenigen Männer der Schiffsbesatzung, die es nicht sofort zu den Weiberröcken zog, in einem der zahlreichen Wirtshäuser zu verköstigen. Da er inzwischen auch selbst großen Hunger verspürte, besaß diese Aufgabe für ihn zumindest einen gewissen Reiz.

Acht der Seeleute begleiteten ihn, für die übrigen waren andere körperliche Bedürfnisse offenbar dringender. Widerwillig empfahl Jordan ihnen, in die Mühlenstraße zu gehen, wo sich die »wandelbaren« Weiber befanden, dann lief er seinen Begleitern voran in die Fischstraße, wo der Wirt des »Krug zum Humpen« Speisen kredenzte, deren Menge den größten Vielfraß gesättigt hätten, über deren Zubereitung und Zutaten Jordan allerdings nicht nachdenken wollte. Sein Magen knurrte. Doch zunächst musste er an der Bettlerin vorbei, die ihm nun ihr Kind entgegenstreckte. Jordan bemerkte, dass die Frau noch nicht alt war, höchstens zwanzig, doch das Leben hatte sie offenbar schon so hart behandelt, dass sie wie eine Vierzigjährige aussah. Sie musste einmal schön gewesen sein mit ihren ebenmäßigen Zügen, der feinen, geraden Nase, den dunklen Locken und den grünen Augen, die erloschen waren, als hätte ein Blick in die Hölle sie versengt. Das Kind war still wie eine Puppe, aber es schaute mit müden Augen umher, also lebte es noch. Jordan erbarmte es so sehr, dass er seine Geldkatze vom Gürtel nahm, sie öffnete und der Frau vier Schillinge gab. Nun fühlte er sich besser.

Die Frau dankte ihm, und für einen Moment funkelte etwas wie Leben in ihren Augen. Jordan kam sich schäbig vor, weil er so viel Geld hatte und wie ein Menschenfreund auftreten konnte, während es für sie aus ihrem Elend kein Entkommen gab. Er wandte sich von ihr ab und lief den Kai entlang.

»Warum hast du der Dirne Geld gegeben?«, fragte einer der Seeleute mit weichem flämischem Dialekt und riss ihn damit aus seinem Grübeln. »Sie hat doch nicht einmal die Beine breit gemacht.«

Jordan sah den Mann entsetzt an. Er lief breit und aufrecht neben ihm her, als sei er Jordans Herr. Während des Ausladens hatte Jordan erfahren, dass dieser wilde Geselle der Erste Maat war und Claes hieß. Er hatte die Träger wie Vieh behandelt, und auch bei seinen eigenen Leuten schien er eher gefürchtet als beliebt zu sein. Außerdem stank er entsetzlich aus dem Mund.

»Wie kannst du so über sie reden? Du brauchst nicht zu betteln oder zu sündigen für dein Geld«, sagte Jordan spitz.

»Was weißt du schon, was ich so alles für mein Geld tue?«, brummte der Flame, und Jordan blickte in eine andere Richtung. Der Flame hatte recht. Was wusste er schon vom Los der Armen und der Seeleute.

Jordan wich einer kleinen Schweineherde aus, die über den Kai getrieben wurde, doch die Seeleute machten sich einen Spaß daraus, gegen die Tiere zu rennen und sie dadurch auseinanderzujagen. Die Kinder, die sie hüteten, kreischten und verfluchten sie, doch die Männer achteten nicht darauf. Schon in einigen Tagen würden sie mit einer Ladung Salz auf dem Weg nach Nowgorod sein. An Land, in den Pausen zwischen ihrer harten und entbehrungsreichen Arbeit, suchten sie nichts als Vergnügen, auf wessen Kosten es auch gehen mochte.

Als ein Hund vor Claes' Beinen über die Straße lief, trat der Flame das arme Tier so heftig, dass es über das Pflaster purzelte und gequält aufjaulte. Der Seemann lachte böse, und die anderen fielen in sein Lachen ein.

Jordan verabscheute sie, aber Claes' Bemerkung hatte ein schales Gefühl in seine Verachtung gemischt. Auf dem Weg den Fluss hinauf nahm er sich vor, heute etwas zu tun, was er sonst nie tat. Er würde sich gehörig betrinken, denn sonst konnte er diesen Abend nicht aushalten. Er bog durch das Tor in die Fischstraße ein, zwischen deren Häusern bereits Schatten nistete.

Der Frühlingshimmel hatte sich zu einem tiefen Samtblau verfärbt. Die beiden Türme von St. Marien erhoben sich weiter vor ihm wie zwei Wächter, die all die kleinen Häuser beschützten wie gütige Eltern ihre Kinder. Nun schlugen die Glocken die siebente Abendstunde, und ein wahrer Teppich aus Klängen legte sich über die vieltürmige Stadt. Wenn er nur diese warmen, besänftigenden Töne zeichnen könnte. Es war wie ein zartes Streicheln der Seele. Mit einem kleinen Seufzer betrat er die Wirtsstube.

Sie kamen gerade rechtzeitig, soeben wurde aufgetischt. Die guten Lübecker aßen zwar schon zwischen vier und fünf ihr Abendessen, doch hier im »Krug zum Humpen« geschah alles immer ein wenig später. Der Wirt – ein Fass auf Beinen, und auch sein Kopf hatte inzwischen die Form eines Fasses angenommen, eines rot gefärbten Fasses allerdings – begrüßte Jordan und seine Gäste überschwänglich. Sie setzten sich an einen der langen Tische. Volle schäumende Bierkrüge wurden gebracht. Der Wirt füllte den Tisch mit Platten mit geräuchertem Fisch und weichem Käse sowie Schüsseln voller fettglänzendem heißem Schweinebraten. Dazu reichte er Dreitimpen, keilförmige Weißbrote, die Jordan sehr mochte. Doch als Erstes leerte er seinen Krug und wischte sich danach mit einer großen Geste den Schaum von den Lippen. Claes sah ihn bewundernd an.

»Du redest wie ein verzogener Bengel, aber du säufst wie ein richtiger Mann«, sagte er anerkennend.

Jordan gab nichts auf seine Worte, er wollte nur so schnell wie möglich betrunken werden.

»Mal sehen, was wir von dem jungen Wulfledder noch so alles zu erwarten haben«, meinte Claes zu einem der ihm gegenüber sitzenden Seemänner, der Pieter hieß, wie Jordan inzwischen herausgefunden hatte. Die anderen sechs waren und blieben für ihn bloß Schemen, die sich in ihrer eigenen Sprache ausschließlich miteinander unterhielten.

»Wer so gut trinken kann, weiß auch, wo es die besten Mägdelein gibt«, meinte Pieter und zwinkerte Jordan vertraulich zu. Mittlerweile hatte er schon seinen zweiten Krug vor sich stehen und leerte diesen ebenfalls sofort bis zur Hälfte. Da er am Mittag nichts gegessen hatte, tat das Bier schnell seine Wirkung. Jordan fühlte sich leicht und unbeschwert. Er nahm etwas von dem Weißbrot und ein Stück gesalzenen Fisch, aß rasch und spülte mit Bier nach.

»Bier und Weiber sind das ganze Leben«, meinte Pieter, von dem Jordan wusste, dass er der Zweite Maat war. Er wollte etwas entgegnen, doch ihm war klar, dass das sinnlos war.

Vielfältige Geräusche durchzogen den Schankraum. Schmatzen, Rülpsen, Furzen, Lachen, Murmeln, Kichern, Stöhnen – all das vereinigte sich in dem niedrigen, stickigen Raum zu einer dunklen Wolke aus Lärm, die ein höllisches Gegenstück zu den Glocken war, deren Schall vorhin die Stadt zugedeckt hatte. Sie schienen sich hier wahrlich in der Unterwelt zu befinden. Jordan hätte es nicht erstaunt, wenn plötzlich der Tod durch die Tür geschritten wäre und alle Zecher zu sich geholt hätte. Der Tod, den er auf seinen Listen skizziert hatte. Den Tod, den sie alle in sich trugen, auch wenn sie sich verzweifelt an das pralle Leben klammerten.

Angewidert dachte Jordan daran, was sein Vater und Kapitän Hollebeck nun wahrscheinlich in der Mühlenstraße taten. Er selbst würde so etwas nie tun. Er würde die Liebe nie verraten – wenn sie denn einmal den Weg zu ihm fände. Da kam ihm jene kleine, klu-

40

ge, üppige Frau in Erinnerung, die ihm und dem Gesellen des Notke in der Kirche geholfen hatte. Er musste lächeln, als er an sie dachte.

Claes deutete sein Lächeln falsch. »Freut mich, dass du ein echter Mann bist, Jordan Wulfledder. Hatte dich ja bis vorhin für einen Weichling gehalten, sehe aber nun, dass du weißt, worum es im Leben geht«, meinte er mit schwerer Zunge, denn auch er hatte schon seinen zweiten Humpen geleert und arbeitete fleißig am dritten. Dann stopfte er sich ein gesalzenes Heringsfilet in den Mund und schluckte es ohne zu kauen herunter. Er grinste Jordan an. »Heringe müssen am Stück runter. Wie der Teufel die Seelen schluckt.« Er lachte schallend und hielt dem entsetzten Jordan noch ein großes Filet mit Schwanzflosse hin.

Jordan musste würgen. Der strohblonde Pieter lachte und sagte etwas in einem flämischen Dialekt, den Jordan nicht verstand. Die beiden Seeleute brüllten vor Lachen. Claes wischte sich die Fischfinger in seinen schwarzen Wuschelhaaren ab. Ob sie auch noch so lachen werden, wenn der Tod vor ihnen steht?, dachte Jordan. Er stürzte den Rest seines Biers hinunter und verlangte lautstark nach einem weiteren. Der Wirt sah ihn erstaunt an, brachte aber sofort das Gewünschte. Nach einem weiteren Schluck dachte Jordan wieder an die junge Frau aus der Kirche. In seiner benebelten Erinnerung wurde sie zu einem Engel mit ihren hellblonden Haarzöpfen, den rätselhaften grauen Augen, die so schelmisch blitzen und gleichzeitig so tief und traurig dreinblicken konnten, und wie gern hätte er sie jetzt auf den kleinen Mund geküsst. Gut, dass sie nicht hier war. Ja, so eine Frau wünschte er sich – eine Frau, die er lieben konnte, sodass bei ihm nie der Wunsch nach Vergnügen außerhalb der Ehe wach würde.

Pieter und Claes erzählten von ihren Abenteuern in fremden Häfen – dabei ging es hauptsächlich um Frauen – und um die vielfältigen Gefahren der See. Pieter schilderte eine Begegnung mit einem schrecklichen, vielarmigen Ungeheuer irgendwo im mittelländischen Meer, das ihr Schiff beinahe auf den Meeresgrund gezerrt hätte. Seine Beschreibung war so schillernd und deutlich, dass Jordan noch einmal seine Listen sowie den Kohlestift hervorholte und mit gekonntem Strich eine kleine Kogge und ein Ungeheuer mit Schlangenarmen zeichnete, das sich in den armen Ein-

41

master geradezu verbissen hatte. Claes sah mit großen blauen Augen zu, wie Schiff und Monstrum Gestalt annahmen, und klopfte Jordan anerkennend auf die Schulter.

»Was für ein hübscher Zeitvertreib«, sagte er leichthin und nahm noch einen tiefen Schluck aus seinem Bierkrug.

Das ist kein Zeitvertreib, hatte Jordan entgegnen wollen, das hier ist das Leben, das ich bald führen werde. Aber er blieb stumm. Diese ungehobelten Burschen würden ihn niemals verstehen. Das unbekannte Mädchen aus der Kirche hingegen schon, dessen war er sich sicher, auch wenn sie die dunklen Seiten des Lebens wohl lieber nicht sehen wollte, wie ihren Worten zu entnehmen gewesen war.

Ob er ihr jemals wieder begegnen würde?

Nach dem dritten Krug Bier hatte er genug. Inzwischen erzählten Claes und Pieter zotige Geschichten. Außerdem widerte ihn Claes' Mundgestank an. Er schob ihm die noch recht volle Geldkatze hinüber, obwohl er wusste, dass es viel zu viel für die Schar der Seeleute war. Zumindest würden sie die heutige Nacht so schnell nicht vergessen. Und es war ja nicht sein Geld; sein Vater erwartete bestimmt nicht, dass er den Rest zurückgab. Schwankend erhob er sich, entbot den Seemännern einen Gruß, den sie kaum erwiderten, und machte sich auf den Weg durch den Schankraum nach draußen. Plötzlich sehnte er sich nach Ruhe und guter Luft. Er hatte das Kreischen, die Geräusche des Essens, Trinkens, Verdauens sowie der Wollust gründlich satt.

Als er auf der Fischstraße stand, atmete er erst einmal tief durch, blickte in Richtung Trave und sah durch das Spalier der Giebelhäuser und das ferne Tor die sanft auf dem Fluss schaukelnden Schiffe. Über ihnen schwebte inzwischen der Mond im Sternenhimmel. Die ganze Stadt schien zu schlafen, und ihr anderes, verborgenes, stilles Leben war hervorgekommen. Es war ein Leben aus Mondlicht, silbernem Glanz in Butzenscheiben, seltsamen Mustern auf den Tierhäuten, mit denen die Ärmeren ihre Fenster verhängten, aus träge wandernden Schatten und huschenden Bewegungen an Ecken und Vorsprüngen, wobei man nicht wusste, ob sie von umhereilenden Ratten oder von den Seelen unglücklich Verstorbener herrührten.

Jordan schauderte. Es war eine jener Nächte, in denen die Toten sich von den Kirchhöfen erhoben. Würden sie wie Notkes Gerippe durch die Straßen wandeln, halb ins Leichentuch gehüllt? Was wäre, wenn der Tod ihn an der Hand packen und mit ihm in die Verdammnis tanzen wollte? Gern hätte er getanzt.

Doch alles blieb ruhig. Niemand zeigte sich auf der Straße. Nirgendwo hinter den Glasfenstern, hinter den gegerbten Häuten brannte ein Licht, keine Kerze, kein Kienspan. Plötzlich hatte Jordan den Eindruck, er wäre der letzte Mensch auf der Welt. Dieser Gedanke und die kühle Luft machten seinen Kopf wieder etwas klarer. Er wollte nicht sofort nach Hause gehen, sondern die Nacht genießen. Schwungvoll stieg er über die Kette, die den Zugang zur Krummen Querstraße versperrte und Pferden sowie Fuhrwagen das Stören der Nachtruhe verwehren sollte. Dann bog er nach rechts in die Alfstraße ein, nachdem er auch diese Kette mit einem übermutigen Sprung überwunden hatte, und lief geradewegs auf St. Marien zu. Die Giebelhäuser schienen sich Jordan zuzuneigen und ihm ihre Geheimnisse zuzuflüstern. Er lauschte, aber er verstand nichts. Traurig schüttelte er den Kopf.

Nun brauchte er nur noch vor dem Westwerk von St. Marien nach links abzubiegen und wäre bereits zu Hause in der Mengstraße. Doch er wollte die Breite Straße überqueren, die Fleischhauerstraße hinunterlaufen, vielleicht die Johannisstraße oder die Hundestraße bis zur Wakenitz. Da sah er ein schwaches Licht aus der gewaltigen Kirche dringen, die wie ein sprungbereites, schon gen Himmel gerecktes Tier inmitten der niedrigen Häuser lag. Leise ging er auf die Kirche zu. Er bemerkte, dass das Portal im Südschiff offen stand. Das Licht drang aus dem Inneren des Gotteshauses, legte ein Laken aus Helligkeit auf das Pflaster vor dem Eingang und beleuchtete huschende Gestalten, die ein großes, in einem Holzrahmen eingeschlossenes Geviert trugen. Jordans vom Bier benebelte Sinne gaukelten ihm ein Gerippe vor, das zwischen der Kirche und der an den Chor angebauten Malerbude hin und her tanzte. Erst als er näher heranschlich und die Augen zusammenkniff, begriff er, dass Notke und sein verwachsener Gehilfe eine Leinwand von der Werkstatt in die Kirche trugen. Der Küster stand in der Tür und klapperte mit den Schlüsseln. Bevor er wusste, was er tat, war Jordan an Notke und seinen Gesellen herangetreten.

»Einen guten Abend wünsche ich. Ich bitte um Entschuldigung für die Störung, doch ich bin ein großer Bewunderer Eurer Kunst.«

»Na, wenigstens einer«, brummte Notke, während er die Leinwand absetzte, die an den Rändern eingerollt war, und Jordan mit einem durchdringenden Blick bedachte. Er überragte den kleinen Kaufmannssohn um beinahe zwei Köpfe, und sein struppiger roter Haarschopf leuchtete im Licht des Mondes. »Ich freue mich, dass Ihr mitten in der Nacht herkommt, um uns das zu sagen.«

Er nahm die Leinwand wieder auf, und sein Geselle packte rasch das andere Ende, der Küster hielt die Mitte hoch. Jordan warf einen Blick auf die Vorzeichnung, die schon zum Teil in Öl übermalt war. Das Bild stellte einen Mann dar, dessen Kappe und hellbraune Kutte mit den vielen Schlüsseln am Gürtel ihn als Küster auswies. Das Skelett neben ihm war nur zu erahnen, und im Hintergrund sah man etwas, das wohl einmal zum Meer mit einigen Schiffen ausgestaltet werden würde. Jordan stellte sich vor, wie es wäre, wenn er selbst an diesen wundervollen Kunstwerken mitarbeitete. Er stellte sich vor, wie der von ihm gemalte Wind die Segel der Schiffe blähen würde, wie der Tod links neben dem Küster wie zu einer Hungaresca das Bein hob.

Die Leinwand wurde in die Kirche getragen. »Wir müssen sie vielleicht anpassen«, brummte Notke. »Haben Bedenken, ob genug Platz in der hinteren rechten Ecke der Oldesloer Kapelle ist.«

Fast waren sie in der Kirche verschwunden, als Jordan wie gehetzt hinter ihnen herrief: »Ich will bei Euch anfangen.«

Notke und sein Gehilfe blieben wieder stehen. Sie lehnten die Leinwand an das Kirchenportal. Der Küster grinste den Jungen an, schüttelte den Kopf und schlurfte zur Tür zurück. Bernt Notke trat mit ernstem Blick auf Jordan zu. Erst jetzt bemerkte Jordan, dass sein von fern so prächtig wirkendes weinfarbenes Wams zerschlissen und fadenscheinig war.

»Wer seid Ihr?«, fragte er herablassend.

»Jordan Wulfledder.«

»Der Sohn des alten Kaufmanns aus der Mengstraße?« Er kratzte sich den Bart.

»Genau der.«

»Dann seid Ihr ja wenigstens in der Lage, das Lehrgeld zu bezahlen. Könnt es gut gebrauchen. Der Rat zahlt mir das hier erst bei Fertigstellung.«

An das Lehrgeld hatte Jordan in seinem bierseligen Überschwang gar nicht gedacht. Zwar zählte sein Vater zu den reichsten Bürgern Lübecks, doch Jordan selbst besaß nichts, und sein Vater würde ihm niemals Lehrgeld für eine Ausbildung zum Maler zahlen, das war seit heute Morgen klar.

»Warum glaubt Ihr, zum Maler zu taugen?«, fragte Notke fast mitleidig.

Statt einer Antwort zog Jordan die Listen hervor, an deren Ränder er zuvor die Menschen und Gerippe gezeichnet hatte. Er hielt sie dem Meister entgegen. Dieser blätterte sie durch, zog die buschigen Brauen hoch.

»Küster, schließ hier mal ab, damit machen wir morgen weiter«, sagte er mit einem Zittern in der Stimme. Ohne den Blick von Jordans Bögen zu wenden, ging er in die Bauhütte. Sein Geselle folgte ihnen, Jordan trabte hinterher. Im Licht der großen Wachskerze, die auf einem Tisch in der Nähe des offenen Fensters stand, studierten Notke und sein Geselle die kleinen Kunstwerke.

»Ganz erstaunlich, Marquard«, meinte Notke. Der Geselle nickte. Notke wandte sich an Jordan: »Warum wollt Ihr es Euch antun, verlacht, verspottet und vielleicht sogar verfolgt zu werden?«

»Weil das Malen das wahre Leben ist – *mein* wahres Leben.«

»Und dafür wollt Ihr leiden?«

»Es ist genauso wenig Leid, wie es die Märtyrer empfinden, wenn sie für Gott sterben«, antwortete Jordan.

Notke verzog den großen Mund zu einem schiefen Grinsen und entblößte dabei schöne, weiße Zähne.»Na, für die Malerkunst zu sterben brauchen wir wohl nicht. Wir alle arbeiten schließlich zur höheren Ehre Gottes, und er wird die Seinen sicherlich vor dem Pöbel und den Unverständigen zu schützen wissen. Das hoff ich zumindest.«

»Was haltet Ihr von meinen Skizzen?«, fragte Jordan, der das Urteil des Meisters nicht mehr abwarten konnte.

»Ich werde Euch nicht als Lehrling aufnehmen«, sagte Notke langsam und gab die Listen dem buckligen Marquard weiter. Dieser blätterte sie durch und erschrak plötzlich, als er zu der Darstellung des Bettelkindes kam. Ohne ein Wort zu sagen, huschte er davon.

Jordan beachtete ihn nicht weiter, denn er fühlte sich, als öffne sich der Boden unter seinen Füßen. Er hatte seine Arbeiten für gut gehalten und in ihnen eine Möglichkeit gesehen, dem verhassten Kaufmannsberuf zu entkommen. Irgendwie hätte er das Lehrgeld schon aufgetrieben. Er ließ die Schultern hängen.

Notke klopfte ihm auf den Rücken. »Macht Euch nicht noch kleiner, als Ihr ohnehin schon seid«, dröhnte er belustigt. »Eine Stellung als Lehrling kann ich Euch nicht bieten, weil Ihr nicht mehr viel lernen müsst. Eure Zeichnungen sind großartig. Was haltet Ihr davon, gleich als Geselle bei mir anzufangen? Dann erspart Ihr Euch das Lehrgeld. Ich könnte eine weitere Hand bei den Skizzen gut gebrauchen. Na, was sagt Ihr?«

Jordan konnte sein Glück kaum fassen. Vor einem Augenblick hatte er sich noch wie ein geprügelter Hund gefühlt, und nun eröffnete sich ihm eine neue Welt. Doch bevor er etwas sagen konnte, rief Marquard, der mit den Listen im angrenzenden Raum verschwunden war: »Kommt her, Meister, und seht Euch das an.«

In seiner Stimme lag ein Entsetzen, das Jordan durch Mark und Bein fuhr. Zusammen mit dem Meister eilte er in die angrenzende Kammer, die offensichtlich die Schlafkammer des Gesellen war und gegen deren Wand die Leinwand mit dem beinahe fertiggestellten Gemälde des toten Kindes lehnte, mit dem der Zyklus enden sollte. Marquard deutete zuerst auf das letzte Blatt der Liste, dann auf das tote Kind in der Wiege, von dem sich der Tod in einer unnatürlichen Drehung abgewendet hatte. Jetzt wusste Jordan, warum ihm heute Mittag am Hafen das Kind der Bettlerin so bekannt vorgekommen war. Auf dem Bild lag es in einem Bettchen, mit einem kleinen Kissen wie einem Heiligenschein, den Stab des Todes über sich, und hatte die Hände genauso gefaltet wie auf Jordans Zeichnung.

»Das ist ein schreckliches Omen«, murmelte Marquard. »Seht das Kind des Todes. Jordan Wulfledder hat es gezeichnet, als es noch lebte, und wir haben es schon früher gemalt, als wäre es tot. Es ist ein und dasselbe Kind!«

»Wo habt Ihr dieses Kind gezeichnet?«, fragte Notke Jordan.

»Unten am Hafen«, antwortete er nachdenklich. »Es ist das Kind einer Bettlerin …«

Marquard unterbrach ihn aufgeregt.

»Wir haben mit dem letzten Bild begonnen, mit dem falschen Bild! Ich habe es Euch gesagt, Meister. Bald wird der Tod alle holen – zuerst die Jungen und dann die Alten, dann alle ohne Wahl. Ich hab es heut Morgen in der Kirche gesehen, Feuer, Feuer überall, und der Tod tanzt durch die Straßen. Nie hätten wir mit dem Tod spielen dürfen.« Der kleine Mann hustete und holte schwer Atem.

»Hört nicht auf ihn«, sagte Notke zu Jordan. »Er ist ein wenig seltsam, aber er ist der beste Geselle, den ich mir wünschen kann. Kommt morgen wieder, dann besprechen wir alles.«

Als Jordan die Kammer verließ, warf er einen letzten Blick zurück auf Marquard und das Bild des toten Kindes. Trotz aller Freude über Notkes Angebot hatte er plötzlich das Gefühl, es braue sich großes Unheil zusammen.

CAPUT 5

Ihr habt am Dom doch nicht ein bleibend Haus und
müsst auf einen Wink mit Seel und Leib hinaus.

Nachdem Lucia dem jungen Mann geholfen hatte, ließ sie die Kirche hinter sich, überquerte die Breite Straße und lief die Gasse der Fleischhauer entlang. Sie hatte keine Mandeln, keinen Zucker und keine Rosenblätter für ihr Marzipan bekommen, aber alles, um schnell die Latwerge anzusetzen. Als sie zu Hause angekommen war und die Tür zur Diele öffnete, war es stiller als gewöhnlich. Das Küchenfeuer in der Diele war erloschen, die Arbeit der Schwestern nicht zu Ende geführt. Aus der Dornse drangen leise Stimmen. Lucia nahm die Kiepe ab und öffnete die Verbindungstür zum Wohntrakt. Juleke kam ihr mit geröteten Augen entgegen.

»Wir haben wichtigen Besuch.« Juleke führte sie ins Wohnzimmer. Am schlichten Holztisch saß in einer violetten Trauersoutane aus Seide ein hoher Geistlicher, ein Mann, der ohne wichtigen Grund nie in diese bescheidene Wohnung gekommen wäre. Es war Didericus, Propst des lübeckischen Domkapitels.

»Das ist also Lucia, die jüngste Tochter der schönen Margarethe«, sagte er, während sie vor ihm kniete.

»Wir haben schon den Kleinen von nebenan auf den Markt geschickt, dich zu suchen«, hauchte Juleke mit zitternder Stimme.

»Ich war in St. Marien … beten.« Lucia wollte nicht erzählen, warum sie in die Kirche gegangen und was dort geschehen war.

»Ich kannte deine Mutter sehr gut. Lucia, du bist ihr ähnlich von Angesicht.«

Lucia schloss die Augen. Ihre Mutter war bei ihrer Geburt gestorben, das Nesthäkchen hatte alle um die wunderbare Margarethe Gudalbert beraubt, zumindest sah Lucia das so. Alheid, zwölf Jahre älter, hatte die Rolle der Mutter und Hausfrau übernommen. Sie hatte auf eine Ehe, eine eigene Familie verzichtet, denn nur so konnte sie die Apotheke gemeinsam mit dem Vater führen und ihre kleine Schwester erziehen. Alheid nickte dem Domherren freundlich zu.

»Wir freuen uns alle über die Schönheit unserer Jüngsten. Und klug ist sie auch«, sagte sie. Lucia errötete.

»Wie auch Ihr, Alheid, und Ihr, Julia. Deshalb bin ich zu Euch gekommen, bevor ich zum Rat gehe. Schließlich ist das ja auch eine Angelegenheit des Domkapitels. Lucia, Euer Vormund, der Domherr Jacobus Gudalbert, ist gestern Nacht gestorben, der Herr möge seiner Seele gnädig sein.«

Lucia hielt erschrocken den Atem an. Alheid hob eine Braue und blickte Lucia scharf an. Ihr Vormund, ein Oheim väterlicherseits, hatte sich nie um sie gekümmert. Wenn sie jetzt einen neuen Vormund bekämen, könnte ihr sorgsam und heimlich aufgebautes Geschäft zerstört werden.

»Er hat Euch zu Erbinnen bestimmt, und ich als sein Testamentsvollstrecker wollte Euch zuerst davon in Kenntnis setzen, bevor der Rat und somit bald die ganze Stadt es wissen.«

Lucia hörte Juleke leise beten. Wie schön, wenn Geld da wäre, zumindest genug, um Juleke im Nonnenkloster St. Johannis unterzubringen, damit wenigstens ihr Lebenstraum erfüllt wurde.

»Die Bedingungen des Erbes sind sehr seltsam. Ich will Euch das Testament einmal vorlesen.« Aus den weiten Falten seines seidenen Gewandes holte der Domherr ein Stück gefaltetes Pergament hervor und glättete es auf dem Tisch. Er schaute den drei Schwestern kurz in die Augen und las dann mit altväterlicher Priesterstimme vor:

»Ich, Jacobus Gudalbert, Domherr zu Lübeck, Vikar zu St. Petri zu Lübeck, Pfarrer zu Reinfeld, Vikar zu St. Jacobi zu Hamburg, bin krank am Leibe, aber gesund im Geiste. Ich empfehle meine Seele dem Herrn und verfüge hiermit über die weltlichen Güter eines armen Dieners des Herrn. Ich vermache dem Dome zu Lübeck eine Rente von fünfzehn Mark, die ich da habe in zwei Häusern in St. Jacobi. Und den Nonnen des Klosters St. Johannis in Lübeck einen Pfennig auf die Hand und eine Rente von acht Mark, die ich da habe in einem Haus neben dem Hause meiner Nichten.«

Juleke sog hörbar die Luft ein. Was bedeutete das? Der Domherr las weiter:

»Und den Kirchen zu St. Ägidien, St. Marien, St. Petri und St. Jacobi vermache ich je fünf Mark Lübsch für den Bau und den

49

Franziskanern zu St. Katharinen zwei Mark. Meinen Brüdern des Kapitels zu St. Marien vermache ich meine Bücher, Gewänder und den Hausstand sowie fünf Mark Lübsch einem jeden auf die Hand. Das übrige weltliche Gut …«

Der Geistliche machte eine Pause. Lucia dachte, da könne nun nicht mehr viel übrig sein, aber sie irrte.

»Das übrige weltliche Gut ist von mir selbst erworben in harter Arbeit langer Jahre, und ich setze es aus zu einer frommen Stiftung, über die zu bestimmen haben meine Brudertöchter Alheid, Juleke und Lucia. Jedes meiner Geschwisterkinder, selbige sind Volke Morkerke, sowie Juleke, Alheid und Lucia Gudalbert, das innerhalb eines Jahres nach meinem Tode zu ehelichen gedenkt, erhält eine Leibrente von sechsunddreißig Mark Lübsch aus meinen Renten. Sollte jedoch eine der Jungfrauen wünschen, einen Beginenhof zu gründen, so fällt mein gesamtes übriges Gut, in Renten also 337 Mark Lübsch und in echtem Geld 865 Mark Lübsch, abzüglich der Ehegaben, an diesen zu gründenden Konvent. Wenn keine der Jungfrauen Begine werden will, so fällt das Gut nach einem Jahr an eine fromme Stiftung, die ausgewählt werde durch das gottgeliebte Kind Julia Gudalbert. Alle diese Bedingungen zur Vergabe müssen erfüllt sein ein Jahr und einen Tag nach der Verlesung dieses Briefes. Gegeben am Tage der Himmelfahrt Mariens im Jahre 1466.«

Juleke hustete. Ihre Augen tränten, sie wurde rot im Gesicht, lief zu ihrer kleinen Marienstatue und fiel auf die Knie.

Der Domherr schwieg. Als Juleke aufstand, nahm Alheid sie in den Arm.

»Habt ihr verstanden, was das Testament bedeutet?«, fragte der Domherr.

»Eine von uns, oder zwei oder alle drei gründen ein Beginenhaus, dann bekommen wir alles dafür«, sagte Lucia trocken. »Wenn entweder eine von uns oder der Vetter Volke heiratet, gibt es 36 Mark Rente als Aussteuer. Das ist auch nicht zu verachten.«

Der Domherr nickte ihr freundlich zu.

»Und Juleke bestimmt, wohin das Geld geht, wenn keine von uns Begine wird.« Lucia spitzte ihre Lippen.

»Knapp und klar zusammengefasst«, sagte der Domherr anerkennend. Er stand auf und nahm Julekes Hände in die seinen.

»Auf dir lastet eine große Verantwortung, mein Kind. Aber es ist auch eine schöne Aufgabe.«

Juleke küsste dankbar den Ring des Prälaten. »Ehrwürdiger Vater, ich habe stets den Wunsch in mir getragen, Braut Christi zu werden. Nun hat der Herr anders entschieden. Ich werde als Begine seine Magd sein, arbeitsam und gehorsam.«

Alheid lächelte ihrer Schwester zu, denn Juleke strahlte wie noch nie, glücklich, beseelt und erlöst.

»Ich dachte immer, es wäre Hochmut, dass ich eine Dienerin Gottes sein wollte, denn der Herr öffnete mir keinen Weg in ein Nonnenkloster«, sagte sie mit ihrer leisen Stimme. »Doch der Weg zum Herren war immer da. Ich war nur blind, habe ihn nicht gesehen. Nun hat der Herr mich auf meinen Weg gestoßen. Es wird wunderbar, einen Beginenkonvent zu gründen, es wird ein gutes Leben.«

Alheid lächelte in sich hinein. Sie mahlte einige Zeit lang mit ihren kräftigen Kiefern und rang die feingliedrigen Hände. Dann blitzten ihre kleinen Augen auf. »Wenn meine Schwester einen Konvent gründet, werde auch ich ihm beitreten«, sagte sie entschieden.

Alle Augen richteten sich auf Lucia. Sie zuckte die Schultern. »Ich weiß nicht. Ich fühle mich noch nicht so weit.«

Sie zählte einundzwanzig Jahre, doch sie war immer die Kleine im Haus gewesen, fühlte sich mehr als Kind denn als eine Frau, die sich aus freiem Herzen entscheiden konnte, der Welt zu entsagen. Andere Frauen ihres Alters waren verheiratet, waren Mütter, Hausfrauen.

Sie wäre nie auf den Gedanken gekommen, ein geistliches Leben zu wählen. Seit vielen Monaten hatte sie einzig und allein daran gedacht, wie sie und ihre Schwestern über die Runden kommen sollten.

»Du hast ja noch ein Jahr Zeit«, sagte der Domherr freundlich. »Mit der kleinen Rente und dem, was dir vom Haus hier bleibt, bist du durchaus eine gute Partie.«

»Und mit ihren schönen Haaren auch«, sagte Alheid fast mutterstolz. Sie ließ ihre Hand über Lucias Zöpfe gleiten. Lucia wischte die Bemerkung beiseite.

»Das ist nur das Ergebnis der Pflaumenaschenlauge, die mir Alheid zum Haarewaschen gibt.«

51

Der Domherr lachte, auch Juleke ließ ihr seltenes glockenhelles Lachen hören, und Alheid öffnete den Schrank, um eine Flasche Hypocras auf den Tisch zu stellen. »Lasst uns darauf trinken, dass Lucia im nächsten Frühjahr unter der Haube ist!«, rief sie fröhlich.

Als Juleke die Becher vom Geschirrbord angelte, klopfte es an der Tür. Vetter Volke Morkerke trat ein, mit hochrotem Kopf, außer Atem, sprachlos. Er stand verloren in der Dornse, am falschen Ort, zur falschen Zeit.

Wie immer, dachte Lucia.

Alheid reagierte geschickt, sie reichte ihm einen gefüllten Becher und lächelte. »Willkommen, Vetter Volke.«

Volke sah sie mit einem wilden Blick an, dann verneigte er sich linkisch vor dem Domherrn und nahm endlich den Becher.

»Ich hab gehört, dass Oheim Jacobus gestorben ist«, sagte er ohne Einleitung.

»Und wir nehmen gerade einen Jammertrunk. Setz dich zu uns.« Alheid wies auf einen leeren Stuhl.

Er zögerte, trat von einem Fuß auf den anderen.

»Du bist im Testament bedacht, wenn es das ist, was du wissen willst«, sagte Lucia bissig.

Alheid blickte sie scharf an. »Sei nicht so unfreundlich.«

»Eigentlich wollte ich wissen, was geschehen ist, will sagen, das ist ein großer Verlust, und ich bin ganz traurig. Mutter weint. Sie will nicht, dass ich sie tröste«, sagte Volke mit einem verzweifelten Blick in die Runde und setzte sich endlich. Der Domherr schaute von einem zum anderen.

»Verzeiht, lieber Sohn, lieber Volke Morkerke, dass ich nicht dazurufen ließ, doch die wichtigsten Verfügungen des Testaments betreffen die Jungfern Gudalbert, insbesondere Juleke. Euer Mutterbruder schien eine besondere Bindung an die Mädchen verspürt zu haben.«

»Das versteh ich, sie sind ja allein«, sagte Volke mit sanfter Stimme und schenkte den Frauen ein schiefes Lächeln.

»Er war unser Vormund«, erklärte Alheid.

»Und nun seid ihr ohne Schutz, das muss schwer sein für Euch, Aleke, Juleke, Lusseke. Nicht wahr, Euer Hochwürden?«, wandte sich Volke an den hohen Geistlichen. »Ich dachte, ich könnte irgendwie helfen. Ich bin doch der einzige männliche Verwandte, den die Schwestern noch haben. Frauen brauchen die Weisungen eines Mannes, schon in der Heiligen Schrift findet man …«

Bevor Volke erläutern konnte, warum Frauen Weisung brauchten, unterbrach ihn Lucia, die sich vor Wut kaum halten konnte.

»Lass doch den ehrwürdigen Herrn Didericus erklären, was im Testament steht.«

Volke schwieg eingeschnappt. Er rieb sich die Augen. »Es ist ja nur so, dass meine Mutter, die Schwester des Verstorbenen, immer sehr an Oheim Jacobus hing. Sie hat ihm doch den Haushalt geführt. Nach Vaters Tod war er ihr eine Stütze. Nun ist er von uns gegangen.« Volkes Augen wurden feucht.

Der Domherr nickte. »In der Tat, mein Sohn, Ihr habt ein Recht zu wissen, was im Testament steht. Es betrifft Euch mehr als Eure liebe Mutter. Hört also zu.«

Während der Domherr erläuterte, wie das Geld des reichen Geistlichen verwendet werden sollte, wurde Volke immer bleicher. Lucia beobachtete ihn argwöhnisch, doch Juleke nahm seine Hand.

»Ihr seht, Herr Volke, auch Ihr sollt ein Gutteil bekommen«, sagte Dompropst Didericus. »Ihr wie auch Lucia solltet jetzt Ausschau halten nach einem würdigen Gemahl. Alheid und Julia werden einen Konvent der Beginenschwestern gründen, sodass Euch die feine Rente bleibt, die der selige Jacobus für Euch verfügte. Aber nur wenn ihr in Jahresfrist ein Eheweib nehmt, Volke – und Ihr einen Gatten, Lucia.«

»Ja, das ist Gottes Wille«, sagte Volke. »Das ist ein Wink, endlich die Geschäfte beiseite zu legen und sich nach dem Schönen im Leben umzuschauen.« An Lucia gewandt fügte er hinzu: »Ich wünsch dir Glück.«

Er stand auf, ungeschickt wie immer, nur jetzt noch bleicher und fahriger als sonst, verabschiedete sich höflich und ging.

Juleke schüttelte den Kopf. »Der Arme. Der Tod von unserem Oheim Jacobus hat ihn schwer getroffen.«

»Seine Mutter liebte ihren Bruder sehr. Jahrelang führte sie ihm den Haushalt in seinem Kurienhof. Sie putzte, kochte, buk, versorgte den Garten. Sie tat das schon vor ihrer Ehe, die Euer lieber Vater für sie gestiftet hat. Danach machte sie einfach weiter, als gäbe es keinen Ehegatten zu versorgen. Manchmal dachte ich, sie vernachlässige den Gatten, das Kind und die Arbeit in der Apotheke«, sagte der Domherr und schüttelte bedächtig das schmale Greisenhaupt. »Wenn man das Testament mit ihren Augen betrachtet, scheint es doch etwas ungerecht, dass sie nichts bekommen soll von dem großen Vermögen. Andererseits ist es das Testament eines Geistlichen. Es sollte kein Testament für die Welt sein.« Er trank den Rest seines Würzweins. »Es ist besser, ich gehe jetzt gleich mit dem Schriftstück zum Rat, bevor die Kunde von den Verfügungen von Mund zu Mund geht.«

Er stand auf. Juleke begleitete ihn zur Tür.

Als die beiden den Raum verlassen hatten, fragte Alheid ihre jüngste Schwester: »Soll ich mich unter den Hausfrauen umhören, welcher junge Mann eine hübsche junge Marzipanmacherin mit 36 Mark Rente als Aussteuer nimmt? Wie wär es mit Brakel, dem neuen Ratsapotheker? Vielleicht holst du ihn aus der beheizten Stube, in der er auf Ratskosten haust.« Alheid grinste breit und fröhlich und enthüllte dabei ihr kerngesundes, breites Gebiss. Freudig rubbelte sie Lucia die Schulter.

»Ich hätte gerne eine Wahl, Alheid. Und Zeit«, meinte Lucia. Dann fiel ihr Blick auf die Kiepe mit den getrockneten Kirschen. »Ich habe ganz vergessen, dass ich noch keine Zutaten für das Markusbrot habe.« Sie nahm die Einkäufe aus der Kiepe und rannte aus dem Haus.

An der Ecke der Königstraße trat ihr Volke in den Weg.

»Lucia, warte doch ein wenig.« Er war noch immer ganz bleich.

»Volke, was ist?«

»Ich dachte nur, weißt du, wenn wir uns zusammentäten, dann hätten wir zweiundsiebzig Mark Jahresrente. Das ist doch recht viel. Und die Apotheke. Du beherrschst doch die Arbeit. Und bestimmt würde uns Alheid helfen.«

Am liebsten hätte sie »Vergiss es!« geschrien, doch er sah so mitleiderregend aus. Trotzdem konnte sie nie vergessen, was Volke getan hatte, als sein Vater die Apotheke ihres Vaters ausräumen ließ, am Tage nach dessen Beerdigung.

Alheid hatte damals wie eine Statue vor den Apothekarienschränken gestanden und zusehen müssen, wie die Arzneyen von den Morkerkes fortgeschafft wurden. Hunderte weißer Krüge, brauner Krüge, grüner Flaschen hatten die vom Onkel angeheuerten Knechte aus dem Haus getragen.

Vetter Volke hatte die wertvollen Apotheker-Bücher aus der Lade geholt und sie vor Alheids Nase geschwenkt. »Das Antidotarium Nicolai, das Antidotarium des Mesue und der Macer Floribus, das alles gehört jetzt uns! Jetzt ist Schluss mit dem Giftmischen, Alheid.« Lucia hoffte damals, nur sie habe gesehen, wie ein kleines Lächeln über das Gesicht ihrer Schwester huschte. Was brauchte Alheid Gudalbert ein Antidotarium Nicolai, einen Macer Floribus? Sie kannte alle Heilpflanzen, sie hatte alle Rezepte im Kopf, und viele, viele Zusammensetzungen mehr. Alheid sprach Latein und las Griechisch, sie kannte die Namen der Pflanzen, Mineralien und der mumifizierten Tiere in beiden Sprachen, sie wusste um die Wirkungen der Medikamenturen. Und sie war gewillt, ihr Wissen anzuwenden. Fortan betrieb sie ihre kleine geheime Armen-Apotheke vom Dachboden des Wohnhauses aus. Sie half denen, für die ihr Onkel und ihr Vetter nicht arbeiten wollten. »Ein guter Apotheker versteht nicht nur sein Handwerk, er hält auch seinen Eid. Den Eid, einen jeden zu versorgen. Ich tue beides, auch ohne Apotheke«, sagte sie stolz.

Wie konnte Volke nur denken, dass sie ihm seinen Hohn verzeihen würde, für zweiundsiebzig Mark Rente? In Lucia braute sich eine leise Wut zusammen.

Damals hatte Volke unter der Fuchtel seines Vaters gestanden. Er war ein gehorsamer Sohn gewesen, hatte stets nach der Anerkennung des Alten gestrebt. Seit dem Tod seines Vaters hatte er die Schwestern zuvorkommend behandelt. Vielleicht urteilte sie zu hart über ihn.

»Ich kann dir nichts versprechen, Volke. Ich kann dazu gar nichts sagen. Wenn Du Hilfe in der Apotheke benötigst, frage Alheid. Du weißt, wir brauchen Arbeit«, sagte sie schlicht.

Volke blickte zu Boden und malte mit seiner Trippe Kreise in den Dreck.

»Das heißt nicht nein?« Seine Augen spiegelten den Jammer der ganzen Welt – und all ihre Hoffnung zugleich.

»Das heißt gar nichts, Volke. Das heißt nur, dass wir dir helfen und für dich arbeiten werden, wenn du uns rufst. Alle drei.«

»Es läuft immer noch schlecht, Lucia. Ich kann dir für das Marzipan nichts mehr zahlen. Vielleicht hat Mutter ja Zeit, es zu machen, jetzt wo Onkel Jacobus tot ist. Aber nun fällt auch das Geld weg, das er ihr immer gab. Ich weiß nicht, ob er ihre Arbeit in den letzten Wochen noch bezahlt hat. Viel war es nie, eher kleine Handgelder. Und ich bekomme nur die üblichen nichtärztlichen Aufträge in der letzten Zeit, weil wir das Ratsprivilegium nicht geerbt haben. Keiner kauft einen Theriaksirup mit Opium oder ähnlich Teures. Salbeiwasser und Rosenkampfer nähren keinen Mann. Ich hab so wenig Geld, dass ich keine frischen Heilkräuter einkaufen kann.«

Lucia wusste, welcher Frage er auszuweichen versuchte. Sie löste den Geldbeutel von ihrem Gürtel und drückte ihn ihm in die Hand. »Wenn deine Mutter das Marzipan selbst machen will, dann brauche ich das hier nicht.«

»Lucia, du hilfst mir immer wieder, ich habe das nicht vergessen. Ich habe es ja auch immer zurückgezahlt. Und dennoch: Es ist nicht gut, wenn ein Mann von einem Weib leiht«, sagte Volke und schlug die Augen nieder. Aber er steckte das Säckchen blitzschnell fort. »Besser wäre, wenn wir uns zusammentäten.«

»Volke, nimm Vernunft an. Denk doch daran, wie eng wir verwandt sind.«

»Aber es gibt Dispense.«

»Nötige mich nicht zu einer Antwort. Ich sage nichts mehr dazu.«

Seine Miene verdüsterte sich. »Irgendwann wird es dir leidtun«, flüsterte er.

Lucia verbot sich eine bissige Antwort, nickte ihm zum Abschied zu und lief die Königstraße hinauf zur Katharinenkirche. Ihre Gedanken rasten. Wie sollten die Schwestern ohne die Aufträge aus der Morkerke-Apotheke zurechtkommen?

Seit Lucia, Juleke und Alheid die Süßigkeiten für die Morkerke-Apotheke herstellten, hatten die Lübecker Bürger häufig bei Volke arzneyfreies Marzipan oder Morellen geordert, nur des guten Geschmacks wegen. Davon lebten die Schwestern. Die geheimen Aufträge der Reichen waren nur ein Zubrot. Wie sollte Lucia den Schwestern sagen, dass Volkes Bestellungen ab jetzt fehlen würden? Doch vielleicht war es den beiden egal, wenn sie bald Beginen würden.

Aber was sollte aus ihr werden? Das Herz schlug ihr bis zum Halse. Ihre Hände zitterten. Sie brauchte unbedingt Besinnung. Vor St. Katharinen holte sie Atem. Wie immer betrachtete sie die asymmetrische Front von der anderen Straßenseite eine kleine Weile lang. Sie liebte die Kirche, weil sie nicht vollkommen war, so wie die Christenmenschen nicht vollkommen waren. Auch innen war die Kirche verwinkelt, hatte zwei Chöre, etliche Nischen und Ecken: Sie war anheimelnd und warm wie die Barmherzigkeit der Franziskaner, zu deren Kloster sie gehörte.

Als Lucia leise durch das Vorderschiff ging, fiel ihr das würdelose Auftreten von Guardian Hinricus am Morgen wieder ein. Doch das sollte sie nicht davon abhalten, hier zu beten. Vorn sah sie zwei bekannte Gestalten knien. Juleke und Alheid suchten hier offensichtlich auch Gottes Nähe. Sie kniete sich zu ihren Schwestern. Was für ein Tag, schön und schrecklich zugleich. Nach einigen Rosenkränzen standen die drei Frauen auf und hakten sich unter. Mit Gott und der Welt wieder in Einklang gingen sie durch das Kirchenschiff, als ihnen ein Franziskanernovize in den Weg trat. Er senkte den Blick.

»Pater Hinricus hat mir erlaubt, mit Euch zu reden, Jungfruwen Gudalbert. Ich werde meine Profess feiern, und Pater Hinricus sagte, ihr macht das beste Markusbrot.«

»Mit Gottes Hilfe, ja, wir machen Marzipan«, sagte Lucia sofort. »Wie viel und wann?«

»Für die Brüder und für meine Familie, also für sechzig Esser, sagt Pater Hinricus. Am Kreuzauffindungstag, sagt Pater Hinricus. Und ich hätte gern ein Schiff aus Marzipan, eine richtige Kogge, mit Mast, Ruder und Segel. Und mit einer Mannschaft aus starken Schiffskindern, wenn es geht.«

Lucia lächelte. »Das kann ich machen«, sagte sie, nannte ihren Preis und schlug nach Kaufmannsart mit dem zukünftigen Mönchlein ein.

»Vielleicht wäre er doch besser Schiffer geworden«, flüsterte Alheid, als sie auf die frühlingswarme Straße traten.

CAPUT 6

Weinen ist meine Stimme gewesen

Am nächsten Morgen, bei der Biersuppe, fragte Brun Wulfledder seinen noch sehr müde wirkenden Sohn. »Habt ihr euch gestern einen schönen Abend gemacht, du und die Schiffskinder?« Er zwinkerte Jordan verschwörerisch zu. Jordans Rausch war inzwischen verschwunden. Er schaute durch das Spitzbogenfenster nach draußen in den kleinen Hof, in dem eine mächtige Birke ihre Äste im Wind schüttelte. Die Blätter wisperten wie ein Schwarm Bienen. Dann richtete er den Blick wieder auf den Zinnteller mit der Biersuppe, auf der braun gebackene Nonnenfürze schwammen, und nahm lustlos einen Löffel. Sein Vater saß ihm gegenüber an dem blank gescheuerten Tisch, der im vorderen Teil der Wohnstube stand, und die Mutter thronte am Kopfende. Sie schien dem Gespräch gar nicht zu folgen, durch ihre Finger lief ihr Rosenkranz.

Als Metteke, die Magd, die Teller abgeräumt hatte, sagte Jordan, ohne die Eltern anzusehen: »Ich gehe zu Bernt Notke. Ich werde sein Geselle.«

Zuerst wurde seine Ankündigung mit Schweigen bedacht. Als dieses immer länger dauerte, schaute Jordan auf. Die Mutter sah wie geistesabwesend auf den leeren Tisch, und der Vater war erstaunlich ruhig. Er kniff die Augen zusammen, bis die Brauen über der Nasenwurzel gegeneinander stießen. Mit seinem massigen Körper schob er den Stuhl zurück, der auf dem ausgefegten Holzboden ein knarrendes Geräusch verursachte. Dann stand Brun Wulfledder langsam auf, stützte sich mit den großen Händen auf der Tischplatte ab und beugte sich über sie, bis er Jordan beinahe erreicht hatte. Jordan roch den sauren Bieratem seines Vaters. Ihm wurde übel. Aber er wich nicht zurück. Die ganze Nacht hatte er wach in seinem Bett gelegen und über seinen Entschluss nachgedacht. Komme, was wolle, er würde zu Notke gehen. Es war besser, in Armut für die Erschaffung von gottgefälligen Welten auf Leinwand und Holz zu leben, als in Reichtum an der Unerträglichkeit des Lebens zugrunde zu gehen. Er sah seinem Vater in die Augen.

Brun Wulfledder holte Luft, und Jordan erwartete das Donnerwetter. Er warf seiner Mutter einen raschen Blick zu. Sie saß immer noch wie unbeteiligt am Kopfende der Tafel. Dann schaute er wieder den Vater an. Dieser öffnete den Mund.

Doch kein Laut drang hervor.

Brun Wulfledder legte die rechte Hand über den weißen Bart, den Mund, die Wangen, so groß und fleischig war sie. Er richtete sich auf, zeigte auf die Tür der Wohnstube und sagte mit beängstigend kalter, unbeteiligt klingender Stimme:

»Geh und komm nicht wieder. Wenn du gleich durch diese Tür schreitest, sollst du bedenken, dass du dann nicht länger mein Sohn bist. Du wirst deinen Ungehorsam noch bitter bereuen, mein Sohn. Ich prophezeie dir, dass du eines nicht allzu fernen Tages deinen Fehler einsehen und zu mir zurückkriechen wirst – wenn du von den Schrecken gekostet hast, die dein neues Leben für dich bereithält.«

Jordan war auf diese Worte nicht vorbereitet gewesen. Er hatte damit gerechnet, der Vater werde wie am vergangenen Tag einen Wutanfall haben. Das hätte Jordan den Abschied leichter gemacht. Nun hörte er, wie die Mutter weinte. Sein Plan geriet ins Wanken. Er sah sich, wie er dem Vater im Kontor und im Warenspeicher zur Hand ging, er sah sich mit den anderen Handelsherren und Kapitänen zechen, er sah sich in die Mühlenstraße gehen … Da erstand vor seinem geistigen Auge wieder das Bild der jungen Frau, die ihm in St. Marien geholfen hatte. Was würde sie wohl dazu sagen? Auch sie hatte die Darstellung des Totentanzes abstoßend gefunden, doch für die liebliche Malerei in der Kirche hatte sie Verständnis gehabt. Sie würde ihn bestimmt verstehen. Damit war seine Entscheidung endgültig gefallen.

Schweigend stand Jordan auf, durchquerte die Wohnstube und öffnete die Tür. Er warf einen Blick zurück auf die Eltern, so wie er am vergangenen Abend einen Blick zurück auf Notke und Marquard geworfen hatte. Wieder verspürte er eine Ahnung drohenden Unheils. Dennoch schloss er leise die Tür hinter sich. Er ließ Stille und Schweigen zurück.

Als er durch die Diele ging, in der noch immer die am Tag zuvor eingetroffenen Stoffballen vermessen, gefaltet und auf den Lagerboden gebracht wurden, hatte er den Eindruck, als schreite er durch die Vergangenheit. All das würde er vermutlich nie wiedersehen. Er nahm nicht einmal Kleidung und Stiefel mit. Er wollte nicht, dass ihn etwas anderes als die Dinge, die er am Leib trug, an sein altes Leben erinnerten. Er fühlte sich gut – und schuldig zugleich. Die Gehilfen des Vaters grüßten ihn freundlich; sie wussten nicht, dass er nicht zurückkehren würde. Auch Peter Rode, der Schreiber, der gerade mit langen Schritten die Diele durcheilte und zum Kontor lief, entbot ihm einen herzlichen Gruß.

Plötzlich wusste Jordan, dass er all das vermissen würde. Er gab ein Leben in Sicherheit und Geborgenheit auf, um sich einer höchst ungewissen Zukunft zu verschreiben. Er dachte an den Aufruhr in der Marienkirche, dessen Zeuge er geworden war. Von nun an würde auch er Zielscheibe für Spott, Hohn, Neid und Unverständnis sein. Kurz überlegte er, ob er umkehren sollte, doch wie im Schlaf öffnete er die Haustür, schritt die wenigen Stufen in die Mengstraße hinunter und hörte, wie das Portal hinter ihm mit einem zugleich schrecklichen und beruhigenden Geräusch ins Schloss fiel.

Kühe wurden durch die Straße getrieben, ein stinkendes Rinnsal lief auf dem Pflaster in Richtung Trave, drei Häuser weiter wurde ein Nachttopf ausgeleert; man war wohl zu faul, um ihn bis zur Kloake zu tragen, vornehme Frauen liefen anmutig mit hohen Trippen in der Mitte der Straße, soweit sie nicht von Fuhrwerken oder Tieren in die Gosse gezwungen wurden, Kaufleute in kostbaren Hoyken und Tabbarden eilten hierhin und dorthin, als gelte es, noch heute Vormittag die Welt mit ihrem Geld zu retten, und über allem stand die Lübecker Frühlingssonne. Ein frischer Wind von der Trave her brachte den Duft von Blüten, von Wasser und frischer Erde, der den zähen, aber schwachen Gestank in der Straße milderte.

Jordans Weg war kurz, da die Mengstraße gegenüber St. Marien lag. Er eilte genauso schnell wie die Kaufleute, huschte um den Chor mit den Buden der Baumeister herum, bis er zu der Hütte des Malers und seines Gesellen kam. Doch die Tür war verschlossen. Jordan hämmerte gegen das dünne Holz, das unter seinen Schlägen zitterte. Marquard, der Geselle, öffnete. Als er Jordan erkannte, bekreuzigte er sich. Jordan tat so, als hätte er diese Geste nicht bemerkt. Er nahm seine schlichte Kappe ab und fragte, ob der Meister anwesend sei.

Bernt Notke kam aus dem angrenzenden Raum, in dem gestern Nacht das Bildnis des toten Kindes gestanden hatte. Als er Jordan sah, grinste er übers ganze Gesicht. Sein mächtiger rotbrauner Bart tanzte wie ein Gebüsch im Sturm. »Beim heiligen Lukas, der Kaufmannssohn meint's ernst. Willst du hier einziehen?«

Jordan nickte.

»Komm herein, ich zeig dir dein Lager.« Notke verschwand wieder im Innern der Hütte, die an die Kirchenmauer angebaut war. Als Jordan das Bild des toten Kindes sah, graute ihm. Daneben stand das Bild des Küsters mit dem Tod, das Jordan ebenfalls schon kannte. Nun war es beinahe fertig. Notke beachtete die Bilder gar nicht, sondern zeigte auf ein recht breites Bett an der anderen Seite des kleinen Zimmers. »Das ist Marquards Bett. Jetzt ist es auch deines.«

»Bekomme ich kein eigenes?«, fragte Jordan entsetzt. Er war es gewöhnt, zwischen weißen Laken und Daunen zu schlafen, doch das, was er hier sah, war weder weiß noch sauber, noch versprach es weich zu sein: Sackleinen und Stroh.

»Macht Ihr einen Rückzieher, Jordan Wulfledder?«, fragte Notke belustigt und strich sich über den Bauch. »Manches müsst Ihr aufgeben, doch manches erhaltet Ihr auch dafür. Verlasst die Genüsse der irdischen Welt und erobert Euch die Genüsse der in Farbe und Strichen abgebildeten Welt. Genießet, dass diese abgebildete Welt die einzig ewig-unwandelbare ist.« Ohne eine Antwort abzuwarten, öffnete Bernt Notke eine weitere Tür in der kleinen Kammer, hinter welcher der eigentliche Arbeitsraum lag. Drei junge Gehilfen waren gerade damit beschäftigt, lange Leinwandstreifen zusammenzunähen und zu grundieren. Farbtiegel standen umher, Tische waren zu wahren Kunstwerken aus Farbe geworden, Leisten lehnten an den Wänden, Skizzen auf Papier, manche sogar auf Pergament waren überall im Raum verteilt, Pinsel in allen Größen und Stärken standen in Krügen, lagen auf dem Boden und auf den Tischen. Er konnte gar nicht glauben, dass aus diesem Wirrwarr jene wunderbaren Werke entstanden, die er so bewunderte. Doch da waren sie, an den Wänden aufgespannt: Viele Bilder des Totentanzes befanden sich bereits in den verschiedenen Stadien der Vollendung; von allen gab es Vorzeichnungen, die mit schwarzen Umrissen Leben auf die weiße Leinwand brachten. Jordan erkannte einen Kartäusermönch in seinem weißen Gewand und mit einem Beutelbuch in der Hand; noch fehlte der Figur das Gesicht, aber der Tod neben ihm war bereits fertig. Er hatte sein Leichentuch wie ein Mönchsgewand über Kopf und Körper geschlungen; die dürren Knochenbeine lugten daraus im Tanz hervor, und in der anderen Hand hielt er eine Gestalt fest, deren kostbare Gewänder auf einen Bürgermeister wiesen. Eine andere Tafel zeigte eine Jungfrau in einem roten Kleid und mit spitzem Hut, die sich wie in einem höfischen Tanz drehte. Sie trug eine lange, beinahe durchsichtig erscheinende Schleppe und wurde weder vom Tod zu ihrer Linken noch von dem zu ihrer Rechten berührt. Und dort, jene wunderbare Gestalt: die Kaiserin. Auch ihr fehlte noch das Gesicht, doch ihr Gewand aus kostbarster Seide, aus Brokat und Pelz war bereits fertig; es war eine Hymne an die Schönheit. Jordan wandte den Blick von den Bildern ab und sah staunend auf das Durcheinander, in dem sich die drei Gehilfen mit schlafwandlerischer Sicherheit bewegten.

»Wo hast du deine Sachen?«, fragte Notke.

»Ich habe keine«, sagte Jordan, der sich noch immer nicht von dem Chaos der Farben und Formen in diesem Raum lösen konnte, welcher ihm wie die Werkstatt Gottes erschien.

»Bartel«, rief Notke nach einem der Handlanger, der soeben zwei der langen Leinwandbahnen zusammengenäht hatte, »hol Bier. Aber nicht zu wenig. Wir feiern unseren neuen Gesellen. Für heute ruht die Arbeit.«

Die Handlanger stießen Freudenrufe aus. Alle drei liefen aus der Werkstatt.

»Das hier ist nun dein neues Zuhause, falls du wirklich bei uns bleiben willst«, sagte Notke und machte eine ausgreifende Handbewegung in den Raum hinein. »Wir können dein Talent gut gebrauchen, haben viel zu tun, wenn das Werk rechtzeitig gelingen soll. Zuerst wird Bartel dich in die Kunst des Anmischens der Farben einweisen, aber das wird erst morgen geschehen. Und von Marquard wirst du noch einiges über die Haltung der Figuren sowie das Skizzieren und Grundieren erfahren. Alles durcheinander, alles gleichzeitig, wie es bei uns üblich ist.« Er lachte laut und herzlich. »Wir fangen hinten an, machen in der Mitte weiter, dann wieder nach hinten, nach vorn, bis wir alles ausgefüllt haben. Man mag über uns den Kopf schütteln, doch wir sind die besten, glaube mir. Nur wer sich keine Zügel anlegt, dem wird das Werk gelingen. Das gilt für den Ausdruck und für das Thema. Der Tod, der alle in seinen Tanz zwingt, Reich und Arm, Groß und Klein, das ist das Bild der neuen Welt. Im Totentanz gibt es keinen Unterschied zwischen Adel und Städtern, zwischen Arm und Reich, Mann und Weib. Das zu malen, das wagen die Zunftmeister nicht. Doch wer kleinlich wie ein Krämer und gehorsam wie ein Hund die Leinwand oder das Holz bepinselt, kann keine gottgefällige Kunst schaffen. Kunst muss aufrütteln, Kunst muss das Kommende zeigen, und Kunst muss Herz und Seele bewegen, dann ist sie wahrer Gottesdienst in der Welt. Komm, wir warten vorn auf die Jungen mit dem Bier.«

Er verließ das Malzimmer, durchquerte den Raum, in dem von nun an Jordan gemeinsam mit Marquard in einem Bett schlafen sollte, und setzte sich an einen Tisch im recht aufgeräumten ersten Zimmer der Bude. Ein Zeichentisch stand unter dem Fenster, auf dem Kohle und Rötel aufgereiht waren. Nur das große, bequem wirkende Bett wies den Raum als die Kammer des Meisters aus. Fünf weitere Stühle lehnten an der Wand. Jordan und Marquard zogen sich je einen heran und gesellten sich zu dem Meister.

Jordan hörte von draußen das Klappern vieler Stiefel und Trippen, das Knarren von Rädern, das Blöken von Kühen, das Grunzen von Schweinen, das Gackern von Gänsen, das durch keinerlei Glas gedämpft wurde, denn Glas war zu teuer für die Maler. Hier schwappte das Leben ungehindert hinein. Nun würde er wie die armen Leute leben. Wenn er zu seinen Eltern zurückginge und untertänigst um Verzeihung bäte, würden sie ihn vielleicht wieder aufnehmen. Dann hätte er sein eigenes, weiches Bett zurück und den Blick durch Butzenscheiben. Das Essen war hier sicherlich auch nicht gerade gut.

Schäm dich, Jordan Wulfledder, rief eine Stimme in ihm. Hast du schon den Anblick des hinteren Raumes mit all seinen Farben und Leinwänden vergessen? Hast du vergessen, warum du hier bist? Hast du den vergangenen Abend im »Krug zum Humpen« vergessen? Und deinen Vater und den Kapitän Hollebeck in der Mühlenstraße? Willst du dir dein angenehmes Leben mit solchen Abscheulichkeiten erkaufen?

»Berichte von dir, Jordan Wulfledder«, forderte Bernt Notke ihn auf. Marquard beugte sich über den Tisch zu ihm hin; in seinem Gesicht lag gespannte Erwartung. Also erzählte Jordan ihnen, wie er zu seinem Entschluss gekommen war, Maler zu werden. Schon immer hatte es ihm Vergnügen bereitet, Menschen, Tiere, Häuser und alle möglichen Gegenstände zu zeichnen und mit ihnen eine Gegenwelt zu schaffen, die für ihn mehr Wahrheit besaß als das Leben in einem Kaufmannshaushalt, wo es nur um Geld ging.

Inzwischen waren die Handlanger zurückgekommen und hatten insgesamt neun Krüge Bier gekauft, die sie spielerisch wie Gaukler in den Händen hielten. Es wurde getrunken, gescherzt, dazwischen über die Kunst geredet. Jordan rauschte der Kopf, er fühlte sich, als wäre er von der Erde unmittelbar ins Paradies versetzt worden. Wenn nun noch jenes strohblonde Mädchen aus St. Marien hier wäre, sein Glück wäre vollkommen. Er hatte das wahre Leben gefunden. Noch nie hatte ihm das Bier – es war schweres hamburgisches Export-Bier – so sehr gemundet, noch nie hatte sein Geist solche Höhenflüge unternommen, noch nie hatte die Zukunft so strahlend vor ihm gelegen. Selbst die Aussicht darauf, mit dem verwachsenen Marquard im selben Bett zu schlafen, fand er nicht mehr schrecklich.

Notke erzählte, wie er durch Bürgermeister Witig den Auftrag erhalten und sich gegen die städtischen Maler durchgesetzt hatte.

»Die können halt nichts«, unterbrach Marquard ihn stolz. »Und nun sind sie wütend auf uns, denn dieser Auftrag macht uns reich. Wenn der Totentanz hängt, dann kann sich jeder von uns eigene Betten leisten, ja sogar eigene Häuser.«

Marquard nahm einen tiefen Schluck und schüttelte sich vor Freude. Doch einen Augenblick später donnerte er den Krug auf den Tisch, dass dieser erzitterte.

»Wenn es nur nicht der Tod wäre, mit dem wir unser Geld machen.«

»Der Tod ist Gott wohlgefällig, Geselle Marquard«, sagte einer der Handlanger, ein baumlanger Kerl, der eher wie ein Hafenarbeiter anmutete. »Ohne den Tod gäbe es kein Leben.«

»Geschwätz«, brummte Marquard und stützte den großen Kopf in die Hände. Jordan betrachtete ihn genau. Der Geselle hatte Segelohren, Knopfaugen, schwarze Haare, die wie Asche aussahen, und einen Buckel auf dem Rücken, vor dem es sicherlich sogar Gott erbarmte. Er erwiderte Jordans Blick, dass es diesem kalt über den Rücken lief.

»Euer totes Kind im Skizzenblock und das unsere sind ein und dasselbe. Das spukt mir schon den ganzen Tag im Kopf herum.«

»Zufall«, meinte Notke leichthin.

»Es gibt keinen Zufall.«

»Woher hast du das Vorbild für das Kind?«, fragte Notke den Gesellen.

»Kein Vorbild«, sagte Marquard undeutlich, während er einen weiteren Schluck Bier nahm. »Nur ein Bild in meinem Kopf.«

Jordan trank, bis er nicht mehr wusste, wo er war.

Am Morgen darauf erwachte er mit pochenden Kopfschmerzen in Marquards Bett. Er konnte sich nicht erinnern, wie er hineingekommen war. Als er sich die Augen rieb, trat Bernt Notke ein.

»Aufstehen, ihr Faulpelze. Jordan, in der Oldesloer Kapelle steht noch eine grundierte leere Leinwand. Hol sie mir bitte. Sie ist nicht so schwer. Das kannst du allein.«

Die Frühmesse war schon gehalten worden, also war die Kirche bereits offen. Jordan drückte gegen das gewaltige Portal, und langsam schwang es nach innen.

In der Kirche herrschte noch Zwielicht. Die bunten Fenster mit den Heiligenbildern filterten bunt die Morgensonne. Jordan schlenderte durch das südliche Seitenschiff, dessen Kreuzrippengewölbe sich hoch oben in der Dunkelheit verlor, kam an dem Lettner vorbei, hinter dem sich der Altar erhob, kniete kurz nieder und bekreuzigte sich vor der Anwesenheit des Allmächtigen. Dann huschte er in die Oldesloer Kapelle im nördlichen Teil des Gotteshauses, wo der Totentanz aufgehängt werden sollte. Er sah die Leinwand gegen den kleinen Altar gelehnt und zog sie an sich. Dabei fiel sein Blick auf etwas, das auf dem weißen Altartuch lag.

Er ging näher an den Altar heran. Ihm gefror das Blut. Es war ein Kind, das dort lag. Die Hände hielt es gefaltet. Rote Würgemale liefen um seinen Hals. Es war tot.

Es war das Kind, das er am Hafen gezeichnet hatte.

Das Kind auf dem Totentanz.

CAPUT 7

Ich trug mit Ungemach des Tages Last und Not.

Als Marquard das tote Kind auf dem Altar liegen sah, brach er zusammen. Jordan hatte ihn und den Meister sofort herbeigeholt und ihnen den grausigen Fund gezeigt. Notke hatte die Arme in die Seite gestemmt und so heftig auf seiner Unterlippe herumgenagt, dass sein Bart tanzte. Für Marquard hingegen war es zu viel gewesen. Er hatte einen gurgelnden Schrei ausgestoßen; Schaum war ihm aus dem Mund getreten, und er zuckte, als züchtige ihn jemand mit einer unsichtbaren Peitsche. Sein Stöhnen gellte durch die Oldesloer Kapelle, brach sich am Kreuzrippengewölbe, hallte von der Holztäfelung wider, vor welcher der Totentanz später hängen sollte, und stahl sich hinaus in das gewaltige Innere der Marienkirche. Manchmal glaubte Jordan »Tod« zu vernehmen, manchmal »Verderben« und immer wieder »Feuer, Feuer.« Aber vermutlich waren es nur Laute des Schmerzes.

Notke beachtete seinen Gesellen nicht, sondern starrte das tote Kind an, das in einem schmutzigen, sackähnlichen Kleidchen aus grobem Linnen steckte. Er öffnete den Mund wie zu einem stummen Seufzer, dann strich er sich über den Bart. Jordan sah, dass ihm Schweißperlen auf der Stirn standen. Nach einer Weile war Marquard ruhig geworden. Er lag wie tot vor den Stufen des kleinen Altars. Jordan rückte ein paar Schritte von ihm ab; er wusste nicht, ob er Mitleid mit dem Gesellen haben oder sich vor ihm fürchten sollte.

»Wer immer das Kind hier abgelegt hat, muss es nach der Frühmesse getan haben«, meinte Notke.

»Warum?«, fragte Jordan. »Warum bloß?«

»Weil man uns in Verruf bringen will«, brummte Bernt Notke. »Würde mich nicht wundern, wenn einer der Zünftischen das Kind hierher gelegt hat, um uns aus der Stadt zu treiben.«

»Glaubt Ihr wirklich, dass sie dafür ein solch armes Wurm getötet haben?«, fragte Jordan ungläubig.

»Ich trau ihnen alles zu«, murmelte Notke und bückte sich.

Marquard war wieder zu sich gekommen; er war weiß wie eine frisch grundierte Leinwand. Notke half ihm auf, zog ein leidlich sauberes Nasentuch hervor und wischte dem Gesellen über das Gesicht. Marquard musste sich auf die Stufen des Altars setzen, so sehr zitterten ihm die Beine.

Jordan hingegen betrachtete das beklagenswerte Kind aus der Nähe. Ja, es gab keinen Zweifel. Das war das Kind der Bettlerin vom Hafen.

»Du machst mir den Eindruck, als hättest du diesen Balg schon einmal gesehen«, meinte Notke. Seine Stimme klang unerschütterlich, doch als sich Jordan zu ihm umdrehte, bemerkte er, dass ihm die Hände zitterten.

Jordan wusste nicht, was er sagen sollte. War es klug, zuzugeben, dass er das Kind kannte? Er sah von Notke zu dem armen Marquard, der sich noch nicht wieder vollständig erholt hatte. Der Geselle hatte das Gesicht in Notkes Nasentuch verborgen und schien zu weinen; sein Körper zuckte wieder, wenn auch nicht mehr so schrecklich wie vorhin. Jordan hatte schon von der Fallsucht gehört, an welcher Marquard litt, und er erinnerte sich daran, wie jene junge Frau ihm bei seinem letzten Anfall in der Kirche geholfen hatte. Er wusste, dass manche Leute dieses Leiden als Heimsuchung des Teufels ansahen.

Jordan starrte wieder auf das tote Kind. Plötzlich spürte er ein Gefühl der Kälte, das sein Herz umklammerte. Was war, wenn hier tatsächlich der böse Feind am Werke war? Der Vater der Verderbnis und Lüge? Dann konnte man ihm nur mit der Wahrheit begegnen.

»Ja«, gestand er. »Ja, ich kenne dieses Kind.«

Notke sah ihn sprachlos an. Es dauerte eine Weile, bis er fragte: »Woher?«

Jordan berichtete von der Bettlerin unten am Fluss. »Aber wie erklärt Ihr Euch, dass es dasselbe Kind wie auf der letzten Darstellung Eures Totentanzes ist?«

Bernt Notke schwieg. Marquard stand unter großen Mühen auf, doch Jordans Hilfe lehnte er ab. Langsam ging er auf den Altar zu und schaute sich das Kind an. Er nickte.

»Es ist das Kind auf dem Gemälde, nicht wahr?«, meinte Jordan. Marquard trat einen Schritt zurück. »Ja«, sagte er leise.

»Wie kommt das?«, fragte Jordan und sah den Gesellen eindringlich an. Dieser zuckte die Achseln; der Buckel auf seinem Rücken verschob sich und wirkte plötzlich wie ein zweiter Kopf.

Bevor er noch etwas sagen konnte, fiel Notke ihm ins Wort. »Eindeutig, es ist dieses Kind«, sagte er und sah Marquard fest an. »Du hast die Zeichnung gemacht. Du hast dem Kind seine Züge verliehen. Gibt es da vielleicht etwas, das ich wissen sollte?«

»Nein, Meister«, meinte der Geselle unsicher. Er trat von einem Fuß auf den anderen und schaute aufgeregt von Notke zu Jordan und wieder zurück. »Ich habe dieses Kind nie zuvor gesehen. Es hat nur in meinen Gedanken existiert.« Er ließ die Schultern hängen. »Was sollen wir jetzt tun?«

»Außer uns dreien weiß niemand von dem armen Balg«, sagte Notke bedächtig. Dann schüttelte er den Kopf. »Nein, das ist unmöglich. Wir können uns seiner nicht einfach entledigen.«

»Was ist, wenn wir es in die Trave werfen? Oder in die Wakenitz?«, schlug Marquard mit müder Stimme vor. »Dann wird man es finden, und es wird ein christliches Begräbnis erhalten.«

Bevor Notke darauf eine Antwort geben konnte, näherten sich Schritte der Oldesloer Kapelle. Die drei zuckten zusammen. Ein Schatten trat in den Eingang. Er schien riesig zu sein.

»Ich wünsche einen guten Morgen, die Herren Maler«, sagte eine Stimme, die Jordan kannte. »Ich bin erstaunt, Euch zu so früher Stunde und bei so schlechtem Licht versammelt zu sehen. Solltet Ihr nicht in Eurer Bude hocken und diese grässlichen Toten malen?«

Nun erkannte Jordan ihn. Es war Hauptmann von Pyrmont, der ihm bei dem Aufruhr in St. Marien einen Hieb in die Magengegend verpasst hatte. Was suchte er hier zu so früher Stunde? Die drei Männer rückten dichter zusammen, sodass dem Hauptmann der Blick auf den Altar verwehrt war.

»Wir wollten uns vergewissern, dass die nächsten Bilder tatsächlich an die für sie vorgesehenen Stellen passen«, erklärte Notke mit belegter Stimme und hustete. »Wie Ihr seht, gibt es viele Ecken hier in der Kapelle, und bevor die Beichtiger und Beichtkinder kommen, müssen wir neues Maß genommen haben. Wir wollen schließlich den Seelenfrieden der armen Kirchgänger nicht stören.«

Der Hauptmann, wahrlich ein Riese, der selbst Notke noch überragte, grinste. »Deren Seelenfrieden stört Ihr bereits durch Eure schrecklichen Bilder. Ich verstehe nicht, warum der Rat Euch den Auftrag für etwas so Grauenhaftes, den Tod Verherrlichendes erteilen konnte. Ganz abgesehen von der Gleichmacherei von Adel und Volk. Aber einer wie ich hat dazu ja nichts zu sagen. Ich weiß wohl, dass die Totentänze vor allem in den westlichen Ländern inzwischen sehr geschätzt werden. Doch es ist mir ein Graus. Ich seh mir lieber eine hübsche Maria mit Kind an. Oder einen Verkündigungsengel.«

»Wenn es Euch nichts ausmacht, könntet Ihr vielleicht vor dem Hauptaltar beten, denn dazu seid Ihr sicherlich hergekommen«, warf Jordan ein. »Ich fürchte, wir haben hier noch ein wenig zu tun, und wir wollen Eure Andacht nicht stören.«

»Sehr aufmerksam von Euch«, meinte Moritz von Pyrmont und spielte an dem Griff des beeindruckenden Schwertes herum, das an seinem Gürtel hing. »Aber eigentlich bin ich nicht hier, um zu beten.« Sein Grinsen wurde noch breiter. Er sah Jordan mit einem Blick an, der scharf wie ein Schwert war. »Seid Ihr nicht Jordan Wulfledder, der Sohn des großen Brun Wulfledder? Was macht Ihr eigentlich hier bei den Malern? Hab ich Euch nicht letztlich hier hinausgeworfen, als es Streit um den Totentanz gab?«

»Ich bin Bernt Notkes neuer Geselle«, sagte Jordan und richtete sich ein wenig auf. Er verfluchte seine geringe Größe. Auch wenn er das Kinn reckte und sich in die Brust warf, war er im Vergleich zu Pyrmont kaum mehr als ein Zwerg.

»Hört, hört«, sagte der Hauptmann. »Was Euer Vater wohl dazu sagen wird, wenn er es erfährt?«

»Er weiß es schon.« Jordan schloss noch ein wenig dichter zu Marquard auf, dessen säuerlicher Geruch ihm in die Nase stieg. Hoffentlich bemerkte der Hauptmann nicht, was da hinter ihnen auf dem Altar lag. Auch wenn sie keinerlei Schuld an dem Tod dieses kleinen Kindes trugen, würden sie sofort in Verdacht geraten.

»Wollt Ihr da etwas vor mir verbergen?«, fragte der Hauptmann, als hätte er Jordans Gedanken gelesen.

»Nein«, antworteten Jordan und Notke gleichzeitig.

Das Grinsen des Hauptmannes wurde noch breiter. »Liegt da nicht etwas hinter Euch auf dem Altar? Geht einen Schritt zur Seite.«

70

Nun traten auch Jordan Schweißperlen auf die Stirn. Er warf Notke einen raschen Blick zu. Der Meister zuckte ganz leicht mit den Achseln. Die Männer gehorchten. Auch Marquard machte einen Schritt weg von dem Altar mit der schrecklichen Last. Nun war das Kind deutlich zu sehen. Mehr noch: Ein Lichtstrahl fiel durch eines der Spitzbogenfenster oben im Langhaus und badete den kleinen Leichnam in grünem und goldenem Gleißen, als habe Gott selbst einen Fingerzeig gegeben.

Moritz von Pyrmont ging an den Altar heran, beugte sich über das Kind und sah von der obersten Stufe aus die drei Maler an. Er kniff den Mund zusammen, bis er nur noch ein feiner Strich war.

»Erklärt mir das«, sagte er leise.

Er stand da wie ein Racheengel. Fast glaubte Jordan, aus seinem Rücken schwarze Flügel wachsen zu sehen, doch es war nur das Spiel aus Morgenlicht und Schatten.

»Ich habe das Kindlein heute Morgen gefunden, als ich eine grundierte Leinwand von hier in die Hütte tragen wollte«, sagte Jordan. »Ich habe den Meister und Marquard gerufen, und wir hatten uns soeben entschieden, zu Euch zu kommen und diesen grausigen Fund zu melden.«

Notke brummte zustimmend, aber von Pyrmont war nicht überzeugt.

»Aha, Ihr wolltet zu mir kommen. Natürlich. Sicherlich habt Ihr nicht einen Augenblick daran gedacht, Euch des Leichnams zu entledigen, damit niemand mehr auf seine Spur kommt. Ich habe das Gemälde des toten Kindes gesehen, und wenn ich mich nicht sehr irre, war es ein Abbild dieses kleinen Wesens hier.« Der Hauptmann hatte sein Grinsen verloren. In seinem Blick loderte eine unheilige Glut. »Wisst Ihr, was ich denke? Ihr habt das Kind getötet, um es besser malen zu können. Oder Ihr habt irgendwelche Riten an ihm vollführt. Man hört viel von Teufelsanbetern in diesen Tagen. Führt mich zu dem Bild.«

»Das ist nicht nötig«, sagte Notke mit einem Seufzer. »Wir haben vorhin bereits selbst festgestellt, dass es sich um ein und dasselbe Kind handelt.«

»Ich muss Euch mit aufs Rathaus nehmen – alle drei«, donnerte der Hauptmann. »Meine Wachen stehen draußen.« Er zog sein Schwert mit einer ungeheuer schnellen Bewegung. Bevor er die wenigen Stufen vom Altar herunterschreiten konnte, fragte Jordan rasch:

»Wieso seid Ihr hergekommen? Mir scheint, dass Ihr gewusst habt, was Ihr hier vorfinden werdet. Das lässt nur einen Schluss zu: Jemand muss Euch gesagt haben, dass auf dem Tisch dieses Altars eine Leiche liegt.«

Der Hauptmann hielt mitten in der Bewegung inne. Das Schwert hatte er vor sich ausgestreckt; es schwebte in der Luft. Die glänzende Spitze zitterte leicht – wie ein Stern im Zwielicht der Kapelle.

Schnell redete Jordan weiter. »Woher hat dieser Jemand gewusst, dass hier ein totes Kind liegt? Wir selbst haben es erst nach der Messe gefunden. Und vor oder während der Messe kann das Kind noch nicht hier gelegen haben, denn dann wäre es schon bemerkt worden. Die Kapelle liegt zwar etwas abseits, aber hier werden Beichten abgenommen, und Beter kommen vor und nach der Messe her. Nein, es muss danach geschehen sein – einzig zu dem Zweck, uns in Verruf zu bringen.«

»Euch sicherlich nicht, Jungherr Jordan«, erwiderte der Hauptmann und senkte die Spitze seines Schwertes. »Denn niemand wusste, dass Ihr zu dieser Bande von Totenmalern gehört. Ihr habt übrigens recht. Heute in der Frühe hab ich eine Nachricht erhalten, der zufolge ich einen Leichnam auf dem Altar der Totentanzkapelle finden sollte.«

»Eine schriftliche Nachricht?«, fragte Notke.

Der Hauptmann nickte.

»Also muss sie von einem gebildeten Menschen stammen«, schloss Jordan. »Wann habt Ihr diese Nachricht bekommen?«

»Als ich aus der Frühmesse in St. Jacobi kam.«

»Da hatten wir den Leichnam noch nicht entdeckt. Also muss derjenige, von dem die Nachricht stammt, der Mörder dieses armen, unschuldigen Wesens sein«, meinte Jordan.

»Das wäre dann so«, räumte der Hauptmann ein. Da sich keiner der drei Maler rührte, steckte Moritz von Pyrmont das Schwert wieder in die Scheide. »Aber warum sollte ich Euch Glauben schenken?« Er sah von einem zum anderen.

»Ich bin sicher, die Mutter des armen Wesens wird uns Aufschluss über den Mörder geben können«, sagte Jordan. »Ich kann Euch zu ihr führen.«

»Ihr kennt sie?«, fragte der Hauptmann ungläubig. »Das wird ja immer toller. Was geht hier eigentlich vor?«

»Das wüsste ich auch gern«, sagte Notke und strich sich über den Bart.

Rasch erklärte Jordan dem Hauptmann, wie er die Bettlerin und ihr Kind unten an der Trave gezeichnet hatte.

»Aber Eure Zeichnung entstand erst nach der Fertigstellung des Gemäldes«, wandte der Hauptmann ein. »Meister Notke, wie erklärt Ihr Euch, dass dieses Kind auf Eurem Gemälde vorkommt?«

»Ehrlich gesagt, ich kann es nicht erklären«, meinte Notke still. »Aber wenn wir es ermordet hätten, um es dann malen zu können, würden wir es kaum heute hier auf den Altar gelegt haben. Außerdem haben wir etliche Tage an dem Bild gearbeitet. Glaubt Ihr, die Leiche sähe dann noch so frisch aus?«

Hauptmann Moritz von Pyrmont warf einen Blick zurück auf den Altar. Er nickte. Jordan fiel ein Stein vom Herzen. Es war deutlich zu sehen, dass der Hauptmann ins Grübeln kam. Er drehte sich wieder um und kratzte sich am Kopf.

»Trotzdem werdet Ihr, Meister Notke, und du, Marquard, gefänglich eingezogen, bis die Angelegenheit geklärt ist. Und Ihr, Jordan, kommt mit mir zum Hafen. Vielleicht finden wir ja die geheimnisvolle Bettlerin, von der Ihr gesprochen habt. Zu Eurem eigenen Besten hoffe ich das sehr.« Er pfiff, als wollte er seinen Hund rufen, und sofort hasteten drei Stadtwachen, die offenbar vor dem Portal gewartet hatten, in die Kirche und umringten die Maler. Der Hauptmann befahl, Notke und Marquard zum Büttelshaus abzuführen, und er selbst ging mit Jordan hinaus in den frischen, sonnigen Morgen.

*

Jordan hatte den Hauptmann gebeten, nicht durch die Mengstraße und am elterlichen Haus vorbeizugehen, denn das war ihm zu peinlich. Nun war er gerade einmal einen Tag von zu Hause weg, und schon steckte er bis zum Hals in Schwierigkeiten. Wenn sein Vater ihn in Begleitung des Hauptmannes sähe, wäre das sicherlich eine große Freude für den Kaufmann – und gleichzeitig eine große

Schmach. Beides wollte Jordan verhindern. Also gingen sie durch die Alfstraße.

Unten an der Trave herrschte bereits wildes Treiben. Träger eilten hierhin und dorthin; mächtige Kisten wurden aus dem Bauch einer Holk entladen, Stoffballen wurden auf Karren in Richtung des Holstentores gekarrt, am Kai standen große Fässer, deren Inhalt Jordan verborgen blieb, aber aufgrund ihrer Markierungen wusste er, dass sich Salz aus der Saline zu Lüneburg in ihnen befand. Seeleute und allerlei Bettelvolk liefen hin und her. Jordan hoffte, er werde nicht den Matrosen und Bootsleuten von der »Dat hilligen Book van DeSleghte« begegnen, mit denen er am vorgestrigen Abend gezecht hatte, doch ihr Schiff hatte wahrscheinlich schon wieder abgelegt.

»Wo ist nun Eure Bettlerin?«, fragte der Hauptmann und packte Jordan am Arm. Der Griff war schmerzhaft.

»Ich habe sie auf der Höhe der Fischstraße gesehen«, antwortete Jordan zögerlich. Der Hauptmann ließ ihn wieder los, und Jordan hastete traveaufwärts. Die Frau war nirgendwo zu sehen. Er lief an der Stadtmauer entlang, an den Toren, und die ganze Zeit über blieb der Hauptmann dicht hinter ihm. Dann endlich, in Höhe der kleinen Petersgrube, sah Jordan eine Frau, die wie die Bettlerin aussah. Sie saß auf dem Pflaster neben einem Karren, dem ein Rad fehlte, und hielt den Kopf nach unten gebeugt. Jordan rannte auf sie zu.

»Frau!«, rief Jordan. »Ich muss mit Euch reden.«

Die Frau schaute auf. Jordan blieb stehen, als habe ihn jemand mit einer Peitsche geschlagen. Es war nicht die Bettlerin mit dem Kind. Er hockte sich vor sie. »Ich suche eine Frau … eine Frau mit einem Kind … eine Bettlerin … dunkle Locken und grüne Augen … das Kind wie ein Engel …«

Die Frau sah ihn an. Sie lächelte. Obwohl sie kaum älter als Jordan war, hatte sie keine Zähne mehr im Mund. »Margret Berner«, sagte sie. »Margret Berner.«

»Heißt sie so?«, fragte der Hauptmann, der Jordan inzwischen eingeholt hatte. Er war ein wenig außer Atem geraten. Die Frau nickte. »Wo ist sie?«

Statt einer Antwort wies die Frau hinter sich, auf den Kirchturm von St. Petri jenseits der Mauer. »Kann ihr keiner helfen«, sagte sie leise und hustete. »Betet auf den Stufen.«

Sofort liefen Jordan und der Hauptmann wieder in die Stadt hinein. Die Wachen sahen sie fragend an, doch sie kannten natürlich den Hauptmann und grüßten stramm. Die beiden Männer hasteten die kleine Petersgrube hoch. Die niedrigen, schmalen Häuser in der nur ein Fuhrwerk breiten Straße schienen himmelan zu streben, denn hier hob sich der Boden auf St. Petri zu. Der quadratische, massige Turm erhob sich aus der trutzigen Westfassade wie ein mahnender Finger. Die kleinen Fenster wirkten eher wie Schießscharten; es war eine Burg Gottes, die wenig von der schwebenden Leichtigkeit der Marienkirche besaß. Als er mit von Pyrmont die Straße hinaufstieg und geradewegs dem Portal entgegenschritt, hatte er den Eindruck, er nähere sich dem göttlichen Strafgericht.

Und da war die Bettlerin. Jordan erkannte sie sofort. Sie saß auf den Stufen, die hoch zum Eingang führten, und rang die Hände. Die dunklen Locken krochen unter dem schmierigen Kopftuch hervor und schmiegten sich um die schmalen Schultern. Als Jordan sich ihr näherte, hörte er, dass sie sprach. Die Menschen gingen achtlos an ihr vorbei. Ihre grünen Augen waren zum Himmel gekehrt. Sie hielt nicht einmal die Hand auf und bemerkte Jordan auch dann nicht, als er vor ihr stand.

»Mein Engel. Fortgeflogen. Mein kleiner Engel. Weit fortgeflogen.« Immer wieder flüsterte sie diese Worte.

»Ist sie das?«, fragte der Hauptmann Jordan. Der nickte. Dann stellte sich Moritz von Pyrmont vor die Bettlerin. »Seht mich an!«

Zuerst gehorchte sie nicht, sondern sagte immer nur ihre Litanei auf. Doch als er seinen Befehl schärfer und lauter wiederholt hatte und gar einige edle Frauen stehen blieben, die soeben im Begriff gewesen waren, St. Petri zu betreten, schaute sie auf. Aber sie sah nicht den Hauptmann, sondern Jordan an.

Ihr Blick war irr. Diese Frau erkannte keinen Menschen mehr. Sie sah durch alle hindurch.

Sah vielleicht bis in ihre Seele.

Doch was sie da sah, schien die Hölle zu sein.

CAPUT 8

Ihr Bürger sucht umsonst in Gärten, Tälern, Gründen,
um für die letzte Not ein Mittelchen zu finden

Juleke stieß den Stößel mit voller Kraft auf die geschälten Mandeln im Mörser. Wieder und wieder. Die größte und stärkste der Gudalbertschwestern hatte das Haar streng zurückgebunden, ihr Kopftuch war schweißnass. Die Kutte klebte ihr an Armen und Brust. Neben ihr schuftete Alheid. Sie vermengte die Mandeln mit Zucker und Rosenwasser, Rosenöl und – nach Lucias Spezialrezept – ein wenig Apfelmost. Später würde Lucia die Rohmasse in einem großen Kessel rösten, der fest in die glühenden Kohlen des Herdes gepresst war. Sie betrachtete ihre hart arbeitenden Schwestern. Es würde ihr die Arbeit als Marzipanmacherin endlos erschweren, wenn die beiden Beginen wären.

Wer hatte so viel Kraft, wenn nicht Juleke? Wer würde die Wirkstoffe der heilsamen Süßigkeiten für die Armen dosieren, wenn nicht Alheid? Vielleicht hatte Volke recht, es würde ihr irgendwann leidtun, allein zu sein.

Lucia formte kleine Happen aus der Kirschlatwerge, die sie noch am vorherigen Abend aus Honig und Früchten gekocht hatte. Alheids Arzney hatte sie während des Erkaltens untergerührt. Deswegen wog sie jetzt die wertvolle Süßspeise in gleich schweren Stücken ab. Alheid warf ihr einen prüfenden Blick zu, Lucia lächelte zurück. Sie wusste mit der Apothekerwaage umzugehen. Sie legte die schmerzstillende Leckerei in ein mit Leinen ausgekleidetes Holzschächtelchen. Als sie fertig war, wusch sie sich die Hände und goss das Wasser sorgsam in den Abtritt.

»Alheid, du kannst deine Medizin austragen«, sagte sie und nahm der Schwester den Rohmarzipanballen ab.

»Kommt ihr allein zurecht?«

»Sicher. Doch lass dich nicht von Volke oder dem Medicus erwischen«, sagte Lucia.

Alheid legte die Spanschachtel in eine Daubenschale und deckte sie mit Leintuch ab. »So, jetzt sieht das niemand«, sagte sie und lächelte breit. Sie küsste Lucia auf die Wange und öffnete die Tür.

»Gott sei mit dir«, keuchte Juleke. Sie legte den Stößel aus der Hand und kniete vor dem Hausaltar nieder, um für ihre Schwester zu beten. Es dauerte nur ein Ave Maria, da stürmte Alheid zurück in die Diele – mit der Daubenschale in der Hand, fahrig und bleich. Hinter ihr stand der Franziskanerguardian Hinricus Risebitter. Juleke wischte ihre Hände ab und zog Alheid beiseite. Sie kniete vor dem Geistlichen nieder und küsste seine Hand. Er segnete die fromme Frau.

»Willkommen in unserem bescheidenen Haus, guter Vater«, sagte Lucia ruhig und wischte sich die Hände sauber.

»Genau dich will ich sprechen, Lucia Gudalbert.« Risebitter wies mit dem Finger auf sie. Seine Stirn lag in tiefen Falten. Alheid zog einen der groben Stühle beiseite und bat den Mönch mit einer Handbewegung, sich zu setzen. Er blieb stehen, groß, breit und übermächtig. »Du machst wieder Marzipan?«

Lucia nickte. Er war ihr Beichtvater. Er wusste, was sie tat, und hatte es stets gebilligt.

»In wessen Auftrag?«, herrschte er sie an.

»Im Auftrag Eures Novizen Hennerk Padelügge. Er hat es gestern für seine Professfeier bestellt. Angeblich mit Eurem Einverständnis.«

Lucia wurde ganz mulmig zumute. War der Guardian gekommen, um den Auftrag zurückzunehmen? Sie brauchten das Geld so dringend.

Juleke kam ihr zu Hilfe. »Wir drei waren zum Gebet in Eurer Kirche zu St. Katharinen, als er uns ansprach.«

»Er hat also Marzipan bestellt. Gut und schön. Und was sagte er noch?« Die Schwestern schauten sich erstaunt an.

»Er wollte ein Schiff aus Marzipan haben. Mit Ruder und Segel und Mannschaft«, sagte Juleke ruhig.

»Das ist Frevel. Essen ist Essen und kein Spielzeug. Keine Schnörkel, keine Blumen, nur einen Laib des Marzipans mit einem Segenskreuz, mehr nicht. Mehr nicht, hast du verstanden, Lucia!«, brüllte der Guardian plötzlich. Er sah so grimmig aus, dass ihr das Blut stockte. Sie hatte tausend Erwiderungen im Kopf. Sie hätte sagen können, dass das Schiff ein Herzenswunsch des Jungen war, dass ihre Muster einfach waren und dass sie ihre Inspiration dazu von den Kirchendecken in St. Marien und St. Katharinen bekam, dass alles gottgefällige Symbole waren, doch sie hielt den Mund, denn sie dachte an das Reh aus Nussmarzipan. Sie sank in die Knie. Der Guardian würde kein Widerwort zulassen. Er war hochrot angelaufen, und da sie nicht antwortete, holte er zu einer heftigen Predigt aus.

»Du verdingst dich an die gottlosen Wucherer der Stadt und bedienst ihre Völlerei mit gekünsteltem Süßwerk, mit Tieren und Teufelssymbolen, mit zuckrigen Höllenblumen. Der heilige Franziskus hat uns die Bescheidenheit des Christenmenschen gelehrt. Wir sollen Gott nicht mit aufwendigen Bildwerken verehren, sondern mit reinem Herzen. Dazu brauchen wir keine Blüten auf dem Marzipan, das uns die Speise im Magen bindet. Dazu brauchen wir kein Gold auf dem Braten, der unser Blut stärkt, dazu brauchen wir keine Totentänze, die unsere Seele schrecken.«

Juleke legte dem Pater die Hand auf den Arm, um ihn zu besänftigen, doch er hatte sich in Wut geredet und stach mit seinem mahnenden Zeigefinger genau vor Lucias Nase in die Luft. »Man hat dich gesehen, Lucia Gudalbert, gemeinsam mit diesem Notke und mit Berend Witig, diesem Verschwender. Machst du dich gemein mit diesen Nekromanten?«

Lucia war völlig verdutzt. »Ich hab doch nur geholfen.«

»Aber wem? Dem besessenen wendischblütigen Diener eines luziferischen Malers!«

»Ich weiß nicht, ob der Geselle ein Wende ist, aber ich weiß, dass er nicht besessen ist. Er leidet unter der Fallsucht.«

»Er hat in die Hölle geblickt, dieser Teufelsgenosse, und du hast dich zu seiner Genossin gemacht!«

Juleke wurde das Gebrüll in ihrem Hause zu viel. Sie packte den Mönch an der Kutte und drehte ihn zu sich um. Sie sah ihn mit ihren tiefgrauen Augen an, als wollte sie seinen Geist erforschen. So, von Angesicht zu Angesicht mit der frommen Frau, legte sich der Sturm im Herzen des Paters.

»Beruhige dich, Bruder Hinricus«, sagte Juleke jetzt sanft. »An Lucia ist nichts, was dich so in Wut bringen sollte. Zorn ist eine Todsünde, lass ab davon. Lass uns gemeinsam für die Stadt beten, dass sie Mäßigung finde.«

Er neigte sein Haupt. Eigentlich hätte er jetzt das Gebet sprechen sollen, aber Juleke flüsterte hörbar ein Vaterunser, dem der Mönch folgte. Alheid und Lucia tauschten stolz einen Blick. Ihre Schwester war heiligsamer als zehn Nonnen. Ihre Frömmigkeit berührte die Seelen. Sogar die von Pater Hinricus Risebitter.

Der Franziskaner blickte zerknirscht aus dem Gebet auf.

»Wie dem auch immer sei, beim heiligen Franziskus. Lucia, sieh dich vor. Übertreibe es nicht mit der Kunst und halte dich fern von Bernt Notke, Berend Witig und dessen verschwenderischer Sippe. Du wirst noch sehen, was diese Totentanzschmiererei bringt. Schon heute, schon heute ist ein fürchterliches Sakrileg geschehen.«

Schweißperlen traten auf seine Stirn, als er fortfuhr. »Ein totes Kind lag auf dem Altar der Oldesloer Kapelle. Erwürgt, das kleine unschuldige Wurm. Das kommt davon, wenn man den Tod tanzen lässt, wenn man Zierung und Farbe höher achtet als die Reinheit des Geistes und die Bescheidenheit der Lebensführung. Ein Kind, ebenso klein wie das gemalte Wiegenkindelein auf Notkes schändlichem Bildwerk. Einfach erwürgt.« Die Schwestern tauschten erschrockene Blicke. »O Herr, was wird nur werden? Herr, schütze diese Stadt vor der sündhaften Ziersucht, schütz dieses Haus vor der teuflischen Schnörkelei«, stöhnte der Mönch.

Juleke nahm vorsichtig seine Hand und küsste seine Fingerspitzen. »Wir werden so handeln, wie Ihr uns ratet, ehrwürdiger Pater. Wir werden die verschwenderischen Verzierungen aufgeben und hoffen auf Euren Segen für unsere Arbeit.«

Julekes einfache Worte rührten den Eiferer. Er segnete sie noch einmal. Mit großen Bettelaugen hielt ihm Lucia den riesigen Klumpen Marzipanrohmasse hin, und wieder machte der Mönch sein Segenszeichen. Alheid kniete sich neben ihre Schwestern.

»Wir danken Euch, Pater Hinricus.«

Die Schwestern senkten die Augen. Lucia bemerkte, dass der Franziskaner durch ihre Demut verwirrt worden war. Die drei Frauen begleiteten ihn zur Tür, dankten für den hohen Besuch, die große Ehre und verabschiedeten ihn vor dem Haus.

»Mach jetzt keine böse Bemerkung«, sagte Juleke zu Alheid, als der Mönch außer Hörweite war.

»Nein, nein, das würde ich nie tun.«

Alheid lotste ihre Schwestern von der Gasse ins Haus, weil einige Nachbarn schon die Köpfe aus den Fenstern steckten.
»Er hat mir die Arbeit der Verzierung erspart«, sagte Lucia.
»Und mit seinem Segen wird alles besser gehen«, ergänzte Juleke.
»Was war das mit dem erdrosselten Kind auf dem Altar?«, fragte Lucia, als sie wieder in der Diele standen. Ihre älteren Schwestern zuckten mit den Schultern. Seit den Morgenstunden hatten sie Mandeln und Zucker gerieben. Keine war aus dem Haus gekommen, keine hatte irgendwelche Gerüchte gehört.
»Ich hör mich auf dem Weg um und berichte euch. Arbeitet noch gut«, sagte Alheid, wickelte sich einen Schal um, nahm ihr Opiumpräparat und machte sich auf zur armen Witwe Daledorp.

✳

Juleke schnarchte schon, als Lucia ihre Schwester zurückkommen hörte. Alheid legte den Riegel vor, nachdem sie die Tür verschlossen hatte. Lucia hörte ihre Schritte auf der Treppe, aber sie kam nicht ins Schlafgemach.

Stattdessen stieg sie auf den Dachboden und wühlte in den Säcken, in denen die Arzneyen versteckt waren. Dann stapfte sie hinunter in die Küche. Sie machte sich am Herd zu schaffen. Lucia stieß ihre Schwester neben sich im Bett an, doch Juleke brummte nur verträumt »Maria, Jesus ...« und drehte sich um.

Lucia stand auf, schlang sich ein Wolltuch um die Schultern und lief barfuß die Holztreppe hinunter.

Alheid war kreidebleich. Sie saß neben dem Feuer auf einem Schemel und rührte mit zitternder Hand in einer Grape, aus der ein starker Hopfen- und Baldriangeruch aufstieg.

Lucia nahm sie in die Arme. »Was ist geschehen, Alheid?«

»Ich habe den Tod gesehen.«

»Ist die Witwe Daledorp gestorben?«

Alheid schüttelte den Kopf. Sie zitterte am ganzen Leib. »Nein, ihr geht es besser. Sie hat zwei Stücke Latwerge gegessen. Ich bin noch bei ihr geblieben, bis die Schmerzen aufhörten. Dann hab ich mich auf den Rückweg gemacht. Mit einer Lampe, die sie mir geliehen hat.« Hektisch sprang sie auf und schaute sich um. »Wo ist nur die Lampe? Wo ist die Lampe?«

Ihre Stimme klang hysterisch. Sie tastete mit flatternden Händen ihre Kleidung ab, als würde die Lampe dort zu finden sein. Lucia griff ihre Schwester bei beiden Schultern.

»Was ist geschehen?«

»Ich ging an der Gasse bei der Wahmstraße vorbei. Da war Geschrei. Und ich bin hingegangen, um zu schauen, ob jemand Hilfe braucht. Als ich um die Ecke ging, hab ich ihn hinten auf der Straße gesehen. Es war so schrecklich. O Lucia, ich weiß nicht, was das war. Was soll das bedeuten?«

Alheid schluchzte und verbarg ihre Tränen hinter einem Küchentuch.

»Was meinst du denn?«

»Diese Knochen, dieses Skelett. Es schien gerade erst dem Grab entstiegen zu sein. Es vollführte tolle Sprünge, dann bog es um die Ecke und war verschwunden.«

Alheid holte tief Luft und sah ihre Schwester entsetzt an. »Lucia, ich habe den leibhaftigen Tod in den Straßen von Lübeck tanzen sehen.«

CAPUT 9

So bleibt mir doch die Macht, zu lösen und zu binden

Notke und Marquard waren freigelassen worden, nachdem man die Bettlerin eingezogen und diese keinen der drei Maler des Mordes an ihrem Kinde bezichtigt hatte. Die Berner'sche, wie sie die Bettlerin unten an der Trave genannt hatte, Margarethe Berner also, hatte während des ganzen Weges zur Fronerei auf dem Schrangen nichts anderes gesagt als »Mein Engel, fortgeflogen.« Als Jordan sie zum ersten Mal unten am Hafen gesehen hatte, war sie ihm wie eine gewöhnliche Bettlerin erschienen. Keineswegs war sie irr gewesen. Irgendetwas musste vorgefallen sein, was dieser armen Frau den Geist völlig verwirrt hatte. Jordan aber setzte großes Vertrauen in die Obrigkeit. Man würde schon herausfinden, was geschehen war.

Die Bettlerin war in eine kleine Zelle gebracht worden, nachdem man ihr Notke und Marquard gezeigt und sie gefragt hatte, ob einer dieser Männer ihr Kind ermordet hatte. Sie hatte den Kopf geschüttelt und gesagt: »Der Tod. Hat ihr Flügel gemacht.«

Notke hatte gefordert, bei der ersten Vernehmung der Frau dabei zu sein, da von dem Ausgang sein Ruf und der seiner Gesellen abhing. Man hatte ihm seine Bitte gewährt. So saßen Notke, Marquard und Jordan einige Stunden später auf drei knirschenden Holzstühlen in einem großen Saal der Fronerei. Hinter einem langen Tisch hatte der Hauptmann Platz genommen und neben ihm der junge Ratsherr Doctor Heinrich von Hachede, Studierter des Rechts und abgeordnet für Gerichtsfragen. Der Stadtsyndikus Simon Batz de Homborch saß neben ihm und ordnete umständlich einen dicken Packen teils beschriebener Pergamentblätter. Zwei Büttel brachten die gefesselte Bettlerin herein und setzten sie auf einen Stuhl vor dem Hauptmann und den Ratsherren. Sie starrte vor sich hin, wiegte den Oberkörper leicht vor und zurück und schien kaum etwas um sich herum wahrzunehmen.

»Berner'sche«, begann der Hauptmann, »was ist mit deinem Kind geschehen?«

Zuerst sagte die Bettlerin gar nichts. Moritz von Pyrmont hatte eine erstaunliche Geduld, wie Jordan fand, der unruhig auf seinem Stuhl herumrutschte. In das Schweigen drang der Lärm der Breiten Straße: Hufgeklapper, Knirschen von Karrenrädern, Rufe, Klappern von Trippen, Kinderlachen und Kreiselsausen. Als die Berner'sche endlich sprach, schienen all diese Geräusche zu verschwinden.

»Der Tod war es«, sagte sie.

»Der Tod hat dein Kind geholt, das wissen wir«, meinte der Hauptmann und lehnte sich auf seinem Stuhl zurück. Dabei hielt er sich mit den groben Händen an der Tischplatte fest. Seine Stimme dröhnte durch den Raum.

»Aber wie ist es dazu gekommen?«

Wieder setzte Schweigen ein, wieder drangen die Geräusche von draußen einer Welle gleich in den Saal, verstärkt nun durch das Schaben des Federkiels, mit dem der Stadtsyndikus hastige Zeilen auf das störrische Pergament warf.

»Er hat es mir aus der Hand gerissen. Meinen Engel. Er ist fortgeflogen. Über den Kopf des Todes mit ihm geflogen.«

»Ist es einer der drei Männer gewesen, die hier anwesend sind?«, fragte Doctor von Hachede und deutete auf die Maler, die in einiger Entfernung hinter der Bettlerin saßen. Sie drehte sich zu ihnen um und sah sie lange an.

»Nein. Das hat man mich doch schon einmal gefragt. Sie alle leben. Es war aber der Tod, der mein Engelchen zu sich geholt hat.«

»Kann es sein, dass du selbst es getötet hast?«, hakte von Hachede nach.

Jordan sah, wie ein Schauer durch die Berner'sche lief. Sie schlang die Arme um sich, als fröstele sie plötzlich.

»Nein«, flüsterte sie.

Das Kratzen des Federkiels war wie ein Nachhall ihrer Antwort.

Jordan fiel ein Stein vom Herzen. Nicht auszudenken, wenn sie plötzlich doch noch einen von ihnen als Täter besagt hätte. Doch dann drehte sie sich abermals um und schaute Marquard eingehend an.

Jordan spürte, wie der verwachsene Geselle neben ihr zusammenzuckte. Aus den Augenwinkeln sah der Kaufmannssohn, wie

Marquards Buckel zu schwanken begann, und Jordan befürchtete bereits, der Geselle könnte wieder einen seiner Anfälle bekommen. Die Bettlerin saß da, nach hinten gewandt, und schaute Marquard an. Sie kniff die Augen zusammen, als dächte sie über eine flüchtige, sich ihr versperrende Erinnerung nach. Nun wirkte sie keineswegs mehr verrückt, sondern nur noch von einem unaussprechlichen Leid geplagt.

»Höchster Herr Ritter …«, begann sie.

Der Hauptmann rückte näher an den Tisch heran und beugte den Oberkörper so weit vor, dass er beinahe bis an den entgegengesetzten Rand der Platte reichte. »Ja?«

Sie seufzte so tief, als dränge der Schmerz der ganzen Welt aus ihrem Mund. »Nein, es war der Tod.«

Dann kicherte sie. Jegliche Vernunft wich aus ihrem Blick.

Jordan atmete auf, und allmählich beruhigte sich Marquards Körper wieder. Warum hatte sich der Geselle so aufgeregt? Er hatte doch nichts mit dem Tod des armen Wesens zu tun.

Moritz von Pyrmont stützte den Kopf in die mächtigen Hände und sagte nachdenklich in den Raum hinein, wobei er niemanden im Besonderen anschaute: »Ich wüsste allerdings sehr gern, warum das Kind auf dem Bild des Totentanzes dem gemordeten Kind so sehr gleicht.«

Hat das denn nie ein Ende?, dachte Jordan verzweifelt. Neben ihm wurde Marquard wieder unruhig. Kurz überlegte Jordan, ob er gestehen sollte, dass er den armen Balg zuvor gezeichnet hatte. Er könnte ja behaupten, danach seien die Gesichtszüge auf dem Bild der Zeichnung entsprechend geändert worden. Doch dann würde jeglicher Verdacht auf ihn fallen.

Seine Gedanken wurden durch Notke jäh unterbrochen.

»Ich habe über diese Frage nachgedacht«, sagte der Meister und faltete die Hände zu einem Dach. Er lehnte sich auf seinem Stuhl zurück, als fühle er sich wohl und gefeit gegen jede Anschuldigung. In diesem Augenblick bewunderte Jordan ihn. Er war in der Tat nicht nur ein Meister des Pinsels, sondern auch ein Meister des Lebens – und des Wortes. »Ihr habt den falschen Schluss gezogen. Inzwischen bin ich sicher, dass der Mörder des Kindes unter der Gruppe von Schaulustigen war, die sich das erste ausgestellte Bild des Totentanzes angesehen haben. Er will uns verleumden, deshalb hat er in der Stadt so lange nach einem kindlichen Opfer gesucht, bis er eines gefunden hat, das unserem Gemälde gleicht. Ihr seid also von der falschen Reihenfolge ausgegangen. Zuerst war das Bild, dann kam der Tod. Aus diesem Grunde glaube ich auch nicht, dass die arme Berner'sche ihr Kind selbst getötet hat.«

»Vom Besondern auf das Allgemeine geschlossen?«, fragte von Hachede nach.

»Durchaus möglich«, brummte Moritz von Pyrmont.

Es war ein gewagter Schluss, fand Jordan, denn wenn die Bettlerin unschuldig war, würden die Maler trotzdem weiter unter Verdacht stehen. Erst wenn der wahre Täter gefunden war, konnte man auf Ruhe hoffen.

»Das ist alles unwahr«, sagte die Berner'sche jetzt mit leiser, aber fester Stimme. Erstaunt stellte Jordan fest, dass der Irrsinn wieder aus ihren schönen grünen Augen gewichen war. »Ich selbst habe das Kind dem Tod in Hände gegeben.«

CAPUT 10

Jetzt miethet mich der Tod mit schreckenvollen Mienen

Die Madonna im Hause Gudalbert war eine bäuerliche Schnitzerei, erstanden von einem Bettler vor St. Katharinen. Der Mann war einst Schiffszimmerer gewesen, hatte aber bei einem Unfall das rechte Bein verloren. Nun lebte er von Almosen und von seinen Bildschnitzereien, die er als unzünftischer Handwerker, als Böhnhase, nicht offen zum Kauf anbieten konnte. Seine Gottesmutter war schmal und hager, wie die alten Figuren im Domparadies, aber in ihrem Gesicht strahlten zwei braune Augen voller Güte. Das Kind war so lebendig-neugierig geschnitzt, dass Lucia den kleinen Jesus im Verdacht hatte, er wolle in die Schüsseln auf dem Esstisch am anderen Ende des Raums schielen. Wie ein hungriger Betteljunge auf dem Arm seiner Mutter. Dennoch galt die innigste Verehrung der Gudalbertschwestern dieser Muttergottes. Lucia kniete seit einer kleinen Ewigkeit vor ihr, sie war vor Morgengrauen aufgewacht, hatte von Alheids schrecklichem Erlebnis geträumt. Ein zaghaftes Klopfen an der Vordertür riss sie aus ihrer Betrachtung. Sie stand seufzend auf und ging in die Diele.

Hennerk Padelügge, der Novize, stand vor der Tür der Apothekertöchter.

»Ich komme mit Nachrichten von Pater Hinricus«, flüsterte er, als Lucia ihm öffnete. Sie ließ den vor Müdigkeit fröstelnden Jungen hinein und führte ihn in die warme Dornse. Er schmiegte sich verschüchtert an die Wand und fragte: »Habt Ihr von dem toten Kind in St. Marien gehört?«

Lucia nickte.

»Die Mutter des Kindes hat gestanden, ihr Kleines umgebracht zu haben. Sie ist eine Bettlerin, die oft unten an der Trave sitzt und von den Schiffern eine milde Gabe erheischt.«

»Das ist ja schrecklich«, sagte Lucia. »Aber was hat das mit uns zu tun?«

»Nachdem sie auf der Folter alles gestanden hat, wurde sie zum

Tode verurteilt. Jetzt ist Pater Hinricus bei ihr. Sie hat einen letzten Wunsch.«

Doch wohl nicht etwa Marzipan?, dachte Lucia kurz und schalt sich sogleich für solch profane Gedanken.

»Eure Schwester Julia ist in ganz Lübeck ob ihres frommen Lebens und ihrer schlichten, gottgefälligen Gewänder als die Mönchin bekannt. Jedermann hat Achtung vor ihr. Viele sehen sie als Heilige an, weil sie viel für die Armen tut und zu beten weiß wie keine andere. Und nun will die Verurteilte auf ihrem letzten Weg statt eines Priesters Julia als Beistand haben.«

Lucia hatte keinen Zweifel daran, dass Julekes Glaube ihr die Kraft geben würde, die arme Frau auf das Schafott zu begleiten, doch sie selbst zitterte vor Grauen. Sie nickte dem Novizen zu und stieg die Treppe hinauf, um die Schwestern zu wecken.

Juleke brauchte ein wenig Zeit, um zu verstehen, was von ihr erwartet wurde. Hinricus hatte der Mörderin die Beichte abgenommen und die letzte Ölung erteilt. Juleke sollte für sie beten. Alheid hatte Bedenken, ob die Lübecker es nicht für anmaßend oder sogar frevlerisch halten würden, wenn ein Laie so etwas täte. »Denk doch mal an unseren Ruf«, schimpfte sie. Doch Juleke schenkte ihr einen ihrer sanften mitleidigen Blicke und sagte zu.

Als sich der Novize auf den Rückweg gemacht hatte, nahm sie Alheid bei den Schultern. Ganz ernst schaute sie ihr in die Augen.

»Ich soll mir doch nie Sorgen um dich machen, jetzt mach du dir mal keine um mich«, flüsterte sie. Dann wandte sie sich wieder der Madonna zu und versank im Gebet. Alheid war wie versteinert.

Lucia hasste es, wenn die Schwestern stritten, aber sie glaubte an Juleke und wünschte sich, Alheid hätte in diesem Falle geschwiegen. Wenig später verkündete das Rasseln der Ketten in den Straßen das Erwachen der Stadt, die Wege wurden freigemacht für Handel und Wandel, die Nachtwachen konnten endlich wieder in die Betten sinken.

Julia Gudalbert machte sich auf zum Büttelshaus, in den Kerker.

*

Alheid und Lucia hatten Juleke versprochen, vor dem Burgtor auf den Zug der Todgeweihten zu warten, um in ihrer Nähe zu sein. Sie brachen vor dem Mittagsläuten auf. Leute aller Art säumten die Straßen: Handwerker mit ihren Gemahlinnen in ihren besten Kleidern, Kaufleute, die ihre Neugier unter einer hochmütigen Miene verbargen, Träger, Mägde, Knechte, alle wollten das Schauspiel des Todes sehen.

Weinend, schimpfend, wütend waren die Bettler, die Freunde der Verurteilten, auch der einbeinige Madonnenschnitzer. Die Schwestern hielten sich bei der Hand, um nicht getrennt zu werden. Unter Einsatz ihrer Ellenbogen schafften sie es, an den Rand der Straße zu gelangen, bevor der Wagen an ihnen vorbeiholperte. Ihr Unbehagen war groß, als sie Juleke entdeckten. Sie saß mit der Berner'schen auf dem Hinrichtungswagen und hielt ihr die Hand.

Durch die andere Hand ließ sie den Rosenkranz gleiten. Lucia und Alheid gingen neben dem Gefährt her, doch die Schwester sah sie nicht. Sie hatte nur Augen für die Bettlerin, die unter Tränen mit ihr zu beten versuchte, das lange braune Haar wirr, das Büßergewand durchtränkt von Angstschweiß und Tränen.

Auf der anderen Seite des Burgtors erhob sich dräuend der Lübecker Galgen. Lucia ließ Alheids Hand los, weil sie sich schnell vor dem Wagen durch das Tor drängen wollte, damit sie ganz vorn in der Menge stand.

Hinter dem Tor griff die den Tod der Mörderin herbeikreischende Menge den Wagen an und schaukelte ihn, bis das Henkerspferd scheute. Die beiden Frauen auf dem Wagen wurden hin und her geschleudert, sie mussten sich eifrig festhalten. Da sah Lucia auf den Armen der Kindsmörderin die Spuren der Folter. Die Haut der Frau war rot und blau vor Prellungen und Wunden. Lucia begann zu beten. Mit einem halblauten »Ave Maria« auf den Lippen drängte sie sich nach vorn zum Galgen. Sie suchte die Augen ihrer Schwester, sie hoffte den Blick der Bettlerin einzufangen, damit diese im Sterben ein menschliches Antlitz voller Mitleid sehen konnte.

Die Fronknechte stießen die aufgebrachten Leute fort, umschlossen den Wagen, schützten die zum Tode Verurteilte vor der Wut des Volkes.

Lucia lief zum Galgen. Das hoch aufragende Gebäude mit vier

Seitentürmen und einer Plattform war von einem Wall umschlossen, sodass die Hinrichtungen nicht gestört werden konnten. Zwischen den Türmen waren Stangen gezogen, an den Seiten hingen noch die Überreste von anderen Gerichteten, an der vordersten Stange hatte der Henker den neuen Strick festgezurrt.

Lucia sah, wie der Wagen mit ihrer Schwester und der Kindsmörderin durch das Tor am niedrigen Wall geschoben wurde. Juleke war ganz bei der Berner'schen, mit den Augen, dem Geist, dem Herzen. Der Wagen kam zum Stehen. Juleke stieg ab, aber die Bettlerin bewegte sich nicht. Lucia konnte das Schluchzen der Frau hören. Ein Fronknecht riss sie hoch, knuffte sie in die Seite, doch ein leises Wort, ein Blick von Juleke ermahnte ihn, sich zu mäßigen, auch wenn das arme Bündel Mensch auf dem Wagen bald am Galgen baumeln sollte. Juleke nahm die Hand der Berner'schen und geleitete sie vom Wagen herab. Schritt um Schritt entfernten sie sich von Lucia. Der Fron hatte verstanden, dass Juleke die arme Frau bis zum Ende begleiten würde. Er half ihr die Treppe zur Plattform des zweistöckigen Galgens hinauf. Juleke reichte wieder der Bettlerin die Hand. Die Verurteilte ergriff Julekes weites Gewand mit beiden Händen, zerrte an ihr, heulte laut auf. Aber es gab kein Zurück. Mit geübtem Griff trennte der Frongehilfe die beiden und stieß die dürre Frau die Treppe hinauf. Dann standen sie auf der Bühne des Todes, die Kindsmörderin an Lucias Schwester geklammert. Juleke nahm Margarethe Berner fest in die Arme, strich ihr tröstend über das Haar.

»Ich war es doch nicht«, hörte Lucia die Berner'sche laut wimmern. Pater Hinricus Risebitter erschien neben dem Henker. Er hatte auf seinen Auftritt hinter einer Ecke des Galgengebäudes gewartet. Er schälte die Berner'sche aus Julekes Armen, Lucia sah ihn leise reden. Seine Worte beruhigten die Bettlerin ein wenig, sodass er gemeinsam mit den beiden Frauen beten konnte. Als der Mönch die Todgeweihte segnete, weinte sie nicht mehr. Sie richtete sich auf, streckte das Kinn vor und trat an den Rand der Richtstätte.

»Ich war es nicht«, schrie sie der gaffenden Menge zu. Juleke versuchte, sie wieder in die Arme zu schließen, aber sie machte sich los.

»Ich hab mein Engelchen nicht tot gemacht. Das war der tanzende Tod!«, brüllte sie.

Geschwind stülpte ihr der Henker einen Sack über den Kopf. Sie schrie laut, verzweifelt. »Mein Engelchen!« Immer wieder. »Engelchen!«

Die Antwort war ein schadenfrohes Gelächter der Menge. Die Berner'sche strampelte, versuchte sich zu befreien und rief weiter mit heiserer Stimme nach ihrem Kind. Der Henker legte ihr den Strick um und stieß sie in die Tiefe. Ihre Beine zappelten, die Arme fegten Halt suchend durch die Luft. Lucia hörte sie röcheln und würgen.

Das Grauen packte sie, sie betete, ein, zwei, drei »Ave Maria«, schrie die Gebete hinaus, damit die Sterbende sie hörte. Die Bettlerin zuckte, krampfte, bis Lucias zehntes »Ave Maria« vorüber war, dann erschlaffte ihr Leib, und sie war still. Doch in Lucia wüteten Zorn und Abscheu.

Juleke wurde von Pater Hinricus davongeführt. Sie war bleich und zitterte. Lucia wollte den beiden nacheilen, aber alles in ihr war schwer und leer. Ihre Beine wurden zu Baumstämmen. Krampfhaft kämpfte sie gegen den Drang, zu der Gehängten aufzuschauen. Doch immer wieder suchten ihre Augen die Tote. Die Frau war nicht viel älter gewesen als sie. Und schon war ihr Leben beendet. Was war vorher gewesen: Armut und Sorgen. Irgendwann sündhafte Leidenschaft, dann die Geburt. Die verzweifelten Schreie nach dem Kind zeigten, dass die Frau es über alles geliebt hatte. Doch warum hatte sie es getötet? Oder hatte sie es gar nicht umgebracht? Hatte sie es geliebt, geschaukelt, gesäugt, gepflegt, bis jemand es ihr entriss? Hatte sie unter der Folter vor Schmerz alles gesagt, was der Fron von ihr verlangte? Lucia schüttelte sich.

Sie schaute sich um, wollte sich mit Alheid besprechen, doch die war nirgendwo zu sehen. Auch die Schaulustigen hatten sich inzwischen zerstreut. Der Galgen mit der Gehenkten, über deren Kopf noch der Sack gezogen war, stand wie ein Mahnmal inmitten des stillen, verlassenen Feldes; im Hintergrund ragten das Burgtor und die Stadtmauer auf. Der Fron kletterte auf die Plattform und würde die Tote gleich abschneiden. Außer ihm schien Lucia inzwischen der einzige Mensch hier draußen zu sein.

Fast der einzige.

CAPUT II

Wünscht ihr vielleicht durch ihn zu werden Jungfer Braut?

In einiger Entfernung von ihr, im tiefen Schatten des Galgenwalls saß jemand. Jemand, den Lucia kannte. In den vergangenen Tagen hatte sie nicht mehr an ihn gedacht, doch nun kam die Erinnerung mit Macht zurück. Es war der junge Mann, dem sie vor St. Marien geholfen hatte. Sie war dankbar dafür, dass er hier war. Sie musste unbedingt mit jemandem sprechen. Mit großen Schritten ging sie auf ihn zu. Bisher schien er sie nicht bemerkt zu haben. Da erkannte sie, dass er nicht las, sondern zeichnete. Lucia sah ihm über die Schulter. Er zeichnete die im Todeskampf verkrampften Füße der Frau, wie die Füße eines Gekreuzigten. Daneben hatte er ihr Porträt hingeworfen, verzweifelt in ihrem letzten Schrei, bevor der Fron ihr den Sack übergestülpt hatte. Er war so in seine Arbeit vertieft, dass er nichts um sich herum wahrnahm.

Dann endlich schaute er auf.

*

Jordan Wulfledders Herz tat einen Sprung, als er sah, wer ihm über die Schulter blickte. Niemals hätte er erwartet, die rätselhafte Schöne von St. Marien bei einem solch grausigen Ereignis anzutreffen. Er freute sich unbändig, sie zu sehen, aber er traute sich nicht, ihr seinen Überschwang kundzutun. Stattdessen deutete er auf sein Skizzenbuch.

»Gefällt es Euch?«, fragte Jordan und warf der jungen Frau einen kurzen Blick zu.

»Wie könnt Ihr nur so etwas malen?«

Er schaute sie verständnislos an. »Wieso?«

»Das ist grauenhaft. Wie könnt Ihr das malen, wo Ihr soeben die Frau habt sterben sehen? Ergötzt Ihr Euch am Leid anderer? Pfui, drei mal pfui!«

Jordan war erschüttert. Ihm war gar nicht der Gedanke gekommen, die schöne Frau könnte in den Zeichnungen etwas anderes als Kunst erblicken.«»Aber ich war doch nur hier, um zeichnen zu üben. Nicht um zu glotzen.«

»Warum malt Ihr nicht etwas Schönes? Das hier ist fürchterlich.«

»Ich muss lernen, das Fürchterliche zu malen. Wie sollte ich sonst Märtyrertode oder Kreuzigungsszenen abbilden können?«

»Habt Ihr denn gar kein Mitleid mit der armen Frau?«

»Doch, es hat mein Herz gerührt, wie sie geschrien hat. Aber gerade deshalb muss ich sie zeichnen, wenn später meine Bilder die Herzen rühren sollen.« Er wandte den Blick von ihr ab und schaute zum den Galgen herüber, an dem die Leiche der Berner'schen hing.

Die junge Frau musterte Jordan mit einem erstaunten Blick vom Haupt bis zu den Zehen.

»Ihr seht mir eher wie ein Kaufmann aus.«

Jordan legte den Kohlestift in die Mitte des aufgeschlagenen Buches und lächelte sie an.

»Ist das so deutlich zu sehen? Ihr habt recht, eigentlich bin ich Kaufmann – oder eher Kaufmannssohn. Erlaubt mir, dass ich mich Euch vorstelle. Jordan Wulfledder heiße ich. Aber ich habe kein Talent für das Gewerbe meines Vaters. Er kauft billig Waren ein und verkauft sie dann unchristlich teuer weiter. Wenn er jemanden übers Ohr gehauen hat, freut er sich, und wenn er übers Ohr gehauen wurde, schimpft er den anderen einen Beelzebub. Wenn ich versuche, einen guten Preis herauszuhandeln, sieht es mir mein Gegenüber an der Nasenspitze an und versucht, mich zu drücken. Und ich gebe meist nach. Ich kann es einfach nicht.« Jordan holte tief Luft. »Aber wenn ich den Kohlestab und das Pergament in der Hand habe oder auf ein Holzstück kritzele, dann bin ich ganz bei mir selbst, und alles gelingt. Nicht nur das Grauenerregende. Da, seht.«

Er nahm den Stift hoch und hielt der jungen Frau eine andere Seite des Buches hin. Blumen über Blumen bedeckten die Seiten. Die Kohlestriche hatten auf dem papierenen Untergrund eine blühende Wiese, ein Gartenbeet hervorgezaubert.

»Das gefällt mir schon besser. Es wäre schön, wenn meine Marzipanblumen so lebendig wirkten wie Eure Holzkohlestriche.«

»Ihr macht Marzipan?«

Diese Frage schien ihr unangenehm zu sein.

»Verzeiht, aber ich hätte schon lange gehen müssen«, sagte sie. »Meine Schwester hat die Verurteilte begleitet und braucht jetzt bestimmt unseren Beistand.«

»Ihr seid die Schwester der Mönchin?«

»Ja. Wir sind drei Schwestern Gudalbert. Alheid, Julia und Lucia. Ich bin übrigens Lucia.«

Sie drehte sich mit einem Lächeln um und ging in Richtung Burgtor.

»Darf ich Euch begleiten?«, fragte Jordan. Er sprang auf, klappte sein Buch zusammen und eilte neben ihr her.

»Ihr tut es doch schon, Jungherr Wulfledder.«

»Wie ist das, wenn ihr Eure Marzipanblüten macht? Kennt Ihr das Gefühl, die Zeit würde dann stehen bleiben?«

Sie zuckte mit den Schultern. »Meistens muss ich schnell fertig werden. Aber es ist schon geschehen, dass ich an der Zierung gearbeitet und nicht bemerkt habe, dass es Nacht wurde.«

Sie durchschritten das fünfstöckige Burgtor, flankiert von seinen runden Geschwistertürmen, mächtigen Backsteinbollwerken. Die Wächter winkten sie durch, wie alle Zuschauer der öffentlichen Hinrichtung.

»Genau so geht es mir mit dem Zeichnen. Ich sitze am Hafen und mache meine Skizzen von einem Schiff oder von den Möwen, und plötzlich ist der Vormittag dahin.«

»Und dann ist Euer Vater denkbar unzufrieden, nicht wahr?«

Jordan lachte auf. »Unzufrieden ist gar kein Ausdruck. Wenn meine Mutter nicht wäre, hätte es oft Schläge gesetzt.«

»Ich kenne das von meinem Vetter Volke Morkerke. Er konnte dem Alten nie gefallen, obwohl er sich mit jeder Faser seines Seins um dessen Lob bemühte«, sagte Lucia und nickte verständnisvoll. »Dabei war der Alte ein Rabenaas!«

»Euer Oheim?«, fragte Jordan nach.

»Der Gatte meiner Vaterschwester. Er war auch Apotheker, wie mein Vater, doch er kannte sich nicht so gut aus, und sein Geschäft lief schlecht. Ich glaube, das hat er an Volke ausgelassen.«

»Mein Vater ist sehr erfolgreich. Er will in die Zirkelgesellschaft aufgenommen werden. Was er an mir hasst, ist, dass ich nicht so sein will wie er. Ich will nicht der erste Ratsherr in der Familie Wulfledder sein. Euer Vetter hat es seinem Vater vermutlich nicht

93

so schwer gemacht, wie ich es meinem mache.« Er schenkte ihr einen langen Blick, schaute dann aber wieder zu Boden.

»Mein Vetter hat jahrelang seinem Vater die Apotheke geführt, und nie war seine Arbeit dem Alten gut genug. Dabei versteht Volke mehr von Arzneyen, als es sein Vater je tat.«

»Und Ihr, habt Ihr das Gewerbe Eures Vaters gelernt?«

Lucia blickte zu Boden und schüttelte den Kopf. »Ich mache wertvolle Süßigkeiten. Marzipan für die Apotheke meines Vetters.«

Schweigend gingen sie am Burgkloster entlang, vorbei an den Bettlern und Versehrten, die auf die milden Gaben der Mönche warteten. Jordan warf ihnen einige Münzen zu.

»Man möchte meinen, ich bin ein Jammerlappen. Ich beschwere mich über mein Unglück, wo ich doch ein gutes Handelshaus erben könnte. Die dort würden sich freuen über nur einen Teil meines Erbes. Aber ich bin als Geselle zu Bernt Notke gegangen, und nun wird mein Vater mich enterben.«

»Ihr hattet wenigstens die Wahl. Die Hälfte der Christenheit hingegen kann ihr Schicksal nicht eigenständig bestimmen. Uns Frauen bleibt in der Regel nur Weben, Waschen, Kochen, Kinderpflegen.«

Sie sah zu ihm auf, und ihre Augen trafen sich. Jordan hielt ihren Blick fest und lächelte schüchtern.

»Ihr jedoch lebt anders als andere Frauen.«

»Ungewollt, aber willkommenerweise. Wir sind Waisen und haben das Haus aus der Mitgift der Mutter geerbt, nicht aber die Apotheke. Die Arzneyen, die Einrichtung und sogar die Rezeptbücher erbte mein Oheim. So konnte keine von uns Schwestern einen Apothekergehilfen heiraten und das Geschäft weiterführen. Auch wenn Alheid und Juleke dazu durchaus in der Lage wären.«

»Und Ihr könntet es nicht?«

»Nein, ich kenne mich nur ein wenig mit Kräutern aus.«

»Und so habt Ihr Euch entschlossen, Marzipan zu machen?«

»Es gibt keinen anderen Weg. Selbst wenn meine kluge Schwester Alheid die beste Arzneyköchin der Welt wäre, dürfte sie als Frau keine Apotheke führen. Wir arbeiten meiner Tante und meinem Vetter zu. Sie haben zwar die Apotheke meines Onkels übernommen, aber sie kommen mit der Arbeit nicht nach. Deshalb sind wir so etwas wie Apotheken-Handlangerinnen.«

Jordan nickte. Ungewollt, aber willkommen hatte sie ihr Schicksal genannt. Er sah Lucia von der Seite an. Sie war noch schöner, als er sie in Erinnerung gehabt hatte. Ihr offenes, welliges Blondhaar umschmeichelte ihr rundes, hübsches Gesicht und rahmte die nachdenklichen grauen Augen ein, die schon viel gesehen zu haben schienen. Jordan Wulfledder verschränkte die Arme hinter dem Rücken, beugte sich leicht vornüber, sodass er nunmehr kaum größer war als sie, und betrachtete sie verstohlen, aber mit größter Eindringlichkeit. Sie richtete den Blick zu Boden, als würde sie darauf achten, dass sie mit ihren Trippen nicht in eine zu tiefe Pfütze geriet. Doch ihr Ausdruck verriet, dass sie in Gedanken versunken war.

Diese Ernsthaftigkeit stand ihr gut. Es machte sie schön wie einen Engel, einen Engel der Verkündigung oder einen Engel des Gebets. Jordan konnte sich plötzlich kein anderes Gesicht für Engel mehr vorstellen, auch wenn Engel doch eigentlich Männer waren.

Schweigend schritten sie über den Koberg. Lucia ging links an der Jacobikirche vorbei auf das Franziskanerkloster St. Katharinen zu. Dann hielt sie unvermittelt an.

»Wollt Ihr wirklich für Bernt Notke arbeiten?«, fragte sie.

»Wir sind schon handelseinig. Er bildet mich aus.«

»Handelseinig. Ihr redet wie ein Kaufmann, Jordan Wulfledder. Redet Notke auch so?«

»Notke ist Kaufmann und Maler zugleich. Er hat vor, viel zu erreichen. Er macht mit seiner Werkstatt nicht nur Fassmalerei und Leinwandbilder, sondern auch Bildschnitzereien. Dadurch ist er den anderen überlegen. Aber im Augenblick arbeitet er nur am Totentanz.«

»Wenn das man nicht zu Ärger führt. Hier«, sie wies mit dem Finger auf die Katharinenkirche, die unsymmetrische Schöne, »der Guardian der Franziskaner ist Notkes Totentanz spinnefeind, und das erwürgte Kind erinnert jeden an das erste Bild des Totenreigens.«

»Es ist das letzte Bild …«, wandte Jordan ein.

»Meinetwegen, ich wollte nur sagen, dass Euer Herr Notke sich in Acht nehmen soll. Er macht sich arg viele Feinde in der Stadt. Er ist Freimeister, gehört nicht zur Lübschen Malerzunft. Er hat die

Franziskaner gegen sich. Und die Leute sehen seine Totenfiguren durch die Stadt tanzen.«

»Das ist alles dummes Gewäsch«, erboste sich Jordan. »Das hat auch die Berner'sche zunächst gesagt, und es stellte sich heraus, dass in Wirklichkeit sie selbst die Mörderin ihres armen Kindleins war. Aber das macht Notke wenig aus. Er weiß, dass ihm im Hanseraum keiner das Wasser reichen kann. Und wenn die Lübecker ihn davonjagen sollten, fällt das auf sie selbst zurück.«

»Trotzdem wird es ihm sehr gelegen sein, dass ein Lübecker Patriziersohn sich ihm als Lehrling andient.«

Jordan schaute auf seine Stiefelspitzen. »Er fand meine Zeichnungen gut.«

»Das glaube ich gerne, sie sind ebenso erschreckend wie Notkes eigene Totentanzskizzen. Aber ich warne Euch, verknüpft Euer Schicksal nicht zu eng mit dem seinen. Er hat gefährliche Feinde. Und wer weiß, vielleicht wird er niemals Zunftmeister, was wird dann aus Euch? Ich weiß, wie es ist, wenn man in einem unzünftischen Gewerbe arbeitet und von einem Abnehmer abhängig ist.«

Sie verstummte, als hätte sie bereits zu viel gesagt. An der Ecke der Hundestraße blieben sie stehen. Jordan schaute ihr fragend in die Augen.

»Ich muss hier abbiegen«, sagte sie.

»Ich begleite Euch gern noch ein wenig.« Jordan versuchte zu lächeln. Er befürchtete, dass er etwas Falsches gesagt und sich in Lucias Gegenwart unschicklich verhalten hatte.

Sie schüttelte den Kopf. »Besser nicht. Ich weiß nicht, was mich zu Hause erwartet. Und den Nachbarn sollte man nichts zum Reden geben. Aber ich dank Euch für das Geleit bis hierher, Jungherr Wulfledder.« Sie nickte ihm zum Abschied zu und trippelte die Hundestraße hinab.

Jordan blickte ihr noch lange nach. Dann nahm er sein Papierbuch und versuchte den versonnenen Engel zu zeichnen, der sich ihm gerade entzogen hatte.

CAPUT 12

Und machte Nahm und Ruhm der tapferen Welt bekannt

Die Sonne sank bereits, als Jordan sich endlich einen Ruck gab, das Zeichenbuch zuschlug und in Richtung Marienkirche ging. Erste Schatten huschten durch die Stadt. Jordan befand sich nicht weit entfernt vom Schrangen und der Fronerei, hinter der – jenseits der Breiten Straße – St. Marien lag, sein neues Zuhause. Nun lebte er schon einige Tage mit Notke, Marquard und den Handlangern zusammen, und er konnte nicht sagen, ob es ihm gefiel. Gestern hatte er am Bild des Küsters mitgearbeitet, hatte die Schlüssel an seinem Gewand mit Ölfarbe malen dürfen, nachdem Marquard ihm erklärt hatte, wie man Sepia aus Oktopusknochen und Umbra-Braun aus gemahlenem Eisengestein herstellt und anmischt. Das Gesicht war noch nicht ganz fertig gewesen, aber Jordan war es bereits bekannt vorgekommen, auch wenn er nicht sagen konnte, wessen Züge es trug.

Als Jordan an der Fronerei vorbeikam, wurde ihm dunkel zu Mute. Er musste an die arme Bettlerin denken, die ihr Kind erwürgt hatte. Es war das erste Mal gewesen, dass Jordan in einen so schrecklichen Fall hineingezogen worden war. Er schaute an dem trutzigen Gefängnis hoch und stellte sich vor, wie die Berner'sche in diesen Mauern der peinlichen Frage unterworfen, also gefoltert worden war. Wie gut, dass es die Folter gab, denn ohne sie kam die Wahrheit oft nicht ans Licht, dachte er. Dieser Fall der Kindsmörderin war das beste Beispiel dafür. Die Berner'sche hatte nicht verraten, warum sie ihren Engel getötet hatte, doch Jordan vermutete, dass sie ihn von ihrer Bettelei nicht mehr hatte ernähren können. Andererseits fragte er sich, wie sich die Übereinstimmung mit dem Bild auf dem Totentanz erklären ließ. Was wäre, wenn der Widerruf der Berner'schen auf dem Galgen die Wahrheit war? Wenn sie ihr Kind doch nicht getötet hatte?

Jordan wollte über diese Dinge nicht mehr nachdenken. Es war vorbei. Nun konnte sein neues Leben als Malergeselle richtig beginnen. Doch ein schaler Nachgeschmack blieb. Es war ein schrecklicher Auftakt gewesen.

Und heute hatte er die Frau wiedergesehen, an die er so lange gedacht hatte, und er hatte sie durch unüberlegte und dumme Bemerkungen wieder verloren.

Das Sonnenlicht fiel durch die Öffnungen in der Schauwand des Rathauses auf die gegenüberliegenden Giebel. Die filigranen Türme über der Wand waren wie ein Lied der Leichtigkeit, doch Jordan war es nicht leicht ums Herz. Je länger er über die vergangenen Tage und vor allem über die Begegnung mit Lucia Gudalbert nachdachte, desto mehr hatte er den Eindruck, dass sein Leben in eine falsche Richtung lief. Sollte er vielleicht doch in sein Elternhaus zurückkehren und Kaufmann werden?

»Sieh da, mein neuer Geselle. Du schaust aus, als wäre dir eine Laus über die Leber gelaufen.« Es war Bernt Notkes Stimme. Jordan drehte sich um und sah den wie immer bunt gekleideten Mann auf sich zukommen. Als er Jordan erreicht hatte, versetzte er dem Gesellen einen herzlichen, aber heftigen Klaps auf die Schulter.

»Wo bleibst du denn so lange? Bist mein Gesell und sollst Farben anmischen. Das Bild des Küsters ist bald fertig, und danach werden wir es im Gasthaus ›Adler‹ in der Hüxstraße begießen, wie üblich. Das wird schön, das versprech ich dir. Da werden alle Läuse Reißaus nehmen – zumindest die auf der Leber.«

Jordan zwang sich zu einem Lächeln. Notke legte ihm den Arm um die Schulter und führte ihn mit sanfter Gewalt zur Malerbude an der Marienkirche.

»Ich war soeben bei Bürgermeister Witig, auf Einladung sogar. Der Aufruhr vor einigen Tagen in der Kirche tut den Ratsherren leid, und auch der Kindsmord hat dem Ansehen unseres Werkes beim Rat nicht geschadet. Es geht alles weiter.« Er ließ Jordan los und rieb sich die Hände. »Die Güte unserer Kunst wird auch die Lübecker und vor allem die Franziskaner überzeugen, die in der Tat beim Rat die Einstellung unserer Arbeit zu erreichen versucht haben.« Notke spuckte aus. »Pfui! Diese frömmelnden Braunkutten. Keine Ahnung von der Kunst, wollen sich aber zum Richter aufschwingen. Das sollen sie mal ihrem Gott überlassen.«

Inzwischen standen sie vor der Malerbude, die am Chor des Gotteshauses klebte, als suchte sie Schutz. Rahmen mit Häuten waren vor die Fenster gelegt. »Die Fenster müssen jetzt bedeckt sein, damit die armen Bürger nicht von tanzenden Toten erschreckt werden. Das macht schlechtes Arbeitslicht, aber es ist mir lieber«, meinte Bernt Notke grimmig und schlug mit der Faust zweimal gegen die Tür. »Auch werden wir ab jetzt immer abschließen. Das Gerede um das tote Kind scheint im Volk einigen Unmut erzeugt zu haben. Aber ich bin sicher, dass sich das in den nächsten Tagen wieder verlieren wird, sobald die Angelegenheit vergessen ist. Schließlich wurde der Fall ja aufgeklärt.«

»Seid Ihr Euch da so sicher?«, fragte Jordan leise, während Marquard die Tür von innen einen Spalt breit aufzog und nachschaute, wer da Einlass begehrte. Notke sah seinen neuen Gesellen erstaunt von der Seite an und hob eine Braue. »Selbstverständlich. Nun fang nicht auch noch du an, Gespenster zu sehen.«

Jordan kniff die Lippen zusammen und folgte seinem Meister schweigend in das Innere der Hütte. Die Handlanger waren bereits gegangen. Jordan warf einen kurzen Blick in die Werkstatt, in der Farben, Formen und Materialien eine Stimmung schufen, die auch am ersten Tag von Gottes Schöpfung geherrscht haben mochte. Und in der Mitte ragte wie eine Mahnung an die Vergänglichkeit das neue Bild des Totentanzes auf. Es war an einer Staffelei befestigt. Der Tod war im Profil dargestellt, den Kopf nach links gedreht. Ein Leichentuch hing ihm über der linken Schulter, die rechte war unbekleidet. Verfault. Grau und braun vor Verwesung. Der Küster, dem Betrachter zugewandt, hatte die rechte Hand auf die Schulter des Todes gelegt und hielt die linke wie abwehrend gespreizt. Zwischen den Köpfen der beiden schwammen auf dem fernen Meer zwei Schiffe, ein Handelsschiff unter vollen Segeln und ein kleiner Einmaster, der Kurs auf das Land zu nehmen schien. Nur das Gesicht des Küsters hatte noch einige Striche nötig.

»Misch etwas Karminrot mit Bleiweiß an, mach schnell. Ich bin durstig.«

Jordan gehorchte sofort. Er ging zu einer Palette, nahm Karminrot aus dem Tiegel, fügte Bleiweiß hinzu, bis es eine rosafarbene Paste ergab, die genau richtig für die Darstellung einer gesunden Haut war. Als Notke das Ergebnis sah, freute er sich und klopfte dem Gesellen auf die Schulter.

»Er versteht es, die genauen Mischungen zu treffen«, sagte Marquard ohne jeden Neid und zwinkerte Jordan zu. »Er ist an der Palette genauso gut wie mit dem Zeichenstift. Eine Gottesgabe. Wie schade, wenn sie zwischen Kontorbüchern verkommen wäre.«

Notke nahm die Farbe, änderte ihre Zusammensetzung noch ein wenig, machte aus einem Farbton fünfe, denn schließlich war er der Meister, und erschuf dann aus den Vorgaben Marquards das Gesicht des Küsters. Nach zwei Stunden war es fertig.

Es war das Gesicht des Küsters von St. Marien.

»Glaubt Ihr, dass das gut ist?«, fragte Jordan besorgt, der schon nach den ersten Pinselstrichen erkannte, an wen ihn die Gestalt erinnert hatte.

»Warum nicht?«, meinte Notke, legte Palette und Pinsel beiseite und trat von seinem Werk zurück. Er grinste. »Ja, so ist es gut. Das ist genau unser feiner Küster Heinrich. Er ist ein hilfreicher Geist, schließt uns zu jeder Stunde die Kirche auf, ohne zu murren. Er wird sich freuen, schon zu Lebzeiten in die Ewigkeit einzugehen.«

»Nicht, wenn er an das Schicksal des Kindes denkt«, murmelte Jordan.

Notke warf ihm einen bösen Blick zu. »Sinnst du immer noch über diese schreckliche Sache nach? Ich verbiete es dir. Es ist der Kunst abträglich, sich Gedanken über Dinge zu machen, die reine Einbildung sind.«

»Ist die ganze Malerei etwa nicht reine Einbildung?«, wagte Jordan gegen seine Überzeugung einzuwenden.

»Kannst gern wieder zu deinem Vater gehen, wenn du mich beleidigen willst – oder wenn du Lust hast zu disputieren«, brummte Notke und sah ihn giftig an. Jordan wand sich unter diesem Blick. Das war schon das zweite Mal an diesem Tag, dass er mit einer unbedachten Bemerkung Unheil angerichtet hatte. »Hilf mir lieber, die Leinwand in die Kirche zu tragen. Ich will sehen, ob das Bild zum Abendlicht in der Nordostecke passt, für die es geschaffen ist. Wenn die Farben kräftig genug sind, dann können wir die nächste Ecke in Angriff nehmen und wissen genau, wie wir den Platz dazwischen auszufüllen haben.«

Ohne ein weiteres Wort half Jordan dem Meister, die Leinwand mit dem Bild in die Kirche zu tragen. Die Sonne hockte bereits auf den fernen Zinnen der Stadtmauer, die durch die Fischstraße hindurch sichtbar war, und ihr Licht spielte in den hohen Segeln, welche über der Mauer zu schweben und zu tanzen schienen. St. Marien war leer. Die Menschen saßen schon in ihren Häusern, schürten das Feuer und erzählten sich vom Tage. Jordan und Notke gingen geradewegs in die Oldesloer Kapelle mit ihrer dunklen Holztäfelung und den beiden Pfeilern, die die Joche des Kreuzrippengewölbes trugen. Die Schritte hallten durch das mächtige Kirchenschiff. Es war, als wären sie von einer Horde Unsichtbarer umgeben. Notke und Jordan mühten sich ab, das Bild hochzuhalten. Der Meister dozierte kurz darüber, dass rechts vom Küster ein weiterer Tod folgen würde, dann der Kaufmann. Dann schwieg er und ließ das Bild auf sich wirken.

Plötzlich hörte Jordan Schritte durch die Kirche hallen. Er schaute sich rasch um. In der Kapelle war nichts Ungewöhnliches zu sehen. Das schwindende Licht erschuf Schatten auf den dunklen Holztäfelungen und den umlaufenden Bänken, die zum Teil sehr hohe Wangen zum Hören der Beichte hatten. Kam vielleicht ein Beichtkind mit schwerer Sündenlast in die Kirche geschlichen? Zu dieser späten Stunde? Heute würden die Priester hier keine Beichte mehr abnehmen. Die Schritte wurden leiser und verstummten schließlich, als hätte sich der späte Besucher in Luft aufgelöst.

»Habt Ihr das auch gehört?«, fragte Jordan den Meister leise.

Notke nickte. »Komm, wir wollen nachsehen.«

»Haltet Ihr das wirklich für eine gute Idee?«, flüsterte Jordan besorgt.

»Für eine sehr gute«, rief Notke so laut, dass Jordan zusammenzuckte. Der Meister setzte das Bild ab und eilte aus der Kapelle. »Hallo!«, rief er dabei. »Holla! Wer da zu später Stund?« Jordan huschte hinter ihm her.

Das Kirchenschiff lag in tiefem Schweigen da. Die Figuren der Heiligen an den Pfeilern, am Altar, auf dem Lettner und an den Wänden warfen verzerrte Schatten, und manche schienen im schwachen ewigen Licht am Altar regelrecht zu tanzen. Ihre dunklen Gewänder schwangen hierhin und dorthin, und beinahe glaubte Jordan, sie sogar im Luftzug rascheln zu hören. Verwirrt blieb er stehen. Er hörte den Meister im südlichen Querschiff umhergehen und immer wieder rufen »Wer da?« Niemand meldete sich. Es war Jordan, als sei außer ihnen beiden und den Heiligenfiguren noch jemand in der Kirche. Bisweilen hörte er leises, abgehacktes Atmen, bisweilen ein Rascheln – nicht etwa hoch oben bei den Heiligen, sondern hier unten in der Kirche. Er rieb sich die Augen. War da nicht ein Schatten aus der Oldesloer Kapelle gehuscht? Kurz überlegte er, ob er Notke rufen sollte, der jetzt in einer der Chorkapellen neben dem Hauptaltar verschwunden war. Doch dann entschied er sich, trotz seiner Angst selbst nachzusehen. Er eilte an dem Lettner entlang zum nördlichen Seitenschiff, lugte vorsichtig um die Ecke der Totentanzkapelle und sah das Bild vor einer der umlaufenden Bänke stehen. Nachdem sich Jordan vergewissert hatte, dass er allein in der Kapelle war, lief er an das Bild heran und untersuchte es, so gut es im schwindenden Licht noch möglich war.

Er stellte keine Veränderungen fest.

Dann hörte er, wie sich am südlichen Seitenportal etwas tat. »Notke?«, rief er besorgt. Getrappel drang durch die Dunkelheit zu ihm und Notkes Stimme sowie die eines Fremden. Jordan verließ die Kapelle und rannte schnell auf das südliche Seitenschiff zu. Dann hörte er Notkes dröhnendes Lachen.

Ihm fiel ein Stein vom Herzen. Was auch immer hier geschehen war, es hatte eine harmlose Aufklärung gefunden. Endlich war er an dem schweren Portal angekommen, das einen Spaltbreit offen stand. Notke und ein anderer Mann standen davor und unterhielten sich angeregt. Als Jordan zu ihnen trat, sah er, dass es der Küster Heinrich war, der auf seinem abendlichen Gang alle Portale der Kirche zusperrte. Er grüßte Jordan freundlich. Ihm war es jedoch, als stünde neben dem Küster der Tod und hielte ihm die Knochenhand vor die Brust.

»Kommt«, sagte Notke zu dem Küster, »seht Euch Euer Konterfei an.«

Der Küster warf ihm einen fragenden Blick zu, ließ sich aber geduldig in die Totentanzkapelle führen. Jordan ging hinter den beiden her und war froh, dass die huschenden Geräusche und die seltsamen Schatten eine so ungefährliche Erklärung gefunden hatten. Offensichtlich war es der Küster gewesen.

Da hörte er das leise Klacken des Seitenportals hinter sich. Er wirbelte herum. Natürlich war niemand mehr zu sehen. Hatte sich in der Kirche doch ein Fremder befunden? Notke und der Küster schienen nichts bemerkt zu haben.

Der Maler stellte sein neues Bild dem Abkonterfeiten vor, der sichtlich geschmeichelt war, auch wenn er anmerkte, dass der Gedanke, schon in den Fängen des Todes zu sein, ihn unangenehm berühre.

»Mitten im Leben sind wir vom Tod umfangen«, ertönte plötzlich eine Stimme hinter den drei Männern. Jordan fuhr zusammen. Sein Herzschlag setzte aus, Schweiß trat ihm auf die Stirn. Er holte tief Luft.

»Wie schön, dass du auch hier bist, Marquard«, sagte Notke, der sich nicht im Geringsten erschreckt zu haben schien. »Küster Heinrich, dies ist der wahre Urheber des Bildes. Nicht mich, sondern ihn solltet Ihr zu diesem Meisterwerk beglückwünschen.«

Der Küster ergriff die Hand, die Marquard ihm reichte, nur kurz, als ekle er sich vor der Berührung mit dem Verwachsenen.

»Warst du schon die ganze Zeit in der Kirche, Marquard?«, fragte Jordan ihn.

»Bin eben erst gekommen, weil ich nicht wollte, dass ihr ohne mich in die Wirtsstube geht«, antwortete der Geselle laut und fröhlich. Seine Stimme hallte vom hohen Gewölbe wider und schien durch die Kapelle zu gleiten, bis sie hinaus ins Seitenschiff schwamm und dort unterging. »Außerdem gibt es doppelten Grund zum Feiern. Die Darstellung des Mönchs ist fertig. Habe mir erlaubt, das Gesicht einzusetzen. Ich will mich ja nicht loben, aber ich glaube, es ist mir vorzüglich gelungen.« Er lächelte geheimnisvoll. »Es wird Euch gefallen, Meister.«

»Dessen bin ich mir sicher«, meinte Notke anerkennend.

»Hast du jemanden bemerkt, als du hergekommen bist?«, wollte Jordan wissen.

Marquard runzelte die Stirn. »Nein, es waren nur ein oder zwei Leute draußen vor der Kirche, die es eilig hatten, nach Hause zu kommen. Oder in die Wirtsstube, so wie wir, nicht wahr, Meister?«

Marquard schaute Notke von unten herauf schelmisch an.

Notke klopfte dem Gesellen freundschaftlich auf den Buckel.

»Aber natürlich, mein lieber wendischer Zwerg. Wir gehen in den ›Adler‹. Kommt mit, Küster, wir begießen unser Werk.«

»Sollten wir nicht erst das Bild in die Hütte bringen?«, fragte Jordan.

Notke lachte auf. »Was soll denn hier schon mit ihm geschehen? Unter der Aufsicht Gottes ist es sicherer als in einem Holzhäuschen. Vor allem, wenn der Küster die Kirche verschlossen hat.«

*

Im »Adler« in der Hüxstraße herrschte munteres Treiben. Jordan kannte diese Schankstube nur aus den Berichten seines Vaters, der manchmal hier mit weniger wichtigen Handelsherren zechte. Notke, der Küster, Marquard und Jordan setzten sich an einen Tisch, an dem außer ihnen nur noch vier Männer saßen, die schon eifrig dem Bier zugesprochen hatten. Einer von ihnen kam Jordan sofort bekannt vor; er war bei dem Aufstand gegen Notkes Totentanz in St. Marien dabei gewesen. Der Mann, dessen Kopf völlig kahl war und dessen schwarzer Bart wirkte, als wäre er noch nie mit Wasser in Berührung gekommen, richtete seinen stechenden Blick auf Notke und zog die Brauen zusammen. Notke bemerkte nichts davon und bestellte beim Wirt Bier für alle vier.

Noch während sich der Meister in Vorfreude die Hände rieb und sich neugierig in der Schankstube umschaute, brummte der Kahle:

»Habe gehört, dass der Tod Euch nahe ist, Meister Notke.«

Bernt Notke sah den Mann fragend an. »Ist er das nicht uns allen? Er ist mir sicherlich nicht näher als Euch.«

»Das wage ich zu bezweifeln. Lübeck wär ohne Euch besser dran. Und einige sorgen sich um diese Stadt.« Der Mann nahm einen Schluck. Bier rann ihm durch den Bart.

»Euch kommt der Tod näher, wenn Ihr Eure Zunge nicht im Zaum haltet«, zischte Notke gereizt.

Der Kahle blitzte den Meister an und fuhr unbeeindruckt fort: »Nichts Gutes kommt dabei heraus, wenn sich ein Böhnhase in die Arbeit der Meister drängt.«

»Was wollt Ihr damit sagen?«, meinte Marquard giftig. Auf Jordan wirkte er nun wie ein böser Zwerg aus einer schlimmen Mär.

»Der Böhnhase nimmt den ehrlichen Männern die Aufträge weg«, sagte der Mann und schaute in seinen Krug. »Wir hätten diesen verfluchten Totentanz ebenso gut malen können, und es hätte auf einige Zeit Sicherheit und Auskommen für unsere Familien bedeutet.«

»Der Rat hat aber nun einmal mich damit beauftragt«, meinte Notke und sah seinen Gegner offen an. »Ich habe mich nicht um den Auftrag gerissen. Aber ich will Bürger dieser schönen Stadt werden und dann zünftischer Maler. Da konnte ich den Auftrag doch nicht ausschlagen. Außerdem entspricht er genau dem, was ich schaffen will. Was kann ich dafür, dass Ihr in solchen Bildern nicht geübt seid? Tut doch was dagegen. Strengt Euch halt mehr an.«

Der Kahle schlug mit der Faust auf den Tisch und sprang auf. Seine drei Kumpane hielten ihn mühsam zurück.

»Wendischer Hundsfott!«, blökte er. »Ihr werdet nie Bürger von Lübeck, mecklenburgischer Slawenknecht. Allesamt Heiden seid Ihr, Ihr und Eure Bande. Guckt Euch nur den Buckligen an! Ihr wisst ein christlich Werk nicht zu schätzen und setzt Euch über den Herrn.« Der Kahle sah Notke an, als wolle er ihn umbringen. Er rang mit seinen Gefährten, konnte sich aber nicht losreißen.

»Warum glaubt Ihr, ich wäre kein guter Christenmensch?«, fragte Notke gelassen und setzte den großen Krug an. »Trinken wie ein Christenmensch kann ich jedenfalls.« Er leerte den Krug auf einen Zug.

Der Kahle hatte sich inzwischen ein wenig beruhigt. Er setzte sich wieder und trank ebenfalls. »Ich habe aber den Eindruck, dass Ihr Euer Werk nicht zum höheren Ruhme Gottes schafft, sondern nur zu Eurem eigenen Vorteil. Demut ist die erste Pflicht des Malers.«

»Demut?« Notke lachte auf und zwinkerte Jordan zu. »Entspricht es Eurer Auffassung von Demut, wenn Ihr Euren Figuren zu große Hände, zu kleine Köpfe und zu lange Nasen malt? Oder ist es Demut, die Hintergründe so zu malen, dass man sie kaum erkennen kann und eher für Fliegenschiss hält?«

Da konnte sich der Kahle nicht mehr zurückhalten. »Ihr seid vom Teufel besessen, Bernt Notke!«, schrie er und sprang wieder auf. Bevor seine Gefährten etwas unternehmen konnten, zerrte er

Notke am Kragen seines Wamses hoch und spuckte ihm ins Gesicht. Jordan befürchtete eine Schlägerei, doch zu seiner großen Überraschung blieb der sonst so ungestüme Bernt Notke ruhig. Er war trotz seiner stattlichen Gestalt kleiner als der rasende Maler und wäre ihm sicherlich unterlegen, wenn er es auf einen Kampf ankommen ließe.

»Ich bin nicht vom Teufel besessen«, antwortete er so ruhig, dass Jordan bemerkte, wie sich der Griff des Kahlen an Notkes Kragen lockerte. »Ich habe nur eine andere Auffassung von der Malerei als Ihr.«

Der Kahle ließ ihn tatsächlich los und stand mit vor Wut und Aufregung hochrotem Kopf vor ihm. »Wie könnte es eine andere Auffassung geben?«, fragte er mit bebender Stimme. »Ob wir ein Schild, eine Tafel für ein Mysterienspiel oder ein Altarbild malen, ist völlig gleichgültig. Im Vordergrund steht immer der Dienst an Gott und seiner Schöpfung.«

»Und Ihr nehmt Euch dabei so zurück, dass Euch keine eigene Regung in das Werk schlüpft?«

»Natürlich.«

»Dann ist Eure Kunst über kurz oder lang dem Untergang geweiht«, meinte Notke und setzte sich wieder. Er sah den Maler von unten an.

»Wieso?«, fragte dieser verdutzt.

»Weil Eure Werke nur seelenlose Dinge sind, während meine Werke mein Innerstes enthalten.«

»Das ist gottlos.«

»Im Gegenteil. Auch Ihr seid eine Schöpfung Gottes, und er hat Euch die Fähigkeit zu malen mitgegeben – zumindest will ich das einmal annehmen, denn ich kenne keines Eurer Bilder. Und er hat Euch die Fähigkeit verliehen, auf diese Weise Euer Innerstes auszudrücken, das ebenfalls ein Werk Gottes ist. Oder wollt Ihr das leugnen?«

Der kahle Maler schüttelte langsam den Kopf.

»Und daher ist es geradezu Eure Pflicht als malendes Geschöpf Gottes, Euer Tiefstes, Innerstes, Eure Seele, auf der Leinwand oder der Holztafel auszubreiten. Nur dann schafft Ihr Werke, die Gott wirklich zur höheren Ehre gereichen.«

»Und den Maler verherrlichen. Es fehlt noch, dass Ihr mir

empfehlt, meine Bilder mit meinem eigenen Namen zu unterschreiben.«

Notke sah den Maler neugierig an. »Das ist ein bemerkenswerter Gedanke, der mir noch nicht gekommen ist. Ich danke Euch dafür. Vielleicht werde ich ihn irgendwann einmal in die Tat umsetzen.«

»Dieser Mann lästert Gott, indem er sich gleich ihm zum Schöpfer aufschwingt«, warf einer der Gefährten des Kahlen ein, der nun ebenfalls aufstand. »Er wird seinen Hochmut noch bitter bereuen. Komm, Backmester, lass uns gehen«, sagte er. Es war ein langer Hagerer, der ebenfalls bei dem Aufruhr in der Kirche gewesen war. »Er wird schon sehen, was er davon hat.« Es klang wie eine düstere Drohung.

Die vier verließen den Schankraum. Jordan atmete auf, aber er sah ihnen mit dunklen Gefühlen nach und dachte an Lucia Gudalberts Warnung. Der Gedanke an sie erfreute ihn, und gleichzeitig tat er ihm weh. Jordan ertränkte seine Sorgen im Bier. Nach dem dritten Krug brauchte er keine Lucia mehr, keinen reichen Vater, keine Aussicht, irgendwann einmal Zunftmeister zu werden, sondern nur noch seine Bilder, die Schöpfungen aus dem Nichts. Er unterhielt sich mit Notke und Marquard über Bilderfolgen, über Symbolik, über Motive und die Kunst des Grundierens, Farbmischens und der Farbherstellung. Er war entsetzt, als er hörte, dass das Karminrot von einer besonderen Läuseart stammte, der die Farbe mittels Wassers aus dem getrockneten Leib gezogen wurde. Nun bekam die hehre Kunst plötzlich ein anderes Antlitz für ihn. Da wurde künstliches Leben aus dem Tod geschaffen, wenn auch nur aus dem Tod von Läusen.

Als der Wirt zur Nacht schloss und seine Gäste zum Gehen aufforderte, begaben sich die vier nach draußen. Der Küster war den ganzen Abend über sehr still gewesen, hatte aufmerksam zugehört, manchmal auch ins Leere gestarrt, als ob er mit seinen Gedanken ganz woanders wäre.

Als sie auf der Hüxstraße standen, meinte Notke: »Noch ist die Nacht jung. Wir sollten dafür sorgen, dass sie auch hübsch wird. Marquard und ich werden jetzt in die Mühlenstraße gehen und an den wandelbaren Frauen unser Mütchen kühlen.«

Marquard grinste anzüglich und hielt den Kopf schief. Der Buckel schwankte auf seinem Rücken. Plötzlich war er Jordan zuwider. Genau wie Notke. Sie waren nicht anders als sein Vater und diese Kaufleute, die mit Geld alles erlangen wollten. War denn die ganze Welt verderbt?

Jordan schüttelte den Kopf. »Ich gehe in unser Quartier. So kann ich wenigstens eine Weile allein im Bett schlafen und muss nicht Marquards Gerüche und Geräusche ertragen.«

Der bucklige Geselle schien diesen Seitenhieb freundlich aufzunehmen, denn er lachte herzlich auf. Notke streichelte ihm zuerst den Auswuchs, dann den Kopf und meinte: »Also gut. Bis morgen. Komm, Marquard, unser Neuling kennt die Genüsse des Lebens noch nicht.«

Wie gern würde ich sie kennen lernen, dachte Jordan, als er den beiden nachsah. Aber nicht mit den Hübschlerinnen in der Mühlenstraße, nicht für Geld. Er dachte an Lucia und war sicher, dass sie seinen Entschluss gutheißen würde.

Gemeinsam mit Heinrich, dem Küster, der während des Streitgesprächs im Wirtshaus keinen Ton gesagt, sondern nur düster dreingeschaut hatte, machte er sich auf den kurzen Weg nach St. Marien. Die Ketten waren bereits vorgelegt; es war ruhig auf den Straßen. Hinten, schon beinahe auf der Breiten Straße, sahen sie eine kleine Laterne wie ein Irrlicht zwischen den Mauern flackern – ein später Heimkehrer, vielleicht aus einem der Wirtshäuser. Das Licht erlosch, kurz nachdem Jordan es erspäht hatte. Es war nicht um die Ecke gebogen, dessen war er sich sicher. Jemand hatte es gelöscht. Er rieb sich die Augen. Das viele Bier und die späte Stunde gaukelten seinem Blick einen schwebenden Schatten vor, ähnlich wie vorhin in der Kirche.

Vor der Malerhütte verabschiedete er sich von dem Küster, der noch einmal in der Kirche nach dem Rechten sehen wollte.

»Ich habe heute Abend ein ungutes Gefühl«, sagte er nur, zog den großen Schlüssel hervor und sperrte das Portal im südlichen Seitenschiff auf.

Jordan wartete, bis der Küster in der Kirche verschwunden war. Das Tor hatte ihn wie ein Maul aufgesogen. Jordan wollte ebenfalls die Tür aufsperren, musste aber feststellen, dass sie gar nicht verschlossen war. Zuerst bekam er einen Schreck, doch dann beruhigte er sich damit, dass Marquard in Vorfreude auf den Abend sicherlich vergessen hatte abzuschließen. Jordan zündete einen Kienspan an und lief durch alle drei Räume. Er untersuchte die Bilder und stellte beruhigt fest, dass keines fehlte noch Schaden genommen hatte. Dabei betrachtete er eingehend die Darstellung des Mönchs mit seinem entrückten und dennoch herben Gesicht. Fast glaubte er, dieses Gesicht schon einmal in Lübeck gesehen zu haben. Je länger er von dem Bild stand, das gegen eine Wand im Malzimmer gelehnt war, desto bestimmter wurde seine Ahnung. Doch eine genaue Erinnerung wollte sich nicht einstellen. Schließlich gab er es auf und ging zu Bett.

Er träumte vom Küster. Und davon, wie der Tod mit ihm tanzte.

CAPUT 13

Des Höchsten Knecht hat mich zu seinem Knecht erwählt

Das Engelchen liegt in ihrem Arm, schnarchend, wegen des Schnupfens, den es seit seiner Geburt hat. Sie spürt, wie der Rotz aus seiner Nase an ihren Busen tropft. Sie drückt es zärtlich an sich und denkt, wie gut es war, dass sie den letzten Witten für Starkbier für das Engelchen ausgegeben hat. Es nuckelte das Bier wie Muttermilch. Dann schlief es warm und ruhig, trotz des Schnupfens. Doch dann quäkt es leise, es wird aus ihren Armen gezogen. Im Halbschlaf denkt sie, ein erbarmender Erzengel hebt das Kind hinauf, doch jetzt schlägt sie die Augen auf. Die Grimasse des Todes starrt sie an. Sie kann nicht schreien, der Schrecken würgt sie. Sie will rufen, sich wehren, aber sie ist gelähmt. Mit flatterndem Leichentuch trägt der Tod das Kind hinfort, tänzerisch über die anderen Schläfer vor dem Portal von Heilig Kreuz schwebend. Das Kind wimmert, immer weiter weg von ihr. Sie stolpert, wird beschimpft, rennt schwerfällig hinter der Totengestalt her. Die Schwäche, der Hunger, das Zittern machen ihren Lauf zu einem erbarmungswürdigen Taumeln. Wo ist ihr Kind? Sie hastet zum Haus von Bürgermeister Witig, schlägt gegen die Tür. Endlich ist ihre Stimme wieder da, sie schreit, ihr Kind sei vom Tode geholt worden. Die Großmagd des Hauses reißt das Fenster auf und entleert den Nachtkübel über ihr. Beschmutzt und stinkend rennt sie weiter, zur Apotheke des Vetters Morkerke. Sie jammert, ihr Kind sei gestohlen. Volke hebt sie auf, presst sie an sich, seine Lippen auf ihre, reißt ihr an den Kleidern. Der tanzende Tod hat mein Engelchen geholt, stammelt sie. Ich geb dir ein Kind, komm nur, flüstert Volke. Sie reißt sich los, rennt davon, nach St. Katharinen. Sie schlägt ans Pförtchen, der Novize Padelügge öffnet. Der Kleine, verwirrt, lässt sie ein. Ich suche mein Kind, schreit sie. Der Guardian wird helfen, sagt er. Der Guardian weiß alles. Er zerrt sie zu Hinricus Risebitter in die Kirche. Der tanzende Tod hat mein Engelchen geholt, weint sie. Risebitter ist riesig, er zeigt mit dem Finger auf sie. Da siehst du es nun, arme Sünderin. Mit dem verzierten Marzipan hat es angefangen. Und dann hast du dich mit dem Pack von Notke gemein gemacht. Mit den Grauenschmierern. Sündhaft ist es, wenn man mit dem Tod seinen Schabernack treibt. Schabernack aus Farbe und Leinwand und Marzipan. Sie fleht, er möge ihr im Leid zur Seite stehen. Hier, das hilft gegen das Leid, sagt Hinricus und legt ihr die Schlinge um den Hals. Sie will schreien, doch er stürzt sie hinab in die Krypta, ins Nichts unter St. Katharinen.

»Ich war es doch nicht!«, schrie Lucia, als sie aufwachte, geschüttelt von ihrer Schwester Alheid.

»Heilige Maria, was hast du nur geträumt?«, fragte die Schwester mit einem besänftigenden Lächeln.

»O Herr, schreckliche Dinge. Erst war ich die Bettlerin, der der Tod das Kind stahl. Und dann … ach, es war ein grauenhaftes Durcheinander.« Lucia seufzte und setzte sich im Bett auf. Die Schwestern waren schon aufgestanden, Alheid saß im schlichten weißen Leinenhemd neben ihr. Auf ihrem Schoß lag das dunkelgrüne Kleid, das sie darüberziehen wollte. Juleke war fertig für den Kirchgang, mit weißem Gewand, Gürtel und Beutelbuch.

»Gegen Alpträume hilft ein langes tiefes Gebet und eine schöne Messe. Auf, Lucia, wir müssen uns beeilen, um in St. Katharinen den Gesang der Mönche nicht zu stören.«

»Ich will aber nicht nach St. Katharinen.«

Juleke hob die Arme, und ihr unförmiges Gewand wirkte wie Engelsflügel. »Was ist nur in dich gefahren?«

»Im Traum war Pater Hinricus … Er hat mich eine Sünderin gescholten …« Ihr versagte die Stimme. »Dann hat er mich gehenkt, wie die Frau gestern. Einfach aufgehängt.«

»Hinricus Risebitter?«, fragte Alheid.

»Ja. Er war mein Henker.«

Juleke griff nach Lucias Hand. »Du hast im Schlaf alles mögliche vermischt. Hinricus hat nur etwas gegen Verschwendung. Da ist er nun einmal Bettelmönch durch und durch.«

»Am liebsten würde er dem armen Novizen doch das Marzipan zu seiner Professfeier ganz verbieten und ihn Erbssuppe essen lassen«, jammerte Lucia.

»Falsch, Lucia. Wenn es nach Hinricus' Auffassung von der Armut der Kirche ginge, äßen Mönche und Gäste Getreidebrei, und zwar ohne Butter und Ei«, sagte Alheid bitter. »Doch er springt über seinen eigenen Schatten. Er zwingt die anderen Brüder nicht zur Askese. Er lässt den Jungen seine Mönchsgelübde feiern, und er beauftragt dich mit dem Marzipan. Deshalb wäre es unhöflich, nicht in St. Katharinen zur Messe zu gehen.« Alheid war vernünftig durch und durch. Grauenhaft vernünftig, dachte Lucia.

»Ich kann nicht. Ich bin völlig durcheinander. In St. Katharinen würde ich nicht einen Augenblick zur frommen Besinnung gelangen!«

»Und wo willst du hingehen?«

»Nach St. Marien, in unsere Pfarrkirche.«

»Zu den Reichen? Was haben wir da noch zu suchen? Vergiss nicht, wir sind seit Vaters Tod arme Waisen, die unzünftisches Handwerk betreiben. Wenn du schon nicht nach St. Katharinen willst, dann lass uns lieber nach St. Ägidien zu den Handwerkern gehen oder nach St. Jacobi, wo die Seefahrer beten. Doch da kennen wir kaum jemanden«, sagte Alheid.

»Vielleicht in den Dom«, schlug Juleke vor.

»Wir sind mit Vater nie in den Dom gegangen, obwohl unser Onkel Domherr war. Es wäre doch seltsam, wenn wir nach seinem Tod dorthin gingen«, wandte Alheid ein.

»Vater wollte nicht zu seinem Bruder in die Kirche. Daran sollten wir uns halten«, meinte Juleke nachdenklich.

»St. Marien!«, sagte Lucia trotzig.

»Das würde Hinricus unendlich kränken. Er hofft immer noch, dass der Totentanz verhindert wird.«

»Ich kann ja allein gehen«, maulte Lucia.

»Was würden die Leute dann denken? Die Gudalbertschwestern sind zerstritten? Sie würden sich die Mäuler zerreißen«, sagte Alheid hitzig.

»Man wird es auch bemerken, wenn wir in St. Katharinen fehlen«, gab Juleke zu bedenken.

»Was die Leute denken, ist mir völlig egal!«, antwortete Lucia. Sie wünschte sich, dass ihre Schwestern gingen. Allzu gern wäre sie allein nach St. Marien gegangen. Die Aussicht, Jordan wieder zu sehen, zog sie ebenso sehr dorthin, wie der Traum sie aus St. Katharinen verjagte.

Juleke sah sie lange und besorgt an. »Es ist nicht gut, wenn du allein gehst. Du musst darauf achten, wie man über dich spricht. Bedenke, dass du noch heiraten musst in Jahresfrist. Deshalb muss dein Leumund unbefleckt bleiben. Wir gehen mit dir nach St. Marien. Du hast recht. Eigentlich ist es unsere Pfarrkirche.«

Lucia nickte und warf die Bettdecke zur Seite.

»Aber nur dies eine Mal«, meinte Alheid. »Wenn wir unser Beginenhaus gründen wollen, brauchen wir einen gewogenen geistlichen Vormund. Deshalb können wir es uns nicht mit Hinricus Risebitter verderben.«

Lucia war froh, den obersten Franziskaner nicht sehen zu müssen. Ihr steckte der Alptraum wahrhaft in den Knochen. Doch sie erfreute sich daran, ein frisches Hemd aus der Truhe zu nehmen, dessen Ausschnitt mit feinen Spitzen verziert war. Das Leinen knisterte wunderbar beim Anziehen. Darüber zog sie ihr schönstes Kleid, ein feines graublaues, das am Rücken mit grünen Bändern gerafft werden konnte, sodass es den Busen keusch betonte. Mit kräftigen Bewegungen kämmte sie die langen Haare. Als Jungfrau brauchte sie sie nicht zu bedecken, doch sie setzte einen Kranz aus Samt auf, der ebenso wie das Kleid mit grünen Bändern verziert war. Schnell schlüpfte sie in ihre besten Lederschuhe und lief den Schwestern in die Diele nach. Alheid reichte ihr einen Krug mit warmem Hamburger Bier, honiggewürzt. Lucia weichte einen Happen Altbrot darin ein, aß und stürzte das laue Getränk herunter.

Dann stiegen die drei Gudalbertschwestern in ihre Holztrippen und traten auf die Straße: die älteste zuerst, dann Juleke und hinterdrein, fröhlich und geschmückt, Lucia, die sich wunderte, wie schnell die beiden ihr ihren Willen gelassen hatten.

Sie gingen bedächtig die Johannisstraße hinauf, über die Königstraße und um die Hohe Bürgerkirche herum. Vor der Kirche hatte sich eine Menschenmenge versammelt, Weinen war zu hören, lautes Klagen, Heulen und Gezeter.

Eine Horde Handwerkerjungen sauste ihnen entgegen. »Der Teufel ist da, der tanzende Tod!«, schrien sie. Lucia schauderte. Sie beschleunigte ihre Schritte. Ihr Herz flatterte wie ein Vogel, sie drängte sich durch die Menge zum Portal und sah nach oben wie die meisten anderen auch.

An der Fahnenstange über dem Portal von St. Marien hing etwas: ein Mensch!

Zuerst konnte Lucia nicht genau erkennen, wer es war, und einen Augenblick lang dachte sie, es sei Jordan Wulfledder, den sie gestern beim Galgen vor dem Burgtor getroffen hatte. Sie spürte, wie sich ein Schrei in ihrer Kehle bildete, doch dann stellte sie fest, dass es jemand anderer war. Doch auch ihn kannte sie.

Es war Heinrich, der Küster von St. Marien.

Sie schämte sich dafür, dass sie innerlich aufatmete.

Jemand hatte ihm ein Seil um den Hals gelegt, ihn hochgezogen und das Seil dann mit einem Pflock festgemacht. Einige Schaulustige zeigten mit dem Finger auf sein schmerzverzerrtes Gesicht, aber viele ergötzten sich an einem anderen Schauspiel. Sie starrten auf eine Gestalt am Boden. Marquard, der Malergeselle, wand sich dort, Schaum vor dem Mund, stöhnend und keuchend. Neben ihm kniete Notke, rieb ihm Minze unter die Nase und redete auf ihn ein. Alheid schob die Leute mit ruhigen Bewegungen beiseite und kniete sich gegenüber von Notke vor den Fallsüchtigen. Marquard verschluckte sich und röchelte, aber sie befreite ihn mit ihrem Rockzipfel von seiner eigenen Spucke. So konnte er frei atmen. Mit schnellen Griffen brachte sie ihn in eine ungefährliche Stellung, den Kopf sanft nach hinten gebogen. Vorsichtig hielt sie seine zappelnden Arme fest und sprach besänftigend auf ihn ein. Nun dauerte es nicht lange, bis Marquards Glieder sich entspannten. Seine Lider flatterten, und er schaute in Alheids Gesicht. Erschöpft holte er Atem. Dann stöhnte er und murmelte: »Alles wird von Flammen verschlungen. Der rote Tod hat die Stadt in seinem Würgegriff!«

CAPUT 14

Du siehst, wie mich dünkt, recht miserabel aus

Alheid richtete den kleinen Mann auf und schaute in die Runde. »Seid beruhigt. Er ist nicht besessen, nur krank! Eine gottgegebene Krankheit, wie sie Kaiser Caesar von Rom und die heilige Katharina von Siena hatten. Nichts zum Fürchten. Doch nun holt den Toten herunter.«

Notke zog seinen Gesellen aus dem Kreis der Schaulustigen, und die Leute sahen wieder zu dem Gehängten auf.

»Ja, holt den Küster runter!«, schrie eine andere Frauenstimme.

»Wartet auf den Bürgermeister«, mahnte jemand. Keiner rührte sich. Auch Lucia graute es. Sie sah Jordan Wulfledder auf der anderen Seite des Kirchportals stehen, wie zur Salzsäule erstarrt.

»Warum holt ihn denn keiner herunter?«, rief sie. Juleke drängte sich neben sie und griff ihren Arm.

»Hilf mir«, sagte sie, ging zum Portal und griff nach dem Seil. Lucia hörte die Leute »Die Mönchin, die Mönchin« flüstern, aber das hatte ihre Schwester noch nie gestört. Juleke befahl Lucia, den Pflock zu lockern, und griff nach dem Seil. Lucia stieß kräftig mit den Trippen gegen den Pflock im Boden und sah aus den Augenwinkeln, dass Jordan hinzugetreten war und am Seil anpackte. Jordan schaute nicht Lucia an, sondern ihre Schwester Juleke. In seinem Blick lag Erstaunen. Und Angst.

Auch der Maler Notke half mit, das Seil zu halten. Der Pflock löste sich, und Lucia zog ihn vorsichtig aus dem Boden. Juleke und die beiden Männer ließen langsam den Leichnam am Seil hinunter. Sofort wollten sich die Schaulustigen um den Toten drängen, aber Notke scheuchte sie mit polternder Stimme zurück.

Sanft, fast zärtlich löste Juleke das Seil vom Hals. Sie schloss dem Küster die Augen, küsste ihm die Stirn und sprach ein Gebet. Erst dann trat der Pfarrer von St. Marien hinzu, mitsamt seinen Vikaren. Juleke sah zu dem Priester auf, nickte und überließ ihm das Feld.

Sie ging zur Seite und schwankte. Sie hatte keine Kraft mehr.

Gerade als Lucia ihr den Arm reichen wollte, griff eine feste, schmale Hand nach Juleke. Der verwachsene Malergeselle, selbst noch gezeichnet von den Anstrengungen seines Anfalls, stützte sie und führte sie beiseite.

Alheid und Lucia sahen, dass Julekes Gesicht tränenüberströmt war. »Ich will nach St. Katharinen«, sagte sie matt.

»Wollt ihr Euch nicht lieber ausruhen?«, fragte Marquard. Seine Augen blitzten. Doch Juleke schüttelte den Kopf und nickte ihren Schwestern zu. Die beiden hakten sie unter und führten sie fort.

Als sich Lucia umsah, war Jordan neben den kleinen Malergesellen getreten. Beide schauten den Frauen mit grüblerischem Blick nach.

Noch nie hatte Lucia Juleke so schwach erlebt. Sie kannte sie fromm, mild und ausdauernd am Krankenbett von Armen, mutig anpackend wie eben bei dem Gehenkten, aber nicht schwankend und zitternd, Gebete haspelnd wie jetzt. Alheid und Lucia führten die Schwester durch die Breite Straße, Schaulustige mit geifernd-neugierigen Gesichtern liefen ihnen entgegen.

✻

Das Grauen von St. Marien sprach sich schnell herum. Ein am Kirchportal erhängter Küster, das war kein alltägliches Spektakel.

Die Bürger, die sonst geziert zur Kirche gingen, rannten ungezügelt, um den Schrecken mit eigenen Augen zu sehen. Die Gudalbertschwestern drängten sich gegen den Strom. Sie bogen in den Schrangen ein. Die schmale Straße, in der sonst Fleisch und Gemüse verkauft wurde, war menschenleer. Lucia spürte, dass ihnen jemand folgte. Sie drehte sich um und bemerkte, dass sich ihr Vetter Volke dicht hinter ihnen hielt. Alheid blieb stehen, quälte sich ein Lächeln ab und grüßte den jungen Mann.

»Gottes Segen, ihr Medderen«, sagte er mit seiner leisen Stimme. »Habt ihr den Gehängten gesehen, in St. Marien?«

»Ja, Volke, das haben wir. Und Juleke will sich deshalb in St. Katharinen besinnen. Magst du mitkommen?«, fragte Alheid.

»Ich möchte Lucia bitten, einige Schritte mit mir zu gehen.«

Lucia wechselte einen Blick mit Juleke.

Doch Alheid sagte bestimmt: »Tu das, unterhalte dich mit unserem Vetter, Schwester.«

Juleke nickte auffordernd. Lucia ließ den Arm der Mönchin los und sah Volke grimmig an.

»Ich habe gehört, dass du geholfen hast, den Toten abzuschneiden«, sagte er.

»Wir haben ihn gemeinsam herabgelassen, Juleke und ich. Und ihm die Würde wiedergegeben«, antwortete Lucia.

»Du bist sehr mutig. Das gefällt mir.«

»Ich tu nur, was ein Christenmensch tun sollte.«

»Dies sind unchristliche Zeiten. Der zweite Mord in so kurzer Zeit. Der Tod tanzt auf den Straßen, die Pest hat erst vor kurzem dem Schnitter die Opfer hingeworfen, im Jahre des Herrn 1462. Wer weiß, wann sie wiederkommt.«

»Gott allein.«

»In solchen Zeiten sollte man sich zusammentun, Lucia. Ich habe eine Apotheke, du hast eine gute Aussteuer. Jeder von uns sollte schnell das Leben beginnen, für das er bestimmt ist.«

»Aber ich weiß nicht, wofür ich bestimmt bin. Und wenn Gott mir gnädig ist, habe ich auch noch ein Jahr Zeit, um das herauszufinden.«

»Du bist jung, gesund und klug. Du wärst eine gute Hausfrau, Mutter und Apothekerin.«

Er ging einen Schritt auf sie zu. Sie konnte jede Pore in seinem Gesicht erkennen. Und die Haare in der Nase.

»Vielleicht. Aber ich könnte auch eine fromme Begine und gute Krankenpflegerin sein«, sagte sie und trat einen kleinen Schritt zurück.

Er griff nach ihrer Hand. »Werde meine Frau, Lucia. Dann kann ich dich vor dem Unheil beschützen, das in dieser Stadt Einzug gehalten hat. Entscheide dich jetzt.«

Lucia entzog ihm die Hand und schüttelte den Kopf. »Wir sind Vetter und Meddere.«

»Das sind viele, die verheiratet sind.« Er trat noch einen halben Schritt näher. »Ich brauche dich, für die Apotheke und für mich.«

Lucia wandte den Kopf ab. Sie vermochte seinen bittenden Blick nicht zu ertragen.

»Volke, ich kann dich nicht heiraten. Wenn ich heiraten sollte, dann nur jemanden, mit dem ich lieber zusammen bin als mit meinen Schwestern.«

»Und das bin nicht ich?« Seine Stimme krächzte.

Lucia schüttelte den Kopf. Da schlang Volke kräftig die Arme um sie, zerrte sie an sich und presste seine Lippen auf ihre.

Sie versteinerte, sie war so erschrocken, dass sie sich nicht wehren konnte. Er strich vorsichtig zitternd über ihr Haar, küsste dann wieder ihre Lippen und schließlich ihre Stirn. Dann lockerte er seinen Griff.

Lucia konnte wieder atmen.

»Und jetzt? Können deine beiden verschrobenen Schwestern dir das geben? Weißt du nicht, dass jede Frau einen Mann braucht? Ich werde dir ein guter Mann sein.«

Wut stieg in ihr auf, heiß und unbändig. Wie konnte er es wagen, ihre Arme zu berühren, sie auf offener Straße zu küssen? Sie schüttelte seine Hand von ihrem Arm und holte zu einer Backpfeife aus.

»Nie!«, sagte sie heiser. »Nie heirate ich dich, du Ekel. Ich bleib bei Juleke und Alheid. Ich werde Begine.«

Sie stieß ihn so heftig von sich fort, dass er im Matsch ausrutschte und auf den Hosenboden fiel.

»Das hast du davon, Dreckfinger!«, schrie Lucia. Sie schlüpfte aus ihren Trippen, sammelte die hölzernen Unterschuhe auf, raffte den Rock ihres wertvollen Kleides und rannte los.

»Lucia, hör mich an!«, rief Volke ihr nach.

Sie drehte sich noch mal um. »Ich bleib bei meinen Schwestern, egal was du sagst. Die beiden sind besser, als es je ein Kerl sein kann. Und hundertmal besser als du, schmieriger Hundsfott!«, schrie sie.

Sie lief in Richtung St. Katharinen und hörte, wie Volke hinter ihr herrief: »Das wirst du noch bereuen!«

Als sie vor St. Katharinen ankam, war der Gottesdienst schon zu Ende. Alheid und Juleke befanden sich nicht unter den Menschen vor der Kirche. Vermutlich waren sie bereits nach Hause gegangen. Lucia eilte durch die Straßen. Sie wollte den Schwestern ihr Herz auszuschütten, sich bei ihnen behütet und verstanden fühlen. Aber das Haus gegenüber dem St. Johanniskloster war still wie ein Grab.

Lucia würde nicht untätig auf die beiden warten. Sie brauchten eine Stärkung, wenn sie zurückkamen, und auch Lucia wollte sich etwas gönnen. Sie ging in den winzigen Garten hinter dem Haus und erntete sieben Hand voll der ersten grünen Frühlingszwiebeln. Aus der letzten glimmenden Kohle im Gluttopf zündete sie ein kleines Feuer an und heizte im Kessel Salzwasser und Trockenkräuter auf, kochte das Gemüse kurz an, hob es aus der Brühe. Sie nahm Nussöl und erhitzte es in einer Pfanne auf dem Feuer, briet das Gemüse, salzte es, nahm von dem teuren Pfeffer ein wenig, ein wenig Muskat und etlichen Zimt, der das Gemüt stärken würde. Sie wendete das Gemüse noch mal mit den Gewürzen und einem Löffel Sommerhonig. Zwei Löffel der Köstlichkeit aß sie sofort aus der Pfanne, dann deckte sie den Tisch. Sie wartete, nachdem sie das Essen in der Glut warm gestellt hatte. Doch erst als die Holzkohle und das Essen kalt waren, öffnete Alheid die Tür. Sie war allein.

»Wo ist Juleke?«, fragte Lucia besorgt.

Alheid setzte sich und ließ sich vom kalten Gemüse vorlegen. »Sie hat mit Hinricus gesprochen, lange, im Beichtstuhl. Danach war sie sehr erschöpft. Sie wollte noch eine Weile in der Kirche bleiben. Der Guardian wird einen Laienbruder oder einen Klosterknecht abstellen, der sie nach Hause begleitet. Ich wollte nach dir sehen. Du hast mit Volke gesprochen?«

Lucia nickte. Sie berichtete, dass Volke sie um ihre Hand gebeten und sie geküsst hatte. Sie erzählte von der Ohrfeige und wie sie Volke in den Matsch geschubst hatte. Alheid lächelte fein. Sie wischte die Pfanne mit einem Stück Brot aus und kaute gemächlich.

»Lucia, das ist ihm recht geschehen. Die Backpfeife und der Schubser machen ihm den Kopf wieder klar. So kann man nicht um eine Frau werben. Ich hoffe nur, er ist ein ernsthafter Werber und seine Liebe echt. Dann wird er nach dem Schubser aufstehen und mit ehrerbietigen Worten um deine Hand werben. Dann solltest du klug sein.«

Lucia sah ihre Schwester entsetzt an. Wie konnte sie annehmen, dass Volke als Gatte in Frage käme, nachdem er doch einst mit seinem Vater schadenfroh ihre Apotheke ausgeräumt hatte?

»Weißt du nicht mehr, wie es war, als sie hier alles weggeholt haben? Soll ich den Mann heiraten, der dir deine Antidotarienschriften weggenommen hat? Hast du das vergessen?«

»Ich erinnere mich an den Tag. Aber damals stand Volke vollends unter dem Einfluss seines Vaters. Er war wie ein kleiner Junge. Jetzt ist er ein anderer Mensch. Er führt das Geschäft und sorgt für seine Mutter, so schwer es ihm auch fällt.«

»Weil er kein guter Apotheker ist.«

»Genau. Und deshalb wäre es ratsam, wenn er eine fähige Apothekerin heiraten würde. Eine Frau mit einem Herzen für die Kranken, einer Hand fürs Heilen, Durchsetzungswillen und Geschäftssinn. Nur dann kann das Erbe unseres Vaters bewahrt werden. Volke und seine Mutter werden über kurz oder lang scheitern. Aber wenn du im Haus wärst, könnte die Apotheke unserer Familie erhalten bleiben.«

»Die Apotheke der Familie Morkerke. Die Ratsapotheke – unsere alte Apotheke – hat Johannes Brakel.«

»Als die Antidotarienschriften in das Haus der Morkerke gebracht wurden, ging unsere Apotheke dorthin – nach unseres Vaters Willen. Wo die Rezeptbücher sind, ist die Apotheke. Das weiß jeder Apotheker, jeder Arzt. Außerdem hat Brakel nie um eine von uns geworben, obwohl es statthaft gewesen wäre.«

»Ich habe nie verstanden, warum Vater die Apotheke an Clawes Morkerke vermachte.«

»Morkerke hat unserer Familie einst einen großen Dienst geleistet. So stand es in Vaters Testament.«

»Welchen denn?«, fragte Lucia ungehalten. »Als Clawes Morkerke Tante Agnes heiratete, hat er eine fette Mitgift von Onkel Jacobus eingestrichen. Die hat er verprasst. Vater hatte keine Schulden bei ihm. Trotzdem hat er alles aus Vaters Besitz bekommen, nur dies Haus nicht, weil es aus Mutters Erbe stammt. Hätte er seine Hand auch darauf legen können, würden wir jetzt vor den Kirchentoren betteln. Solange ich denken kann, kam keine Freundlichkeit, keine Hilfe aus dem Haus Morkerke in dieses hier. Und jetzt soll Volke Morkerke mich bekommen, mich und meine Mitgift? Warum? Es gibt keinen Grund dafür. Ich habe mehr gute Gründe, mit dir und Juleke Begine zu werden.«

»Vater hat nie etwas ohne Grund getan. Onkel Clawes hat ihm

bestimmt einen wichtigen Dienst geleistet. Aber Vater hat nie darüber gesprochen. Ich weiß nur, dass er zu Mutter immer sagte, es gehe um viel, es sei eine Ehrensache. Sie hat ihm auszureden versucht, Morkerke zum Haupterben zu machen. Doch Vater ließ sich nicht erweichen. Ich glaube nicht einmal, dass Mutter wusste, was ihn zu dieser testamentarischen Verfügung bewegt hat. Aber er hatte mit Sicherheit gute Gründe. Vater war ein gewissenhafter Mensch. Deshalb musst du darauf vertrauen, dass es gut ist, wenn unsere Familien zusammenhalten. Es wäre angemessen, wenn eine von uns in die Familie Morkerke einheiraten würde, um die Bindung fester zu machen und zu segnen. Und da kommst nur du in Frage.«

Die Erwähnung der Mutter, die sie nie gekannt hatte, und des Vaters, den sie geliebt hatte, rührten Lucia. Tränen traten ihr in die Augen. Sie krümelte an ihrem Graubrot herum. Alheid hakte nach.

»Volke ist oft linkisch und manchmal grob. Aber zumindest sieht er gut aus.«

»Er hat Haare in der Nase.«

»Jeder Mann hat Haare in der Nase. Sogar du hast Haare in der Nase. Sei nicht kindisch. Er ist groß und kräftig. Er hat volles Haar und klare gesunde Augen. Er kleidet sich ordentlich, hält sich sauber und hat ein gutes Benehmen.«

»Das hab ich gerade mitbekommen.«

»Das war eine Ausnahme. Volke ist schüchtern. Vermutlich hat er das erste Mal um ein Mädchen angehalten. Ich nehme an, dass er das erste Mal geküsst hat. Hab Nachsicht mit ihm.«

Lucia wendete den Kopf. Alheids Worte verunsicherten sie.

»Versprichst du mir, ihn anzuhören, wenn er wiederkommt? Ohne ihn in den Matsch zu schubsen?«

Lucia nickte. Damit war noch nichts beschlossen. Aber der Gedanke, dass sie und Volke ihr Leben zusammen verbringen sollten, beunruhigte sie.

*

Lucia und Alheid machten sich keine großen Sorgen um ihre Schwester, denn sie wussten, dass ein Klosterknecht sie heimbringen würde. Doch es war schon seltsam, dass Juleke so lange fortblieb, um zu beten. Sicherlich hatten sie die Ereignisse vor St. Marien entsetzt, und sie benötigte nun geistlichen Beistand mehr denn je, doch man konnte alles übertreiben, fand Lucia.

Der Tag war anstrengend gewesen, und so gingen die Schwestern früh zu Bett.

In der Nacht, neben dem ruhig atmenden Leib der Schwester, konnte Lucia keinen Schlaf finden. War sie wie die Prinzessin Brunhildis aus den Sagen, die alle Bewerber umbrachte, nur weil sie ihre Proben nicht bestanden? Doch Vetter Volke war ein zu ungehobelter Geselle. Viel angenehmer war ihr da Jordan Wulfledder, der frisch gekürte Malergeselle. Er schien sehr empfindsam, wenn auch eher von düsterer Art zu sein. Er hatte gute Manieren, war klug und zuvorkommend – und arm, falls er wirklich bei Notke blieb.

Lucia wälzte sich hin und her. Sie hörte, wie die Ketten über die Straßen gezogen wurden, hörte das Rufen der Nachtwachen und fuhr plötzlich aus ihren Gedanken auf. Wieso war Juleke eigentlich noch immer nicht da? Sie konnte unmöglich noch im Kloster sein. Lucia rüttelte an Alheid, die böse grunzte, weil sie aufgeweckt wurde.

»Wo ist Juleke?«

Alheid rieb die Augen.

»Die Ketten sind vorgelegt. Die zwölfte Stunde ist schon lang vorbei.«

Alheid legte sich wieder auf die Seite.

»Bestimmt übernachtet sie in den Gästebetten der Franziskaner. Oder beim Gesinde in der Klosterküche. Die mögen sie. Da findet sie Trost und Stärkung. Geh und hol dir von dem Hypocras, damit du schlafen kannst.«

Lucia tat, wie ihre Schwester empfohlen hatte, aber sie brauchte drei kleine Gläschen, bis ihr die Augen zufielen. Noch nie ist Juleke so lange fortgeblieben, war ihr letzter Gedanke.

Im ersten Morgenlicht wurden die Schwestern durch ein lautes Stimmengewirr vor dem Haus geweckt. Schließlich schlug eine Faust an ihre Tür, wie ein Richterhammer.

Alheid war schneller in den Röcken als ihre Schwester und lief zur Tür. Als Lucia in die Diele kam, stand der Hauptmann der Wache vor Alheid, die bleich war wie der Tod. Moritz von Pyrmont grüßte ehrerbietig. »Wir haben Eure Schwester am Rosengarten in den Abfallgruben gefunden. Kommt bitte mit.«

In diesem Augenblick sank Alheid neben Lucia in die Knie. Sie schluchzte nicht, sie schrie nicht. Sie warf sich einfach zu Boden.

CAPUT 15

Und schließ die Augen so wie dein Gebetbuch zu!

Lucia hatte die Wachen dazu gebracht, Alheid ins Bett zu tragen. Die Magd der Nachbarn sah nach ihr und hielt ihr immer wieder ein Minztüchlein unter die Nase. Lucia konnte nicht bei der Schwester wachen, sie wurde vom Wachhauptmann mitgenommen, durch den Rosengarten und den Tunnekenhagen zur nach dem ansässigen Gerbergewerbe stinkenden Hundestraße. Während des ganzen Weges betete Lucia, es möge sich um eine Verwechslung handeln, doch die Mönchin war stadtbekannt. Bei der Wakenitzmauer befand sich eine Grube voll Müll, Gerbereiabfällen und Brackwasser, und dort wartete bereits eine Menschenmenge auf sie. Der Hauptmann pflügte sich hindurch wie ein Schiff durch schwere See. Lucia folgte ihm atemlos.

Im Matsch am Grubenrand lag Juleke in ihrem ehemals weißen Gewand, das jetzt voller Dreck war. Im einfachen Gürtel hing noch das Beutelbuch. Lucia kniete nieder, nahm den Kopf der Schwester in die Hände, küsste sie, fühlte mit den Händen unter die grobe Kapuze. Zitternd fuhr sie mit den Fingern den tiefen Schnürspuren am Hals nach.

»Hat sie getrunken, gestern Nacht?«, fragte der Ritter von Pyrmont mit strenger Stimme.

Lucia schüttelte den Kopf. »Sie hat nie getrunken.«

»Hat sie jemanden hier bei der Mauer getroffen, einen Liebsten?«

Lucia ballte die Fäuste. Wie konnte er nur so von Juleke denken. »Hauptmann, hütet Eure Zunge! Ihr seid neu in der Stadt, aber trotzdem solltet Ihr wissen, dass meine Schwester fromm war. Frömmer, als Ihr es Euch vorstellen könnt!«, fauchte sie.

»Und wie ist sie dann in die Grube gefallen und ertrunken?«

»Seht genau hin, bevor ihr unsinnige Vermutungen äußert. Sie ist nicht ertrunken, sie wurde erwürgt.«

Der Hauptmann trat neben Lucia, schob die Kapuze ganz von Julekes Hals weg. Er nickte.

»Das müssen der Gerichtsherr und der Büttel besehen. Können wir sie in Euer Haus schaffen?«

Lucia fehlte die Kraft zum Antworten, sie senkte nur das Haupt.

Einige starke Männer hoben Juleke auf ein Tuch und trugen sie zum Haus der Schwestern. Trotz der frühen Morgenstunde sammelte sich hinter der Leiche ein Zug von aufgeregten Menschen, die leise beteten wie bei einer traurigen Prozession. Julia Gudalbert war durch ihre Frömmigkeit und Güte jedem ans Herz gewachsen. Als sie am Johanniskloster vorbeigingen, erscholl der Morgengesang der Nonnen, als wollten sie jener einen letzten Gruß senden, die so gern bei ihnen gelebt hätte und der es nun versagt blieb. Lucia hörte den Gesang, hörte das Schluchzen und Klagen der Menschen hinter ihr, aber ihr Herz war so eisig geworden, dass sie das nicht rührte.

Julekes Leichnam wurde in der Diele des Gudalbert'schen Hauses auf den Tisch gelegt. Ratsherr Heinrich von Hachede, der Doctor iuris, kam gemeinsam mit dem Fron, demselben Mann, der die Bettlerin gerichtet hatte, und untersuchte Julekes Körper. Sie wollten das Gewand der Toten aufschneiden, aber schweigend legte Lucia dem Büttel die Hand auf das Messer und öffnete sacht die Schnüre von Julekes Kittel, sodass die Tote nicht entblößt wurde. Der Fron erklärte, dass die Würgemale am Hals der Toten von einer Erdrosselung mit einem dünnen Band herrührten und dass das die Ursache ihres Ablebens gewesen sei.

Ratsherr von Hachede nickte, verneigte sich vor Lucia und ging. Auf der Straße begann der Stadtausrufer sein Klagelied. »Hört, ihr Leute, gar grausliche Untat ist geschehen.«

*

In Windeseile verbreitete sich die Nachricht von Julekes Tod. Vor dem Haus sammelten sich Betende und Klagende. Lucia wollte sie nicht hören. Sie sah nach Alheid, nahm sie in den Arm, trocknete ihre Tränen, gab ihr Hypocras und Baldrian, gebot ihr zu schlafen.

Dann entkleidete sie die Tote, wusch ihr den Gerbereidreck von den Beinen und Armen und kleidete sie in eines ihrer geliebten weiten Gewänder. Vorsichtig zog sie das Florilegium aus dem schmutzigen Buchbeutel. Als Lucia es aufschlug, starrten ihr von der ersten, zuvor leeren Seite frevlerische Schmierereien entgegen.

For t/ Bruder / folge mir zur allgemeinen Ruh /
Und schließ die Augen so / wie dein Gebetbuch / zu!
Kannst du nun dort / als hier / in weiß gekleidet stehen:
So wirst du an den Tod / als wie zum Tanze / gehen.

Der Tod selbst hatte in Julekes Buch geschrieben. Etwas krampfte sich in Lucia zusammen, als würde sie eine Riesenfaust von innen packen. Sie schluchzte laut auf und weinte.

Lucia wusste nicht, wie viel Zeit vergangen war. Von außen schlug eine Faust gegen die Tür, wieder und wieder. Sie raffte sich auf. Inmitten einer großen Menge von Glotzern stand Jordan Wulfledder, der Kaufmannssohn. Ohne um Einlass zu bitten, drängte er sich an Lucia vorbei und schlug die Tür hinter sich zu. Er sah sie an.

»Ich werde nicht fragen, wie es Euch geht.«

Sie schüttelte den Kopf.

»Ich frage, was ich für Euch tun kann.«

»Nichts.«

»Es wird Lästigkeiten geben, die ich Euch abnehmen möchte. Wie den Pfarrer bestellen und den Sargmacher. Sagt nur ja, und ich laufe los. Ich muss etwas für Euch tun, denn mein Gewissen quält mich furchtbar. Wisst Ihr, ich habe mich schuldig gemacht.«

»Wieso?«, fragte Lucia und runzelte die Stirn.

»Als ich gesehen habe, wie Eure Schwester mitgeholfen hat, den armen Küster abzunehmen, wusste ich plötzlich, an wen mich der Kartäusermönch auf unserem Bildwerk die ganze Zeit über erinnert hat: an Juleke.«

»Seid Ihr sicher?«

Jordan nickte. »Ihr Beutelbuch hat mich auf die Spur gebracht. Vielleicht hätte dieser schreckliche Mord verhindert werden können, wenn ich sie gewarnt hätte.«

Nun konnte Lucia sich nicht mehr beherrschen. Sie brach in Tränen aus, schluchzte heftig und schüttelte den Kopf, als wolle sie das alles nicht glauben.

Da tat Jordan etwas Ungeheures. Er nahm sie in die Arme. Lange und sanft. Erst als das Weinen zu einem langen Seufzer wurde, bemerkte sie, dass es ihr wohlgefiel, in seinen Armen zu liegen. Es gefiel ihr zu gut. Langsam löste sie sich aus seiner Umarmung. Dann zeigte sie ihm das Geschreibsel im Florilegienbuch.

»Wisst Ihr, wer das war?«

»Das ist ihr Beutelbuch, nicht wahr?«

Lucia nickte.

»Es sind Verse, die bei unserem Totentanz als Bildunterschriften dienen werden«, erklärte er leise. »Ich muss jetzt gehen. Wenn Ihr wollt, werde ich Euch die Magd meiner Mutter ins Haus schicken, damit sie Euch zur Hand geht. Sie heißt Metteke. Lasst sie ein, wenn sie anklopft. Ich werde derweil tun, was ich kann, um den Schuldigen zu finden. Ich habe da einen schrecklichen Verdacht«, sagte er, als er sich selbst aus der Tür ließ. Lucia schob den Riegel vor.

*

Jordan stand auf der Straße, vor ihm erhob sich das Johanniskloster, dunkel und abweisend. Er lehnte sich an die Hauswand und bedeckte das Gesicht mit den Händen. Es war ihm gleichgültig, ob die Vorübergehenden ihn anstarrten und was sie von ihm hielten. Plötzlich wünschte er sich nichts so sehr, als im Hause seiner Eltern zu sein, Stoffballen zu zählen, mit Peter die Rechnungen zusammenzustellen, zum Hafen zu gehen, das Entladen der Schiffe zu überwachen und sogar abends eine Wirtsstube aufzusuchen. All das war besser als der Albtraum, in den er geraten war. Mit einem Seufzen machte sich Jordan auf den Weg nach St. Marien.

Drei Tote, und immer war es Marquard gewesen, der die Gesichter gemalt hatte. Wirklich nur nach seiner Phantasie, wie er nach dem Tod des kleinen Kindes behauptet hatte? Welche Verbindung bestand zwischen ihm und den Ermordeten?

CAPUT 16

Wohlan, so muss ich mich, ach hartes Wort, bequemen!

Auf dem Weg nach St. Marien kam Jordan die Vermutung, Marquard könnte etwas mit den Morden zu tun haben, immer verrückter vor. Aber er musste sich Gewissheit verschaffen. Vielleicht war der bucklige Geselle ja selbst Opfer einer teuflischen Verschwörung geworden, ohne dies zu wissen. Jordan sah auf dem Weg durch die Schrangen hinter jedem Gesicht einen Abgrund, hinter jeder Geste ein geheimes Zeichen. Die Giebelhäuser mit ihren spitzen Fenstern und zum Himmel strebenden Fassaden waren wie gemalte Bilder, die eine andere Wirklichkeit verbargen. Plötzlich hatte Jordan den Eindruck, dass dies nicht mehr seine Stadt war – nicht mehr die Stadt, die er seit seiner Kindheit kannte.

Er hämmerte mit schwerem, entschlossenem Schlag gegen die Tür der Bauhütte. Einer der Handlanger öffnete ihm.

»Ist Marquard da?«, fragte er den jungen Mann. Als dieser nickte, befahl Jordan, er möge den Gesellen herbringen.

Marquard kam nicht allein. Notke war bei ihm. Jordan trat ein und schloss sorgfältig die Tür hinter sich.

»Habt ihr gehört, was in dieser Nacht passiert ist?«, fragte er die beiden. Sie sahen ihn fragend an. Tatsächlich wussten sie noch nichts von Julekes Tod, wie sich herausstellte.

Notke wurde blass und Marquard brach zusammen. Jordan befürchtete schon, er werde wieder einen seiner Anfälle bekommen, doch der Geselle weinte nur hemmungslos. Notke sah verwirrt auf ihn hinab.

»Was soll das bedeuten?«, fragte der Meister scharf und packte Marquard an seinem nicht mehr ganz sauberen Wams. Er zerrte den Gesellen auf die Beine und sah ihn fordernd an.

»Ich … ich weiß nicht«, stammelte Marquard. »Das habe ich nicht gewollt.«

»Was hast du nicht gewollt?« Jetzt schüttelte Notke den verwachsenen Wenden heftig durch. »Rede endlich. Was geht hier vor?«

»Ich habe keine Ahnung, Meister, wahrhaftig nicht«, beteuerte

Marquard, nachdem Notke ihn losgelassen hatte. »Ich habe dem Kartäusermönch auf unserem Bild das Antlitz der Mönchin gegeben. Ich sehe sie oft in Lübecks Straßen, wie sie mit Körben voller Essen oder Heilkräuter für die Armen herumhuscht. Sie betet für uns alle. Aber sie belässt es nicht beim Beten. Für mich ist sie der Inbegriff von Frömmigkeit und Nächstenliebe, daher habe ich dem Kartäuser ihr Gesicht gegeben.« Leiser setzte er hinzu: »Ich bete sie an.«

»Du hast sie gekannt, und du hast den Küster gekannt«, sagte Notke. »Was ist mit dem kleinen Kind?«

Marquard wand sich. Er raufte seine braunen Wuschelhaare. Er wollte nicht antworten, doch als Notke ihn am Wams packte, rief er hastig: »Ich habe es ebenfalls gekannt.«

Notke ließ ihn los und wich einen Schritt zurück. Dann setzte er sich schwer auf einen der Stühle in der Meisterkammer. Marquard blieb stehen. Jordan lehnte sich gegen das harte Holz der Tür. In dem Raum herrschte ein seltsames, gelblich getöntes Zwielicht, das von der gegerbten Haut herrührte, die vor das Fenster gespannt war.

Marquard atmete tief durch. »Es war ein so himmlisches zartes Kind, voller Schönheit, wie ein Engel. Als ich es unten am Hafen sah, musste ich es einfach zeichnen. Ich habe seiner Mutter dafür ein wenig Geld geschenkt. Dann habe ich dem Kind auf unserem Bild das Antlitz dieses armen Bettlerkindes gegeben. Ja, es stimmt, alle drei Gesichter stammen von Einwohnern dieser Stadt, und ich habe alle drei gekannt. Aber ich habe keinem von ihnen ein Leid getan. Warum sollte ich so etwas tun?« Er sah Notke hilfesuchend an, doch der Meister starrte nur vor sich.

Jordan schenkte Marquards Worten Glauben. Was brachten ihm diese drei Todesfälle? Außerdem hatte er wissen müssen, dass man früher oder später auf seine Verbindung zu den Getöteten kommen würde. Hatte er überhaupt Zeit gehabt, die Taten zu begehen?

»Bist du in der ganzen Nacht, nachdem wir meine Aufnahme als Geselle gefeiert hatten, in der Hütte geblieben?«, fragte Jordan den Gesellen.

»Natürlich«, sagte Marquard. »Vielleicht erinnerst du dich daran, dass wir im selben Bett geschlafen haben.«

»Ich war so betrunken, dass ich nicht bemerkt hätte, wenn du mitten in der Nacht aufgestanden wärst«, wandte Jordan ein.

»Bin ich aber nicht«, beharrte Marquard.

»Und in der Nacht, als der Küster starb? Warst du da mit Notke im Hurenhaus?«

Notke sah auf. »Ja, das war er. Zumindest sind wir zusammen hineingegangen. Und auch wieder zusammen hinaus. Aber dazwischen lagen ein paar Stunden. Was er da gemacht hat, kann ich nicht bezeugen.« Er durchbohrte Marquard mit seinen Blicken.

»Du hättest also genug Zeit gehabt, den Küster aufzuknüpfen«, überlegte Jordan laut.

»Aber warum?«, rief der Bucklige und rang die Hände. »Warum hätte ich das tun sollen? Ich hatte nichts gegen Heinrich. Er war ein lieber Kerl.«

»Und letzte Nacht?«, hakte Jordan nach. Er schluckte, denn er kannte einen Teil der Antwort. Letzte Nacht hatte Jordan schlecht geschlafen und sich auf dem harten Lager hin- und hergewälzt. Zuerst hatte sich Marquard darüber beschwert, doch irgendwann war er still gewesen. Und als Jordan einmal aus Versehen den Arm zu weit ausgestreckt hatte, hatte er bemerkt, dass die Betthälfte des Buckligen leer war. Er hatte sich nichts weiter dabei gedacht, sich umgedreht und war erneut in unruhigen Schlummer gefallen. Erst jetzt erhielt die Abwesenheit des Gesellen eine Bedeutung. »Du hast das Bett verlassen.«

»Ja.«

»Wo warst du?«, fragte Notke. »Ich glaube, ich habe einmal jemanden durch mein Zimmer huschen hören.«

»Das war ich«, gestand Marquard. »Ich konnte nicht schlafen, weil mich Jordan andauernd geweckt hat. Ich bin ein wenig durch die nächtliche Stadt gegangen.«

»Und das soll ich dir glauben?«, meinte Notke. Er klang auf einmal sehr müde. Langsam hob er den Kopf und sah seinen Gesellen an. »Marquard, Marquard, was hast du nur getan?« Er stand auf und verließ die Hütte.

Der Geselle stand da wie vom Donner gerührt. Jordan wusste nicht, wie er sich verhalten sollte. Am liebsten wäre er hinausgelaufen und hätte Notke zurückgeholt. Je länger Jordan über die ganze Sache nachdachte, desto weniger konnte er glauben, dass dieser arme Kerl ein Mörder war. Er legte den Arm um Marquard und versuchte ihn zu trösten. Der Geselle blickte ihn aus verweinten Augen an.

»Wie kann jemand auf den Gedanken kommen, ich hätte die Mönchin umgebracht? Ein so reines Wesen? Ich habe sie geliebt. Wie wahnsinnig geliebt. Sie hat mir einmal geholfen, das ist schon eine Weile her. Das war, bevor Meister Notke meine Fähigkeiten erkannte und mich aufgenommen hat. Ich war ein kleiner Bettler, der seinen Platz vor dem Dom hatte. Ich verteilte selbst gemalte Heiligenbilder gegen Almosen. Eines Tages kam die Mönchin dorthin. Ich habe ihr von meiner Fallsucht erzählt, und sie hat mir Pfingstrosenelixier gebracht, das half mir gut. Und sie hat mich in die Arme genommen – mich, den alle wie einen Aussätzigen behandelt haben, den Wenden, den verhassten Slawen, den Krüppel. Seitdem habe ich sie im Herzen. Aber ich wusste immer, dass diese Liebe keine Aussicht auf Erfüllung hat; dazu war die Mönchin zu heilig.«

»Und deshalb hast du sie zuerst in einem Bild verewigt und dann getötet, weil sie im wahren Leben nicht die deine sein konnte oder wollte?«, fragte Jordan, dem seine Worte sogleich leidtaten, als er sah, wie Marquard darauf reagierte. Der Bucklige starrte Jordan mit ungläubigem Blick an, dann setzte er sich auf den Stuhl, auf dem vorhin Notke Platz genommen hatte, und verbarg das Gesicht in den Händen. »Nein. Nein. Nein. Nein!«

Die Tür flog auf, und Bernt Notke erschien in Begleitung des Hauptmanns Moritz von Pyrmont sowie zweier bewaffneter Wachen. Sein Gesicht war bleich wie das eines Toten, seine Augen rot gerändert.

»Da ist er«, sagte Notke heiser und deutete auf Marquard. »Er ist der Mörder. Nehmt ihn fest.«

Marquard sprang auf, schrie immer noch »Nein. Nein. Nein!«, und Jordan stellte sich dem Hauptmann in den Weg.

»Es ist nicht sicher, dass er der Täter ist«, sagte er rasch.

Moritz von Pyrmont blieb vor Jordan stehen. »Euch kenne ich doch. Unsere Wege kreuzen sich nun schon zum dritten Mal. Gebt acht, dass ich Euch nicht als einen möglichen Verdächtigen gleich mit abführe. Ich weiß nicht, welch teuflisches Spiel hier gespielt wird, aber ich weiß, dass ihm ein Ende gesetzt werden muss.«

»Die Berner'sche hat gestanden, ihr Kind ermordet zu haben«, warf Jordan ein. »Wollt Ihr etwa behaupten, sie hätte eine Falschaussage gemacht? Vielleicht unter der Folter erpresst? Wie sähe das wohl für Euch aus und für die Herrlichkeit Eures Gerichts?«

Moritz von Pyrmont sah den jungen Mann eindringlich an. »Es steht Euch nicht zu, unser Gericht zu schmähen. Seht Euch vor, sonst landet auch Ihr noch im Kerker. Und den Gesellen Marquard nehmen wir mit. Wir werden ihn befragen, dann wird die Wahrheit schon ans Licht kommen.«

Die beiden Wachen ergriffen den armen Buckligen und schleiften den sich heftig Wehrenden aus der Malerhütte. Moritz von Pyrmont folgte ihnen. Als die Tür ins Schloss gefallen war, brüllte Jordan Meister Notke an: »Wie konntet Ihr das tun? Marquard ans Messer zu liefern! Glaubt Ihr wirklich, dass er der Schuldige ist?«

Notke setzte sich schwerfällig auf einen Schemel und zuckte die Achseln. »Ich weiß es nicht. Aber so lange ich Zweifel an seiner Unschuld habe, kann ich nicht mit ihm arbeiten.« Er rieb sich die Augen und stöhnte. Dann schüttelte er den Kopf und fuhr fort: »Es ist Sache der Obrigkeit, diesen Fall aufzuklären. Wenn Marquard unschuldig ist, wird man ihn bald wieder entlassen. Wenn er schuldig ist, kehrt endlich wieder Ruhe ein. Ich geh jetzt in den ›Adler‹. Ich brauche was zu trinken.«

Als er die Hütte verlassen hatte und die drei Handlanger vorsichtig in den Raum spähten, hielt Jordan es nicht mehr aus.

»Glotzt nicht so!«, schrie er sie an und floh ebenfalls aus dem Quartier der Maler.

Er irrte durch die frühlingshellen Straßen, sah kaum die wenigen grünen Bäume, die fröhlichen Gesichter, das wogende Leben. Er musste dem Gesellen helfen, denn wenn der unter die Folter geriet, würde er alles Mögliche sagen, was man von ihm hören wollte. Und wenn Jordan ihm helfen wollte, benötigte er Unterstützung. Er wusste, wo er sie bekommen konnte. Er blieb stehen, schaute sich um und bemerkte, dass er unbeabsichtigt durch die Fleischhauergasse gelaufen war. Er bog bei St. Johannis links ein und stand bald vor dem Haus der Schwestern Gudalbert.

CAPUT 17

Dort wirst du ein Convent von tausend Brüdern finden.

In der Dornse der Gudalbertschwestern war Juleke aufgebahrt. Trauergäste drängten sich auf der kleinen Bank neben der Toten und murmelten ihre Gebete. Lucia hockte auf einem Schemel am Eingang, versunken in ihre Gedanken. Fast hätte sie das Klopfen nicht gehört. Schnell lief sie zur Tür und öffnete. Jordan sah mitgenommen aus. »Bringt Ihr Neuigkeiten?«, fragte sie ihn und strich sich eine blonde Locke aus dem Gesicht. Er nickte, und sie bat ihn herein. Sie führte ihn nicht in die Dornse. Sie kannte viele der Bürger nicht, die sich bei der Totenwache ablösten. Es war ein beeindruckender Beweis, wie beliebt Juleke in der Stadt gewesen war, auch wenn manche Leute sie als seltsam verlacht hatten. Wie sehr sie auch Juleke verehrt haben mochten, Lucia wollte nicht, dass sie über Jordans Besuch bei ihr schwätzten. Deshalb öffnete sie geschwind eine Tür am hinteren Ende des Korridors und geleitete Jordan in den Saal, die gute Stube des Hauses. Sie schob ihm einen Stuhl vor den Kamin und setzte sich daneben. Es wäre ihr sehr recht gewesen, wenn er sie noch einmal in den Arm genommen hätte, sie fühlte sich so allein. Aber sie wagte nicht, ihn anzuschauen, sondern richtete den Blick auf den erloschenen Kamin.

»Marquard, der Altgeselle Bernt Notkes, ist gerade abgeführt worden. Notke selbst hat ihn verraten«, sagte Jordan leise.

»Der Bucklige, der die Fallsucht hat?«, fragte Lucia erstaunt und sah Jordan endlich an. Sie spürte, wie ihre Augen feucht wurden. »Das kann ich nicht glauben.«

»Ich habe es geglaubt – zuerst«, gestand Jordan. Dann erzählte er ihr von dem Gespräch mit Marquard, und verschwieg ihr auch nicht, dass er alle drei Menschen gemalt hatte, die in den letzten Tagen umgebracht worden waren, und dass er unsterblich in Juleke verliebt gewesen war.

Das erstaunte Lucia am meisten. Nun sah sie den Gesellen in einem anderen Licht. Ihrer Schwester schien Marquards Zuneigung nicht aufgefallen zu sein, denn sonst hätte sie Lucia oder Alheid gegenüber etwas gesagt.

»Glaubt Ihr, sie hat ihn verschmäht, und deshalb hat er sie getötet?«, fragte Lucia leise.

Jordan zuckte die Achseln. »Ich weiß es nicht. Vielleicht kommt bei seiner peinlichen Befragung etwas heraus. Aber wie passen die anderen beiden Todesfälle ins Bild?«

»Vielleicht war er es nicht? Vielleicht hat er Juleke tatsächlich getötet, weil sie ihn abgewiesen hat, und Marquard wollte nur, dass es so aussieht, als wäre es der Totentanzmörder gewesen.«

Der Totentanzmörder. Sie fand, es war ein passender Ausdruck. Ein Mörder schlich durch Lübeck – ein Mörder, der seine Opfer nach dem Totentanz aussuchte. Wenn Marquard es wirklich gewesen war, würde jetzt wieder Ruhe einkehren.

»Ich kann mir Marquard einfach nicht als Mörder vorstellen«, meinte Jordan. »Er ist nicht kaltblütig genug. Als ich ihm sagte, dass ich ihn im Verdacht habe, ist er zusammengebrochen und hat weinend seine Unschuld beteuert.«

»Aber Notke hält ihn für schuldig«, wandte Lucia ein und sah ihn nachdenklich an.

»Ja. Oder er wollte nur irgendetwas tun, damit dieser Wahnsinn aufhört.«

»Wie lange kennt er Marquard schon?«, fragte Lucia.

»Ein paar Jahre, glaube ich. Marquard sagte, Notke habe ihn aus der Gosse aufgelesen. Nein, es passt alles nicht zusammen.« Er strich sich über das Kinn. Seine Finger betasteten das kleine Grübchen. »Aber was können wir tun?«

Lange saßen sie schweigend da. »Ich weiß nicht, ob es uns weiterhilft, aber am Abend vor ihrer Ermordung war Juleke im Franziskanerkloster«, sagte Lucia schließlich. »Vielleicht könnten wir herausfinden, wann sie von dort aufgebrochen und wohin sie gegangen ist.«

»Ich kümmere mich darum«, sagte er und stand auf.

»Seid vorsichtig. Es sind schon zu viele Menschen umgekommen.«

Er versprach es ihr und ging durch die Diele zur Tür.

Sofort machte er sich auf den Weg zum St. Katharinenkloster. Sie hatte »wir« gesagt. Jordans Herz klopfte heftig. Er ging wie auf Wolken, obwohl er soeben aus einem Totenhaus gekommen war.

Er lief den Rosengarten hinunter, dann den Tunnekenhagen entlang und bog nach links in die Glockengießerstraße mit ihren vielen Brauhäusern und Böttchereien ein. Bald stand er vor der Katharinenkirche, einer der schönsten Kirchen der Stadt. Zwar hatte sie statt eines Turmes nur einen Dachreiter, wie es das Gebot des Franziskanerordens war, doch dafür schien die leicht unsymmetrische Fassade mit ihren ungeheuer hohen Spitzbogenfestern und Blendbögen geradewegs in den Himmel zu streben. Jordan schritt am Westwerk der Kirche vorbei zur Klosterpforte und zog an der schweren Schelle, die rechts daneben hing. Kurz darauf wurde ein kleines Kläppchen in dem schweren Tor geöffnet, und ein Teil eines Gesichtes mit leuchtender Tonsur und schmallippigem Mund erschien dahinter und nahm die gesamte Aussparung ein. »Was wünscht Ihr?«, fragte der Franziskaner herrisch.

»Ich will mit Pater Hinricus sprechen.«

»Das wird kaum möglich sein. Der Guardian ist ein sehr beschäftigter Mann. Wenn Ihr um geistlichen Beistand bittet, so solltet Ihr mit einem anderen Priester vorliebnehmen.«

»Es geht um den Mord an Julia Gudalbert«, sagte Jordan rasch, als der Mönch die Klappe bereits wieder schießen wollte. »Pater Hinricus scheint der letzte Mensch gewesen zu sein, der die Mönchin lebend gesehen hat. Bitte lasst mich mit ihm sprechen, denn sonst wird er dem Hauptmann Rede und Antwort stehen müssen.«

Der Pförtner schlug wortlos die Klappe zu. Schnelle Schritte entfernten sich hinter dem Tor. Jordan stand unschlüssig auf der Straße und wusste nicht, ob er wieder gehen sollte.

Er war nicht der Einzige, der hier wartete. Ganze Horden von Bettlern, Krüppeln und Entwurzelten hofften auf eine Mahlzeit, auf einen Segen oder andere milde Gaben. Einer von ihnen, der während Jordans Unterredung neben ihm gestanden hatte, sagte hämisch: »Brauchen jetzt auch die Reichen schon Almosen?«

Jordan sah ihn an. Der Mann hatte nur noch ein paar Zahnstummel im Mund, obwohl er kaum älter war als Jordan, und seine Haut war mit Geschwüren übersät. Auch auf seiner Nase hockte eine Geschwulst, die beinahe so groß wie die Nase selbst war. Er war so abgemagert, dass man durch seine zerschlissene Kleidung die Rippen sehen konnte.

»Ich bin der wandelnde Tod«, krächzte der Mann und begann zu tanzen. Immer schneller wirbelte er im Kreis herum. Sein Wams flatterte hinter ihm her. Dann war er verschwunden.

Die Klappe in der Pforte öffnete sich wieder.

»Kommt herein«, sagte der Mönch dahinter und zog die Tür auf. Sofort setzten sich auch die übrigen Bettler in Bewegung, doch der Mönch schloss das Tor wieder, sobald Jordan durch den Spalt geschlüpft war. Beinahe wäre die Feder seines Hutes zwischen Tür und Rahmen stecken geblieben. Nur durch eine rasche Kopfbewegung gelang es ihm, die wertvolle Pfauenfeder zu retten, die ihm inzwischen, da er nicht mehr Kaufmann, sondern Maler war, reichlich unpassend vorkam. Schweigend folgte er dem Mönch durch das Pförtnergebäude und einen langen Gang mit Kreuzrippengewölbe. Der Mönch – ein Mann, den Jordan auf der Straße übersehen hätte, so durchschnittlich und unscheinbar war er, wenn man von seiner Tonsur absah – führte Jordan in das am Ende des Ganges gelegene Parlatorium, den Bereich des Klosters, den auch Laien betreten durften. Der Mönch öffnete eine hohe, knarrende Tür und bedeutete Jordan einzutreten. Dieser machte einige Schritte über die schweren Holzbohlen, aus denen der Boden bestand und die ächzende Laute von sich gaben. Der Raum war hoch und gewölbt; die Decke wurde von zwei massigen Pfeilern getragen. Entlang der Backsteinwände standen Stühle wie in einer Prozession aufgereiht, und an der Stirnseite, unter einem mächtigen Spitzbogenfenster, saß bereits der Guardian in einem ausladenden Lehnstuhl, dessen Arme in Löwenköpfen ausliefen. Pater Hinricus war recht groß, bereits im Sitzen überragte er Jordan fast. Er hatte eine sehr blasse, beinahe weiße Haut, zu der sein schwarzer Haarkranz einen starken Kontrast bildete. Pater Hinricus erhob sich nicht, sondern winkte Jordan heran. Er musste vor dem Guardian stehen.

»Was führt Euch zu mir, mein Sohn?«, fragte Hinricus mit einer sanften, gütigen Stimme. Sein Blick war warmherzig, die dunklen Augen hatten einen milden Glanz. Die buschigen Brauen hingegen loderten über ihnen wie schwarze Feuer.

Jordan verneigte sich vor ihm. »Sicherlich wisst Ihr bereits, dass Juleke Gudalbert tot aufgefunden wurde, jemand hat sie in eine Abfallgrube geworfen.«

Pater Hinricus runzelte die Stirn. »Friede sei ihrer heiligmäßigen Seele«, sagte er nachdenklich. »Aber sicherlich seid Ihr nicht hergekommen, um mir das zu sagen.«

»Nein«, bestätigte Jordan. »Vielleicht wurde Euch ebenfalls schon berichtet, dass es einen Verdächtigen gibt.«

Der Guardian legte die Hände auf die Löwenköpfe. Jordan sah, wie er die Finger um die geschnitzten Bestien schloss, bis die Knöchel weiß hervorstachen. »Ich habe diesen verwachsenen Wenden immer für einen vom Teufel Besessenen gehalten, schon vor der fürchterlichen Untat«, sagte er mit bemüht ruhiger Stimme. »Der Teufel lockt den Teufel an. Diese schrecklichen Bilder hätten niemals in Auftrag gegeben werden dürfen.«

»Auf den Bildern ist nirgendwo der Teufel zu sehen«, wagte Jordan einzuwenden.

»Warum verteidigt Ihr diese Schmierereien? Ihr seht doch, wie sie die Stadt in Aufruhr versetzen.«

»Weil ich daran mitarbeite.«

Pater Hinricus sah Jordan ungläubig an. »Ihr seid doch Brun Wulfledders Sohn, wenn ich mich nicht irre. Was habt Ihr bei diesen gottlosen Gesellen zu suchen? Seid Ihr ein Vertreter der Gleichheit unter den Ständen? Oder ergötzt Ihr Euch an dem Grauenhaften, das sie darstellen? Diese Maler und ihre Bilder bringen Tod und Verderben über die Stadt. Sie holen das Böse im Menschen hervor. Begreift Ihr das nicht? Ist nicht schon genug Grauenvolles geschehen? Warum muss sich ein ehrbarer Kaufmannssohn ihnen anschließen?«

Jordan wollte seine inneren Kämpfe nicht vor dem Geistlichen ausbreiten. Er trat von einem Fuß auf den anderen und räusperte sich. »Juleke Gudalbert war am Abend ihres Todes bei Euch. Stimmt das?«

Pater Hinricus ließ die Löwenköpfe los und legte die Hände in den Schoß. Dann zupfte er einen unsichtbaren Faden aus seiner braunen Kutte. Schließlich kratzte er sich am Kinn. »Ja, das stimmt, aber ich wüsste nicht, warum das für Euch von so großer Bedeutung sein sollte.«

»Wann ist sie von hier fortgegangen?«

»Sehr spät. Sie war völlig erschöpft. Die schrecklichen Ereignisse in dieser Stadt hatten sie erschüttert. Ich habe ihr die Beichte abgenommen, und sie hat noch in der Kirche gebetet. Ich weiß nicht genau, wann sie gegangen ist.«

»Hat sie das Kloster allein verlassen?«, wollte Jordan wissen.

»Einer der Klosterknechte sollte sie nach Hause begleiten, aber Julia ist allein gegangen. Sie sagte, der Herr wache über sie. Sie habe keine Angst.«

»Und Ihr habt zugelassen, dass sie allein losgeht? Wart Ihr anwesend, als sie das Kloster verlassen hat?«

Der Guardian sah Jordan wütend an. »Ja, ich war anwesend. Und ich wollte sie sogar persönlich begleiten, aber sie hat mich angelächelt und abgelehnt. Was hätte ich denn tun sollen? Ich habe nicht geglaubt, der Mörder könnte ihr etwas antun.«

»Also glaubt Ihr, dass die drei Morde vom selben Täter verübt wurden?«

»In allen drei Fällen waren die Opfer auf dem schrecklichen Totentanz abkonterfeit. In allen drei Fällen handelte es sich um Personen, mit denen der Tod tanzt. Tod und Teufel. Diese Stadt befindet sich in den Klauen des Widersachers, und Ihr seid daran nicht unschuldig, Jordan. Als guter Christenmensch müsstet Ihr alles unternehmen, um die Vollendung des Werks zu vereiteln. Bedenkt, was der Totentanz noch auslösen könnte: Weitere Morde könnten folgen. Mit seiner Gleichmacherei löst die Darstellung gar einen Aufruhr der unteren Stände gegen die Obrigkeit aus!«

»Aber der Rat der Stadt hat es bestellt und in Auftrag gegeben«, wandte Jordan ein. »Sicherlich besteht der nicht ausschließlich aus Gottlosen?«

Der Guardian ballte die Fäuste im Schoß. »Aller Tand, der von Gott ablenkt, ist gottlos. Wo in der Bibel steht, dass der Tod mit allen Ständen tanzt? Wo steht, dass man tanzende Leichen in den Kirchen abbilden soll? Wo steht, dass Kaiser und Küster in einem Reigen tanzen werden? Aber Berend Witig liebt die Idee, dass alle eins sind, im Tod und in der Stadt. Er hat den Rat überzeugt. Ich habe sie gewarnt, aber sie wollten nicht hören. Ich habe gerufen, aber sie waren taub. Nun sehen sie, dass ich recht hatte. Ich bete darum, dass es nicht noch mehr Opfer gibt, dass das Morden aufhört und dass der Totentanz endlich verbrannt wird. Ein Bild, das solche Taten hervorruft, gehört ins Höllenfeuer!« Pater Hinricus war bei den letzten Worten aufgesprungen. Die dunkle Drohung hallte im Parlatorium wider, als habe Gott persönlich aus der Höhe gesprochen.

»Ich danke Euch dafür, dass Ihr Euch die Zeit genommen habt, mit mir zu reden, Pater Hinricus«, sagte Jordan. Er verneigte sich vor dem Franziskaner und ging rückwärts zur Tür. Kurz bevor er sie erreichte, hörte er, wie sie sich knarrend öffnete. Vermutlich hatte der Pförtner dahinter gestanden und gelauscht.

»Gott sei mit Euch, Jordan«, sagte der Guardian und setzte sich wieder. Als Jordan sich umdrehte, durch die halb offen stehende Tür schritt und einen kurzen Blick zurückwarf, sah er, dass der Guardian in seinem mächtigen Stuhl zusammengesunken war und weinte.

Draußen vor dem Tor warteten die Bettler, die Verkrüppelten, die Verstoßenen. Sie umringten Jordan. Der Magere mit den Geschwüren war nirgendwo mehr zu sehen.

»Noch nie, seit ich hier bin, habe ich einen so edlen Herren mit einer Pfauenfeder an der Kappe dort drinnen um ein Stück Brot betteln sehen«, sagte ein kleiner Dürrer mit nur einem Bein, der sich mühsam auf eine Krücke stützte. Seine Gefährten lachten; es klang, als rinne Kies einen Hang hinunter.

Jordan war verzweifelt. Sein Besuch beim Guardian hatte nichts erbracht; es gab nichts, das er Lucia Gudalbert vorweisen konnte. Dann kam ihm eine Idee.

»Ist jemand von euch gestern Nacht hier gewesen?«, fragte er in die Runde. Das raue Lachen verstummte. Keiner meldete sich. Jordan versuchte es erneut. »Hat irgendjemand gestern Nacht die Mönchin hier herauskommen gesehen?«

Er sah, wie einige den Kopf schüttelten, andere gingen weg. Die übrigen sahen Jordan an, als habe er etwas unsagbar Schreckliches gefragt. Sie standen da wie erstarrt, wie erfroren. Plötzlich war kein Vogelgesang mehr zu hören, auch die anderen Geräusche der Stadt – das Klappern der Wagen, das Klacken der Trippen, das Hallen der Stiefel, das Grunzen der Schweine und Gackern der Hühner, das Rufen der Gassenjungen und Wiehern der Pferde – verblassten und rückten in den Hintergrund. Das plötzliche

Schweigen in Jordans nächster Umgebung hatte etwas zutiefst Erschreckendes.

Mitten in diese Stille sagte einer der Bettler leise:

»Der Tod geht um in Lübeck. Nachts steigt er aus den Bildern des Teufelsmalers und tanzt durch die Stadt. Viele von uns haben ihn schon gesehen. Er tanzt durch die Straßen, fliegt über die Ketten, tritt die Leiber der schlafenden Bettler.«

Die anderen nickten. Dann gingen sie nacheinander fort; sie humpelten, schlichen, krochen und hüpften davon, bis Jordan ganz allein vor St. Katharinen stand.

CAPUT 18

Nun merk ich, dass der Tod die Tugend wenig schätzet

Du kannst deinen Vater beerdigen, deine Schwester in der Dornse aufbahren, du kannst heulen und flennen, du kannst Gott bitten, dich zu ihm zu rufen, aber eins kannst du nicht: aufhören zu arbeiten«, sagte Alheid zynisch und wuchtete die Holzrolle auf die gepellten Mandeln. Lucia rieb die Stückchen im Mörser fein, vermischt mit Zucker und Rosenwasser.

»Ich fühl mich so verloren. Unsere Schwester wird getötet, und zwei Tage später feiert ein junger Mönch seine Profess. Als wäre die Trauer aufgehoben.«

»Es ist nicht seine Trauer. Sein Leben wird dadurch nicht vernichtet. Und deins sollte es auch nicht werden.«

Lucia vermutete, dass ihre Schwester damit eine Hochzeit meinte und an Volke als Bräutigam dachte. Sie wollte nicht darüber reden, während die tote Juleke hinter ihnen in der Stube lag.

Volke hatte sich erst am Nachmittag nach Julekes Auffinden sehen lassen. Dutzende Lübecker Bürger waren vor ihm da gewesen, hatten hinter Pater Hinricus Schlange gestanden, der in der Dornse über Juleke lange Gebete gesprochen hatte. Am liebsten hätte Lucia ihn gefragt, ob Jordan bereits bei ihm gewesen war, doch dazu fehlte ihr der Mut. Der Guardian jedenfalls verlor kein einziges Wort darüber. Alheid und Lucia gaben denen, die neben der Toten Wache hielten, Brot, Bier und Käse zum Abschied. Viele blieben Stunde um Stunde. Etliche hatten neben Julekes Leiche die Nacht durchwacht und mit ihren Gebeten die Zeit der Verstorbenen im Fegefeuer verkürzt, auch wenn diese in Julekes Falle sehr kurz sein dürfte, so sündenfrei wie die Mönchin gelebt hatte.

Volke kam mit seiner dürren, abgearbeiteten Mutter Agnes am Arm. Die beiden grüßten die Schwestern kaum. Ich würde in der Morkerke-Apotheke nur die Magd von Mutter und Sohn sein, dachte Lucia, als die beiden nach zwei Rosenkränzen wieder gingen.

Wie anders war dagegen Jordan. Auch er blieb nur kurz in dem überfüllten Totenzimmer, wartete einen Augenblick ab, als die anderen beschäftigt waren, und drückte Lucia ein Pergamentröllchen in die Hand. Es war ein kleines Bildnis von Juleke. Lucia schossen die Tränen in die Augen, und er sagte mit heiserer Stimme:

»Wenn das Leben Euch quält, vergrabt Euch in der Kunst.«

Dann berichtete er Lucia von seinem ergebnislosen Besuch bei Pater Hinricus und von den erschreckenden Erzählungen der Bettler vor der Kirche. Lucia schüttelte sich, als sie dies hörte, und zog Jordan in die Vorratskammer.

»Was sollen wir jetzt tun?«, fragte sie Jordan, als sie die Tür hinter sich geschlossen hatte.

Jordan zuckte die Schultern. »Ich weiß nicht, ob Hinricus mir die Wahrheit gesagt hat«, meinte er, als sie sich wie beim letzten Mal vor dem Kamin niedergelassen hatten. »Er war sehr erregt, mehr aber wegen des Totentanzes als wegen Eurer toten Schwester, wie mir schien. Und er behauptet, Juleke habe das Kloster tief in der Nacht allein verlassen.«

»Wie konnte er sie nur alleine gehen lassen?« In Lucias Blick lag die Trauer der ganzen Welt. Sie konnte sich nicht mehr beherrschen, drehte sich um, hielt sich an einem Regal fest und weinte.

Mit einem Sprung war Jordan bei ihr. Er kniete vor ihr nieder, nahm sie in die Arme und drückte sie ganz fest an sich. Lucia ließ es geschehen.

Als er spürte, wie ihr Schluchzen verebbte, rückte er ein wenig von ihr ab. Sie sah ihn mit einer Mischung aus Angst, Trauer und Verlangen an. Er konnte sich nicht mehr zurückhalten und küsste sie. Sie erwiderte seinen Kuss, der so anders als der von Volke war, so zärtlich und voller Hingabe. Dann machte sie sich von ihm los.

»Jordan, Jordan …«, stammelte sie. »Das dürfen wir nicht … Juleke liegt nebenan. Nein, das ist nicht recht.« Sie stand auf, glättete ihren Rock und schob sich eine Strähne ihres offenen Haars zurück hinter die Ohren. »Tu das nie wieder«, sagte sie fest, doch ihre Augen sagten etwas anderes.

»Verzeiht … verzeiht«, murmelte Jordan. »Ich gehe jetzt wohl besser. Es tut mir leid. Ich hätte nicht …« Er erhob sich und stürmte aus der Kammer.

Als er fort war, ließ sich Lucia wieder auf den Stuhl fallen. Ihre Beine gaben nach. Sie zitterte am ganzen Leib. Wie hatte dieser

Mann es wagen können …? Nein, das war unrecht. Er meinte es nur gut. Er wollte sie trösten. Und was wollte sie? Mehr?

Um sich abzulenken, dachte sie daran, was er ihr von Hinricus berichtet hatte. Der Guardian hatte Juleke allein gehen lassen, was an sich schon unverantwortlich gewesen war. Und er schien besessen von seinem Kampf gegen den Totentanz zu sein. Nicht auszudenken, wenn er etwas mit den Morden zu tun hätte. Nein, das konnte nicht sein. Ein Mann Gottes tötete keinen anderen Menschen.

Und wenn es zur höheren Ehre Gottes geschah? Lucia drückte sich aus dem Stuhl hoch. Ihre Beine trugen sie wieder. Sie lief im Zimmer auf und ab, dachte nach. Sie musste selbst mit Hinricus sprechen oder zumindest herauszufinden versuchen, was in jener Nacht im Kloster geschehen war.

Vielleicht ergab sich morgen dazu eine Möglichkeit, wenn sie das Marzipanwerk für die Feier des Novizen ablieferten. Sie mussten unbedingt sofort daran weiterarbeiten.

Lucia rief nach Alheid, erläuterte ihr den Plan, und noch während die Nachbarn bei der Toten wachten, arbeiteten die Schwestern wieder am Marzipan. Lucia sehnte sich danach, der Masse durch ihre Formkunst Leben einzuhauchen. Egal was Pater Hinricus von ihren Verzierungen hielt, der kleine Novize sollte sein Schiff bekommen. Jona und sein Wal schienen ihr ein geeignetes Motiv, das niemanden verärgern konnte. Sie formte das große Schiff, die heidnischen Seeleute, den armen Jona, der über Bord gestoßen wurde, und schließlich den Wal mit seinem Riesenmaul, bereit den Heiligen zu verschlingen. Stunde um Stunde saß sie daran, bis Alheid sie spät in der Nacht ins Bett holte. Entspannt schlief sie ein, um bei Tagesanbruch weiterzuarbeiten.

Früh am Vormittag kam eine Magd aus dem Franziskanerkloster und fragte, ob die Gudalbertschwestern die Süßigkeit fertig hätten und ob sie nicht zum Helfen in die Klosterküche kommen könnten. Beide sagten sofort zu, empfanden es schwesterlich gleich als Erlösung, aus dem Trauerhaus fliehen zu können. Die von den Wulfledders geliehene Magd Metteke würde die Trauergäste versorgen. Lucia lieferte die Arbeit in der Klosterküche einen wunderbaren Vorwand, um unverdächtig Nachforschungen zu betreiben.

In der Küche des Franziskanerklosters tobte ein Pandämonium von Köchen, Küchenjungen, Trägern, Bäckerburschen. Alheid und Lucia drängten sich mit dem Kasten, in dem der Marzipan-Jona stand, zu Bruder Hinnerich Lenschauwe durch, dem Cellerar des Lübecker Franziskanerklosters.

Freudestrahlend wedelte er mit den Händen. »Da seid Ihr ja endlich, da seid Ihr ja. Schaut Euch um, seht auf diese Gottesgaben. Alles Geschenke für die Profess des kleinen Padelügge. Ein wohl abgehangenes Reh von der Familie Ebeling, Fasane von der Familie Dartzow, Zuckerwerk von der Familie Plesckow, fünfzehn Weißbrote von der Bäckerzunft, gerupfte Hühner und geräucherter Schweinespeck, frisches Zwiebelgemüse von den Russenbergs, Hechte von der Schiffergesellschaft und dort, getrocknete Äpfel, kandierte Früchte von Hinrich Constine, dazu Zucker, Nüsse, Butter von den Gläubigen, alles geschenkt. Da wird Euer Marzipan doch gut passen.«

»Glaubt nicht, dass wir Euch das Zuckerwerk schenken, Bruder Hinnerich. Der Novize hat es bestellt und muss es auch bezahlen«, sagte Alheid ungewöhnlich hart.

»Keinesfalls, keinesfalls«, trötete der Cellerar laut. Alheid und Lucia sahen sich in die Augen. Lucia zog den Kasten mit dem Marzipankunstwerk an sich.

»Der Maler Bernt Notke und sein Freund Jordan Wulfledder haben sich erboten, dem Konvent zu Ehren der Professfeier Euer Marzipan zu schenken.« Lucia ging ein Freudenstich durchs Herz, doch Alheid grunzte abfällig. Lucia erinnerte sich an den vergangenen Tag, an das Zusammentreffen mit Jordan, an den Kuss, den sie noch immer auf den Lippen schmeckte. Alles in ihr sehnte sich nach ihm.

Der Mönch hob vorsichtig das mit feinem Öl geschmeidig gemachte Wachstuch vom Marzipan-Jona.

»Oh, welch ein Wunder«, rief er. In der Küche wurde es still, und alle drängten heran. Dann waren Gratulationsrufe, Lachen und Schulterklopfen zu hören. Lucia hatte sich selbst übertroffen. Der Cellerar bedankte sich bei ihr. Dann bat er die Schwestern Mandeltörtchen zu backen, nach einem Rezept, für das die Gudalberts bekannt waren.

Die Schwestern banden sich ihre Schürzen um und verbargen

die Haare unter Tüchern. Alheid zupfte den Teig zurecht, Lucia rieb die Mandeln. Feine Schweißtröpfchen traten ihr auf die Nase. Sie bemerkte nicht, wie der Lärm in der Küche plötzlich verstummte. Hinricus Risebitter war in den Raum getreten. Er legte eine Hand auf die Schulter des Cellerars.

»Bruder Hinnerich, du wirst für die Messe gebraucht.« Dann sah er die Apothekerschwestern am Backtisch. »Alheid, Lucia. Ich freue mich, dass Ihr trotz Eures Leides hier sein könnt. Wo ist das Marzipan?«

Irgendetwas in seiner Stimme sagte Lucia, dass er nicht gekommen war, um den Cellerar in die Kirche zu holen.

Doch der Cellerar ahnte nichts und hob das Öltuch von ihrem Kunstwerk. Hinricus Risebitter beäugte es mit unbeweglicher Miene. »Ich habe doch Zierung verboten, Lucia Gudalbert«, sagte er leise.

Er schaute ihr in die Augen und ließ ihren Blick nicht los, während er mit seiner großen Hand fest auf das Gebilde drückte. Jona, Wal und Schiff, alles wurde zu einem flachen Teigfladen.

Ohne noch ein Wort zu verlieren, verließ Hinricus die Küche.

Der Cellerar blickte erschüttert auf den Marzipanmatsch, dann zu Lucia.

Sie lächelte schwach. »Ich mache wieder etwas Schönes draus.« Der Cellerar nickte betrübt und verließ Küche. Wenig später erscholl Gesang aus St. Katharinen.

Alheid kümmerte sich um die Mandeltörtchen. Der oberste Laienbruder des Klosters gesellte sich zu Lucia, die das Marzipan flach rollte. »Wie konnte er Euch das nur antun. So kurz nach dem Tod der Schwester. Das war nicht recht.«

Lucia zuckte die Schultern.

»Weiß man schon, wer es war?«, hakte er nach.

Lucia zuckte wieder die Schultern. »Es ist mir egal. Juleke ist tot. Sie ist fort, für immer. Mehr fühle ich nicht«, sagte sie gepresst und hoffte, dass sie ihre Anspannung nicht verraten hatte.

»Ich habe sie abends hier losgehen sehen. Hab noch mit ihr geredet«, sagte der Laienbruder leise.

Wie ein Blitz durchfuhr es Lucia. Vielleicht lag hier die Spur, die Jordan nicht hatte finden können.

»War sie allein?«, fragte sie mühsam beherrscht.

»Ja, sie verabschiedete sich von Pater Hinricus. Sie wollte ohne Begleitung heimgehen. Ich hab sie gefragt, ob ich ihr einen Küchenjungen mitschicken soll. Aber sie wollte nicht. War schon seltsam.« Er stockte, aber es war klar, dass er noch mehr erzählen wollte.

»Und?«

»Pater Hinricus verließ das Kloster. Kurz nach ihr.«

»Wohin ging er?« Lucia fühlte ihren schlimmsten Verdacht bestätigt.

Doch der Laienbruder zog nur die Schultern hoch. Er hatte seine kleine Geschichte erzählt. Doch dann fügte er hinzu: »Ich wundere mich nur, warum er so unfreundlich zu Euch ist. Als hätte er ein schlechtes Gewissen. Wisst Ihr«, sagte er vertraulich, »Eure Juleke, die war heiliger als alle Brüder hier zusammen. Da war mancher nicht so froh drüber.«

In Lucias Kopf raste es. Sie wandte sich dem Marzipan zu, schnitt es vorsichtig in schmale Rhomben, die sie dann zu einem Stern zusammensetzte. Aus den Resten formte sie Bällchen, die sie in Kreuzesform auf die Rhomben dekorierte. Doch ihre Gedanken waren nicht bei der Sache. Warum war Hinricus so unfreundlich? War er tatsächlich neidisch auf Julekes frommen Lebenswandel? Auf ihren Ruf, fast eine Heilige zu sein?

Während die Gäste oben im Refektorium die Fasane, die Hühner und das Reh verschmausten, fragte Lucia unter den Klosterknechten und Mägden herum. Wer hatte Hinricus Risebitter gehen sehen, wer wusste, wohin er gegangen war? Ein junger Knecht, der oben im Kloster die Kamine versorgte, glaubte gehört zu haben, dass Hinricus zu einer Sterbenden gerufen worden war. Fast war Lucia enttäuscht, weil es ihren Verdacht gegen den Guardian ins Wanken brachte.

Eine der Putzmägde wusste, dass es die arme Krämerswitwe Daledorp war, zu der der hohe Franziskaner geeilt war. Genau jene, die von Alheid aus Wohltätigkeit das schmerzlindernde Medikament mit der Kirschlatwerge erhalten hatte. Hatte Hinricus nicht Jordan erzählt, er sei im Kloster geblieben? Lucia wollte unbedingt wissen, ob Hinricus wirklich dorthin gegangen war.

Lucia nahm Alheid bei Seite.

»Ich muss zur Witwe Daledorp.«

146

»Warum willst du dahin? Ich brauch dich hier.«

»Du brauchst mich nicht. Das Marzipan ist fertig, und die Mandelküchelchen bäckt der Backbursche. Komm mit.«

Alheid schaute auf die Teigbecher und die Mandelmasse. »Wir brauchen das Geld.«

Lucia nickte. »Dann geh ich allein. Die Daledorp'sche liegt im Sterben. Wer weiß, wie lange sie uns noch etwas sagen kann.« Alheid fragte nicht, warum Lucia dorthin wollte, sie war vollends in die Arbeit verstrickt.

»Nimm einen Laternenträger mit.« Alheid steckte ihrer Schwester drei Pfennige zu.

Die Augen des Laienbruders waren Lucia gefolgt. »Wohin geht Ihr?«

Juleke sah ihm in die Augen. Er war einer dieser frommen Arbeiter Gottes, denen sie mehr traute als der ganzen gebildeten Geistlichkeit. »Zur Daledorp'schen. Sie weiß vielleicht was über die Nacht, als Juleke starb.« Er nickte und gab ihr heimlich eine Schüssel mit Essen für die arme Daledorp'sche mit.

»Da, in Julekes Namen. Tut etwas Gutes, sie hätte es auch getan«, murmelte er.

Die Lampenträger warteten bereits geduldig vor dem Portal von St. Marien auf die Gäste der Professfeier. Einer von ihnen erbot sich für eine gute Summe, Lucia sicher nach St. Ägidien zu bringen.

CAPUT 19

Nun wache, wer da will, ich rüste mich zum Schlafe

Der Rückweg vom Haus der Schwestern Gudalbert war für Jordan Wulfledder wieder einmal ein Weg aus Schatten und Sonne.

Die Malerhütte am Chor der Marienkirche lag im Schatten. Als Jordan die Tür öffnete, drang ihm aus dem hintersten Raum die herrische Stimme Notkes entgegen.

»Wo warst du so lange? Bist ein Nichtsnutz. Du weißt doch, dass ich dich jetzt mehr denn je brauche!«

Jordan durchschritt das kleine Zimmer des Meisters und die Kammer, in der er bis vor kurzem zusammen mit Marquard genächtigt hatte, und betrat die Werkstatt. Während zwei von Notkes Helfern sich um die Leinwände und Farben kümmerten – der dritte, Bartel, war nirgendwo zu sehen –, pinselte Notke eifrig an einem weiteren Bild des Totentanzes; diesmal war es die Darstellung der Jungfrau, die links neben dem Wiegenkind und dessen Sensenmann stand, wie im Tanz die Arme angewinkelt, in einer anmutigen Drehung nach links begriffen. Notke arbeitete an den Händen, an dem langen Schleier, der vom spitzen Hut herabhing, und gleichzeitig am Gesicht, für das es keine Vorzeichnung gab.

»Jordan, misch mir Sepia und Bleiweiß an«, rief Notke. »Und fang schon mal mit dem Kaufmann rechts neben dem Küster an. Grün für das Wams und Rot für den Mantel. Wenn du willst, kannst du auch den Tod links neben ihm malen. Aber misch mir erst meine Farben.«

Jordan gehorchte. Er mischte den Rest Bleiweiß an, ging dann zu einem irdenen Topf in der hintersten Ecke, wo gerade ein Geselle damit beschäftigt war, die Farbe aus dem Topf zu schlämmen. Es stank so, dass Jordan sich die Nase zuhielt, als er vor dem Topf stand. Kein Wunder, sagte er sich, schließlich sind Essigsäure und Pferdemist darin. Die Säure reagierte mit den dünnen Bleiplatten, die in den Krug gelegt wurden, und der Pferdemist sorgte für die nötige Wärme, damit sich beides verbinden und das reine, helle

Weiß ergeben konnte. Erstaunlich, wie so schrecklich Stinkendes eine so strahlende Farbe ergeben kann, dachte Jordan. Er half dem Handlanger dabei, die Farbe zu zermahlen und dann zum Trocknen auf einige kleine Bretter zu legen, die unmittelbar unter dem kleinen Fenster des Raumes standen. Dann holte er sich die Leinwand mit dem vorgezeichneten Kaufmann, rollte sie vorsichtig aus, bis das bereits fertige Bild des Küsters erschien, und es war ihm, als blicke er dem Tod ins Gesicht. Noch war kein neuer Küster gefunden, und die Kirche stand die ganze Nacht offen, es sei denn, einer der Priester machte sich die Mühe, den Schlüssel zu holen und das Gotteshaus abzusperren, was bisher nur ein einziges Mal geschehen war. Aus diesem Grund bewahrte Notke kein Bild mehr über Nacht in der Kirche auf. Er befürchtete, es könnte einem Anschlag zum Opfer fallen.

Jordan zog die Leinwand auf einen Holzrahmen, klemmte einen Teil des Küsterbildes mit ein und begann, die Totenhand auf der Schulter zu malen. Er dachte dabei an Marquard und empfand Mitleid mit ihm.

»Habt Ihr etwas von Eurem armen Gesellen gehört?«, fragte er Notke, während er mit kräftigen grauen Strichen die Knöchel malte.

»Armer Geselle?«, grunzte Notke, der dem Gesicht der Jungfrau allmählich zum Leben verhalf. »Ich bin inzwischen überzeugt, dass er ein gemeiner Mörder ist. Wer außer ihm sollte die Taten begangen haben? Schließlich war er es, der alle drei Opfer gekannt und gemalt hat. Bin froh, dass er nicht mehr da ist.«

»Aber er hat Euch gut gedient und war ein ausgezeichneter Maler«, wandte Jordan ein.

»Mag sein, doch das wiegt seine Verbrechen nicht auf.«

»Seid Ihr wirklich davon überzeugt, dass er der Täter ist?«, meinte Jordan, während er noch ein wenig vom restlichen Bleiweiß unter das Grau mischte und dann den Brustkorb des Totengespenstes in Angriff nahm.

Notke murmelte etwas Unverständliches. Dann versank er in Schweigen und arbeitete wie ein Besessener. Farbspritzer flogen umher, landeten auf dem Boden, auf seinem Wams, auf Händen und Gesicht. Auch Jordan kümmerte sich nun nur noch um sein Gerippe. Er ging in der Arbeit auf und fühlte sich, als ob seine Seele in den Pinsel fließen würde.

149

Er malte, bis das Licht schwand und der Tag verdämmerte. Die beiden Handlanger, die drei weitere Bahnen Leinwand der Länge nach zusammengenäht und sich um die Farben gekümmert hatten, gingen heim. Übrig blieben nur Notke und Jordan.

Der Meister zündete sechs große, wertvolle Wachskerzen an, da im Licht der Kienspäne ein genaues Arbeiten nicht möglich war, und Jordan schaute eine Weile zu, wie Notke das Gesicht der Jungfrau mit geradezu beängstigender Geschwindigkeit vollendete. Eine Weile hatte Jordan befürchtet, es könnte Lucias Gesicht sein, doch mit Erleichterung stellte er fest, dass es keiner Frau glich, die er kannte. Es wirkte ein wenig ... unbelebt, so anders als die Gesichter, die Marquard gemalt hatte. Das war wohl der Unterschied zwischen dem Abbild der Wirklichkeit und der reinen Vorstellungskraft, dachte Jordan.

»Ist diese Gestalt Eure Erfindung, oder gibt es für sie ein lebendes Vorbild?«, fragte Jordan, weil er Gewissheit haben wollte.

»Sie lebt nur in mir«, gab Notke zurück und entfernte sich ein wenig von der Leinwand, um sein Werk zu begutachten. Er kniff die Augen zusammen und nickte.

Es war wirklich ein beachtliches Bild. Die junge Frau war vollkommen, blass und überirdisch schön. Und keineswegs natürlich. Jordan atmete auf. Diesmal würde es keinen Totentanz-Mord geben. Wer sollte auch dieses Bild zu sehen bekommen? Es würde hier in der Werkstatt bleiben, zu der nur er und Notke einen Schlüssel hatten.

Doch Jordan erinnerte sich daran, dass er schon einmal den Eindruck gehabt hatte, ein Fremder habe sich in die Malerhütte geschlichen. Und oft genug standen die Fenster offen, um das Licht hereinzulassen. Falls ein weiterer Mord geschähe, wäre wenigstens Marquard entlastet.

Notke ging in sein Zimmer und wusch sich Hände und Gesicht, bevor die Farbspritzer darauf eintrockneten. Als er zurück in die Werkstatt kam, waren die Farben allerdings eher verschmiert als entfernt. Nun wirkte er selbst wie ein der Hölle entsprungener Dämon. Er schaute sich Jordans tanzenden Tod an und nickte beifällig.

»Gute Arbeit«, sagte er. »Du verstehst den Pinsel genauso gut zu führen wie die Zeichenkohle. Ich sage dir eine wunderbare Zu-

150

kunft voraus. Morgen machst du dich an das Bild des Kaufmanns. Versuche, den Faltenwurf seines Mantels darzustellen. Wenn wir weiter mit dieser Geschwindigkeit arbeiten, wird das große Werk bald vollendet sein. Kein Jahr wird es dauern, und die Vorarbeiten sind ja schon beinahe erledigt.« Als draußen vor der Hütte Lärm anhob, fügte Notke lauter hinzu: »Dieses Werk wird mir das Bürgerrecht deiner schönen Stadt verschaffen, Jordan. Und eine Meisterstelle. Vielleicht mache ich dich zu meinem Teilhaber.«

Inzwischen war der Lärm stärker angeschwollen. Notke hielt inne und lauschte. Auch Jordan versuchte zu verstehen, was draußen vor sich ging.

Es waren Stimmen, aber sie brüllten durcheinander, sodass man nicht heraushören konnte, was sie riefen. Roter Widerschein wie von Fackeln drang durch das mit Schweinshaut bespannte Fenster der Werkstatt. Jordan und Notke sahen einander fragend an. Dann lief der Meister zum Fenster und riss die Haut fort.

Eine ganze Rotte Fackeln schwingender Männer hatte sich vor dem Chor der Marienkirche zusammengefunden. Inzwischen war es draußen dunkel geworden, und im roten Flackerschein wirkten die bärtigen Gesellen wie Dämonen, die der Höllenschlund ausgespien hatte.

Die Männer draußen stellten sich in einem Halbkreis um die Malerhütte. Jordan erkannte den Kahlen, der im »Adler« mit Notke gestritten hatte, und auch seine Gefährten waren hier. Sie standen da, es mochten vielleicht zwanzig oder dreißig sein, und schwiegen. Das war das Unheimlichste. Nichts war zu hören. Dann rief einer von ihnen: »Notke, Böhnhase, komm heraus, damit wir dich aus der Stadt werfen können. Und bring deinen Gesellen mit. Den wollen wir hier auch nicht haben!«

Notke presste die Lippen aufeinander. Sein Bart tanzte und zuckte im rötlichen Schein. Jordan trat der kalte Schweiß auf die Stirn.

»Niemals«, sagte Notke leise.

»Wenn ihr nicht freiwillig herauskommt, räuchern wir euch aus!«, brüllte der Mann draußen. »Ihr gehört nicht hierher. In Lübeck malen nur lübsche Maler!«

Dann flog die erste Fackel durch das Fenster. Jordans Herzschlag setzte einen Augenblick lang aus. Wie eine Zunge leckte die Flamme an dem Tisch mit dem trocknenden Bleiweiß hoch. Sofort

151

schlug Notke das Feuer mit einem großen Leintuch aus, das neben dem Bild der Jungfrau auf dem Boden gelegen hatte. »Diese Schweine«, murmelte er, während er die erloschene Fackel durch das Fenster nach draußen warf. Doch schon wurde die zweite hineingeschleudert. Und noch eine. Jetzt brannte es an zwei Stellen gleichzeitig. Draußen setzte Gejohle und Freudengeschrei ein.

»Nimm die Leinwand dahinten!«, rief Notke, während er auf die Tür zustürmte. »Lösch die Flammen!« Schon war er verschwunden.

Eine vierte Fackel wurde in die Malerhütte geschleudert. Jordan hastete zu der Leinwand, auf der Marquard grobe Vorzeichnungen zu den Figuren des Papstes und des Kaisers gemacht hatte. Es tat Jordan in der Seele weh, diese Arbeiten zu vernichten, doch er führte aus, was Notke ihm befohlen hatte. Zwei der Brandherde hatte er rasch ausgeschlagen, doch der dritte hatte auf eine Staffelei und die Außenwand der Holzhütte übergegriffen, und je mehr Jordan auf die Flammen eindrosch, desto stärker fachte er sie damit an. Dabei sah er nach draußen, wo die Horde in Aufruhr geraten war.

Notke hatte sich wie ein Berserker in sie gestürzt, schlug mit den Fäusten auf sie ein, entwand einem der Aufständischen die Fackel und schwang sie wie ein Schwert zwischen den Männern, die nun ängstlich vor dem rasenden Maler zurückwichen. Einer von ihnen war nicht schnell genug.

Während Jordan sich abmühte, das immer stärker um sich greifende Feuer zu löschen, beobachtete er aus den Augenwinkeln, wie der Mann zu einer lebenden Fackel wurde. Er stieß Schreie aus, die nicht mehr menschlich waren. Einen entsetzlichen Augenblick lang schienen alle reglos zu verharren, auch Notke, dann riss sich der Maler das Wams vom Leib und stülpte es über den Brennenden. Er warf sich auf den Unglücklichen, während die anderen daneben standen und gar nicht zu begreifen schienen, was vor sich ging. Notke wälzte sich mit seinem Opfer am Boden, bis dieses keine Klagelaute mehr von sich gab. Dann riss der Meister den Mann hoch, stellte fest, dass er zwar Verbrennungen erlitten hatte, aber noch lebte. Er schaute drein, als habe er die Hölle gesehen, und machte sich humpelnd davon. Die anderen Männer folgten ihm murrend.

»Halt!«, rief Notke. »Helft mir das Feuer zu löschen, das ihr entfacht habt!«

Doch niemand blieb stehen; bald waren alle verschwunden. Die Flammen, die aus der Malerhütte drangen, warfen ein wildes Licht über den kleinen Platz und die Gebäude vor der Breiten Straße.

Jordan gab auf. Nach Luft ringend suchte er nach etwas, mit dem er das Feuer eindämmen könnte; Wasser gab es kaum im Atelier. Er fand nichts, lief ins Zimmer des Meisters, holte die Waschschüssel, goss ihren Inhalt in die Flammen, doch das bewirkte kaum etwas. Dann machte sich Jordan hektisch daran, die bereits vollendeten Bilder aus der brennenden Hütte zu schaffen.

Notke eilte wieder hinein, begriff, was Jordan vorhatte, und half ihm. Inzwischen hatte sich eine entsetzliche Hitze entwickelt; es knisterte und prasselte, zischte und züngelte. Er trug das Bild, das er als erstes gerettet hatte, in die Oldesloer Kapelle, dorthin, wo der Totentanz später angebracht werden sollte – falls es überhaupt noch dazu kommen würde. Er stellte es ab; es war das Wiegenkind, mit dem die unerklärlichen Morde angefangen hatten. Dann kam Notke und stellte die Leinwand mit dem Küster daneben. Beide rannten zurück zur Hütte.

Inzwischen hatten die Stadtwachen den Brand bemerkt und eilten mit Wasser herbei. Jordan bezweifelte, dass es reichen würde. Doch es wurden immer mehr Helfer, schließlich war St. Marien in Gefahr. Er sah auch Priester und Messdiener. Sie alle bildeten eine lange Reihe, durch die etliche Kübel mit Wasser liefen. Rasch brachten Notke und Jordan auch die Leinwände des Kartäusers und der Jungfrau in Sicherheit; nun mussten sie die Gemälde nicht nur vor den Flammen, sondern auch vor dem durch das offene Fenster dringenden Wasser in Sicherheit bringen.

Als sie zurückkamen, stellte Jordan mit großer Enttäuschung fest, dass die Leinwand, an der er vorher gearbeitet hatte, völlig vom Löschwasser durchnässt worden war. Die noch feuchte Farbe war verlaufen. Er hätte heulen können. Unbändige Wut auf die Zunft der lübschen Maler kochte in ihm hoch.

Jordan und Notke retteten noch einige Vorzeichnungen, die bereits in Einzelheiten ausgeführt waren, dann halfen sie beim Löschen. Nach einer Stunde war das Feuer besiegt. Die Außenwand der Werkstatt war stark in Mitleidenschaft gezogen, genau wie das

Dach, und viele Farben waren entweder den Flammen oder dem Wasser zum Opfer gefallen. Jordan weinte, als er wieder in der Werkstatt stand und die Verwüstung sah. Draußen redete Notke mit den Bütteln, die aus dem Schlaf geholt worden waren. Den Wortfetzen nach zu urteilen, die zu Jordan herüberdrangen, versuchte der Meister ihnen klarzumachen, dass die Lübecker Malerzunft seine Hütte angegriffen hatte.

Dann kam er in die Hütte gelaufen und rief: »Diese Dummköpfe. Sie wollen mir nicht glauben. Wollen nicht gegen die Maler vorgehen. Sagen, sie hätten nichts und niemanden gesehen, wäre wohl Gesindel und Bettelvolk gewesen.« Er schaute sich um und biss sich auf die Lippe. »Wenigstens konnten wir die Bilder retten. Morgen muss ich beim Rat darum ersuchen, dass die Hütte instand gesetzt wird. Es wäre möglich, dass es heute Nacht noch einen Angriff gibt. Wir sollten in der Kirche bei den Bildern schlafen, denn das Gotteshaus anzuzünden werden die Brandbuben nicht wagen.«

Also trugen sie die feuchten Betten durch die Dunkelheit in die Oldesloer Kapelle und stellten mit ihnen den Eingang zu. Jordan lag noch lange wach, nachdem Notke bereits tief und gleichmäßig atmete. Es war empfindlich kalt in der Kirche, und er hatte sich die Decke bis zum Kinn gezogen. Er lag auf dem Rücken, und sein Blick wanderte in die Finsternis über ihm, in der er das zweijochige Gewölbe nur erahnen konnte. Der Schein des Ewigen Lichts am Hauptaltar drang nicht bis hierher, doch durch die hohen Spitzbogenfenster der Kapelle fiel ein schwacher Schimmer, wohl vom Mond, der beinahe voll war. Sein kühles Licht tropfte an den Wänden herunter und strich über den Boden der Kapelle. Irgendwo raschelte etwas unterdrückt, doch der Hall in der großen Kirche machte daraus ein unwirkliches, monströses Geräusch.

Das Geräusch kam näher.

Jordan ruckte in seinem Bett hoch. Er blickte wild um sich, konnte aber nichts erkennen. Das Rascheln seines Bettzeugs überlagerte die unheimlichen Laute für eine Weile, und als er sich nicht mehr regte, waren sie erstorben. Eine Weile saß Jordan noch aufrecht im Bett und wagte kaum zu atmen, doch dann rollte er sich wieder in die Laken ein, auch wenn sie kaum Wärme boten.

Er musste eingeschlafen sein, denn als er erwachte, sah er einen rötlichen Lichtschimmer in der Kapelle. Feuer!, dachte er entsetzt. Sie haben die Bilder angesteckt. Doch es war kein Feuer. Es war nur eine Flamme. Eine Kerzenflamme. Sie warf zuckende Schatten über die Bilder, doch einer der Schatten war größer und langsamer als die anderen. Er stand dicht vor den Leinwänden und schien sie eingehend zu untersuchen. Jordan setzte sich auf.

Da erlosch die Kerze. Der Schatten bewegte sich auf den Seiteneingang im Südschiff zu, der seit dem Tod des Küsters die ganze Nacht über offen stand. Als Jordan endlich aus dem Bett gesprungen war, fiel das Portal bereits mit einem lauten Schlag zu. Irgendwo hoch droben unter der ferndunklen Decke flatterte etwas aufgeregt. Vielleicht eine Fledermaus.

Notke erwachte von dem Aufruhr und rieb sich die Augen. Jordan berichtete ihm kurz, was in der Kirche geschehen war, und gemeinsam schauten sie sich ihre Bilder im Schein einiger eilig angezündeter Kerzen an. Die Werke waren unbeschädigt.

Wer war so neugierig auf sie, dass er mitten in der Nacht einen Blick auf sie werfen wollte, fragte sich Jordan.

CAPUT 20

Jetzt greift der Tod mich an und rufet: Folge mir!

Der Laternenträger wollte nicht im engen Gang bei St. Ägidien warten. Die Pfennige, die Lucia ihm bot, waren weniger als das, was er verdienen würde, wenn er nach St. Katharinen zurücklief und dort einen reichen Bürger fand, den er begleiten konnte. Als mit ihm das Licht aus dem Gang hinter den großen Speicherhäusern verschwunden war, schauderte es Lucia. Oben im Zimmer der Witwe war es dunkel. Lucia würde die Frau wecken müssen. Was, wenn es den tanzenden Tod, von dem Jordan ihr erzählt hatte, wirklich gab? Wenn er hier irgendwo lauerte? Lucia sah sich vorsichtig um. In der Schilderstraße hinter ihr war es unheimlich still. Plötzlich kam sich Lucia unendlich allein und verloren vor. Sie zog ihren Hoyken enger um sich. Wenn Jordan sie so sähe, hätte er Grund, sie auszulachen. Angstschlotternd stand sie da und fürchtete sich vor einem Ammenmärchen. Der tanzende Tod. Als ob Bilder lebendig werden und in die Welt der Menschen hinabsteigen könnten. Lucia streckte die Schultern vor und atmete tief durch. Entschlossen klopfte sie an die Tür. Es dauerte nicht lange, bis sie die raue Stimme der Daledorp'schen hörte.

»Wer ist da?«

»Lucia Gudalbert, die Schwester von Alheid.«

»Komm, komm herauf, Schwester der gesegneten Heilerin«, keuchte die Alte. Die Tür war nicht verriegelt, und auch das Zimmer der Todkranken im oberen Stockwerk stand offen. Lucia trat ein. Die Krämerin hatte eine Tranfunzel angesteckt. Lucia hob das Tuch von der Schüssel mit Essen.

»Bruder Hinnerich schickt Euch dies von der Professtafel.«

»Und deshalb hast du dich im Dunkel aufgemacht, mein Kind? Ich mag doch gar nicht mehr essen.« Die Frau sah aus wie der Tod auf den Bildern von Notke und Jordan. Die Haut spannte sich pergamentartig über den fast kahlen Schädel, von dem nur noch einzelne wirre graue Haarsträhnen hingen. Fast alle Zähne waren der Daledorp'schen ausgefallen. Die Augen lagen tief in den Höhlen und funkelten matt. Der Hals war faltig wie ein Stück zu lange gegerbtes Leder.

»Vielleicht mögt Ihr aber das hier?« Lucia zog ein faustgroßes Stück Marzipan aus ihrer Rocktasche. Sie hatte es von der Süßspeise abgezweigt. Die Kranke lächelte.

»Ich kann es mal versuchen.« Vorsichtig zupfte sie mit spinnenhaften Fingern ein Krümelchen ab und steckte es sich in den dünnen Mund.

»Nehmt ihr von der Latwerge?«, fragte Lucia.

Die Alte nickte und lächelte dankbar. »Alheid hat mir geholfen«, hauchte sie.

»Sorgt Pater Hinricus für Eure Seele?«

Die alte Frau richtete ihre Augen gen Himmel und mümmelte noch ein Stück Marzipan.

»Eure Schwester hat mehr für meinen Körper getan als er für meine Seele«, sagte sie mit brüchiger Stimme.

»Besucht er Euch nicht?«

»Doch, doch. Aber nicht regelmäßig. Ich habe Angst, mit dem tanzenden Tod in den Straßen. Ich hab davon gehört, dass er die Leute mit sich zerrt, in die Hölle. Wenn er mich holt, und ich bin allein, was dann? Ich hätte gerne am Abend jemanden bei mir. So wie dich. Einfach jemanden, der hier sitzt. Das würde mir reichen.«

Das Sprechen hatte sie erschöpft, und sie sank auf ihr Kissen zurück.

Lucia dachte, wenn sie Begine würde, wäre das auch ihre Aufgabe, so bei den armen Leidenden zu sitzen. Es war eine gute Arbeit. Doch jetzt wollte sie etwas anderes.

»Wann war Pater Hinricus das letzte Mal hier?«

»Das ist schon länger her. Drei oder vier Tage.«

»Nicht vorgestern?«

»Nein, nein, es ist länger her. Vor Alheid.«

Lucia hatte erfahren, was sie wissen wollte. Hinricus war an Julekes Todesabend nicht hier gewesen, obwohl er es doch behauptet hatte. Sie blieb noch eine Weile bei der Kranken, hielt ihre Hände und betete mit ihr, bis sie eingeschlafen war. Dann trat sie hinunter in das Dunkel des kleinen Hauses. Sie schritt die knarrende Treppe hinunter, ertastete sich ihren Weg zur Tür und suchte im Finstern nach der Klinke. Da hielt sie inne.

Von draußen drang ein seltsames Geräusch herein. Es war ein Rascheln und ein Schaben und ein irres Kichern. Lucia erstarrte. Sie wagte nicht zu atmen. Was ging da draußen vor sich? Nun war es wieder still. Lucia stand noch eine Weile in der vollkommenen Finsternis. Ihr Herz schlug ihr bis zum Halse. Sie konnte die Angst nicht mehr ertragen. Sie drückte die Klinke und floh nach draußen auf den nächtlichen Gang.

Die Häuser gegenüber glotzen sie aus blinden Augen an, in denen sich der Mond wie in milchigen Pupillen brach. Rechts machte der Gang einen Knick, hinter dem die Dunkelheit gierte. Links führte der Durchgang hinaus auf die Schilderstraße. Lucia glaubte, in der Dunkelheit des Durchgangs etwas zu sehen. Etwas Verstohlenes, Huschendes, sich in die Schatten Drückendes.

Sollte sie wirklich dort hindurchgehen? Sie kniff die Augen zusammen. Nein, sie hatte sich geirrt. Dort war nichts.

Sie atmete tief durch, als sie auf die Schilderstraße trat. Und dann sprang der Tod sie an.

Aus den Augenwinkeln sah Lucia die wirbelnde Bewegung, und dann sah sie die weißen Knochen, den Schädel, die toten Augen. Lucia machte eine blitzschnelle Drehung und rannte zurück in den Gang. Der Tod packte mit seinen Knochenfingern ihren Hoyken. Sie zerrte an dem Kleidungsstück, konnte sich losmachen, rannte, aber das Grauen war ihr auf den Fersen. Keuchend lief sie links durch die Ägidienstraße und weiter zum Klingenberg, wo die Goldschmiede wohnten. Dort standen drei Stadtwachen. Lucia konnte kaum Atem holen.

»Der Tod, der tanzende Tod ist hinter mir her.« Doch die Männer lachten nur höhnisch. »Helft mir, begleitet mich nach Hause, bitte.«

Ihr standen die Tränen in den Augen. Einer der Männer trat vor. »Kannst auch bei uns bleiben, die ganze Nacht«, höhnte er und griff nach ihrem Ärmel. Der zweite machte schmatzende Kussgeräusche. Lucia riss dem ersten den Ärmel aus der Hand und lief zurück zum Klingenberg. Das Gelächter der Wachen verfolgte sie. Sie wusste, sie würde den Weg nach Hause allein wagen müssen. Sie nahm die Trippen von den Schuhen, raffte die Röcke, und hastete die Königstraße hinauf, so schnell sie konnte. Der Atem schien ihr die Lungen zu sprengen, als sie in die Fleischhauerstraße einbog und über die Kette sprang. An den Böttcherhäusern und Fleischereien sauste sie vorbei, dann rannte sie an den beiden Backhäusern entlang. Das St. Johanniskloster grüßte wie ein Versprechen von Sicherheit. Sie bog nach links, endlich war sie zu Hause. Sie riss die Tür auf, trat ins Warme der Diele, stürmte in die Dornse, wo Juleke lag, und klammerte sich an die Leiche der Schwester. Tränen strömten über ihr Gesicht, sie schluchzte, es würgte sie. Erst als die Tür geöffnet wurde, nahm sie die Betenden um sich wahr. Trotz ihres störenden Auftritts waren sie im Gebet versunken.

Lucia holte Wasser aus dem Regenfass im Hinterhof, trug es nach oben ins Schlafzimmer und wusch sich. Das kühle Wasser beruhigte und erfrischte sie. Als sie ein frisches Obergewand überstreifte, hörte sie unten die Tür und sauste die Stiege hinunter.

Volke Morkerke war eingetreten und setzte sich im Trauerzimmer neben seine Mutter, die fleißig ihren Rosenkranz durch die Finger gleiten ließ.

Volke brachte kein Wort heraus, er sah Lucia nur traurig an. Er war bleicher als sonst, fast wie Kreide, als habe er wochenlang nicht geschlafen.

Es gefiel ihr nicht, dass er wieder da war; sie wollte ihn nicht in ihrer Nähe haben. Sie wünschte sich, Jordan wäre bei ihr. Volkes Blick traf sich mit dem von Lucia. Sie las in ihm Mitleid, Trauer – und Hoffnung.

Lucia konnte ihm nicht für die Totenwache danken und ihn nicht grüßen, denn sie befürchtete, er werde wieder um sie werben, und sie wollte nicht umworben sein. Nicht jetzt. Nicht von ihm.

Die Totenträger kamen am Morgen, und weil es unangenehm kühl und neblig war, trugen sie Fackeln vor sich her. Die Mönche stimmten das »Dies Irae« an, als Julekes Leiche, eingenäht in ein feines weißes Leintuch, zur Kirche der Franziskaner getragen wurde. Natürlich hätte der Pfarrer von St. Marien ihr Grab gern in seiner Kirche gehabt, aber Alheid hatte das letzte Geld zusammengesucht und für die Ablösung vom pfarrkirchlichen Begräbnisrecht gezahlt, wie es seit dem Jahre des Herrn 1317 üblich war. Juleke hätte in St. Katharinen liegen wollen, wie ihr Vater, das wusste

Lucia genau. Wenigstens diesen letzten Wunsch wollte sie ihrer armen Schwester erfüllen. So konnte sich Hinricus nun auf die Grablege einer Heiligmäßigen freuen. Julekes Grab würde Neugierige und Pilger anziehen, das zeigte schon der Trauerzug. Hunderte von Menschen aller Stände hatten sich eingereiht: Die Ratsherren von Hachede und Lipperade, Mitglieder der Zirkelgesellschaft, Älterleute der Bäcker, der Konkurrenten der »Marzipanschwestern«, wie sie im Scherz genannt wurden, Handwerker, vom Goldschmied bis zum Knochenhauer, dahinter unzünftische Kirchenbauleute, auch Notke und Jordan. Lucia war dankbar, als sie ihn erblickte. Seine Anwesenheit gab ihr die Kraft, die sie auf diesem schweren Weg dringend benötigte. Am Ende des Totenzugs lief das Volk der Höfe, Schuppen und Straßen: Träger, Mägde und Knechte, und eine große Schar der Bettler, die mitangesehen hatten, wie Juleke eine der ihren bis zum bitteren Ende begleitet hatte.

Der Zug zog die Johannisstraße entlang. An der Königstraße gesellten sich etliche Geistliche und Ratsfamilien dazu.

Die Kirche von St. Katharinen war so voll, dass Lucia nicht vermeiden konnte, neben Volke zu sitzen. Er hatte es geschickt so eingerichtet, dass er ihr immer näher gekommen war. Hinter ihr spürte sie den Blick von Jordan. Sie fühlte nach dem Pergamentröllchen mit dem Bild Julekes, das Jordan ihr geschenkt hatte, und versuchte sich daran festzuhalten. Volke neben ihr, Jordan hinter ihr und im Arm ihre Schwester Alheid, die endlich, endlich weinte und getröstet werden wollte, das ging fast über ihre Kraft. Es war, als drücke eine mächtige Faust ihr armes Herz zusammen. Doch dann wurde sie abgelenkt. Die Messe begann.

Die lateinischen Gebete beruhigten Lucia. Sie hatten die Macht, die Seele ihrer Schwester in den Himmel zu geleiten. Der gesamte Konvent war zur Messfeier zusammengekommen. Die Mönche saßen im Chorgestühl der Katharinenkirche, eine Masse aus braunen Wollkutten und blassen Gesichtern. Ihr Gesang trug alle Hoffnungen und Ängste vor Gott. Die heiligen Worte beruhigten Lucia und gaben ihr das Gefühl, ganz nah bei Gott und ihrer verstorbenen Schwester zu sein. Sie würde bald, wenn sie das Fegefeuer durchschritten hatte, vor Gottes Angesicht treten, und all ihr Sehnen würde sich in diesem Augenblick erfüllen.

Nachdem das Evangelium verkündet war und die Weihrauch-
dünste beinahe die ganze zweischiffige Kirche einhüllten, begann
die Predigt, die Pater Hinricus auf Niederdeutsch hielt, da seine
Kirche voll ungebildeten Volkes war. Er trat an die Kanzel und erhob seine mächtige Stimme.

»Julia Gudalbert war ein schlichter Mensch. Manche lachten
über sie, weil sie nach außen nichts hermachte. Sie war schlicht in
Gewandung, Sprache und Gebaren, nicht aber in der Seele. Julias
Seele war reich und voll, wie das heilige Jerusalem, wie die Schätze
Salomos, und deshalb, Brüder und Schwestern, deshalb war ihr
Gewand weiß und unverziert, rein wie ihre Jungfernschaft. So soll
der Christ sein. So soll das Werk des Christenmenschen sein. So
schlicht und dennoch reich wie Julia Gudalbert. Doch in dieser
Stadt gibt es solche, die nicht verstehen, was das Leben der Julia
Gudalbert uns zeigen soll. Lebe für deinen Nächsten, lebe ohne
Zier, lebe schlicht. Verziere nicht deine Kleidung, nicht dein Haus,
nicht dein Essen, nicht dein Naschwerk.«

Lucia würgte es, Tränen schossen ihr aus den Augen. Warum
sagte er das? Warum vergrößerte dieser Mönch noch ihr Leid? Am
liebsten wäre sie weggelaufen. Stattdessen klammerte sie sich an
Alheid, und kalte Wut wuchs in ihr.

Hinricus Risebitter hob jetzt den Finger zum Himmel. »Der
Herr hat diese heiligsame Frau von uns genommen durch eine
grausame Untat. Eine, die noch keine Sühne gefunden hat unter
dem Himmel. Und dennoch ist Julias Tod ein Zeichen Gottes.
Gott sendet uns Warnungen. Dämonen, so heißt es, tanzen auf den
Straßen. Der Tod ist unter uns wie zu Zeiten der Pestilenz. Und
warum? Weil wir ihn rufen. Weil wir ihn suchen, das Vergnügen
des Grauens suchen in eitlen Gemälden und eitlen Tänzen. Wenn
wir schlicht wären wie Julia, fromm und gut, dann würde sie hier
nicht liegen müssen. Doch nun sind wir alle in Gefahr. Sogar die
armen Schwestern der frommen Toten, bringen sich in Gefahr,
wenn sie sich nicht bald entscheiden, der Welt den Rücken zu keh-
ren, statt Dienerinnen der Völlerei zu sein.«

Lucia krümmte sich unter seinen Worten wie unter Peitschen-
schlägen. Ja, auch sie hatte inzwischen den tanzenden Tod gesehen, und sie wusste nicht mehr, was sie glauben sollte. War es wirklich das Strafgericht Gottes? Oder sprach da oben auf der Kanzel

der Mörder Julekes? Sie hatte Pater Hinricus im Verdacht gehabt, aber seit ihrer schrecklichen nächtlichen Begegnung war sie sich nicht mehr so sicher.

Pater Hinricus fuhr fort. »Denn wir sind nicht fromm. Wir ergötzen uns an den Werken des Satans, und inzwischen hat er uns arme Menschen schon so sehr in seinen Krallen, dass wir danach dürsten, die Schrecken seiner Herrschaft sogar in den Kirchen zu bewundern. Diese Stadt gelüstet es danach, den Tod in mancherlei Gestalt auf furchtbaren Bildern zu sehen. Nicht den Tod, so wie er dem Christenmenschen frommt, sondern in all seiner satanischen Schrecklichkeit.«

Er hat dieselbe Größe wie der Tod, der mich angefallen hat, dachte Lucia. Was ist, wenn er nur eine Maske getragen hat? Wenn unter dem schrecklichen Gerippe ein lebender Mensch gesteckt hat? Aber hatte sie nicht die Knochen gesehen? War das wirklich nur ein verkleideter Mensch gewesen? Lucia bedeckte das Gesicht mit den Händen.

Als die schreckliche Predigt endlich vorbei war, stützte Volke seine Mutter, die während der ganzen Predigt geschluchzt und gestöhnt hatte.

Lucia stand mühsam auf und ging mit der weinenden Alheid am Arm durch die Kirche, zu dem Loch im Kirchenboden, in das die Franziskaner nun Julekes Leichnam legten. Unter den Klängen des »Dies Irae« schlossen die Mönche das Grab in der Nähe des Altars. Hinricus stand hart und mit versteinerter Miene daneben. Alheid nahm seinen Segen an und auch Lucia.

Lucia richtete sich vor dem Geistlichen auf. »Sagt, Pater Hinricus, wo wart Ihr in der Nacht, als Juleke ermordet wurde?« Der Mönchspriester stockte in der segnenden Bewegung, die er den nächsten Trauernden zukommen lassen wollte und ließ den Arm sinken. Er sah Lucia an, als könnte er seinen Ohren nicht trauen. Alles hatte er wohl erwartet, nicht aber eine solche Frage.

»Ich war hier, bei meinen Brüdern, liebes Kind«, sagte er dann mit einem Räuspern und sah sie an, als wolle er ihre Seele in die Hölle schicken. Lucia nickte.

Er log, und sie wusste nun, dass dieser Mann etwas mit Julekes Tod zu tun hatte. Ihr wurde schwindelig. Erst als die kräftige Hand des Malers Notke sie packte und ihren Arm forderte, konnte sie vom Grab zurücktreten. Jordan hingegen bot Alheid seinen Arm an. Volke stand mit seiner Mutter ein wenig abseits und bedachte Notke und Jordan mit giftigen Blicken.

»Wir sind heute wohl beide die Sündenböcke der Eiferer, nicht wahr, Ihr und ich?«, sagte Notke zu Lucia. »Macht Euch nichts daraus. Eure Juleke hätte es nicht so gesehen. Wo gehen wir hin?«

»Für einen Jammerschmaus reicht unser Geld nicht«, sagte Alheid schlicht.

»Ich hab Geld«, meinte der Maler.

»Was haltet Ihr vom Wirtshaus ›Zum Adler‹?«, schlug Jordan vor.

Mit einer weitschweifenden Geste bat Notke alle Trauergäste in das Wirtshaus. Lucia sah noch, wie Volke seine Mutter grob davonzerren wollte, aber sie ließ sich nicht abhalten. Beide Morkerkes folgten der Einladung des Malers.

CAPUT 21

Ich halte, wie die Welt, von Komplimenten nichts,
muss heißt mein hartes Wort, das Stahl und Eisen bricht

Etliche Trauernde gingen mit den Schwestern Gudalbert, Notke und Jordan in das Wirtshaus »Zum Adler« in der Hüxstraße. In der kleinen Schänke war nicht viel los. Ein paar gut gekleidete Gesellen der in dieser Straße ansässigen Goldschmiede saßen an den blank gescheuerten Tischen und würfelten. Sie machten Platz, als sie den Trauerzug kommen sahen, doch sie hörten mit ihrem Spiel nicht auf.

Notke setzte sich neben Alheid, und Jordan nahm neben Lucia Platz, was Volke, dem seine Mutter noch immer schwer am Arm hing, mit einem Blick des Missfallens bedachte. Jordan kannte ihn nicht und fragte Lucia, wer er sei. Sie erklärte leise, dass Volke ihr Vetter sei.

Notke sorgte dafür, dass Bier, Wein und Fleisch von Rind und Schwein auf den Tisch kamen.

»Eine schreckliche Predigt«, sagte er dann zu den Schwestern Gudalbert. »Ich hätte mir gewünscht, versöhnlichere Worte von Pater Hinricus zu hören. Sowohl in Bezug auf Euer Naschwerk als auch auf den Totentanz.«

»Er hasst Euch und Eure Arbeit«, gab Lucia zurück. »Am liebsten würde er Euch eigenhändig aus der Stadt werfen.«

Notke lachte auf. »Das wird ihm nicht gelingen. Eher hänge ich ihn in den Dachreiter seiner Kirche.«

»Sagt so etwas nicht«, meinte Alheid und beugte sich vor. »Es hat schon genug Tote gegeben.«

Jordan aß schweigend, warf aber immer wieder einen Seitenblick auf Lucia. Wie er ihr blondes, welliges Haar liebte, und ihre grauen, nun so traurig dreinblickenden Augen, ihre feine Nase, den kleinen, zarten Mund und ihre zwar üppige, aber keineswegs zu ausladende Gestalt, die sich unter ihrem schlichten Kleid abzeichnete. Er wünschte, dieser Albtraum des tanzenden Todes wäre bald zu Ende.

Dann erzählte Lucia ihm von ihrer nächtlichen Begegnung mit dem Totengespenst. Alheid, die noch nichts davon wusste, erstarrte, als sie den Bericht ihrer Schwester hörte, und bekreuzigte sich mehrmals. Auch Jordan lief es kalt über den Rücken, als er daran dachte, in welcher Gefahr seine Liebste geschwebt hatte.

»Ich glaube immer noch, dass Pater Hinricus etwas mit den Morden zu tun hat«, sagte sie, während sie lustlos auf einem Stück Braten herumkaute.

»Das ist kaum wahrscheinlich«, meinte Notke, nachdem er sich den Mund mit einem kräftigen Schluck Lübecker Bier leergespült hatte.

»Warum nicht?«, fragte Lucia.

»Weil wir jetzt wissen, wer uns ans Leder will«, antwortete der Maler und seufzte. Dann berichtete er von dem Angriff der Zünftischen auf die Malerhütte.

Inzwischen war die Hütte wieder notdürftig repariert, und ein Büttel stand davor Wache. Jordan und Notke hatten vor der ersten Messe die Gemälde aus der Oldesloer Kapelle in die Werkstatt zurückgebracht, weil sie tagsüber in der viel besuchten Kirche noch gefährdeter waren. Nun hofften sie, unter dem Schutz des Rates und des Hauptmanns in Ruhe weiterarbeiten zu können. Aber sie waren sich sicher, dass der Zorn der Zünftischen noch immer ihnen galt.

»Ich kann mir lebhaft vorstellen, wie die ihre Lehrlinge bemalen und sie als Tote durch die Straßen tanzen lassen«, meinte Notke.

Alheid schüttelte den Kopf: »Der, den ich gesehen habe, war fast körperlos, tänzerisch, als würden seine Füße den Boden nicht berühren müssen. Es war kein Mensch, es bewegte sich anders, unirdischer … gewohnt, durch die Lüfte zu schwingen«, ihre Stimme stockte. »Ich sah eine andere Macht, die durch die Straßen tanzte.«

Lucia widersprach: »Ich hatte einen anderen Eindruck. Das, was mich angriff, war körperlich. Ein ziemlich großes Wesen, so groß wie Henricus Risebitter.«

Alheid schüttelte den Kopf: »Nein, das, was ich sah, kann kein Mönch in Verkleidung gewesen sein.«

Inzwischen wurde der Lärm vom anderen Ende der Tafel lauter; Wein und Bier verwandelten die düstere, traurige Stimmung in Ausgelassenheit und wildes Lachen.

165

»Aber warum hat der Guardian gelogen, als ich ihn vorhin gefragt habe, wo er in der Nacht von Julekes Ermordung war?«, wandte Lucia ein und goss ihren Humpen aus dem Krug mit dem Hamburger Bier wieder voll.

»Vielleicht hat er sich nicht richtig erinnert. Schließlich kam diese Frage für ihn völlig unerwartet«, meinte Jordan.

»Er hat gelogen, weil er etwas zu verbergen hat«, beharrte Lucia und senkte den Blick.

»Es waren die Zunftbrüder, das steht für uns nach ihrem Überfall fest«, sagte Jordan.

»Sie wollten unser Werk vernichten und uns töten«, fügte Notke hinzu. »Damit steht für mich auch fest, dass Marquard unschuldig ist.«

»Ist er schon aus der Fronerei entlassen?«, wollte Alheid wissen.

Notke blickte finster drein. »Bin vor der Beerdigung dort gewesen, man will ihn nicht freigeben. Hat noch nicht gestanden, wie man mir sagte. Ich fürchte, sie haben ihn gefoltert. Ich wollte ihn sehen, aber das hat man mir nicht erlaubt. Wir müssen sehr bald den Schuldigen finden, denn ich glaube nicht, dass von Pyrmont weitere Nachforschungen anstellen wird.« Notke kippte mit einem Schluck sein Bier hinunter. Dann spannten sich seine großen Hände um den Humpen, als wollten sie ihn erwürgen.

»Der arme Kerl«, meinte Alheid.

»Wir müssen endlich diesen schrecklichen Hinricus Risebitter der Taten überführen«, sagte Lucia und sah Notke auffordernd an.

»Ich glaube wirklich nicht, dass der Mönch etwas mit dem Tod deiner Schwester zu tun hat, Lucia«, wandte Jordan ein.

»Was Ihr glaubt, Jungherr Jordan, ist für mich nicht von Belang«, entgegnete Lucia spitz. »Hinricus hat gelogen. Warum hätte er das tun sollen, wenn er nicht etwas zu verbergen hätte?«

Jedes ihrer Worte tat Jordan weh. Was war nur in Lucia gefahren? Er sah, wie sie hastig einen großen Schluck Hamburger Bier mit Honig nahm.

»Ihr verrennt Euch da in etwas«, sagte er genauso förmlich wie sie. Es war, als wäre der Kuss zwischen ihnen nie geschehen.

»Ich verrenne mich in die Wahrheit, die Ihr nicht sehen wollt, aus welchem Grund auch immer, Jordan Wulfledder«, brauste Lucia auf und schlug mit der Faust auf den Tisch. Jordan zuckte zusammen.

»Ich verstehe Eure Trauer, Jungfru Lucia, und es ist mir klar, dass sie Euch den Blick verstellt«, sagte Jordan vorsichtig. »Wir kommen aber nur weiter, wenn wir vorurteilslos die Tatsachen betrachten.«

»Vorurteilslos? Was macht Ihr denn? Wieso seid Ihr Euch so sicher, dass es die Zünftischen waren? Ist das etwa kein Vorurteil?«

»Lucia, wir …« Weiter kam Jordan nicht. Lucia sprang auf und schnitt ihm das Wort ab.

»Warum hätten Euch die Zünftischen angreifen sollen, wo sie doch durch die Morde bereits erreicht hatten, dass die Stimmung gegen Euch umschlägt? Das ist doch völlig sinnlos. Wir müssen dem Hauptmann sagen, dass es Hinricus Risebitter war.«

»Damit macht Ihr Euch nur lächerlich!« Auch Jordan war nun laut geworden.

»Ach ja?«, fragte Lucia mit beißendem Spott in der Stimme. »Ich bin gespannt, wer sich lächerlich gemacht hat, wenn Hinricus unter der Folter gesteht, dass er unsere Schwester ermordet hat.«

Inzwischen war es in der Schankstube so still geworden, dass man eine Nadel hätte fallen hören können. Sogar die Würfelspieler in der hintersten Ecke lauschten aufmerksam.

»Lucia, setz dich bitte«, sagte Alheid leise.

Da sah Lucia sie an, als sähe sie ihre Schwester zum ersten Mal in ihrem Leben. Es war, als erwachte sie aus einem schrecklichen Traum – nur um in einen noch schrecklicheren Traum zu stürzen. Sie setzte sich und weinte los.

Jordan griff ihre Hand und hielt sie fest. Notke schenkte ihm einen missbilligenden Blick, doch davon ließ sich Jordan nicht beeindrucken.

Alheid wandte sich an Notke. »Ich kenne die Frau eines Schildermalers namens Backmester recht gut, hab ihr einst in schwerer Not geholfen. Ich weiß nicht, ob ihr Mann bei dem Überfall auf Euch beteiligt war, aber ich könnte mit ihr reden und herauszufinden versuchen, ob die Maler wirklich an den Morden beteiligt waren, oder ob die Brandstiftung ihre einzige Untat war.«

»Das wäre eine Möglichkeit«, sagte Notke
»Magdalene Backmester traut mir seit jener Krankheit mehr als ihrem Beichtiger. Sie wird keinen Verdacht schöpfen, wenn ich mit ihr rede«, sagte Alheid.
Inzwischen hatte der Wirt einen frischen Krug Bier gebracht. Mit unsicheren Bewegungen angelte Lucia erneut den Krug. Jordan runzelte die Stirn. Das konnte ihr nicht gut tun. Aber er wagte nicht, etwas dagegen einzuwenden. Er war froh, dass sie schwieg.
Inzwischen waren die letzten Gäste aufgebrochen. Jordan bemerkte, dass Lucia neben ihm mit dem Schlaf kämpfte. Alheid umrundete den Tisch, legte sich den Arm ihrer Schwester über die Schulter und zog sie hoch. Lucia taumelte mit ihr hinaus in die Hüxstraße.

An der Frühlingssonne kam Lucia wieder ein wenig zu sich. Rasch zerrte Alheid sie fort in Richtung Wakenitz, dann nach links am Fischerhaus vorbei, bis das Johanniskloster auf der rechten Seite sichtbar wurde.
Im Haus ließ Lucia sich auf einen Schemel fallen. Es war ihr unendlich peinlich, sich vor Jordan so schwach und unbeherrscht gezeigt zu haben. Vielleicht hatte er ja recht. Vielleicht hatte sie sich mit ihrem Verdacht gegen den Guardian des Franziskanerklosters verrannt. Vielleicht war es richtig, bei den Malern Nachforschungen anzustellen. Doch sie selbst war heute zu keinem klaren Gedanken mehr in der Lage. Ihr war übel. Alheid brachte sie ins Bett, obwohl die Sonne noch hoch über den Dächern stand. Sie heizte einen Ziegel auf, umwickelte ihn mit Tüchern und legte ihn der Schwester zum Wärmen auf den Bauch. Dann mischte sie warmes Wasser mit dem letzten Theriak und flößte es Lucia ein. Lucia genoss es, wie einst als Kind umsorgt zu werden. Und als Alheid sich neben sie legte, schien ihr, als würde die Welt wieder gut. Sie nahm nur verschwommen wahr, dass die Schwester bald wieder aufstand und ihr sagte, sie wolle zur Schildermalerin gehen.
»Nimm dir einen Laternenträger«, hauchte Lucia.
»Es ist noch nicht dunkel, Dummerchen. Ich bin vor Sonnenuntergang zurück.«

Alheid verließ die Schlafstube, und als sich die Tür hinter ihr schloss, wollte Lucia ihre Schwester für einen Augenblick zurückhalten. Auch Juleke war so fortgegangen und nicht wiedergekehrt. Doch Lucia war zu schwach und benommen. Wie aus großer Ferne hörte sie die Haustür ins Schloss fallen, dann schlief sie ein.

CAPUT 22

Soll ich an den Tanz, wer hätte das gedacht?

Als Lucia nach einigen Stunden erwachte, war Alheid immer noch fort, und es dämmerte schon. Lucia stand auf und schaute im ganzen Haus nach, aber die Schwester war nirgendwo zu finden.

Je länger Lucia auf sie wartete, desto unruhiger wurde sie. Lieber Gott, bitte gib, dass nicht auch ihr etwas zugestoßen ist, betete sie laut. Sie zog sich ihren kurzen Hoyken über, ging hinaus auf die Straße. Alles war bereits still, obwohl die Ketten noch nicht vorgelegt waren. Dunkelheit lag wie ein schwerer Gedanke über der Stadt. Nur aus der gegenüberliegenden Klosterkirche von St. Johannis drang der schwache rote Schein des Ewigen Lichts durch die hohen Spitzbogenfenster. Die Heiligen in den Nischen an der Fassade schauten mitleidig auf Lucia hinunter. Sie huschte wieder nach drinnen, lief abermals im Haus umher und rang die Hände. Vielleicht war es im Hause Backmester wirklich spät geworden; vielleicht hatte die Frau des Malers Jordans und Notkes schlimmen Verdacht zerstreuen können und Alheid angeboten, die Nacht unter ihrem Dach zu verbringen. Schließlich waren die beiden befreundet, seit Alheid ihr Kindbettfieber geheilt hatte. Lucia beruhigte sich und legte sich zu Bett. Sie schlief, bis die Turmuhr von St. Johannis laut und mächtig die zehnte Abendstunde schlug.

Lucia erwachte ruckartig. Sie hatte geträumt, mit Jordan zusammen jenseits der Stadtmauer über die Wiesen und Weiden zu gehen, und spürte noch seinen festen und zugleich liebevollen Griff um ihren Arm. Sie rieb sich die Augen und zündete einen Kienspan.

Alheids Bettseite war unberührt.

Lucia warf sich einen Wollmantel um und trat aus der Tür. Dann zögerte sie. Meister Backmester hatte Haus und Werkstadt in der Großen Petersgrube im Schatten von St. Petri. Sollte sie wirklich allein durch die nächtlichen Gassen und Straßen Lübecks gehen? Auf keinen Fall wollte sie bis zum Morgen warten. Ohne weiteres Nachdenken ging Lucia die Fleischhauergasse hinauf nach St. Marien. Bestimmt war Jordan noch nicht zu Bett gegangen. Die freien Maler waren für ihren lockeren Lebenswandel berüchtigt. Aber Jordan war nicht so. Er war anders. Er würde da sein.

Bald war sie in der Breiten Straße angekommen, hinter der sich der gewaltige Chor von St. Marien erhob. Auch hinter den hohen Fenstern der Kaufmannskirche brannte schwach ein ewiges Licht. Sie umrundete den Chor und stand vor der Bude der Maler. Der Büttel, der Wache hielt, tat so, als wäre sie gar nicht da.

Sie sah das angebrannte Holz und die neuen Latten, die über das Dach genagelt waren. Goldenes Licht drang durch die Ritzen der vorgezogenen dichten Fensterläden, die nach dem Überfall an der Malerhütte angebracht worden waren. Sie klopfte, und Notke selbst öffnete die Tür und bat sie mit einem freundlichen Lächeln in das Innere.

Im Licht Dutzender Kerzen sah sie Jordan vor einer Leinwand, die eine schöne Jungfrau zeigte. Sie trug ein rotes Kleid mit einem glänzenden Schal darum, eine lange, beinahe durchsichtige Schleppe und einen spitzen Hut und drehte sich wie zum Tanz. Seltsam unberührt schien sie von den beiden Gerippen, die rechts und links von ihr tanzten. Das Gesicht der Frau war Lucia unbekannt. Doch es graute ihr vor der Darstellung – nicht nur wegen der scheußlichen Gerippe, sondern auch wegen der Vorstellung, diese schöne Dame könnte das nächste Opfer des Todes von Lübeck sein. Wenigstens handelte es sich nicht um Alheid.

Jordan malte gerade die Stadt Lübeck in den Hintergrund. Als er Lucia sah, sagte er: »Kommt rein, auch wenn es hier stickig ist.«

»Am Tag lassen wir Gottes schönes Sonnenlicht herein und erfreuen uns an seiner herrlichen Frühlingsluft«, fügte Notke hinzu. »Aber am Abend, wenn wir Berend Witigs teure Kerzen anzünden, müssen wir alles dicht machen, damit diese neidischen Schildermaler nicht sehen, dass wir nach Sonnenuntergang arbeiten. Sie wollen uns nicht in die Zunft lassen und verlangen gleichzeitig, dass wir die Zunftgesetze halten. Hundsfötter! Wenigstens hat ihr Überfall dazu geführt, dass man uns jetzt diese neuen Fensterläden angebracht hat und draußen ein Kerl Wache schiebt.«

Der Meister setzte sich auf einen Schemel vor eine Leinwand,

die die Skizzen einer bekrönten Frau und eines Kardinals zeigte.
Vorsichtig arbeitete Notke an der Grundfarbe. An beiden Gestalten fehlten noch viele Einzelheiten; die schwarzen Kohlestriche der Vorzeichnungen waren hier und da deutlich sichtbar.

»Hundsfötter«, brummte Notke nochmals.

»Flucht nicht in Anwesenheit einer Dame, Bernt Notke«, sagte Jordan. Er stand auf und bot Lucia zum Gruß beide Hände.

»Ich bin Damenbesuch nicht gewohnt. Was verschafft uns die Ehre Eurer Anwesenheit, meine Schönste?«, fragte Notke spöttisch.

»Bleibt lieber bei ›Jungfru Gudalbert‹, Meister«, warnte Jordan ihn grinsend.

Lucia traten die Tränen in die Augen. »Bitte, hört mich an. Ich suche meine Schwester«, schluchzte sie.

»Alheid? Seit wann ist sie fort?«, fragte Jordan besorgt.

»Seit heute Nachmittag. Mir ging es nach dem Besuch im ›Adler‹ nicht gut, und ich bin eingeschlafen, kurz nachdem sie gegangen ist. Sie wollte zu der Frau des Johannes Backmester«

»Dem Kopf der verfluchten Zünftischen«, sagte Notke. »Wir haben uns hart mit ihm gestritten … Wie auch immer, sie ist ungefähr sechs Stunden weg. Das ist lang für einen Besuch …«

»Sie ist mit der Backmester'schen befreundet. Zuerst dachte ich, dass sie vielleicht dort über Nacht bleiben würde. Doch jetzt ist mir angst und bang«, sagte Lucia leise, während sie neben Jordan stand und auf die Leinwand schaute.

Jordan nahm wieder Lucias Hand. »Wir müssen sie suchen. Am Besten gehen wir gleich zu Backmester. Ihr habt Euch in Gefahr gebracht, als Ihr mitten in der Nacht hergekommen seid. Denkt an Euer schreckliches Erlebnis mit dem tanzenden Tod. Ich werde Euch von nun an begleiten.«

Sie hatte gehofft, dass er das sagen würde. Er schien ihr wirklich nicht mehr gram zu sein, weil sie im »Adler« so heftig darauf bestanden hatte, dass der Guardian des Franziskanerklosters die Hand im Spiel des Todes haben sollte.

»Ich lauf zu den Bütteln, sie sollen in den Straßen nach ihr Ausschau halten«, sagte Notke, als sie aus der Tür traten. »Ihr geht mit Jordan auf geradem Weg zu Johann Backmester. Vergesst Euer Licht nicht.«

Jordan nahm die Laterne und hängte sie an einen Stock, sodass das gelbe Licht einen Kreis auf die Pflastersteine vor St. Marien malte. Schweigend ging Lucia neben ihm her. Ihre Trippenschritte hallten so laut, dass sie glaubte, sie würde die ganze Stadt wecken. Lucia schritt so eilig aus, dass Jordan kaum mithalten konnte.

Sie liefen die Schüsselbuden hinunter und überquerten den Kohlmarkt. Durch die bunten Fenster der dunklen St. Petri Kirche schimmerte der Mond. Vor ihnen huschten Ratten über den Weg.

Vor dem Portal der Petersgrube lag ein kleiner Berg Lumpen. Lucias Trippenklackern brachte Leben in den Haufen. Sie erschrak, als sich ein Mensch aus den verschlissenen Decken erhob. Jordan hob die Laterne. Ihnen hinkte die zerlumpte Gestalt eines Bettlers entgegen.

»Was willst du?«, fuhr Jordan ihn an. Doch Lucia erkannte den Mann.

»Du bist der Madonnenschnitzer, nicht wahr?«

Der Mann rieb sich die Augen und nickte.

»Kennst du Alheid Gudalbert, die Apothekerin? Du hast ihrer Schwester eine schöne Madonna verkauft!«

Der Mann hustete und nickte. »Ich kenn dich auch, du bist Julekes Schwester Lucia.«

»Hast du Alheid heute gesehen?«, fragte Jordan.

Der Bettler strich sich die schmutzigen Haare aus dem Gesicht. »Ich saß hier vor St. Petri. Ich glaube, sie ist hier vorbeigegangen. Sie sah besorgt aus.«

»In welche Richtung ging sie?«, hakte Jordan nach.

Der Mann zeigte in Richtung auf die Petersgrube.

»Kam sie zurück?«, fragte Lucia aufgeregt.

»Hab ich nicht gesehen …«

Schnell nahm Jordan einen Schilling aus seinem Beutel und warf ihn dem Mann zu. Lucia zog Jordan am Ärmel davon. Ihr Herz klopfte voller Hoffnung. Vermutlich war Alheid bei der Backmester'schen, und ihre Ängste waren grundlos.

Als sie in der Petersgrube ankamen, brauchten sie nicht lange nach dem Haus des Malers suchen. Ein prunkvolles Schild an der Tür zeugte von seinem Beruf.

»Ich trete lieber einen Schritt beiseite, damit ihr nicht um meinetwillen abgewiesen werdet«, sagte Jordan. Lucia nickte stumm und betätigte den schweren Türklopfer. Es war unchristlich spät, und im Hause war alles dunkel. Es dauerte einige Zeit, bis sich im ersten Stock ein Fenster öffnete.

»Was wollt ihr?«, brummte Backmester.

»Ich bin die Schwester von Alheid Gudalbert, Eurer Frau Freundin. Ist sie bei Euch?«

»Darum stört Ihr mich in der Nacht?«

Lucia schluckte. »Sie war bei Eurer Frau zu Besuch und ist nicht zurückgekehrt.«

»Weiber!«, rief der Maler verärgert. Er zog den Kopf zurück und warf den Laden vor.

»Das war keine Antwort!«, zischte Jordan erbost. »Klopf noch mal!«

»Bestimmt ist sie nicht hier!« Lucias Stimme zitterte.

»Dann muss er uns sagen, wann sie gegangen ist, der Hund. Sag, du wolltest seine Frau sprechen.« Jordan rammte den Klopfer gegen die Tür, sodass es aus der Hausdiele zurückhallte. Dann verschwand er wieder im Schatten.

Lucias Herz flatterte, als der Fensterladen wieder aufgestoßen wurde.

»Was willst du noch, du Dirne?«, brüllte Backmester.

»Bitte, Meister Backmester, sagt mir, wann meine Schwester Euer Haus verließ«, sagte Lucia.

Backmester wollte grade zur nächsten Beschimpfung ansetzen, als eine schmale Hand ihn zurückzog.

Das müde bleiche Gesicht der Malersgattin erschien im Fensterrahmen. »Lucia?«, fragte sie.

»Verzeiht die Störung, Fru Backmester, ich suche Alheid. War sie bei Euch?«

»Ja, mein liebes Kind. Wir haben lange beieinander gesessen.«

»Aber sie ist nicht mehr im Haus?« Verzweiflung würgte Lucia im Hals.

»Sie ging bei Einbruch der Dunkelheit. Ich habe ihr gesagt, sie soll einen Malerknecht als Begleitung mitnehmen, aber sie meinte, sie würde bei St. Petri einen Laternenträger finden, der sie nach Hause geleitet! Ist sie nicht angekommen?«

Lucias Herz sank, sie schüttelte den Kopf.

»Dank auch!«, hauchte sie noch, dann trat sie auf die Gasse.

»Ruf schnell die Büttel! Willst du einen unserer Knechte als Begleitung?«, rief die Backmester'sche aufgeregt, doch ihr Mann zog sie zurück.

»Sie braucht keinen von unseren Männern, sie hat einen Kerl dabei. Ich hab ihn gehört«, brummte er und warf den Laden vor das Fenster.

Lucia sah Jordan mit wildem Blick in die Augen. »Das ist alles meine Schuld. Hätte ich nicht so viel Bier getrunken, hätte ich sie begleitet.«

»Jetzt ist nicht die Zeit für Vorwürfe. Vielleicht ist ihr ja gar nichts passiert. Komm, lass uns den Weg zu Eurem Haus zurückgehen«, sagte er. Er nahm ihre Hand, vorsichtig, wie man ein kleines Tier festhält. Dann ging er mit festen Schritten los, und sie folgte, zitternd vor Angst.

Als sie am Chor von St. Petri vorbeigingen, hörte sie in der Ferne Geschrei. Rufe von »Gewalt, Gewalt« tönten vom Rathaus die Breite Straße hinab.

Lucia hielt inne.

Sie wusste, dass sie von nun an allein sein würde.

Jordan zog an ihrem Arm, wollte weiter, aber sie schloss nur fest die Augen und ließ die Schreie der Leute in ihr Ohr, bis an ihr Herz. Sie konnten nur eines bedeuten.

Als sie die Augen wieder öffnete, schaute Jordan sie an, als hätte er noch nie ein menschliches Antlitz gesehen.

Lichterschein flackerte am Rathaus. Es war nicht das rote Zucken ungezügelter Flammen, sondern das ruhige Brennen von nächtlichen Laternen. Als ihnen vom Danzelhus, dem Tanzhaus des Rates, her Notke entgegengestolpert kam, mit verzweifelt starrem Blick, unfähig ein Wort zu sagen, da ahnte auch Jordan, was geschehen war.

Notke trat vor die beiden, senkte den Kopf und sagte leise: »Kommt mit.«

Er ging zurück in die Richtung des Rathauses. Jordan legte Lucia den Arm um die Schulter, auch wenn er wusste, dass nichts sie mehr würde trösten können.

Auf dem kurzen Weg betete er laut darum, dass alles ganz anders sein möge. Denn es konnte einfach nicht wahr sein. Doch wenn es wahr sein sollte, dann hatte der Teufel die Hand im Spiel.

Als sie vor dem Danzelhus angekommen waren, machte ihnen die Menge von nächtlichen Streunern, die sich versammelt hatte, Platz.

Als Lucia sah, wer da vor ihnen im gelben Schein der Laternen lag, wusste sie, dass sich die Pforten der Hölle geöffnet hatten.

CAPUT 23

Ich folge, wie ich muss, und tanze, wie ich kann

Alheid lag zusammengekrümmt unter der Treppe des Danzelhuses. Ein Bettler hatte sich unter dem Sackleinen, das sie bedeckte, wärmen wollen und dabei die Leiche gefunden. Doch das, was Lucia sah, war nicht die schlichte Alheid, die sie kannte. Man hatte ihr ein rotes Tanzkleid übergezogen. Aus den flitterigen Ärmeln ragten ihre großen Hände heraus, sie wirkten unpassend und grob. Auf ihrem zerwühlten Haar steckte ein hoher Hut, besetzt mit roten Federn und goldenem flitterigen Gewebe. Ein beinahe durchsichtiger Schleier hing von ihm herab und klebte an Alheids Stirn. An ihren Schultern war ein Schleier befestigt, wie ihn die Hübschlerinnen trugen – billig, aber glänzend. Er machte die Frau zum Popanz, zum verzerrten Abbild der Jungfrau auf Notkes Totentanz. Lucia kniete nieder und nahm Alheid in die Arme, küsste ihre kalte Stirn, die fest geschlossenen Augen. Sie war steif und starr, doch Lucia presste ihre Schwester an sich und wiegte sie wie ein Kind.

Sie hörte nicht, wie die Wache anrückte. Erst als Jordan sie sanft am Arm berührte, blickte sie um sich.

Notke war wie erstarrt. Neben ihm stand der Hauptmann Moritz von Pyrmont.

»Noch ein Totentanzmord, Leute, seht, jemand will mich verderben. Und es war nicht mein Geselle, der noch in der Fronerei einsitzt. Seine Unschuld ist heute Nacht auf grausame Weise erwiesen worden. Lasst Marquard Fassmaler frei und sucht den wahren Mörder. Sucht ihn in der Malerzunft«, sagte Notke.

»Stimmt es, dass die Kleider der Toten einem Eurer Bilder entsprechen?«, fragte Moritz von Pyrmont mit harter Stimme.

Notke nickte.

»Dann muss ich Euch festnehmen, Bernt Notke, Freimeister der Kirchenmaler.«

Notke verschränkte die Arme und bedachte den Hauptmann mit einem finsterem Blick. »Wie könnt Ihr auf einen so abwegigen

Gedanken kommen! Ich war es nicht. Ich bin mit der Familie des Opfers bekannt.«

»Wir schätzen ihn sehr!«, stammelte Lucia mit gebrochener Stimme.

Von Pyrmont schüttelte den Kopf. »Andere in der Stadt schätzen ihn nicht so sehr. Gute Bürger drängen schon seit einiger Zeit darauf, dass wir untersuchen, ob Ihr nicht mit den Morden zu tun habt, Notke. Ihr steht unter Verdacht bei einigen der Besten der Stadt. Ich habe ausdrücklichen Befehl aus Ratskreisen, Euch zu beobachten. Schließlich habt ihr einen wendischen Gesellen, diesen Marquard, beschäftigt. Auch das ist guten Bürgern aufgefallen. Es macht Euch verdächtig, noch mehr Untaten begangen zu haben.«

Notke war so verblüfft, dass er kein Wort erwidern konnte.

Jordan trat hinzu. »Ich kann bezeugen, dass Meister Notke heute den ganzen Tag in der Werkstatt war.«

Von Pyrmont blickte Jordan von oben bis unten an. »Ihr habt ihn jeden Augenblick im Auge gehabt?«

»Ja«, sagte Jordan schlicht.

»So habt Ihr nie Euer Wasser abgeschlagen?« Einige der umstehenden Nachtgestalten lachten.

»Wo ist das Bier, das du heute beim Leichenschmaus im ›Adler‹ getrunken hast, Jordan?«, heulte jemand.

Jordan schwieg.

»Seid vorsichtiger mit Euren Schwüren, junger Mann«, sagte von Pyrmont und gab seinen Wachgenossen einen Wink, den Künstler abzuführen. Notke schüttelte mit Leichtigkeit die Wächter ab und verschränkte die Arme.

»Ich komme ohne Widerstand mit, wenn Ihr Marquard, den Fassmaler, freigebt, Ritter von Pyrmont.«

Der Stadthauptmann legte Notke eine Riesenpranke auf die Schulter und sah ihn direkt an. »Meister Notke, gerne würd ich es tun. Doch Euer Marquard ist schon frei. Frei von allen irdischen Lasten. Der Folter hielt er nicht stand. Er ist tot.«

Notke schwankte. Jordan sprang hinzu, als sein Meister in die Knie ging, doch die Wächter hatten ihn eher gepackt. Sie zogen den massigen Mann auf die Beine. Der Maler wurde von Schluchzen geschüttelt.

»Warum habt Ihr das getan?«, schrie Jordan den Hauptmann an. Von Pyrmont zuckte mit den Schultern. »Ich habe gar nichts getan. Ich beschütze nur die Stadt und die Bürger. Die Folter vollzieht der Fron, auf Anweisung des hochlöblichen Rats. Ich war beim peinlichen Verhör nicht einmal dabei, das muss der Doctor des Rechts von Hachede machen.« Dann drehte er sich um, und seine Wächter schleiften den stöhnenden Notke davon. Jordan blieb nichts anderes übrig, als hilflos zuzusehen. »Ich hole Euch aus der Büttelei, Meister. Das schwöre ich!«, rief er Notke nach, der quer über die Straße zu dem düsteren Gebäude geschleift wurde, in dem sich das Gefängnis und die Räume für das peinliche Verhör befanden. Als der Maler außer Sichtweite war, schloss Jordan die Augen. Lucia sah, wie entsetzt er war. Sie hätte ihm so gern geholfen. Ja, dachte sie, das hier ist die entfesselte Hölle.

Einige der Wachen hoben Alheids Körper vom Pflaster. Es waren ehrliche Bürger der Stadt, die ihre Pflicht für die Sicherheit der Straßen taten. Jeden Abend gingen Bürger ihren Wachpflichten nach, wenn sie keinen Stadtsoldaten bezahlen konnten, der es an ihrer Stelle tat. Mit Kurzschwert und Laterne ausgestattet, bewachten sie den Schlaf ihrer Mitbürger. Sie brachten Betrunkene in die Büttelei, stellten gelegentlich einen Einbrecher und fürchteten sich vor dem tanzenden Tod. Und sie fürchteten, eines seiner Opfer zu finden. Der starke Wächter, der jetzt Alheids Leiche anhob, seufzte bei ihrem Anblick. Einem anderen rannen Tränen über die Wangen, und wieder ein anderer schnäuzte sich. Lucia nahm nichts von alledem wahr, sie ging geistesabwesend vor ihnen her. Jordan versuchte sie zu stützen, aber sie entzog ihm den Arm.

Schweigend schritt die gespenstische Prozession durch die Johannisstraße, durch die Lucia noch vor kurzem auf der Suche nach ihrer Schwester geeilt war, und bog am Ende nach rechts ab. Bald standen sie vor dem Haus der Gudalberts, das nun Lucia ganz allein bewohnte. Nie wieder würde sie das Lachen Alheids, das Beten Julekes, das vergnügte Geplapper und die harmlosen kleinen Streitereien ihrer beiden Schwestern hören. Von nun an würde Schweigen und Trauer im Hause Gudalbert herrschen.

Lucia schloss die Vordertür auf und führte die Männer in die Diele.

»Wo … wo soll die Frau Alheid denn hin?«, fragte der älteste Wachhabende, ein Meister der Paternostermaker, schluchzend. Lucia wies auf den großen Tisch. Vorsichtig, als wäre sie ein schlafendes Kind, legten die Wachen die Tote auf den Arbeitstisch in der Diele. Als der Letzte von ihnen gegangen war, betrat schon Doctor Heinrich von Hachede mit dem Fron die Diele. Jordan zog sich in die Dornse zurück. Lucia vermutete, dass er sie nicht in Verruf bringen, aber auch nicht allein lassen wollte.

Die beiden Männer hatten dunkle Schatten der Müdigkeit unter den Augen, doch selbst der Henker zeigte Mitleid mit Lucia.

»Eure Schwester Alheid ist mit einem Stich ins Herz getötet worden, Jungfru Gudalbert. Es muss schnell und lautlos gegangen sein«, sagte er.

»Und man hat sie erst nach ihrem Tod so ausstaffiert. Sie hat durch den Stich viel Blut verloren, und das Flitterzeug ist nicht blutbeschmiert. Verzeiht mir meine grausamen Worte, Jungfrau.«

Lucia nickte. »Der Mörder will, dass die Toten so aussehen wie auf den Totentanzbildern«, sagte sie leise.

Der Ratsherr nickte. »Es hat den Anschein.«

»Aber warum meine Schwestern?«

Von Hachede drehte die Handflächen gen Himmel. »Der Herr möge mich mit Weisheit beschenken, denn ich kann es nicht erklären. Julia sah von vornherein aus wie der Mönch, und das hatte seine Gründe. Der kleine Malergesell hat sie zum Vorbild seines Schaffens genommen, das hat er unter der Folter gestanden, Gott sei seiner armen Seele gnädig. Aber ich kann mir nicht erklären, welcher Teufel es auf die gute Alheid abgesehen hat.«

»Ich verstehe nicht, warum er sie verkleiden musste. Es gibt doch genügend reiche, unkeusche Weibsbilder in der Stadt, die zu Festen solche Kleider tragen. Wenn er so eine gewollt hätte, hätte er eine kriegen können«, brummte der Fron.

»Ich verspreche Euch, sowie wir mehr wissen, werde ich es Euch melden«, sagte der Ratsherr. Er bot Lucia an, ihren Beichtvater rufen zu lassen, in dieser Stunde der Not. Aber das wies sie weit von sich. Der letzte Mensch, den sie um sich haben wollte, war Pater Hinricus. Ihr Verdacht gegen den Guardian war noch lange nicht erloschen. Der Fron schlug vor, zwei der Beginen aus dem Kranenkonvent holen zu lassen, die Lucia helfen konnten, doch schon das Wort Begine erinnerte sie an die Hoffnungen, die sich Julia und Alheid für die Zukunft gemacht hatten. Alles war zerstört.

Als die Männer gegangen waren, kniete sie neben ihrer toten Schwester nieder.

*

Jordan kam leise aus der Dornse und setzte sich auf die Fensterbank in der Diele. Still beobachtete er Lucia. Als sie zu weinen begann, brachte er sie nach oben in das große Bett, das sie mit den Schwestern geteilt hatte. Er breitete drei Decken über sie. Dann ging er hinunter, entzündete einige Kienspäne, entkleidete Alheid und wusch ihren kalten, kräftigen Leib, wobei er versuchte, ihre Blößen nicht zu betrachten. Was er tat, war ihm peinlich, aber es musste getan werden, je schneller, desto besser. Bald würden die ersten Trauernden eintreffen, und sie sollten Alheid als ein Abbild des Friedens sehen, in den sie nun eingegangen war.

Sein Blick fiel auf die Kleider der Toten. In der Tat glichen sie denen der Jungfrau, an deren Bild er an diesem Abend gemalt hatte. Doch im Gegensatz zu den anderen Getöteten hatte Alheids Gesicht nicht die geringste Ähnlichkeit mit dem auf dem Bild. Vermutlich ging es dem Totentanzmörder nicht um die Gesichter, sondern um die Gestalten selbst, dachte er.

Er trocknete den gewaschenen Leichnam mit einigen Tüchern ab, die er in einer Truhe gefunden hatte.

Jordan trug ihn in die Dornse, stellte die Kienspäne auf den Boden unter das Fenster, holte aus der Kammer, in der Lucia wimmernd schlief, ein Nachthemd, bekleidete Alheid und bereitete ihr auf dem Tisch ein Totenbett. Er kämmte ihr Haar vorsichtig mit den Fingern, bis es glatt auf ihre Schultern fiel. Alheid war nun ein Bild stiller Schönheit, auch wenn sie im Leben nicht besonders anmutig gewirkt hatte. Nun aber hatte der Tod sie erhoben.

Der tanzende Tod von Lübeck.

Wer immer dies getan hatte, würde weiter morden. Und Notke war in der Fronerei. Ihm drohte das gleiche Schicksal wie Marquard Fassmaler, dem armen Gesellen. Nun war Jordan auf sich allein gestellt. Er musste Notke aus seiner lebensbedrohlichen Lage befreien und den wahren Schuldigen finden.

Wenn es denn einen Schuldigen aus Fleisch und Blut gab. Immer häufiger kamen Jordan die Mächte der Hölle in den Sinn. Vielleicht hatte Hinricus Risebitter ja doch recht. Vielleicht hatten sie mit ihren schrecklich-schönen Gemälden die Dämonen der Unterwelt beschworen, die nun an die Oberfläche gekrochen waren und in der Stadt ihr Unwesen trieben.

Jordan wischte die Bedenken fort. Nein, das glaubte er nicht.

Wenn es nicht die Mächte der Hölle waren, sinnierte er, dann kamen drei verschiedene Gruppen von Verdächtigen für die Morde in Frage.

Erstens die Malerzunft. Entweder war es ein einzelnes Mitglied oder gar mehrere, und vielleicht wussten sogar alle davon. Alheid war zum Haus der Backmesterin unterwegs gewesen. Hatte sie mit der Frau des Malers gesprochen? Hatte sie etwas erfahren? Musste sie deshalb sterben? Es wäre also wichtig, die Backmester'sche aufzusuchen.

Zweitens Pater Hinricus, der Guardian des Franziskanerklosters. Für ihn sprach, dass er andauernd gegen Notke und seine Werkstatt gewettert hatte und ihn am liebsten eigenhändig aus der Stadt werfen würde, weil er den Totentanz für ein Bildwerk des Teufels hielt. Außerdem hatte er gelogen, was seinen Aufenthaltsort am Abend von Julekes Ermordung anging. Aber würde ein Gottesmann den Teufel mit dem Beelzebub austreiben?

Den dritten Verdacht hegte er erst seit Notkes Verhaftung. Moritz von Pyrmont hatte gesagt, er wäre aus Ratskreisen beauftragt worden, Notke zu beobachten. Warum aber sollten Ratsleute etwas gegen Notke haben? Er war doch von den Bürgermeistern beauftragt worden, den Totentanz zu malen. Bei Jordans Vater waren Ratsherren ein- und ausgegangen. Reiche Männer in pelzbesetzten Umhängen, kostbaren Wämsern und glänzenden Stiefeln. Die Mächtigen der Stadt waren sich oft spinnefeind. Uneinigkeiten im Rat hatte es in Lübeck so häufig gegeben wie Sturmfluten auf der See.

Hatte nicht von Pyrmont gesagt, dass gute Bürger der Stadt Notke in Verdacht gebracht hatten? Es ging Jordan nicht mehr aus dem Kopf, dass die Ermordeten, Marquard und jetzt auch Notke, zu Opfern eines perfiden Komplotts des Rats geworden waren. Wenn man die Bilder des Totentanzes als mörderisches Omen nahm, dann würde der fürchterliche Ruf des Bildwerkes auf seine Stifter zurückfallen. Noch eine Bemerkung des Hauptmanns sprach dafür, dass jemand gegen Notke hetzte. Von Pyrmont hatte erwähnt, Notke sei als Fremder in Verdacht, und weil er einen wendischen Gesellen hatte. Kam Notke nicht selbst aus Lassahn im Mecklenburgischen? Wenn Bürgermeister Witig nun einen Wenden mit dem großen Bildwerk beauftragt hatte, dann konnte damit Stimmung gegen ihn gemacht werden. Alles was wendisch war, galt in Lübeck als in höchstem Maße verpönt. Darauf spielte von Pyrmont an, das hatte also schon jemand ins Gespräch gebracht. Wer so üble Ränke schmiedete, mochte wohl auch Mörder dingen.

Der vierte Verdächtige war Notke selbst.

Das war die unwahrscheinlichste aller Möglichkeiten. Und die unheimlichste. Doch warum sollte Notke so etwas tun? Warum sollte er seine Träume von einer eigenen Werkstatt und vom Bürgerbrief zerstören? Hatte er etwa Marquard wegen dessen überragendem Talent aus dem Weg räumen wollen? Das war absurd. Er hätte den Gesellen töten können, ohne weitere Menschenleben zu opfern. Außerdem saß er jetzt in der Fronerei ein und wurde selbst von der Folter bedroht. Nein, das war vollkommen unsinnig.

Es blieben nur die anderen Verdächtigen übrig.

Und die Mächte der Hölle.

Jordan bekreuzigte sich und sprach über Alheids Leiche ein Vaterunser. Erst jetzt spürte er, wie müde er war. Dennoch wollte er nicht zurück in die Malerhütte gehen. Er durfte Lucia nicht allein lassen. Nachdem er in einem langen, freien Gebet Alheids arme Seele Gott anempfohlen hatte, schlich er in die Schlafkammer. Lucia hatte offenbar schlimme Träume, denn sie stöhnte und weinte im Schlaf. Wie gern hätte er sie in die Arme genommen und getröstet, doch es schickte sich nicht, eine Jungfer in ihrem eigenen Bett zu umarmen. Stattdessen nahm er eins der verwaisten Federbetten und legte es auf den sauber gefegten Boden. Er deckte sich mit Lucias graubraunem Obergewand zu. Ihr Duft und die anheimelnde Wärme des Zimmerchens vertrieben Mord und Mörder aus sei-

183

nem Gemüt und bescherten ihm ein wohliges Schlummergefühl. Er wusste, dass er hierhin gehörte, in dieses Haus, in diese Schlafkammer.

Vor dem Morgengrauen erwachte er. Lucia schlief jetzt ruhig; ihre Atemzüge waren gleichmäßig und leise. Jordan stand auf und verließ ihr Haus, er wollte sie nicht in Verruf bringen.

CAPUT 24

Und schlaf hernach getrost bis an den Jüngsten Tag

Die ersten Gäste klopften in der Morgendämmerung zur Totenwache laut gegen die Tür des Gudalberthauses. Lucia erwachte benommen und wusste zuerst gar nicht, was ihr geschehen war. Dann kam die Erinnerung an den gestrigen Abend zurück, an die grausam ermordete Schwester und ihre Einsamkeit. Der Gedanke, dass ihre tote Schwester unten lag, versetzte ihr einen Stich ins Herz. Sie warf ihr zerknittertes Obergewand über den Schlafkittel, taumelte die Treppe hinunter, indes das Klopfen immer stärker wurde. Bevor sie öffnete, warf sie einen kurzen Blick in die Dornse und stellte fest, dass Jordan Alheid aufgebahrt hatte. Die Schwester schien nur zu schlafen. Das Herz schlug ihr bis zum Halse. Wieder klopfte es und sie öffnete. Sie dachte, Jordan wäre zurückgekehrt, aber vor der Tür standen Volke und seine Mutter.

»Du armes Kind, was hat der liebe Gott dir nur für Lasten aufgelegt«, sagte Tante Agnes leise. Sie reichte Lucia zwei große Brote und zwei Wurstringe. »Das soll dir bei der Verköstigung der Totenwachen helfen«, sagte die dürre Frau und lächelte. Volke reichte Lucia zwei Krüge Bier. Noch nie war Lucia den Morkerkes so dankbar gewesen.

Sie war froh, nicht allein zu sein, denn sie fühlte sich sehr einsam. Ihr blieben bloß diese beiden Verwandten.

Die Nachbarn kamen bald: Fleischer, Fischer, Brauer und deren Gesinde, zwei Goldschmiedegattinnen aus der Nebenstraße, die Mägde und Knechte des Johannisklosters. Sie alle beteten kurz bei Alheid und gingen, beschenkt mit einer Scheibe Brot und Wurst, wieder hinaus in ihren Alltag voller Arbeit und Handel. Volke saß die ganze Zeit auf der Bank unter den schmalen Vorderfenstern, schweigsam und bleich, seine Mutter betete bei der Toten. Oft wanderte sein Blick zu Lucia, fragend und bedauernd.

Was sollte sie zu Volke sagen? Alheid, die jetzt dort aufgebahrt lag, hatte ihr empfohlen, Volke zum Mann zu nehmen. Das wäre vernünftig. Eine Verbindung, die ihr und ihm Wohlstand und Si-

185

cherheit bieten würde. Doch sie konnte nicht. Ihr fehlten die Worte, um zu beschreiben, was sie für Jordan fühlte und für Volke nicht. Sie konnte nicht über die Zukunft reden, solange so viel Schmerz in ihr war. Also schwieg sie und Volke schwieg auch. So verbrachten sie den Trauertag.

Als der Abend näher rückte, wurde das leise Gemurmel der Gebete durch ein lautes Klopfen an der Tür übertönt. Lucia sprang auf und öffnete. Eine dürre Kleinmagd drängte sich an ihr vorbei, warf einen verwirrten Blick auf die Trauerstube und zog Lucia am Rockzipfel in die hinterste Ecke der Diele. Lucia kannte das Mädchen, es diente bei der Ratsfamilie Lipperade.

»Jungfru Lucia, ich komm mit 'ner Bestellung vonne Zirkelbrüders. Das heißt, meine Fruwe bestellt das, aber nur so als Vorwand. Eigentlich ist das für die Zirkelbrüders, wenn die ihren Ball haben. Weißt schon.«

Lucia warf einen verunsicherten Blick auf Volke, auf die Trauerkammer und nickte der Kleinen zu. »Erzähl mal ganz langsam.«

»Also, was meine Herrin ist, de Fruwe Lipperade, die soll sagen, dass sie was bestellt bei Euch, und dann geht das aber an die Zirkelbrüders … so hintenrum. Weil das schwierig ist mit Euch, sagt die Fruwe, damit die Bäcker nicht draufkommen, dass Ihr das macht. Denn das ist viel Marzipan, hat sie gesagt, so für an die zweihunnert Gäste ungefähr. Und so in kleine Happen, weil die das bei dem Tanzen naschen sollen, auf dem Danzelhus, weißt schon.«

Marzipanhäppchen für zweihundert Tänzer, das war ein großer Auftrag. Lucia sah Volke aufstehen, er kam zu ihnen.

»Arbeit?«, fragte er freundlich. Das Mädchen schreckte zurück, drängte sich gegen die Regale in der Ecke.

»Das ist mein Vetter, keine Angst, kleine Maus«, sagte Lucia beruhigend und schob Volke wieder auf die Bank beim Kamin.

»Viel Arbeit, viel Geld, Volke. Und ich habe es bitter nötig.«

Er stand auf und reckte sich.

»Das ist recht so. Aber wenn du die Arbeit machst, dann kümmere ich mich um Alheids Begräbnis in St. Katharinen.« Wie ein Ritter verneigte er sich vor ihr, griff seinen Umhang und trat aus der Tür.

Als Volke weg war, gab Lucia der Magd ein Brotstück und eine

186

dicke Scheibe Wurst. Sie kaute mit vollen Backen, aber Lucia konnte ihr entlocken, worum es genau ging. Am nächsten Abend schon würde die Zirkelgesellschaft auf dem Danzelhus ein Fest geben. Weil sich die Damen aber die Finger nicht mit klebrigen kandierten Früchten schmutzig machen wollten, hatte man sich entschieden, zusätzlich Marzipan anzubieten.

»Die Honigfrüchtedinger machen Flecke, an die Fingers, unn auch auffie Röcke. Wer das nich will, kann dann von Eure Marzipanblumn nehm«, fasste die Kleinmagd es in ihren Worten zusammen.

Lucia kalkulierte dennoch zweihundert kleine Stücke ein und überschlug die Menge im Kopf. Ihre Vorräte würden aufgebraucht, aber wenn sie sich gleich an die Arbeit machte, wäre sie morgen mit ihren Kunstwerkchen fertig. Sie stand auf, griff in den Tonkrug mit geschälten Mandeln und steckte der Kleinen eine Handvoll in die Kittelschürze.

»Sag deiner Fruwe, Lucia Gudalbert wird liefern, gleich ins Danzelhus, wie immer, aber ich brauche jemanden, der tragen hilft.«

Das kleine Mädchen sauste kauend davon.

Lucia dachte daran, was Alheid nach Julekes Tod gesagt hatte: dass man von der Arbeit nie befreit sein würde. Sie kniete sich neben Tante Agnes und betete. Dann stand sie auf, öffnete ihren letzten Sack mit Mandeln, wischte den kleineren Arbeitstisch sauber, zog ihn in die Mitte der Diele und entleerte den Sack darauf. Sie las die angegangenen aus und knackte die guten mit der Gewindepresse, die schon ihre Mutter benutzt hatte. Als sie die Kerne mit lautem Krach auf dem Tisch zerstieß, trat ihre Tante aus der Trauerkammer. Sie holte sich einen Mörser vom Bord. Ganz unerwartet packte sie mit an bei der Arbeit. Mit mehr Kraft, als Lucia der abgehärmten Frau zugetraut hätte, mahlte sie die Mandeln, bis ihr der Schweiß über das spitze Gesicht lief und graue Locken unter der Haube hervorkrochen.

»Ich habe das lange nicht mehr gemacht«, keuchte sie. »Ich musste Oheim Jacobus den Haushalt führen.« Sie sah Lucia kurz in die Augen. »Und dein Marzipan ist viel besser als meins es jemals sein könnte.«

Wenig später stand Volke in der Tür. Er hatte beim Pfarrer von St. Marien die Begräbnisbefreiung bezahlt und mit dem Thesauriar der Franziskaner vereinbart, dass Alheid bei Juleke ruhen würde.

Das Begräbnis sollte schon am nächsten Tag sein. Lucia schloss entsetzt die Augen. Sie würde ihre Schwester zu Grabe tragen und gleich anschließend die feiernden Zirkelbrüder bewirten.

Wer würde ihr beistehen? Sie sehnte sich nach Jordan Wulfledder. Aber er kam nicht zurück in das Trauerhaus gegenüber dem Kloster St. Johannis.

Ihre Tante drückte geschickt die fertige Marzipanmasse in Lucias Model, die den Lilien, Knospenschoten und runden Blumen, den schönen Malereien an den Gewölberippen von St. Marien, nachempfunden waren. Lucia bemalte sie zart mit eingekochtem Rotspon und Heidelbeerwein. Obwohl ihre Hände feine Malarbeit leisteten, war sie in Gedanken bei Jordan. Als das Marzipan fertig war, schickte sie nach ihm.

CAPUT 25

Ist Zeit und Stunde da, so schick ich mich darein

Nach der Nacht in Lucias Haus hatte sich Jordan erbärmlich gefühlt. Was für einen schlimmen Beginn nahm seine Liebe zu ihr. Tod und Verderben überschatteten ihre Freundschaft. Mit hängenden Schultern und eingezogenem Kopf lief er durch das morgendliche Lübeck, dessen Gassen und Giebelhäuser nun von den ersten zaghaften Strahlen des Morgens geweckt wurden. Es dauerte nicht lange, bis er vor der Malerhütte am Chor von St. Marien stand. Der wachhabende Büttel hatte sich gegen die Bretterwand gelegt und schnarchte laut. Er erwachte, als Jordan seinen großen Schlüssel hervorholte und die Tür mit lautem Klappern aufsperrte. Als der Büttel ihn erkannte, sank er wieder in den Schlaf.

Jordan durchschritt Notkes kleine Kammer und stellte sich vor, welch furchtbare Nacht der Meister in der Fronerei verbracht haben mochte. Als er durch das Zimmer der Gesellen ging, stand ihm das Bild des buckligen Marquard deutlich vor Augen. Jordans Blick wurde tränenfeucht. Der Wende mochte manchmal seltsam gewesen sein, und seine Fallsucht hatte Jordan bisweilen erschreckt, doch ein solches Ende war einfach unfassbar.

Die Werkstatt war verwaist. Die Handlanger würden nicht wiederkehren, nun da ihr Meister verhaftet war und ihnen keinen Lohn mehr zahlen konnte. Die Bilder des Totentanzes lehnten unversehrt an der Backsteinmauer, vor der die Hütte errichtet war. Jordan öffnete die Schlagläden vor dem Fenster, und sanftes Licht, das sich noch nicht recht von der Dunkelheit trennen mochte, tastete sich zaghaft in den Raum. Jordan ging von einem Gemälde zum nächsten. So viele harrten noch der Vollendung. Das würde er allein nie schaffen. Notkes Feinde hatten ihr Ziel erreicht. Der Totentanz würde Fragment bleiben. Er würde nie in der Oldesloer Kapelle von St. Marien hängen. Jordan setzte sich auf einen Stuhl vor die Bilder und stützte den Kopf in die Hände.

Auch er selbst stand – nach so kurzer Zeit – vor den Scherben seiner Träume. Er hatte Maler werden wollen, und nun hatte er keinen Meister mehr. Er war mittellos geworden. Jordan fragte sich, was er nun tun sollte. Auf Hilfe konnte er nicht zählen. Von keiner Seite.

Da klopfte es gegen die Tür. Jordan fuhr aus seinen Träumen hoch. Einen Augenblick lang hoffte er, es wäre Notke, der aus dem Gefängnis entlassen worden war, weil der Hauptmann eingesehen hatte, dass der Maler unmöglich der Mörder sein konnte. Dann, während Jordan zur Tür lief, betete er darum, es wäre Lucia, seine Liebste, der einzige Mensch, für den es sich noch zu leben lohnte. Erwartungsvoll riss er die Tür auf.

Da stand der Büttel und grinste Jordan an. »Besuch«, sagte er nur und trat zur Seite.

Jordan traute seinen Augen nicht. Hinter dem Büttel stand sein Vater.

»Darf ich eintreten, mein Sohn?«, fragte Brun Wulfledder ohne die geringste Drohung in der Stimme. Jordan war so verdutzt, dass er seinen Vater wortlos hereinbat. Sie setzten sich auf zwei Stühle in Notkes Gemach.

Brun Wulfledder sah sich um und zog die Stirn kraus. »So haust du nun also«, meinte er und schüttelte den Kopf. »Aber es ist deine Entscheidung. Ich habe gehört, dass dein Meister wegen Mordes in der Fronerei sitzt.«

»Er ist unschuldig«, brauste Jordan auf. »Jemand will ihn vernichten.«

»Das mag wohl sein«, erwiderte sein Vater, nahm die Kappe vom Kopf und betrachtete die blau und grün schillernde Feder daran, als sähe er sie zum ersten Mal.

»Weißt du, wer es ist?«, platzte Jordan heraus. Sein Vater wusste doch immer alles. Kaum ein Gerücht blieb ihm verborgen. Der alte Wulfledder hob den Blick und sah seinen Sohn traurig an.

»Nein, ich weiß es nicht. Ich weiß nur, dass die ganze Stadt in Aufruhr wegen der grässlichen Bilder ist und dass es heißt, der Tod tanze durch die Straßen. Ich habe mit Leuten gesprochen, deren Freunde oder Bekannte das Gerippe gesehen haben.« Er machte eine Pause und schenkte Jordan einen traurigen Blick. »Es ist nicht gut, dass du im Mittelpunkt dieser ganzen Aufregung stehst.«

Jordan versteifte sich auf seinem Stuhl. Er reckte sich und drückte den Brustkorb vor. »Ich gehöre hierher.«

»Aber du kannst doch nun gar nichts mehr machen. Dein Meister ist fort. Oder willst du die Bilder etwa allein fertigstellen?«

»Warum nicht?«

»Dazu fehlt dir die Befähigung.«

»Was weißt du schon von meinen Befähigungen?«

»Mehr als du selbst«, entgegnete Brun Wulfledder und lehnte sich auf seinem Stuhl zurück. Er war ruhig und gelassen, und gerade das machte Jordan große Sorge. Er wusste, dass sein Vater mit kaltem Verstand die gemeinsten Dinge planen konnte, wenn es darum ging, seine Interessen durchzusetzen. Viele Kaufleute, die mit ihm Geschäfte machten, hatten dies bereits zu spüren bekommen. Jordan wäre es lieber gewesen, sein Vater hätte herumgepoltert wie damals, als er zum ersten Mal seinen Entschluss verkündet hatte, Maler zu werden. Bei einem wutschnaubenden Menschen wusste man wenigstens, woran man war.

»Jordan, deiner Mutter geht es nicht gut.«

Jordan schluckte. »Was ist mit ihr?«

»Sie leidet darunter, dass du uns im Unfrieden verlassen hast«, erklärte sein Vater. »Sie weint den ganzen Tag. Sie wünscht sich so sehr, dass du zurückkommst.«

Jordan seufzte innerlich auf. Der Gedanke an seine Mutter war sehr schmerzhaft.

Brun Wulfledder sah, dass sein Sohn zögerte, und fügte hinzu: »Ich habe es dir noch nicht gesagt, Jordan, aber ich mache mir schon seit einiger Zeit berechtigte Hoffnungen auf die Aufnahme in die Zirkelgesellschaft und einen Sitz im Rat der Stadt Lübeck. Das ist jetzt hinfällig, denn mit einem Sohn, der von zu Hause ausreißt und bei unehrlichen Malern und Mordbuben Unterschlupf gefunden hat, ist meinem Ansinnen, Zirkelbruder zu werden, kein Erfolg beschieden. Du siehst also, dass du mit deiner selbstsüchtigen Entscheidung eine ganze Familie in den Untergang treibst.«

»Selbst wenn du nicht in den Rat gewählt wirst, machst du trotzdem weiterhin deine einträglichen Geschäfte«, meinte Jordan. »Und Mutter wird sich wieder beruhigen. Ich glaube, dass es schwer für sie ist, aber sie ist eine Frau, die alle Schwierigkeiten früher oder später in den Griff bekommt.«

»Du bist grausam«, sagte sein Vater und schüttelte den Kopf.

»Nicht ich bin grausam«, erwiderte Jordan fest und sah seinem Vater in die Augen. »Du bist es, weil du meinen Lebenstraum vernichten willst, indem du mir ein schlechtes Gewissen zu machen versuchst.«

»Dein Lebenstraum? Ha! Dass ich nicht lache.« Brun Wulfledder machte eine ausladende Handbewegung. »Das hier ist dein Lebenstraum? Das hättest du mir nur sagen müssen. Ich hätte nichts dagegen gehabt, dir in unserem Haus die schlechteste Kammer zur Verfügung zu stellen, dir das schlechteste Essen zu geben und dich mit dem Gesinde in einem Bett schlafen zu lassen. Vielleicht hätte dich das ja zum Mann gemacht. So aber bist du nur eine lächerliche Memme, die einen unsinnigen Traum leben und sich der Verantwortung entziehen will. Und auf deinem Weg in die Selbständigkeit bist du bei Besessenen und Mordbuben gelandet!«

»Marquard Fassmaler war nicht besessen, sondern krank«, warf Jordan seinem Vater entgegen. »Und Bernt Notke ist kein Mörder.«

Brun Wulfledder lächelte kalt. »Er sitzt doch wohl nicht versehentlich in der Fronerei?«

»Man hat ihn ohne jeglichen Beweis verhaftet!«, schrie Jordan und sprang auf. Er bebte vor Wut. Der Kaufmann sah ihn von unten herauf an.

»Willst du mich etwa schlagen?«, fragte er ruhig. »Bitte sehr.« Brun Wulfledder drehte den Kopf zur Seite und hielt seinem Sohn die Wange hin. »Anstatt Vernunft anzunehmen, machst du alles nur noch schlimmer.«

Jordan holte tief Luft. Dieser Mann war sein Vater, und in der Bibel stand geschrieben, du sollst Vater und Mutter ehren. »Notke ist kein Mörder!«, wiederholte Jordan. »Er könnte keiner Fliege etwas zuleide tun.«

»Mag sein, aber unter der Folter wird er gestehen, was der Hauptmann von ihm hören will«, meinte sein Vater.

»Sie haben bereits Marquard auf dem Gewissen. So etwas darf nicht noch einmal geschehen.« Jordan ging in Notkes kleinem Zimmer auf und ab.

»Bist du dir wirklich sicher, dass er unschuldig ist?«, fragte sein Vater.

Jordan blieb stehen und sah ihn an. »Vollkommen.«

»Würdest du zu uns nach Hause zurückkommen, wenn ich dafür sorge, dass Notke freigelassen wird?«

Jordans Augen wurden groß. »Was hast du da gesagt?«

»Ich sagte, ich kann dafür sorgen, dass Bernt Notke freikommt, ob er der Täter war oder nicht. Ich habe Beziehungen. Aber ich verlange dafür, dass du uns nicht weiter ins Unglück stürzt. Das Tor deines Elternhauses steht dir noch offen.«

Brun Wulfledder erhob sich, setzte sich die samtene Kappe auf und stemmte die Hände in die Hüften. »Das Schicksal deines Malerfreundes liegt jetzt in deiner Hand. Genau wie mein Schicksal und das deiner Mutter.« Er wandte sich zur Tür. »Und natürlich auch deines«, fügte er rasch hinzu und ließ seinen Sohn ohne jeden Gruß allein in der Malerhütte zurück. Mit einem Knall fiel die Tür hinter Brun Wulfledder zu.

Als wieder Stille eingekehrt war, sah sich Jordan erstaunt um. Hatte er geträumt oder war sein Vater wirklich hier gewesen, um ihm dieses ungeheuerliche Angebot zu machen? Sollte er darauf eingehen? Sollte er sich selbst verraten? Sollte er sein Leben wieder in die Hände seines Vaters legen?

Niemals!

Jordan betrachtete die bereits fertigen Bilder und machte sich daran, weiter am Hintergrund der Jungfrau zu arbeiten. Er fügte den fernen Dachreiter von St. Johannis ein. Doch dann ging ihm die Farbe aus, und er suchte nach den Zutaten für Umbrabraun und Elfenbeinschwarz. Aber er fand weder das gemahlene Eisengestein noch das Knochenmehl. Beides schien bei dem Überfall der Maler verbrannt zu sein. Enttäuscht warf er den Pinsel auf den Boden. Woher bezog Notke seine Materialien? Darüber hatte er mit Jordan noch nicht gesprochen. Er wusste so wenig – viel zu wenig, wie er jetzt feststellen musste. Kurz hatte er darüber nachgedacht, den Totentanz allein fertigzustellen, falls es nötig werden sollte, doch jetzt war ihm klar, dass allein der Gedanke daran unsinnig war. Er hatte ja nicht einmal eine Ahnung, wie man die Leinwand meisterlich grundierte, sodass keine Risse oder Verspannungen auftraten. Ihm fehlte jede Erfahrung. Wenn Notke nicht aus der Haft entlassen wurde, war auch für Jordan das Ende seiner Malerlaufbahn gekommen.

Und wenn er zu einem der Zünftischen in die Lehre ging? Diese Idee verwarf er sofort wieder, denn keiner der Zünftischen würde ihn als Gesellen nehmen, sondern ihm zunächst eine Stelle als Lehrling anbieten, und dafür würde er bezahlen müssen. Aber womit? Er hatte kein eigenes Geld. Es war Notkes Großzügigkeit und seine Achtung vor Jordans Fähigkeiten gewesen, die ihn sogleich zum Gesellen gemacht hatten. Nein, die Arbeit in dieser Malerhütte konnte nur weitergehen, wenn Notke freikam.

Und Jordan hielt den Schlüssel zu seiner Freilassung in der Hand. Dieser Schlüssel aber hieß Heimkehr. Dann würde die Arbeit am Totentanz ohne ihn weitergehen.

Doch dann beschlich Jordan ein anderer Gedanke, während er die Jungfrau anstarrte, deren Bild Lucias Schwester Alheid zum Verhängnis geworden war.

Lucia.

Wenn er Kaufmann würde, könnte er um Lucias Hand anhalten, denn dann wäre er in der Lage, sie zu ernähren.

*

Lucia hatte gehofft, dass Jordan zur Beerdigung ihrer Schwester erscheinen würde.

Doch er kam nicht. Etliche Menschen waren in St. Katharinen versammelt, als man Alheid zu Juleke in die Grube im Kirchenboden legte. Es waren hauptsächlich Arme, die von Alheid heimlich geheilt worden waren, und die Nachbarn. Lucia schüttelte Hände, hörte mitfühlende Worte, doch sie erreichten nicht ihr Herz. Sie nickte, wenn jemand mit ihr sprach, doch sie hörte nicht, was er sagte. Sie sehnte sich nach dem einzigen Menschen, dem sie ihre Gefühle mitteilen konnte. Immer wieder drehte sie sich zur Kirchentür um. Was war mit Jordan? War ihm ein Unheil widerfahren? Als man Alheids Leichnam in die Gruft zu Juleke senkte, begann Lucia zu zittern. Ihr war kalt, und sie wollte nichts mehr denken, nicht mehr reden, nichts mehr erleben. Dennoch hielt sie sich aufrecht wie die steinernen Heiligenfiguren an der Fassade der Katharinenkirche.

Diesmal lud Volke zum Leichenschmaus, und er ließ sich nicht lumpen. Man ging in das Gasthaus »Zum Goldenen Löwen« in der

Nähe des Burgklosters. Lucia konnte keine Freude über die großzügige Hilfe des Vetters empfinden. Vielmehr ertappte sie sich bei der Frage, woher er wohl das Geld hatte.

So saß sie schweigend unter den Trauergästen und starrte auf das Stück Fisch auf ihrem Teller. Volke hatte dreifarbig gegarten Hecht bestellt. Dazu gab es Dreitimpen, süße Zwiebeln und weiße Torte. Feine, teure Küche. Lucia blickte vom Essen zur Tür und zurück. Wenn nur Jordan hier wäre, dann könnte sie … Was eigentlich? Weinen, essen, über Alheid reden, wie man es tat, beim Jammerschmaus? Für sie ein Gebet anstimmen? Doch hier war nur ihr Vetter, der sie heiraten wollte, und ihre abgearbeitete, verhärmte Tante, ferner ein paar Nachbarn. Alheids Patienten waren still und leise verschwunden, so wie Alheid sie behandelt hatte. Lucia hörte nicht einmal mehr, wie die Nachbarinnen Alheids Fähigkeiten lobten.

Sie versuchte, an etwas anderes zu denken, an die Zukunft. Sie würde herausfinden, was mit Jordan war. Und sie würde herausfinden, wie er zu ihr stand. Doch vorher musste sie noch arbeiten. Mit Schrecken erinnerte sie sich daran, dass sie das Marzipan zum Danzelhus tragen musste, zu den Feiernden, den Glücklichen und Reichen.

Kälte schlich in ihr Herz.

*

Jordan war wie der verlorene Sohn aus dem Gleichnis Jesu aufgenommen worden. Seine Mutter drückte ihn an ihre Brust, ihre Freudentränen benetzten sein Wams. Jordan erhielt ein neues Zimmer im hinteren, rechtwinklig zum Vorderbau stehenden Teil des Hauses, und als er das bequeme Bett sah, freute er sich auf die Nacht.

Schon wenige Stunden später kam ein Bote von der Fronerei und überbrachte Jordan die Nachricht, Notke sei noch vor Anwendung der Tortur aus der Haft entlassen worden. Am liebsten wäre Jordan sofort zu ihm geeilt, doch das ließ sein Vater nicht zu.

»Arbeit ist die beste Medizin«, sagte er zu seinem Sohn und setzte ihn in das Kontor mit dem Spitzbogenfenster, das zur Straße hinwies. Von seinem Platz aus konnte Jordan die hohen Doppeltürme der Marienkirche über den Giebeln der Häuser auf der anderen Straßenseite erkennen.

Dort hinten lag die Malerhütte, in der sich Notke wohl wieder befand, während Jordan Zahlenkolonnen addierte und Warenlisten überprüfte und abhakte. Nur der Gedanke an Lucia hielt ihn aufrecht. Er musste sie so schnell wie möglich wiedersehen.

Doch als er endlich mit der Arbeit fertig war, hatte sich bereits der Abend über die Stadt gesenkt. Die Ketten waren über die Straßen gespannt, und die Glocken von St. Marien verkündeten die elfte Stunde. Es war zu spät für einen Besuch bei einer ehrbaren Jungfrau. Stattdessen saß er in der Wohnstube bei seinem sichtlich zufriedenen Vater, der so wirkte, als sei soeben einer seiner wichtigsten Pläne aufgegangen. Seine Mutter war still vergnügt mit einer Stickerei beschäftigt. Zunächst sprach niemand ein Wort. Dann holte der Vater einen guten Moselwein und stieß mit dem Sohn auf die gemeinsame Zukunft an. Jordan gehorchte, wie er früher immer gehorcht hatte. Doch er war viel zu aufgewühlt, um den Worten seines Vaters große Beachtung zu schenken. Das elterliche Haus würde für ihn nur eine Station auf dem Weg zu seinem großen Glück sein, das schwor er sich. Und wenn sein Glück auch nicht die Malerei sein konnte, es würde Lucia heißen.

»... morgen Abend«, hatte sein Vater gerade gesagt. »Und deshalb kommt morgen früh der Schneider. Er hat versprochen, das neue Wams und die Hosen bis zum Ball fertig zu haben.«

»Zum Ball?«, fragte Jordan, der wie aus großer Ferne zurückgekehrt war.

»Muss man dir denn alles zweimal sagen?«, stöhnte sein Vater und goss den Wein in einem Schluck hinunter, dann wischte er sich mit dem Handrücken über den Bart. »Morgen Abend findet im Danzelhus ein Ball der Zirkelgesellschaft statt. Ich werde dich einigen wichtigen Leuten vorstellen. Das wird dir helfen – und uns auch.«

Jordan seufzte. Natürlich dachte der alte Fuchs dabei vor allem an sich selbst. Sicherlich hatte er jetzt seinen Plan, Ratsherr zu werden, wieder aufgenommen. Jordan trank nur einen kleinen Schluck, auch wenn der Wein vorzüglich und süß war. Dann schob er Müdigkeit vor und zog sich zurück.

In seinem weichen Bett, unter den duftenden Laken, dachte er

196

an die Malerhütte, an den aufregenden Geruch der Farben, an die Kunst, die wie aus dem Nichts auf die weißen Leinwände gezaubert wurde, und je mehr er sich dorthin zurücksehnte, desto tiefer vergrub er sich in den vielen Decken, die man ihm aufgelegt hatte, als wollte man ihn für immer darunter festhalten. Er hatte Notke nicht einmal eine Notiz hinterlassen. So heftig er durch den Eintritt in Notkes Malerwerkstatt mit seinem vorherigen Leben gebrochen hatte, so heftig hatte er nun erneut einen Lebenswandel vollzogen. Er fragte sich, ob das alles richtig war und schlief über diesen Gedanken ein.

Auch der nächste Tag brachte nur Arbeit. Jordan versuchte mehrfach, aus dem Haus in der Mengstraße zu entkommen, um Lucia aufzusuchen und vor allem zu erfahren, wann ihre Schwester beerdigt würde, doch immer wenn er sich fortzustehlen versuchte, wurde er entweder von dem jungen, dürren Schreiber Peter verpetzt, oder sein Vater erwischte ihn persönlich. Brun Wulfledder war unerbittlich, und Jordan bereute seinen Entschluss, nach Hause zurückzukehren, bereits bitterlich.

Inzwischen war der Schneider da gewesen, hatte Maß genommen und die Stoffe zur Begutachtung vorgelegt. Brun Wulfledder hatte für seinen Sohn die Auswahl getroffen. Er holte Jordan aus dem Kontor, damit er rasch die neuen Kleider anprobieren konnte, die ihm ausgezeichnet standen. Dann begaben sich Jordan und seine Eltern zum Danzelhus.

Der Abend wartete bereits hinter den Türmen und Mauern von Lübeck. Die Schatten waren lang, als die drei die Mengstraße hinaufgingen. Vor dem hell erleuchteten Danzelhus, in das schon die reichen Kaufleute strömten, um am Fest der Zirkelgesellschaft teilzunehmen, kam Jordan der Fund von Alheids Leiche in den Sinn. Nun schritt er über dieselbe Treppe, unter der Lucias Schwester vorgestern Nacht gefunden worden war. Der Gedanke, dass Lucia Alheid vielleicht allein zu Grabe geleiten musste, war ihm unerträglich. Hoffentlich würde er noch erfahren, wann die Beisetzung war.

Das bunte, laute Treiben im Danzelhus schob Jordans düstere Gedanken beiseite. Der große Raum war von unzähligen Kerzen erhellt, die ein warmes, gelbes Licht auf die Tafeln mit dem schweren Silberbesteck, den Tellern, Krügen und Kristallgläsern warfen. Brun Wulfledder sah einige seiner Handelsgenossen und stellte ihnen Jordan mit sichtlichem Behagen vor.

»Mein Sohn wird jetzt endgültig in mein Kontor eintreten und es später einmal übernehmen«, verkündete er.

Sie kamen zu einem Paar, das noch reicher gekleidet war als Jordans Eltern. Die Borten waren mit Hermelin besetzt, die Seide war von allerbester Güte, Juwelen hingen glitzernd an Hälsen, Händen und Gürteln.

»Das sind Ratsherr Lipperade und seine Frau«, stellte Brun die beiden vor, die Jordan freundlich, aber ein wenig überheblich anlächelten. Jordan hatte den Eindruck, dass sie auch auf seinen Vater herabsahen, doch der schien das nicht zu bemerken. »Und das ist Anna, die Tochter von Ratsherr Lipperade und seiner Frau«, erklärte der Kaufmann, während er auf ein mittelgroßes Mädchen mit hübschem braunem Haar und lebhaften grünen Augen zeigte. Ihr Mund war etwas schief und die Nase ein wenig zu groß, aber dennoch war sie eindeutig ansehnlich. Sie lächelte Jordan schalkhaft an und sagte dann zu ihrer Mutter: »Das ist er?«

Jordan glaubte sich verhört zu haben, doch dann, als ihre Mutter nicht gleich antwortete, setzte sie nach: »Das ist mein zukünftiger Mann?«

*

Am Abend kleidete sich Lucia um. Statt des düsteren Trauergewandes legte sie das schöne blaue Kleid an, doch ihre Augen ruhten nicht wie sonst stolz auf ihren süßen Werken, die sie sanft abdeckte. Kein Marzipanhäppchen war wie das andere. Sie blühten rot und blau wie Blumengebinde auf den beiden großen Holztellern.

Pünktlich erschien die Kleinmagd der Lipperade. Sie war mit einem frischen Häubchen und einem Sonntagskittel herausgeputzt. »Die Fruwe sagt, ich soll tragen helfen.«

Lucia nickte und steckte der Kleinen ein Stück Marzipan in den Mund. Der Durchmesser des Holztellers war fast so groß wie das Mädchen, doch die Kleinmagd schleppte ihre Last mit Stolz und Ausdauer vor Lucia her. Im Danzelhus gleißte das Kerzenlicht, die

Tänzer bewegten sich in einer feurigen Hungaresca. Mädchen und Frau waren wie geblendet, als sie eintraten. Sie wurden bereits sehnlichst erwartet. Die Musiker brachten den Tanz zu Ende, und eine Fanfare kündigte die Naschereien an. Lucia trug ihre Werke auf die Tische an der Seite, sie hob das Tuch auf und genoss die Rufe des Erstaunens, als sie zur Seite trat. Sie linderten die Schmerzen ihres Herzens – bis zu dem Augenblick, als sie Jordan sah. Er führte eine junge, hübsche Frau am Arm, lächelte sie an und ging mit ihr auf den Tisch mit dem Kunstwerk aus Marzipan zu.

*

Nach den fragenden Worten der fein herausgeputzten Kaufmannstochter hatte sich der Boden unter Jordan aufgetan. Zumindest glaubte er das. Hilfesuchend sah er seinen Vater an. »Ihr beiden werdet ein schönes Paar abgeben«, sagte Brun Wulfledder mit einem Lächeln. »Macht kommt zu Reichtum. Du darfst dich glücklich schätzen, Jordan.«

Aber Jordan war keineswegs glücklich. Er liebte Lucia, und nur sie würde seine Frau werden. Nun hatte er bereits seinen Traum aufgegeben, Maler zu werden, da wollte er nicht auch noch die Frau aufgeben, für die er sich entschieden hatte. Er kniff die Augen zusammen und sah das Mädchen an. Zugegeben, sie war recht nett, wenn auch möglicherweise ein wenig unbedarft, und manch ein Mann mochte sich vielleicht wirklich glücklich schätzen, sie zur Frau zu erhalten. Aber nicht er.

Die Musik setzte ein, und Anna Lipperade führte Jordan sofort zum Tanz. Sie sagte kein Wort, doch ihre Blicke sprachen für sich. Sie schien einer Verbindung mit ihm nicht abgeneigt. Im Gegenteil.

Der Abend zog sich dahin. Immer wieder wurde Jordan zum Tanzen gezwungen. Zwischendurch saßen die jungen Leute bei ihren Familien auf den Bänken am Saalrand, und natürlich hockte Jordan neben Anna Lipperade. Und dann verkündete Ratsherr Lipperade, nun werde es wunderbares Marzipan für alle geben.

Bei diesen Worten spürte Jordan sein ganzes Elend. Marzipan. Wer in Lübeck stellte so gutes Marzipan wie die Schwestern Gudalbert her? Nein, es gab ja nur noch eine Schwester. Lucia.

Es wurde wieder getanzt, diesmal war es eine Branle, die Anna an Jordans Seite mitmachte. Dann kam eine Fanfare, die das Marzipan ankündigte.

Und da war sie.

Während Anna Lipperade Jordan zu den Tischen mit dem Marzipan zog und er ihr ein schiefes Lächeln schenkte, sah er, wie sich Lucia über ihr Werk beugte. Dann schaute sie auf.

Und sah Jordan an.

Unglauben und Entsetzen lagen in ihrem Blick.

Als sich Jordan endlich von Anna freimachen konnte, war Lucia bereits verschwunden. Er suchte das ganze Danzelhus nach ihr ab, doch sie war nicht aufzufinden.

CAPUT 26

Umsonst, die Rechnung wird Euch mit einander trügen,
ich werd ihn in der Tat – ihr in Gedanken kriegen

Lucia warf sich auf das verwaiste Bett und weinte. Das Mädchen an Jordans Seite war schön gewesen, schön und reich. Wie sollte sie ihn jemals gewinnen, wenn seine Familie ihn mit Ratstöchtern zusammenbrachte? Und dass er in seine Familie zurückgekehrt war, dass war offensichtlich. Warum sonst würde er im Danzelhus mit den Ratstöchtern tanzen, herausgeputzt wie ein Pfau? Konnte es sein, dass alles, was er getan und gesagt hatte, nur ein abgefeimtes Spiel gewesen war? Hatte er die Malerei nur als Zeitvertreib benutzt oder um seinen Vater zu ärgern? Was bedeutete sie ihm? Lucia wälzte sich im Bett hin und her. Um sich abzulenken, ging sie im Geiste ihre Vorräte durch. Der Gedanke an die Arbeit hatte ihr stets in den Schlaf geholfen. Nun aber schreckte sie auf: Sie hatte keine Mandeln im Haus und bestimmt nicht genug Zucker. Der Schreck verblasste, als daraus ein Plan erwuchs.

Am nächsten Morgen würde sie das restliche Geld aus den Verstecken im Haus holen. Danach müsste sie sich herausputzen und wie eine Kauffrau im Haus Wulfledder Mandeln kaufen. Dort würde sie Jordan finden, falls er nicht doch wieder in Notkes Malerbude steckte. In die Malerhütte könnte sie sich ohne Vorwand wagen. So würde sie ihn sehen – wo auch immer er war.

Am Morgen zog sie wieder ihr gutes blaues Kleid an, setzte den Kranz ins Haar und füllte ihren Geldbeutel. Zuerst machte sie sich auf nach St. Marien. Es war ihr gleich, was die Leute von ihr dachten, wenn sie als Jungfrau allein in die Bude der Kirchenmaler ging. Alheid hatte gesagt, sie müsse sich bald entscheiden, wen sie heiraten wollte. Lucia war gewillt, diese Entscheidung schnellstens herbeizuführen.

In der Hütte an der Kirche flackerte ein Herdfeuerchen. Lucias Herz machte einen Sprung. Jordan war da. Sicherlich kochte er sich seinen Morgenbrei, bevor er Notkes Werk weiterführte. Alle

Bedenken verflogen im Nu. Er mochte abends mit den Zirkelbrüdern tanzen, aber am Tage malte er den Totentanz. Ihre Hand zitterte dennoch, als sie an die Tür klopfte.

Die Tür wurde aufgerissen, und vor Lucia stand Bernt Notke – nacktbeinig, im Hemd. Ihr wurde schwindelig vor Schreck und Enttäuschung. Ein bestialischer Gestank umgab seinen Körper.

»Was wollt Ihr hier?«, brummte er unfreundlich. Sie war entsetzt über sein Aussehen, die wirren Haare, den verfilzten Bart, die dunklen Ringe unter den Augen.

»Ich dachte, Ihr wäret nicht da, wäret in der Fronerei gefangen. Ich … suche Jordan«, stotterte sie.

»Ich würde auch gern wissen, wo der Lump ist. Gestern hat man mich aus dem Loch gelassen, und er war nicht hier. Seitdem hab ich geschlafen. Jordan hat nicht mal die Nase hier hineingesteckt. Weitergearbeitet hat er auch nicht. Ich kann Euch nicht reinbitten. Ich mach grade Wasser zum Waschen warm, damit mich das Kerkerungeziefer nicht ganz auffrisst.«

Lucia fühlte sich, als habe sie einen Schlag aufs Haupt bekommen, doch dann tastete sie nach ihrem Geldbeutelchen, um Zuversicht zu schöpfen.

»Ich geh zu seiner Familie und erkundige mich. Ich werde so tun, als brauchte ich Mandeln.«

»Das ist recht. Sagt bloß nicht, dass Ihr Jordan sucht oder dass er weg ist. Vielleicht hat er sich versteckt, um nachzudenken. Sein Vater ist hinter ihm her wie der Teufel hinter der sündigen Seele. Lasst dem Jungen Zeit.« Notkes Stimme war weich geworden, als er über Jordan sprach. Lucia nickte. Sie wollte ihm nicht sagen, dass sie Jordan mit seiner Familie und einer Braut im Danzelhus gesehen hatte.

»Dann wag ich mich in die Höhle des Löwen«, sagte sie mit einem Lächeln, von dem sie nicht sicher war, ob es so zuversichtlich aussah, wie sie es sich wünschte.

»Beim heiligen Lukas, Glück mit Euch, Jungfru Gudalbert«, sagte der Maler und schob die Tür zu.

Lucia drängte sich durch Händler, Beutelschneider und Bauchladenkrämer auf der Breiten Straße hindurch, die Hand fest am Geldbeutelchen. Sie trippelte die Mengstraße hinunter.

Bald hatte sie das Wulflederhaus erreicht und blickte an der backsteinernen Fassade empor. Sie war mit Formsteinen verziert, die teilweise schwarz glasiert waren, die Wand war gemustert und reliefiert – die Mauern strahlten Reichtum aus, mehr Reichtum als ein Apotheker jemals erwerben konnte. Sie betätigte den schweren bronzenen Türklopfer.

Ein dürrer Handelsgeselle öffnete ihr.

»Ich bin Lucia Gudalbert. Ich will in größeren Mengen Mandeln kaufen«, sagte sie bestimmt.

»Als Weib?«, fragte der Bedienstete frech.

»Als Kauffrau«, log sie, denn sie hatte kein Handelsgewerbe beim Rat gemeldet. Doch sie wurde eingelassen. Der Mann ließ sie allerdings in der Diele stehen und verschwand im Kontor. Drei bronzene Deckenleuchter erhellten den großen Raum. Sogar jetzt, am Tage, brannten Kerzen. Welch eine Verschwendung, dachte Lucia, just als der Kaufmannsgehilfe wieder vor sie trat und ihr sagte, sie werde vom Herrn Wulfledder empfangen. Sie wappnete sich für das Gespräch mit Jordans Vater, in dem sie mit Geschick herausfinden wollte, wie es um seinen Sohn stand. Das Herz schlug ihr bis zum Hals. Der Gehilfe drückte die schmale Kontortür vor ihr auf. Sie atmete tief durch und betrat einen sonnendurchfluteten Raum. Doch dann musste sie vor Schreck um Atem ringen.

Im Schreibstuhl, vor Handelsbüchern und Federkielen, saß Jordan Wulfledder.

Er sah ihr in die Augen, sagte nichts, stand auf und schloss die Tür hinter ihr.

»Mandeln also?«, fragte er sanft.

Ihre Stimme zitterte. »Ich hab keine mehr, auch keinen Zucker. Da dachte ich, es wäre gut, wenn ich dich treffe und gleichzeitig …«

»Sind die Mandeln nur ein Vorwand? Oder soll ich wirklich ein Fass vom Boden holen lassen?«

»Besser wär es, auch wenn es ein Vorwand ist.« Sie blickte zu Boden. »Aber ich hab nur drei Mark und brauche auch noch Zucker dafür.«

Er lächelte, ging zur Tür und rief dem Handelsgesellen zu: »Peter, lass zwei Fass Mandeln holen und ein Fass Zucker. Die Knechte sollen es zum Gudalbert-Haus in die Straße beim St. Johanniskloster bringen.«

Lucia wurde rot. Das würde sie nie bezahlen können. »Ich will keine Almosen, Jordan Wulfledder«, sagte sie.

»Und ich will dein Geld nicht. Was meins ist, ist deins.«

»Warum? Um der alten Freundschaft willen?« Lucias Stimme war kalt geworden.

»Wenn du es so ausdrücken willst«, sagte er ruhig.

»Dann kannst du die Ware auch in die Trave kippen, Wulfledder.«

Lucia wandte sich zum Gehen, aber Jordan hielt sie am Ärmel ihres Kleides fest. »Es tut mir leid, was geschehen ist, Lucia.«

»Was tut dir leid, Jordan? Dass du mich geküsst hast? Oder dass du meine Schwester aufgebahrt hast?«, fragte sie wütend. »Oder dass du Notkes Herz gewonnen hast?«

»Nein, dass du es mit ansehen musstest ...« Jordan setzte sich auf sein Schreibbänkchen. Er blickte auf seine Hände. Dann rieb er sich die Augen.

»Was meinst du?«, fragte Lucia.

»Ich musste in dieses Haus zurückkehren, Lucia. Ich habe es nicht gern getan, aber es ist mein Schicksal. Ich habe versucht, einen anderen Lebensweg zu wählen, aber Gott und die Menschen haben es verhindert. Zu meinem neuen Leben gehört auch, dass ich Anna Lipperade zur Braut bekommen habe. Ich werde sie heiraten müssen, auch wenn ich es nicht will. Es ist ein Teil des Handels. Ich wollte dich damit nicht verletzen, aber ich konnte nicht anders.«

Lucia würgte es. Um sie begann sich die Welt zu drehen, und sie schwankte. Jordan sprang auf und wollte sie halten, doch sie schlug seine Hand heftig fort.

»Warum?«, keuchte sie. »Warum hast du mich und Notke verraten? Warum hast du dich selbst verraten?«

Er stand wie versteinert vor ihr. Unfähig etwas zu tun. Seine Hand schmerzte von ihrem Schlag, aber noch mehr schmerzte es, sie so zu sehen: bleich wie der Tod, die Lippen farblos, die Augen plötzlich dunkel umringt. Augen, deren Grau jetzt dunkel wurde, fast schwarz, und die ihn fragend durchbohrten. Ausreden halfen nicht. Er musste ihr sagen, dass er all seine Träume für Notkes Freiheit eingetauscht hatte.

»Glaub nicht, dass ich Freude daran habe ...«, begann er.

»Was dann?«

»Es musste sein. Mein Vater …«

»Angst vorm Vater also? Nachdem du schon bei Notke angefangen hattest?«

»Sei nicht ungerecht, hör mir zu …«

In diesem Moment öffnete Peter die Tür. »Die Fässer sind da, Jungherr Wulfledder.«

Jordan nickte. Er sah Lucia an, als wäre es das letzte Mal, und schritt in die Diele. Sie folgte ihm. Irgendetwas hatte er ihr sagen wollen, aber sie wollte ihm nicht zuhören, sie war zu gekränkt. Sie schalt sich innerlich für ihre Wut und Kälte. Schließlich war sie gekommen, um Jordan zu gewinnen und nicht um ihn zurückzustoßen. Sie betete stumm zur heiligen Maria, um einen Wink, wie sie sich verhalten sollte.

Jordan nickte einem groben Handelsknecht zu. Mit einem eisernen Haken öffnete er das Fass. Es war voller hellgelber Mandeln, in bestem Zustand. Jordan ließ seine Hand tief in das Fass gleiten und zog aus der Mitte eine Hand voll heraus. Lucia betrachtete sie, griff selbst ins Fass, zog eine Mandel hervor und zerknackte sie am Boden mit ihrer Holztrippe. Sie hob den Kern auf und knabberte die Hälfte. Süß und sahnig. Da wusste sie, was sie zu tun hatte. Sie reichte die andere Hälfte Jordan, die Hälfte, die ihre Lippen berührt hatten.

Seine Hand zitterte, als er die Hälfte der Mandel nahm. Diese Geste im Beisein der beiden Bediensteten war höchst gewagt. Doch Lucia forderte ein Bekenntnis. Er steckte die Mandel in den Mund, das volle Aroma breitete sich auf seiner Zunge aus, und ihm wurde klar, dass er vor der Frau stand, die er liebte. Er sah nicht, wie Peter Rode sich davonschlich, nach oben in die Stube. Er sah nur Lucia und das Lächeln, das in ihre Augen zurückkehrte.

Nur einen Augenblick später polterte es auf der Treppe.

»In die St. Johannisstraße«, wies Jordan den Knecht hastig an. Der drückte das Schlussbrett wieder auf das Fass und lud die drei Fässer auf einen Handkarren. Als der alte Wulfledder durch die Diele stapfte, war der Knecht schon aus der Tür.

»Ich höre, es geht um Mandeln«, sagte der Kaufherr, ohne Lucia zu grüßen. Peter stellte sich neben seinen Herren, untertänig wollte er erklären, was vor sich ging, aber Lucia fiel ihm ins Wort.

»Lucia Gudalbert, Apothekertochter und Mercatoria«, stellte sie sich vor und streckte Wulfledder die Hand zum Kaufmannsgruß entgegen. »Ich habe Eurem Sohn soeben einen guten Preis gezahlt, Meinherr Wulfledder, er ist ein harter Verhandler. Ich hoffe, weiterhin bei Euch meine Mandeln und meinen Zucker zu beziehen, denn Eure gute Ware ist ihren Preis wert.«

»Und wie viel habt Ihr gezahlt?«, fragte Wulfledder.

Lucia lächelte ihn an: »So viel Eure Ware wert ist. Das in barer Münze. Und falls ihr für zukünftige Geschäfte wissen wollt, ob ich zahlungskräftig bin, wendet Euch an meinen Vormund.« Sie war heilfroh, keinen Vormund zu haben, lächelte den beiden Wulfledders noch einmal zu, beugte grüßend das Haupt und schritt durch die Diele zur Tür.

Jordan eilte ihr nach, überholte sie und hielt ihr die Tür auf. Er trat mit ihr auf die Straße

»Ich habe es als Preis für Notkes Freiheit getan. Vater hat dafür gesorgt, dass er aus dem Gefängnis entlassen wird.«

Sie sah ihn ungläubig an. »Dann tu jetzt etwas für deine eigene Freiheit, wenn du dich traust. Solltest du dich aber wieder zu mir trauen wollen, dann nur, wenn du von hier fortgehst – für immer«, sagte sie leise.

Sie wusste, wenn er es wagen würde, sich nochmals von seinem Vater loszumachen, würde sie ihm verzeihen. Dann müsste sie die Führung übernehmen und ihn binden. Denn sie hatte sich entschieden, wen sie zum Gatten haben wollte. Sie verstand sich selbst nicht, doch das war vielleicht das beste Zeichen.

Vor ihrer Haustür wartete bereits der Knecht der Wulfledders und grinste. Das hatte sie nun von der geteilten Mandel. Mann und Frau, die das Brot teilen, teilen auch das … Sie brauchte den Spruch gar nicht zu vollenden. Es war klar, dass das Gesinde darüber reden würde, und genau das hatte sie gewollt, zumindest galt das für das Haus Wulfledder. Sie schloss dem Knecht schweigend auf und wies ihn mit einer Geste an, die Fässer hinten in die Diele zu stellen. Dann gab sie ihm seinen Trägerlohn. Vergnügt trabte der Mann davon.

Lucia setzte sich auf eines der Fässer mit den neuen Vorräten. Ein großzügiges Geschenk. Wohl kaum ein Ablösegeschenk, wenn sie bedachte, wie Jordan die halbe Mandel genommen hatte und wie er hinter ihr hergeeilt war. Wie konnte sie ihm helfen, sein Leben in die eigene Hand zu nehmen? Lucia blickte auf ihre Hände, ihr feines Gewand. Kurz entschlossen suchte sie die Schlafkammer auf und zog sich um. Ihre abgetragene Arbeitskleidung war ihr lieber als das schöne Festtagskleid. So würde sich wenigstens nicht die ganze Straße wundern, wohin sie unterwegs war.

Im Hinausgehen griff sie sich noch eine volle Flasche Hypocras, dann lief sie nach St. Marien und schlug mit der Faust an die Tür der Malerhütte, bis Notke verdutzt öffnete. Sie erkannte ihn kaum: Er hatte sich den Bart abgenommen und wirkte nun jugendlich und weich wie ein Klosternovize.

»Schaut mich nicht so an, ich seh aus wie ein gerupfter Hahn. Aber es musste sein, da saßen die Kerkerläuse drin. Kommt rein«, sagte er.

Lucia drängte sich schnell an ihm vorbei. Sie holte einen Becher von seinem Geschirrbord und schenkte ihn voll des heilsamen Würzweins.

»Trinkt, Notke. Und hört, was ich erfahren habe.«

Sie erzählte, dass Jordan wieder für seinen Vater arbeitete, aber nur, weil er damit Notke hatte freikaufen können. Jordans Vater habe für die Freilassung gesorgt. Als sie dies sagte, schüttelte Notke den Kopf und stöhnte.

»Jetzt weiß ich, was dieser verfluchte Knochenbrecher meinte, als er mich rausließ.«

»Welcher Knochenbrecher?«

»Der Fron.« Notkes Hand zitterte, als er wieder zum Hypocras griff. »Er sagte, er habe noch nie erlebt, dass jemand durch denselben Bürger reingewaschen werde, dessen Anschuldigungen ihn vorher ins Loch gebracht hätten.« Notke nahm noch einen tiefen Zug. »Er gab mir einen guten Rat, wie er es nannte. Er meinte, wenn ich ihm nicht bald wieder einen unfreiwilligen Besuch abstatten wolle, solle ich meine Bilder allein fertig machen, allein und schnell. Der alte Wulfledder ist wohl hinter mir her. Aber das soll mir gleich sein. Ohne Jordan bekomm ich den Totentanz nie fertig. Und dafür wage ich gern noch einen Besuch in der Fronerei.«

CAPUT 27

Lass ... du Wunderkopf, den Schwarm der Grillen fliegen!

Jordan saß im Wirtshaus »Zum Adler« in der Hüxstraße und hatte bereits den dritten Krug Bier vor sich stehen. Es war viel los in der Schankstube; es wurde gewürfelt, gelacht, getrunken, doch niemand kümmerte sich um den vornehm gekleideten Kaufmannssohn. Und das war ihm sehr recht.

Er wollte sein Elend ertränken. Lucia ging ihm nicht aus dem Kopf. Er fühlte sich so sehr zu ihr hingezogen, doch die Vereinbarung seines Vaters mit dem alten Lipperade konnte er nicht ungeschehen machen. Die kleine Anna war etliche Jahre jünger als er, und obwohl sie ihm nicht unangenehm war, empfand er doch nichts für sie. Aber das war für eine Ehe schließlich nicht wichtig. Jordans Vater würde seinen Platz in der Zirkelgesellschaft bekommen, und die Familie Lipperade hatte nichts gegen eine kräftige Geldspritze einzuwenden, da, wie man hörte, die Geschäfte des alten Lipperade mit dem lüneburgischen Salz nicht mehr so gut liefen. Das südfranzösische Baiensalz verdarb ihnen die Preise. Auf Jordan wartete eine gesicherte, glänzende Zukunft im Tuchhandel. Allen war geholfen.

Seine Träume hatte er dafür aufgeben müssen. Der schönste war Lucia gewesen. Auch wenn er am Morgen vor dem Gesinde eine Mandel mit ihr geteilt hatte – er konnte nicht wieder zurück. Er hatte sich seinem Vater verkauft. Jordan trank den Krug leer und bestellte lautstark einen neuen. Er hatte Alheids Beerdigung verpasst. Er hatte sein Versprechen gebrochen, den Mörder, der nun schon fünf Opfer auf dem Gewissen hatte, gemeinsam mit Lucia zu suchen. Es gab keinen Grund für sie, ihn weiterhin zu mögen. Er war nichts wert. »Gar nichts!«, rief er laut. Ein paar Knochenwürfelspieler schauten belustigt zu ihm auf, doch ansonsten nahm niemand von ihm Notiz.

Wenigstens diese paar Stunden hatte er sich nach der Kontorarbeit aus dem elterlichen Haus fortstehlen können. Seine Eltern waren bei den Hochzeitsvorbereitungen; die Heirat sollte schon im Sommer stattfinden. Und er hatte kein einziges Mal nein gesagt. Er starrte in den Krug und dachte nach, wie er dieses Leben würde ertragen können.

»Schön, dass ich dich hier treffe.«

Zuerst hatte Jordan gar nicht begriffen, dass ihn jemand angesprochen hatte. Erst als vor ihm eine Faust krachend auf die Tischplatte schlug, sah er auf.

Er erkannte Bernt Notke ohne den Bart erst auf den zweiten Blick. Jordan sprang hoch; der Nebel in seinem Kopf lichtete sich.

»Meister, Ihr seid es!«, rief er freudig. »Setzt Euch zu mir.«

Notke nahm das Angebot an und erhielt ebenfalls einen Krug Bier.

Der Maler hatte sich nicht nur durch die Rasur verändert. Zwar wirkte er zehn Jahre jünger, aber in seinen Augen lauerte die Angst. Und er biss sich andauernd auf die Lippen. Die Tage in der Fronerei hatten tiefe Spuren hinterlassen.

»Jordan, ich brauche dich in der Werkstatt«, sagte Notke.

»Ich bin so froh, dass Ihr aus dem Gefängnis entlassen worden seid«, meinte Jordan, der auf Notkes Verlangen noch nicht eingehen wollte.

»Wie ich hörte, hast du dafür gesorgt«, sagte der Maler. »Dafür bin ich dir sehr dankbar. Ich hätte es nicht mehr lange ausgehalten, und sicherlich wäre es mir bald wie dem armen Marquard ergangen, Gott sei seiner Seele gnädig.« Notke bekreuzigte sich. »Man hatte erst mit den einfachsten Graden der Folter angefangen, weil ich nichts gestehen konnte, was ich nicht begangen habe, aber das hat mir schon gereicht. Als Nächstes hätten sie mir die Finger gebrochen, und dann wäre es aus gewesen mit der Malerei. Mich schaudert, wenn ich daran denke, was der arme Marquard alles erleiden musste.« Notke tat einen tiefen Zug. Dann sah er Jordan offen an. »Du arbeitest wieder bei deinem Vater?«

»Was hätte ich denn tun sollen?«, fragte Jordan verzweifelt. Er berichtete dem Meister von der Erpressung seines Vaters.

»Jordan, dein Vater hat mich in die Fronerei gebracht. Er wollte mich aus dem Weg haben.«

Jordan traute seinen Ohren nicht. Sein Vater hatte Notke in Lebensgefahr gebracht, nur um seinen Sohn zurückzubekommen. Das würde Jordan ihm nie verzeihen.

»Wirst du mir jetzt wieder helfen?«, fragte Notke.

»Mit dem Totentanz? Hat dieses Werk nicht schon genug Opfer gefordert?«, fragte Jordan unsicher.

»Jetzt erst recht. Ich werde meine Kunst keinen noch so teuflischen Ränken opfern. Denk daran, Jordan, dass es inzwischen zu einem gewissen Teil auch dein Werk ist. Obwohl du noch nicht lange daran gearbeitet hast, steckt doch schon viel von dir selbst darin.«

Jordan stellte sich die wundervollen Gemälde vor, die bereits vollendet waren. Und die so viele Opfer gekostet hatten. Sollte all das umsonst gewesen sein? Doch da kam Jordan eine gewagte, neue Idee.

»Ich kehre zu Euch zurück«, versprach er Notke. »Am liebsten würde ich mich nun endgültig von meinem Elternhaus lossagen. Und das werde ich auch! Aber ich muss es vorsichtig anstellen.« Jordan wurde fast schwindelig über den Mut, den er aufbrachte. Doch der Gedanke an Lucia gab ihm Kraft. »Zuerst werde ich abends zu Euch kommen und weiter am Totentanz arbeiten.« Und diese Arbeit würde ihm auch Lucia wiederbringen, schoss es ihm durch den Kopf. »Wir werden Farben mischen, Zeichnungen machen, den Pinsel führen, und wir werden ein wundervolles neues Bild schaffen – ein Lockbild.«

»Ein Lockbild?«, fragte Notke verständnislos.

»Der Mörder läuft immer noch frei herum, nicht wahr?«, meinte Jordan und beugte sich so weit über den Tisch, dass er flüstern konnte. »Marquard war es nicht, Ihr wart es nicht, und Ratsherr von Hachede und der Hauptmann scheinen nicht willens oder in der Lage zu sein, den wahren Schuldigen zu finden.«

»Das ist wohl wahr.« Notkes Gesicht war ein einziges Fragezeichen.

»Also müssen wir etwas tun. Wir müssen ihn fangen«, erklärte Jordan leise und schob die Bierkrüge vor sich zur Seite. »Erst dann können wir wieder ungehindert arbeiten und brauchen nicht mehr zu befürchten, als Mörder verleumdet zu werden. Bisher hat der Mörder seine Opfer nach den bereits fertiggestellten Bildern aus unserem Totentanz gesucht. Wir sollten das nächste Bild so ausstellen, dass der Mörder es sehen kann, also am besten öffentlich in der Kirche. Und auf diesem Bild stellen wir eine Gestalt dar, als die ich mich verkleide. So locke ich den Mörder an. Ihr wartet im Hinterhalt und schlagt zu, sobald der Mörder an mir sein Werk vollbringen will.«

Notke schüttelte den Kopf. »Das ist ein dummer Plan«, sagte er.

»Warum?«

»Weil die männlichen Gestalten auf dem Totentanz in dieser Stadt entweder gleich dutzendfach oder gar nicht vorkommen. Wir haben hier keinen Papst und keinen Kaiser, und einen vorzustellen, wäre doch wohl etwas vermessen und dazu noch völlig unglaubwürdig. Genauso ist es mit einem Kardinal oder einem König oder einem Herzog. Und wenn du oder ich einen Bischof spielen sollen, wäre das wohl auch recht seltsam, wo es doch einen in Lübeck gibt. Jeder kennt den neuen Oberhirten Krummediek von Angesicht. Mit dem Abt vom Burgkloster, den Bürgermeistern und den Domherren ist es ebenso«, sagte Notke und legte die Stirn in Falten. »Wenn wir den Ritter oder den Edelmann nähmen, könnte der Mörder jeden dieses Standes in unserer Stadt zu seinem Opfer machen, genau so ist es beim Kaufmann …«

»Wir müssen halt eine Gestalt erschaffen, die im ursprünglichen Totentanz nicht vorgesehen war«, fiel ihm Jordan ins Wort. »Wie wäre es mit einem Narren?« Er lehnte sich selbstzufrieden auf der Bank zurück.

»Der Narr bist du!«, schalt Notke ihn.

»Natürlich bin ich es. Ich werde mit Schellen durch die nächtliche Stadt tanzen und den Mörder anlocken.« Jordan hatte die Stimme erhoben und blickte sich ängstlich um, aber niemand hatte ihm zugehört.

»Gar nichts wirst du tun. Ich kann es nicht zulassen, dass du dich in Lebensgefahr bringst. Wenn überhaupt, dann werde ich den Lockvogel spielen. Die Idee ist gar nicht mal so schlecht. Hmm …«

»Natürlich ist sie gut. Sie ist ja auch von mir«, sagte Jordan und grinste.

»Dann müssen wir uns aber beeilen, denn für einen Narren gibt es keinerlei Vorzeichnungen«, meinte der Maler.

»Na und?« Jordan holte einen Kohlestift und ein zerknittertes Blatt Pergament aus dem Beutel an seinem Gürtel. Er glättete das Pergament, auf dessen Vorderseite Zahlenkolonnen standen, dessen Rückseite aber leer war, und begann zu zeichnen. Nach einer Weile hatte er das Werk beendet und schob es Notke hinüber. Dieser hob anerkennend die Brauen.

»Ja, so könnte es gehen. Und er wird das Gesicht desjenigen erhalten, der den Mörder anlockt«, meinte der Meister.

»Also mein Gesicht«, beharrte Jordan.

»Warum willst du etwas so Gefährliches tun?«, fragte Notke. »Willst du etwa jemandem damit gefallen?«

Ja, Lucia, hätte Jordan beinahe geantwortet. Vielleicht würde ihn sein Vater zu Notke gehen lassen, wenn er den Mörder überführte. Vielleicht konnte die Hochzeit mit Anna Lipperade dann noch verhindert werden.

»An die Arbeit!«

»Jetzt?«, fragte Notke erstaunt.

»Wann sonst? Bis morgen früh habe ich frei, dann muss ich wieder im Kontor meines Vaters sein. Wir haben also noch einige Stunden Zeit für die Vorarbeiten.«

Gemeinsam verließen sie den »Adler« und machten sich daran, dem unheimlichen Mörder eine Falle zu stellen.

Eine Falle, die sich auch um sie selbst schließen konnte.

CAPUT 28

Ich war auf nichts so sehr wie auf die Jagd erpicht ...

Lucia hatte den Flitter gewaschen und aufgehängt. Wann immer sie den billigen Tand berührte, mit dem die tote Alheid ausstaffiert worden war, ging ein Schauder durch ihren Körper. Einen ganzen Tag und eine Nacht lang hing das schreckliche Zeug auf der Wäscheleine im Hinterhof. Am Nachmittag kam die Kleinmagd der Lipperade, klopfte nur einmal und machte sich frech selbst die Tür auf.

»Meine Hausfruwe sagt, das Marzipan war gut, aber du hättest bleiben sollen und nich einfach so abhauen, weißt du. Ich find das auch, ich stand ganz allein da.«

Sie hielt Lucia einen Beutel mit Münzen hin. Lucia suchte fünf Schillingstücke heraus und gab sie dem kleinen Mädchen. »Da. Für das allein Dastehen.«

Die Kleine sah auf die Münzen, als wäre in ihrem schmuddeligen Händchen ein Wunder geschehen. Dann krampfte sie die Finger um das Geld und sah Lucia an wie eine Marienerscheinung.

»Dank auch!«, schrie sie und rannte davon.

Lucia verstand ihre Angst, dass man ihr das Geld wieder abnähme. Vermutlich würde sie es heimlich in ihren Kleidersaum einnähen.

Gedankenvoll nahm sie die schrecklichen roten Kleider von der Wäscheleine. Sie würde eine Handwerkerin fragen müssen, wer so etwas herstellen konnte. Und die einzige Handwerkersfrau, die sie kannte, war die Backmester'sche. Lucia wickelte die rot-goldenen Kleidungsstücke in ein Tragetuch, verknotete die Ecken und schob den Arm durch die Schlaufe. Sie schlüpfte in ihre Trippen und machte sich auf zur Werkstatt des Schildermalers Backmester in der Großen Petersgrube.

Als sie durch die Salunenmacherstraße trippelte, konnte sie sich an den feinen bunten Wollstoffen freuen, die die Frauen der Salunenmacher an Stäben in der Sonne zum Verkauf aufhängten. Am großen, schlicht-backsteinernen Stadthof des Birgittenklosters zu

Mölln bog sie in die Wahmstraße ein. Die Gegend war ärmlich. In den Hauseingängen saßen Kinder, die die ersten frühlingshaften Gartenerzeugnisse ihrer Familie zu verkaufen suchten, dürre Zwiebeln, magere Karotten und kleine Salatköpfe. Lucia eilte an ihnen vorbei, überquerte den Bauernmarkt an St. Petri und lief durch den Kolk in die Petersgrube. Das Haus sah bei Tage prächtig aus. Es war schmal und hoch gebaut, mit breiten Glasfenstern zur Straße. Das Licht durchflutete so die Diele, in der Backmester seine Schilder und Fahnen bemalte. Besonders schön war das Schild über seiner Tür. Der heilige Lukas porträtierte darauf die Gottesmutter und darunter stand geschwungen: »Johann Backmester Meister der Malerzunft zu Lübeck.« Lucia wagte nicht, wie ein Kunde an die Haupttür zu klopfen, es wäre schlimm, wenn Backmester wieder selbst an die Tür käme und sie fortjagte. Sie kratzte sacht mit dem Finger an einem der Fenster.

Sofort erschien eine Kleinmagd. »Was wollt Ihr?«

»Zur Hausfruwe Backmester. Ich bin die Schwester ihrer Freundin Alheid.«

»Die Fruwe ist krank, sie liegt danieder.«

»Dann ist es umso wichtiger, ich bin Apothekerstochter.«

Flugs machte die Magd die Tür auf. Lucia sah im hinteren Teil der Diele den kahlköpfigen Backmester vor einem festgespannten Leintuch sitzen, auf das er das Wappen der Zirkelbrüder mit Kohle skizziert hatte, offensichtlich ein Auftrag für Fahnen. Sie war froh, dass er sie über seiner Arbeit nicht bemerkte, und folgte der Magd geschwind die Wendeltreppe hinauf. In einem großen Ehebett über der Diele lag Magdalene Backmester mit einem feuchten Tuch auf der Stirn. Ihre schwarzen Haare waren zu dünnen Zöpfen geflochten, die schlapp auf dem Kissen lagen und ihr elfenbeinfarbenes Gesicht umrahmten. Als Lucia eintrat, regte sich ein klein wenig Freude in ihren Augen. Sie scheuchte die Magd mit einer Handbewegung davon und bat Lucia zu sich.

»Lucia Gudalbert. Gut, Euch hier zu sehen«, hauchte sie. »Die Nachricht vom Tod Eurer Schwester hat mich hart getroffen, und das alte Leiden ist wieder da.«

Magdalene Backmester hatte vor einem Jahr Zwillinge zur Welt gebracht und war fast dem Kindbettfieber erlegen. Der Medicus, der neue Ratsapotheker, die Beginen – alle hatten sie und die Kinder aufgegeben. Nur durch Alheids Künste waren sie und eines der kleinen Mädchen gerettet worden. Doch die zarte Frau hatte den Tod des anderen Zwillings nie überwunden. Ihre Trauer hatte sie vor allen verborgen, außer vor Alheid Gudalbert, die sie mit einem Antidotum aus Kampfer, Rose, Mazis, Zimt, Kardamom, Muskat, Moschus und Safran und viel Aufmerksamkeit immer wieder aufheiterte.

»Habt Ihr Safran im Haus?«, fragte Lucia. »Und Muskat, Ingwer, Zimt?« Die Backmesterin nickte. »Dann werde ich Euch gleich einen Trank gegen die Seelenschwere brauen, doch erst könnt Ihr mir helfen, den Mord an Alheid zu rächen.« Die Augen der Backmesterin flackerten bei dem Gedanken an Rache auf. Sie setzte sich im Bett zurecht.

»War Alheid am Tag vor ihrem Tod bei Euch?«

»Ja, es war ein Freundschaftsbesuch. Sie wollte nach mir sehen. Dann haben wir über die Ehe geredet, der Herr hat sie davor ja bewahrt. Meine Ehe ist zur Zeit nicht so gut. Hannes brummt nur und scheucht alle durchs Haus wie Hunde. Alheid hat mich gefragt, ob er nachts außerhäusig ginge, aber das ist nur einmal vorgekommen, und zwar mit den anderen Malern und Gesellen. Das war wohl so etwas wie eine Versammlung irgendwo. Alheid meinte, wenn er die meiste Zeit im Hause sei, habe er es wohl nicht mit anderen Weibern, und das kann ich auch nur bestätigen.« Sie grinste verlegen. »Er holt sich hier, was er braucht. Auch wenn mir nicht danach ist, es ist Gottes Wille, dass wir die Welt bevölkern – mit kleinen Backmesters. Wenn nur seine Stimmung sich wieder aufhellte. Er ist letztens so grob gewesen. Aber was erzähl ich Euch da, Ihr seid ja nicht meine Alheid, bei der ich mir alles von der Seele geredet habe.« Tränen traten ihr in die Augen.

Lucia nahm ihre Hand. »Ich will herausfinden, wer das unserer Alheid angetan hat. Schaut Euch das mal an, das hat der Schurke ihr angezogen.«

Lucia zeigte ihr das rote Gewand. »Jemand muss es für ihn angefertigt haben. Wer macht solche schlechten Gewänder?«

Die Backmesterin besah sich den Flitter, das Kleid, den Schleier, den seltsamen Hut. »Das sieht nicht nach gutem Handwerk aus. Eher eine Lehrlingsarbeit oder von jemandem gemacht, der nicht zu nähen gewohnt ist.«

»Ein Maler?«

»Kaum, die müssen Fahnen umsäumen und mit Borten verzieren und Leinwände zusammennähen. Die wissen, wie das geht.«

»Wie kann ich mehr herausfinden?«

Die Backmesterin rieb sich die Augen. »Ich selbst kann Euch nicht helfen. Aber ich kenne da jemanden, eine Schneiderin. Man nennt sie die Struck'sche. Sie macht meine Gewänder. Sie ist nicht zünftisch, müsst Ihr wissen. Er – Backmester – denkt, ich ließe bei den Zünftischen arbeiten. Doch ich brauch das Geld für Wichtigeres. Deshalb geh ich zur Struck'schen. Sie wohnt in der Düsteren Querstraße. Es ist nicht weit. Wenn Ihr von hieraus geht, dann lauft durch die Kiesau zur Marlesgrube, rechts hinunter, dann links, das dritte Traufenhaus rechts. Da wohnt sie im Wohnkeller. Aber vergesst meinen Trank nicht.«

Sie rief nach der Kleinmagd, und das Mädchen geleitete Lucia in die Küche. Lucia half der Kleinen, Apfelmost zu erwärmen, dazu kam noch einmal genauso viel Weißwein, dann ein Viertel Löffel voll Muskat, Pfeffer, Zimt, Ingwer, und letztendlich ebenso viel von dem goldwerten Safran, der reichlich im Haus war. Lucia ahnte inzwischen, wofür die Schneiderlöhne abgezweigt wurden. Safran erhellt das Gemüt. Sie süßte das Gebräu mit Honig und hieß das Mädchen, es nach oben zu tragen.

Als Lucia die Diele durchquerte, stritt sich Backmester mit seinem Gesellen über die Zusammensetzung einer Farbe, und sie verließ das Haus so unbemerkt, wie sie hineingekommen war.

Die Düstere Querstraße war nicht mehr als ein Gang, beiderseits begrenzt durch Traufenhäuser. Vor dem dritten wühlte eine magere Sau in einem beachtlichen Haufen Dreck. Hinter der Tür zum Wohnkeller flackerte das Licht einer Tranfunzel. Lucia klopfte. Im Keller kam es zu eifriger Geschäftigkeit, dann erscholl ein helles lautes »Wer da?«

»Lucia Gudalbert, geschickt von der Backmesterin.«

Die Tür wurde aufgemacht. Die Frau dahinter war groß und kräftig und hatte ein lustiges sonnensprossiges Gesicht. Die Haare waren gelb wie Stroh.

»Kommt rein, kommt rein«, tönte ihre Glockenstimme. »Ich hab bloß gedacht, es ist die Wache. Meine Kundschaft kommt nur zu vorgegebener Zeit, das ist so, daran müsst auch Ihr Euch halten. Ihr wollt also ein Kleid?«

Die Struck'sche trug ein gut sitzendes Wams und einen Rock mit einem Muster aus gesteppten Paspeln, so schön wie die Gewölberippen von St. Marien, wenn auch in gedecktem Blau. Das Wams war über und über mit englischer Arbeit in Blau und Weiß bestickt. Das weiße Brusttuch war durch Lochstickereien durchbrochen. Die Struck'sche lachte, als sie Lucias Blick sah.

»Man muss doch für sich werben, oder nicht?«

»Es tut mir leid, dass ich keine Kleidung bei Euch bestellen kann. Auch wenn ich es nötig hätte.« Sie schaute an sich hinunter. »Mein Name ist Lucia Gudalbert.«

»Die Schwester der ermordeten Frauen?«

Lucia nickte.

»Mein armes Kind.« Sie strich Lucia über den Arm. Lucias Augen wurden feucht. Sie hatte sich mit der Suche aufrecht gehalten, aber jetzt kamen die Tränen und waren nicht mehr aufzuhalten. Die Schneiderin nahm sie sanft in den Arm, lenkte sie dann zu einer mächtigen Kiste und setzte sich mit ihr darauf. Sie ließ Lucia einfach weinen, solange es ihr guttat.

»Ich muss Euch um Verzeihung bitten, Meisterin Struck. Es ist so viel geschehen.«

»Dass Ihr weint, das versteht doch jeder. Hier, nehmt ein Nasentuch.« Sie hob den Deckel einer weiteren Kiste. Die Kisten enthielten die Waren und die Werkstatt der Böhnhasin. Jetzt zauberte sie ein weißes, mit Lochstickerei übersätes Tüchlein hervor. Lucia wagte kaum hineinzuschnauben. »Ich schenk es Euch. Vielleicht kommt Ihr ja mit einem Auftrag zurück. Nun sagt aber mal, warum die Backmester'sche Euch geschickt hat.«

Lucia trocknete ihre Tränen und öffnete ihr Bündel. »Der Mörder meiner Schwester Alheid hat ihr das hier angezogen. Wer mag das hergestellt haben?«

Die Böhnhasin öffnete das Bündel und betrachtete die Nähte und den Stoff. »Keine Frau. Niemand, der jemals vorher genäht hat«, sagte sie leise. »Oder doch …« Sie zögerte. »Einige Nähte sind alt, andere neu. Das ist umgearbeitet. Die Kappe hat der Pfuscher allein gemacht. Da, seht, sie fällt schon jetzt fast auseinander.« Sie zeigte auf die groben Nähte. »Aber das Kleid, das war mal anders. Das war mal ein Ballkleid und ist nur verändert worden. Mit groben Stichen, die sogar einen Seemann beschämen würden.«

»Wer könnte so etwas machen?«, fragte Lucia.

»Fast jeder«, antwortete die große Frau. »Nur ein Schneider nicht. Auch kein anderer geschickter Handwerker würde so rumpfuschen.«

Lucias Mut sank. Wenn alle Handwerker Lübecks ausgeschlossen waren, dann blieben noch immer die Kaufleute, die Knechte, die Bettler und die gesamte Geistlichkeit.

»An Eurer Stelle würde ich nachforschen, wo das Grundgewand her ist. Fragt bei den Krämern, die mit abgelegten Gewändern handeln.« Die Schneiderin zog die Stirn kraus. »Nein, fragt meine Schwester. Die kennt sich mit den Krämern aus, ich aber nicht. Ich arbeite nur mit Stoffen, die die Kundschaft bringt. Das ist weniger gefährlich für eine Böhnhasin. Dennoch: Wenn mir die Stadtwache draufkommt, verbrennt sie die Stoffe«, die Frau klopfte auf die Truhe, »zerbricht meine Nadeln und wirft mich aus der Stadt. Meine Schwester hat es besser getroffen. Sie arbeitet als Küchenmagd, aber sie schneidert zum Zugewinn. Sie kauft solche getragenen Kleider, arbeitet sie um, bessert sie auf und verkauft sie weiter. Das machen viele Mägde so. Meine Schwester hätte das rote Ding da in das Prachtgewand einer Hübschlerin verwandelt, wenn sie es hätte erwerben können. Vielleicht weiß sie, wo es zum Verkauf stand.«

»Und wo finde ich Eure Schwester?«

»Sie arbeitet in der Küche des Klosters St. Katharinen.«

Lucia rang nach Luft. Bei den Franziskanern. Immer wieder tauchten sie in dieser schrecklichen Geschichte auf. Eilends wollte Lucia dorthin. Sie versprach der Struck'schen, ihr Hochzeitskleid bei ihr machen zu lassen, wenn sie es sich leisten könnte, und wollte hinauseilen. Doch die Schneiderin hielt sie am Ärmel fest.

»Ihr wollt doch nicht etwa durch die Stadt laufen? Allein im Dunkeln?« Die Struck'sche schüttelte missbilligend den Kopf. Sie entzündete eine Laterne und befestigte sie an einem Stock. »Ich begleite Euch zum Markt. Dort nehmt ihr Euch einen Laternenläufer zurück zu Eurem Haus. Kommt doch gar nicht in Frage, dass Ihr so durch die Stadt irrt. Im Kloster schlafen sie doch alle schon.«

In der Tat war es dunkel geworden. Die Struck'sche hakte Lucia unter, bis sie zum Markt bei St. Petri kamen. Dort hockten starke Männer, die am Tag als Träger im Hafen arbeiteten und nachts als Leibwächter mit einem Laternenstock die Bürger begleiteten. Seit der Tod in Lübeck tanzte, hatte das Gewerbe Aufschwung genommen, und die Preise hatten sich verdoppelt. Lucia zahlte einem hünenhaften Kerl drei Pfennige im Voraus und verabschiedete sich von der Schneiderin.

»Meine Schwester ist das Anneke Struck, nur damit Ihr nicht dumm fragen müsst«, sagte die große Frau und nahm Lucia in die Arme. Sie winkte ebenfalls nach einem der Männer und ließ sich die wenigen Schritte nach Hause geleiten.

Lucia folgte dem Laternenträger in die Dunkelheit.

CAPUT 29
Er rufet: Fort mit dir! Man hat dich abgesetzt

Einen Tag und zwei Nächte dauerte es, bis das Bild zumindest in den groben Umrissen fertig war. So schnell hatte Notke noch nie ein Werk geschaffen, und er war nicht zufrieden. In der ersten Nacht nach ihrem Zusammentreffen im »Adler« hatten sie auf eine bereits grundierte Leinwand die Vorzeichnungen gemacht und jeder in einer anderen Ecke des Bildes zu malen begonnen. Sie hofften, dem Mörder würde nicht auffallen, dass der Narr sich nicht an den Reigen der Bilder anschloss.

Als am Morgen die ersten Sonnenstrahlen durch die schlecht schließenden Läden der Werkstatt fielen, machte sich Jordan hastig auf den Weg in die Mengstraße. Es gelang ihm, unbemerkt ins Haus zu schleichen und sich kurz auf sein Bett zu werfen, bevor er hinunter ins Kontor ging. Der Tag wurde sehr anstrengend, da Jordan der Schlaf fehlte, und es blieb nicht aus, dass er Fehler machte. Er addierte fehlerhaft, zählte Stoffballen falsch ab und erhielt dafür von seinem Vater etliche Rügen. Abends gab er bei seinen Eltern vor, er sei todmüde und wolle schlafen gehen, obwohl sie für ihn ein Treffen mit Anna Lipperade und deren Eltern vorbereitet hatten. Mit düsterem Blick erlaubte der Vater dem Sohn, sich zurückzuziehen, denn es war deutlich zu sehen, dass Jordan heute zu nichts mehr zu gebrauchen war.

Zu nichts außer zur Kunst.

Anstatt zu Bett zu gehen, stahl sich Jordan aus dem elterlichen Haus fort und schlich müde zur Malerbude an St. Marien. Er stellte sich neben Notke und betrachtete, was der Meister den Tag über geschaffen hatte.

Es machte Jordan wütend. Und die Wut belebte ihn wieder ein wenig.

»Warum habt Ihr das getan?«, fragte er Notke und deutete auf das Gesicht des Narren. Es war Notkes Gesicht. »Wir hatten doch vereinbart, dass ich den Narren spiele.«

»Gar nichts hatten wir vereinbart«, sagte Notke und malte weiter am Gewand des Narren, den er mit vielen bunten Schellen ausgestattet hatte und auf dessen Schulter eine graue Totenhand ruhte. »Schau mal in meiner Truhe nach. Na los, geh schon.«

Jordan gehorchte und kam mit einem Narrengewand zurück. Sogar an die Kappe und die Schellen hatte Notke gedacht.

»Es ist ein verrückter Plan«, sagte Notke, während er einen Blick auf das Gewand warf. »Aber vielleicht haben wir ja Glück. Ich hab den Fetzen bei einem Krämer gekauft und bemalt. Dann bin ich in dem Gewand ein paar Stunden durch Lübeck gelaufen. Hoffentlich hat mich niemand erkannt. Wie passend, dass ich den Bart abnehmen musste, wenigstens dafür war das Kerkerungeziefer gut. Ich will, dass der Mörder bereits weiß, dass ein Narr in der Stadt ist, wenn er morgen das Bild in St. Marien sehen wird.«

»Morgen in St. Marien?«, fragte Jordan verständnislos.

»Falls wir es rechtzeitig schaffen, den Narren so weit zu vollenden, dass man ihn vorzeigen kann, werde ich morgen zum Rat gehen und ankündigen, dass wir alle bisher angefertigten Gemälde in St. Marien ausstellen werden. Wenn der Mörder unter den Zuschauern ist, wird er den Narren wiedererkennen und ihn als nächstes Opfer auswählen, dessen bin ich mir sicher. Und wir werden dafür sorgen, dass er nicht lange suchen muss. Aber jetzt sollten wir uns an die Arbeit machen, sonst schaffen wir es nicht mehr.«

Jordan legte seine Überkleider beiseite, damit sie keine Farbspritzer abbekamen, und ergriff einen der Pinsel. Er machte sich an die Arbeit, den Hintergrund des Bildes zumindest anzudeuten.

Als das Morgenlicht durch die Ritzen der geschlossenen Fensterläden drang und alle Kerzen heruntergebrannt waren, war das Bild so weit fertig, dass man es ausstellen konnte. Jordan fühlte sich, als wäre ein Pferd mehrfach über ihn hinweggetrampelt. Alles tat ihm weh, und er konnte die Augen kaum mehr offen halten. Wenn er nun ins Kontor ginge, würde sein Vater sofort bemerken, dass etwas nicht stimmte. Die Müdigkeit machte Jordan mutig und draufgängerisch. Er würde einfach hier bleiben, würde nicht wieder zurück nach Hause gehen. Was sein Vater Notke angetan hatte, konnte Jordan ihm nicht verzeihen.

Notke ging zum Rathaus und wollte dort verkünden, dass man das Gemälde in der Kapelle zusammen mit den anderen schon fertiggestellten Werken den Tag über ausstellen würde, damit die Bürger der Stadt Lübeck sich einen Überblick über den Fortgang der Arbeiten verschaffen konnten. Jordan trug die bereits fertigen Bilder in die Oldesloer Kapelle und lehnte sie gegen die Beichtbänke. Das Wiegenkind, mit dem alles begonnen hatte, war nun wieder da, sowie der Küster, der Mönch, die Jungfrau und auch die Kaiserin, deren Gesicht noch immer fehlte, was der hinreißenden Schönheit ihrer Erscheinung aber nicht schadete. Als Letztes schleppte er den Narren hinein. Es war merkwürdig, das Abbild Notkes vor sich herzutragen. Jordan beschlich eine große Angst. Was war, wenn der Mörder doch wieder sein Ziel erreichte? Er wünschte sich, der Narr trüge seine eigenen Züge. In diesem Zustand betäubender Müdigkeit war ihm egal, ob er lebte oder starb.

*

Es war erstaunlich, wie schnell sich in Lübeck herumsprach, dass die bereits fertigen Bilder besichtigt werden konnten. Noch nie hatte es so etwas gegeben. Noch nie hatte ein Meister dem Volk einen so tiefen Einblick in seine Arbeit gewährt.

Die ersten Besucher waren die Bürgermeister und Ratsherren, die das Werk in Auftrag gegeben hatten. Jordan saß ein wenig abseits auf der umlaufenden Bank in einer Ecke und lehnte sich gegen das alte, warme Holz. Manchmal schlief er ein, dann weckten ihn Fußgetrappel oder leises Reden. Als er die Ratsherren mit ihren kostbaren Wämsern, den Pelzen und Ketten, den Kappen und Federn, den Zierdolchen und breiten Gürteln sah, fragte er sich, ob der Mörder wohl unter ihnen war. Er versuchte, das Gesicht eines jeden Einzelnen genau zu beobachten, aber immer wieder übermannte ihn der Schlaf.

Notke unterhielt sich mit den Ratsherren. Einige wirkten sehr zufrieden, andere schienen Einwände zu haben, doch Jordan verstand nicht, was sie sagten. Er hatte das Gefühl, als wäre er durch einen teuflischen Zauber von ihnen und von der ganzen Welt um ihn herum getrennt. Immer wieder gesellten sich auch die Priester von St. Marien hinzu, wenn sie nicht gerade an einem der vielen Altäre eine Messe zu lesen hatten. Das Latein der Gebete vermischte sich in Jordans Halbschlaf mit den Gesprächen der Kirchbesucher, von denen viele sich hier trafen, um ein leises Schwätzchen zu halten oder ein Geschäft zu verabreden.

Jordan wurde etwas wacher, als er plötzlich eine braune Kutte sich nähern sah. Es war Pater Hinricus Risebitter, der Guardian der Franziskaner. Er kam mit eiligen Schritten, sein Gewand flatterte hinter ihm her; er sah aus wie eine riesenhafte braune Krähe.

Ihn verstand Jordan deutlich, so laut redete er.

»Habt Ihr immer noch nicht genug, Meister Notke?«, rief er und hob beschwörend die Hände. »Müsst Ihr mit Eurem gottlosen Werk fortfahren, das schon so viele Leben gekostet hat – und noch kosten wird?«

»Wie darf ich das verstehen, Pater?«, fragte Notke zurück. Jordan rückte ein wenig näher an die beiden heran, ohne dass der Franziskaner ihn bemerkte.

»Das Morden wird weitergehen, solange der Teufel in dieser Kirche steckt.«

»In dieser Kirche?«, fragte Notke erstaunt.

»Seht Euch doch nur Eure Bilder an.« Der Guardian ging näher an den Narren heran. »Sieh da, Ihr habt Euch selbst abkonterfeit. Da habt Ihr Euch aber ein passendes Gewand geschneidert. Wie sinnfällig, dass der Tod Eurem Abbild eine Hand auf die Schulter legt. Seht Euch vor, Meister Notke. Ihr spielt mit dem Tod – nicht nur in den Bildern.« Pater Hinricus drehte sich um und ging genauso hastig, wie er gekommen war.

Jordan stand auf und stellte sich neben den Maler. »Das war eine unverhohlene Drohung«, sagte er leise.

Der Maler kratzte sich am Kinn. »Das kann man so sagen. Ich bin wirklich gespannt auf heute Abend«, murmelte er.

So mancher Bürger der Stadt hatte etwas über die Bildwerke zu sagen. Einige fürchteten sich davor, andere beschimpften Notke und beschwerten sich über die Gleichmacherei, wieder andere lobten seine kühnen Ideen oder die lebendigen Hintergründe und waren der neuartigen Kunst sehr gewogen.

Alle bewunderten das Abbild der prächtigen Stadt Lübeck im Hintergrund des schaurigen Reigens.

Und dann, es war schon nach Mittag, kam jemand, den Jordan eigentlich hätte erwarten müssen, an den er aber gar nicht mehr gedacht hatte.

Sein Vater.

Brun Wulfledder ging bedächtig auf seinen Sohn zu, stellte sich breitbeinig vor ihn und stemmte die Arme in die Hüften.

»Da bist du also, du treuloser Sohn. Ich hätte es mir ja denken können, dass dich die eitle und nutzlose Kunst mehr fesselt als ein ehrbarer und anständiger Beruf. Ich habe mir schreckliche Sorgen um dich gemacht, als du heute Morgen nicht ins Kontor gekommen bist. Überall habe ich dich suchen lassen, bis mir der Gedanke gekommen ist, hier nachzuschauen, nachdem ich von der Ausstellung der Bilder gehört hatte.«

Wieso hast du mich erst jetzt gefunden?, dachte Jordan. Alle Benommenheit, alle Müdigkeit war wie weggeblasen.

Der Kaufmann stellte sich vor Bernt Notke auf. »Ich habe dafür gesorgt, dass Ihr aus dem Gefängnis entlassen werdet, Meister Notke. Ich hatte nicht bedacht, dass Ihr mir meinen Sohn nehmen würdet, ein zweites Mal«, sagte Wulfledder.

Notke verschränkte die Arme vor der Brust und sah den Kaufmann mit festem Blick an. »Es war nur recht und billig, dass Ihr mich herausgeholt habt, denn schließlich habt Ihr mich ja auch hineingebracht«, sagte er ruhig. »Ich schulde Euch gar nichts.«

Wulfledder spuckte vor dem Maler aus und drehte sich zu seinem Sohn um. »Du kommst sofort mit. Du hast mir dein Wort gegeben.«

»Da wusste ich noch nicht, dass du es warst, der Bernt Notke in die Fronerei gebracht hat. Du spielst mit Menschen, Vater, und ich bin nicht mehr bereit, dein Spiel mitzuspielen.« Jordan stellte sich breitbeinig vor den alten Kaufmann und verschränkte die Arme wie Notke vor der Brust.

»Du hast dich einverstanden erklärt, Anna Lipperade zu ehelichen. Die Vorbereitungen sind bereits im Gange. Du kannst dich nicht mehr weigern.«

»Habe ich das Eheversprechen schon vor Gott und einem Priester abgegeben?«, fragte Jordan. »Oder war es bisher nur ein Geschäftsabschluss zwischen dir und Lipperade?«

Als er seinen Vater so vor sich stehen sah, mit kaltem Hass im Blick, da wusste Jordan, dass seine Entscheidung unumstößlich war.

»Ich bleibe hier.«

»Denk doch wenigstens an deine Mutter«, sagte Brun Wulf-ledder.

»Denk du an sie und gib ihr einen Sohn, der mit seinem Leben glücklich ist!«, entgegnete Jordan aufgebracht. Er sah, wie ein Priester um die Ecke lugte und mahnend den Finger vor die Lippen legte. Etwas leiser fuhr er fort: »Willst du, dass sie an gebrochenem Herzen stirbt, weil sie weiß, dass ihr Sohn ein Leben führen muss, das ihm aus tiefstem Herzen zuwider ist? Du bist ein Schacherer durch und durch; dich macht es glücklich, andere übers Ohr zu hauen und deinen Reichtum zu mehren. Aber auch du wirst vor dem Allmächtigen deine Bilanz vorlegen müssen. Glaubst du, dass Gott sich mit Mark und Schilling bestechen lässt? Ich verabscheue dich und deine Art, Vater. Mutter wird begreifen, dass es für mich nur einen Weg gibt – den des Malers. Gute Eltern wollen ihre Kinder glücklich sehen und begreifen sie nicht nur als Mittel zur Vermehrung des eigenen Reichtums und Einflusses.«

Brun Wulfledder lächelte seinen Sohn kalt an. »Du bist verblendet, Jordan. Der Satan hat dir den Sinn verdreht. Noch nie hat ein Kind so mit seinem Vater geredet. Du hast vergessen, wie das göttliche Wort über Kinder und ihre Eltern lautet. Du bist vom Dämon besessen. Ich werde für deine Seele beten.«

Tatsächlich drängte sich Brun Wulfledder durch die Umstehenden, bis er vor den Stufen des Altares in der Oldesloer Kapelle stand. Er ging in die Knie, nahm seine Kappe ab, senkte das Haupt und bewegte lautlos die Lippen.

Jordan zerriss es fast. Es schmerzte ihn, seinen Vater so zu sehen. Doch er konnte ihm sein Leben nicht opfern. Außerdem hatten sie einen Mörder zu fassen.

Der alte Kaufmann erhob sich wieder. Er kam zu seinem Sohn zurück und sah ihn drohend an. »Was muss eigentlich noch geschehen, damit du zur Einsicht kommst?«, sagte er leise. »Gott möge dich läutern, bevor es zu spät ist. Du bist verantwortlich dafür, wenn das Grauen kein Ende findet«, murmelte er und ging aus der Kapelle.

Fast wäre Jordan ihm nachgelaufen, doch gerade als er eine Bewegung nach vorn machte, legte sich ihm eine schwere Hand auf die Schulter.

»Lass ihn gehen, es ist richtig so«, sagte Notke. Er drückte seinen Gesellen an die Brust.

Als sich Jordan von Notke losmachte, war sein Vater nicht mehr zu sehen. Jordan seufzte tief; es war ihm, als entwiche aller Schmerz der Welt aus seiner Brust. Dann setzte er sich wieder auf eine der umlaufenden Beichtbänke. Soeben hatte er sein altes Leben endgültig begraben.

❋

Lucia wachte auf, als die Sonne schon nachmittäglich ins Fenster schien. Fluchend warf sie sich ihr Gewand über, lief in den Hof und steckte den Kopf in die Regentonne, um endgültig wach zu werden. Sie wollte ins Katharinenkloster, so schnell wie möglich. Ihre verwuschelten Haare zwang sie in einen Zopf, den fetten Lipperadischen Geldbeutel befestigte sie an ihrem Gürtel und griff sich das Bündel mit dem roten Gewand. Gerade als sie auf die Königstraße trat, wankte ihr ein Bettler entgegen. Es war der einbeinige Madonnenschnitzer, dem ihre Schwestern und sie schon öfter eine milde Gabe hatten zukommen lassen. Er lächelte und grüßte ehrerbietig, sagte aber nichts weiter, sondern lächelte sie nur an, als wäre sie eine Heiligenerscheinung. Lucia öffnete den Geldbeutel. Es waren noch an die vier Mark in Schillingen darin. Sie sandte ein Gebet an die heilige Maria, dass sie ihr bei der Suche nach einem Platz im Leben helfen möge, nahm fünf Münzen und leerte den Rest in die Hand des Bettlers. Der Mann erstarrte. So viel hatte er vermutlich noch nie besessen. Er kniete nieder und küsste ihren Saum.

»Bete für mich«, sagte sie.

Sie wollte sich abwenden, da hielt er sie mit seiner schmuddeligen Hand am Kleidersaum fest. »Der Junge, der bei Euch war, in der Nacht, als Eure Schwester starb …«, begann er.

Lucia wandte sich ihm zu. »Woher weißt du von einem Jungen?«, fragte sie erstaunt. Dann fiel ihr ein, dass er ihnen auf dem Weg zur Backmester'schen begegnet war. »Jordan Wulfledder?«, fragte sie nach.

»Der Junge, der Euch mit den Augen liebkost. Der ist in St. Marien, mit seinem Meister, dem Maler!«

Lucia dachte an ihr Stoßgebet zur heiligen Maria. Vielleicht war das die Antwort der Gottesmutter.

»Geht zu ihm«, sagte der Bettler. Er rappelte sich auf und hinkte fort, die Königstraße hinunter.

Sie lief in die große Kirche der Bürger. In St. Marien wurde gerade eine Messe in der Briefkapelle abgehalten. Das Gemurmel der Gebete folgte ihr, als sie zur Oldesloer Kapelle kam. Sie hörte Jordans Stimme, bevor sie ihn sah. Und sie hörte seinen Vater. Vor Schreck versteckte sie sich hinter einer Säule. Und sie hörte, was sie zugleich glücklich und verzweifelt machte. Sie hörte, wie sich Jordan endgültig von seinem Vater lossagte, und es trieb ihr die Tränen in die Augen.

Lucia hockte sich vor einen kleinen Altar der heiligen Anna, der Schutzpatronin der Mütter und Familien, und betete für Jordan und seine Mutter. Als sie aus ihren Gebeten wieder aufsah, waren Jordan und Notke gerade dabei, ein verhülltes Bild aus der Kirche zu tragen. Es war kurz vor der Abendmesse. Sie folgte ihnen mit einem kleinen Abstand und wartete, bis die beiden Männer in der Malerhütte verschwunden waren. Dann klopfte sie an die Tür.

Als Jordan endlich öffnete und sie sah, riss er erstaunt die Augen auf. Ein Lächeln stahl sich auf seine Lippen. Sie betrachtete angestrengt ihre Trippenspitzen und wusste nichts zu sagen. Wie konnte sie ihm gestehen, dass sie seinen Streit mit dem Vater belauscht hatte?

»Ich habe neue Nachrichten über den Tod meiner Schwester.« Notke kam aus dem Nebenraum, er sah müde aus, wie auch Jordan. Er bot ihr einen Schemel an.

»Ich habe das Gewand herumgezeigt, das der Schurke Alheid übergezogen hat«, verkündete Lucia. »Die Backmester'sche hat mich zu einer Schneiderin weitergeschickt. Die sagt, es sei nicht von einem Handwerker gemacht worden. Es ist ein abgeändertes, getragenes Ballkleid. Menschen, die nähen können, würden es nicht so grob umgeändert haben. Also war es keine Frau. Aber auch kein Maler, denn die können nähen. Das sagt wenigstens die Backmester'sche.«

»Stimmt«, sagte Notke. »Die meisten Schildermaler machen Fahnen. Als Lehrling lernt man, die Verzierungen aufzunähen.«

»Das bedeutet noch nicht, dass die zünftischen Maler außer Verdacht stehen«, meinte Jordan. »Vielleicht sollte es nur so aussehen, als ob sie nicht nähen könnten.«

»Das ist weit hergeholt«, sagte Lucia.

»Es ist nur eine Möglichkeit«, meinte er, fast kühl, und spielte unruhig mit seinen Wamsbändern.

»Ich bin immer mehr überzeugt, dass Hinricus Risebitter hinter dem Ganzen steckt«, beharrte Lucia. »Zudem ist jemand im Kloster, der sich mit dem Abändern von Gewändern auskennt.«

»Ein Mönch?«, fragte Notke.

»Nein, die Schwester der Schneiderin, die mir gestern weiterhalf, dient dort als Küchenmagd. Und als Nebenverdienst hübscht sie abgelegte Kleider auf. Seht Ihr, auch das weist auf das Kloster hin.«

»Aber das ist doch kein Hinweis auf den Mörder. Geschweige denn ein Beweis, dass es Hinricus war«, meinte Jordan.

Warum war er so besserwisserisch ihr gegenüber, fragte sich Lucia. Sie konnte nicht leugnen, dass er recht hatte. Doch irgendetwas sagte ihr, dass alle Hinweise auf das Kloster St. Katharinen zielten.

Sie stand auf. »Das mag sein. Ich werde jedenfalls weiterforschen. Ich gehe allemal ins Katharinenkloster, weil ich diese Küchenmagd sprechen will. Vielleicht weiß sie, welcher Krämer das Kleid feilgeboten hat.«

Jordan nickte. Er sah ihr in die Augen, und sein Blick war wieder freundlich.

»Das ist vielleicht ein guter Hinweis. Aber eine Bitte habe ich: Geh nicht allein durch die Straßen, wenn es dämmert.«

Es musste ihm klar sein, dass er sie nicht von ihrem Vorhaben abbringen konnte. Doch die Sorge in seinem Blick schien echt zu sein, deshalb schenkte sie ihm ein Lächeln, bevor sie ging. Sie konnte nicht erwarten, dass er nach dem Streit in der Kirche gleich wieder der Alte war. Er gab ihr Lächeln zurück, und es beflügelte sie so, dass sie trotz ihrer Trippen den Weg durch die Dämmerung nach St. Katharinen im Laufschritt nahm.

An St. Katharinen klopfte sie an die Seitentür des Wirtschaftsgebäudes. Der oberste Laienbruder öffnete, und ein Schwall von Speisegerüchen kam ihr entgegen.

»Ihr kommt rechtzeitig zum Gesindemahl«, rief er und zog sie an der Schulter hinein. »Die Brüder haben gespeist. Wir haben nun das Recht auf die Reste, und die sind reichlich.«

Lucia setzte sich an den zur Tafel umgewandelten Arbeitstisch. Auf dem Tisch dampfte in zwei Schüsseln ein kräftiger Fleischreste-Kohleintopf, Brot in großen Brocken lag vor jedem Esser, und alle stocherten fröhlich mit ihren Holzlöffeln in den Schüsseln herum. Lucia bekam einen Löffel gereicht. Sie aß zwei oder drei Bissen von der wunderbar gewürzten Speise. Dann fragte sie in die Runde, wer die Schwester der Struck'schen sei. Sie hätte sich die Frage sparen können, denn die Küchenmagd war das Abbild ihrer Schwester. Sie saß zwei Hocker entfernt von ihr. Lucia schob ihr das Bündel zu.

»Ich suche den Krämer, der das Kleid verkauft hat, das so aufgebessert wurde.«

Die Magd öffnete das Bündel, und alle Augen waren plötzlich auf den roten Stoff gerichtet. Der Küchenbruder sprach zuerst aus, was sich alle fragten: »Ist das das Kleid, das Alheid anhatte?«

Lucia nickte. »Ich will wissen, wo es her ist, damit ich rausfinden kann, wer es erworben hat.«

Die Küchenmagd schüttelte den Kopf. »Hab ich in den letzten Wochen nirgendwo gesehen. Und glaub mir, ich lauf alle Krämer ab, um was zum Umarbeiten zu finden. Ich brauch das Geld.«

Der Küchenbruder fingerte an dem Kleid herum. »Ist schon alt, der Stoff, nicht wahr?«

Die Küchenmagd zuckte mit den Schultern. »Vielleicht zehn, zwanzig Jahre. Aber schön gefärbt.«

Da beugte sich ein junger Kleinknecht über den Tisch. »Ich glaub, ich kenn das. Die Farbe, die vergisst man nicht so schnell. So ein Rot! Wenn ich bloß draufkäme, wo ich das gesehen hab.«

»In deinen Träumen«, neckte ihn der Ofenjunge, fing aber vom Küchenbruder dafür eine Kopfnuss ein.

»Bestimmt nicht hier bei den Brüdern«, murmelte der Küchenbruder.

»Ich hab es. Das war, als ich für Pater Hinricus die Laterne tragen sollte, zu der Alten, die nicht sterben will … wie heißt sie noch?«

»Daledorp?«, versuchte es Lucia.

»Genau. Die war Krämerin. Und als der Herr oben bei ihr war, um zu beten, hab ich mich bei ihr umgeguckt.«

»Stehlen wolltest du«, ließ sich der Ofenjunge hören und bekam wieder eine Kopfnuss.

»Da hatte sie so ein rotes Ding auf einer Stange hängen. Das könnte es gewesen sein.«

»Aber die Daledorp'sche ist viel zu krank, um noch Handel zu treiben.«

»Das bezweifle ich. Sie hat sogar gehört, wie ich mich da umgesehen hab. Obwohl sie doch beten sollte. Sie rief runter, ich sollte raufbringen, was ich haben will, sie würde einen guten Preis machen.«

Lucia sprang auf und ließ den Löffel fallen. Also war es doch Hinricus gewesen. Sie musste sofort mit Jordan und Notke sprechen.

Sie dankte für das Essen, stopfte das schreckliche Gewand in das Bündel zurück und trat hinaus in die dunkle Nacht.

230

CAPUT 30

Du musst mit mir zum Tanz in leichter Rüstung eilen

Jordan und Notke warteten, bis sich die Dunkelheit mit der Stadt vermählt hatte; dann zog Notke das Narrengewand an. Er klingelte schalkhaft mit den angenähten Glöckchen, wirbelte den Zipfel seiner Kappe hin und her und grinste Jordan breit an. Mit einem verschwörerischen Blick steckte er ein scharfes Federmesser mit Scheide in seinen Stiefelschaft. Jordan bewaffnete sich mit einem Knüppel und einem ebensolchen Federmesser.

Dann verließen die beiden die Hütte.

»Mal sehen, wer besser tanzen kann: der Tod oder ich«, raunte Notke, als sie die Breite Straße überquerten und die Johannisstraße in Richtung St. Katharinen huschten, Notke voran, Jordan in sicherem Abstand.

Kurz vor dem Kloster begegnete ihnen ein Stadtwächter mit Laterne. Der Mann, ein untersetzter, stämmiger Kerl, der wie ein Knochenhauer wirkte, herrschte Notke an: »Was machst du hier?«

»Der Narr tanzt mit dem Tod um die Wette«, lachte Notke und wirbelte an dem verdutzten Wächter vorbei, bevor dieser es verhindern konnte. Seine kleine Laterne warf huschende Lichtzungen über das Pflaster, die sich rasch in Richtung Rathaus und Fronerei entfernten. Als sie über eine der Ketten sprangen und um die Ecke der Straße bogen, in der das Haus der Gudalberts stand, huschte ein Schatten in das weit zurückgebaute Portal von St. Johannis. Durch die Fenster der Kirche fiel ein schwacher, rötlicher Lichtschimmer. Jordan zupfte Notke am Narrengewand und deutete in die Schwärze des von zarten Heiligenfiguren bewachten Portals. Der Maler nickte und schüttelte sich, sodass die Schellen ein grelles, gar nicht mehr lustiges Geräusch verursachten. Dann liefen sie beide in die Finsternis hinein, Jordan zehn Schritte hinter Notke, an das Dunkel der Mauern gedrängt.

Es war Jordan, als lauere jemand ganz in ihrer Nähe. Er glaubte Geräusche rechts neben sich zu hören. Rasch drehte er sich um.

Etwas Weißes verschwand weiter hinten, in Richtung von

St. Ägidien. Jordan hätte schwören können, dass es ein Gerippe war. Ihm lief es kalt über den Rücken.

»Habt Ihr das auch gesehen?«, fragte er den Meister.

Notke schüttelte den Kopf. »Was? Wo?«

Jordan deutete nach Süden. »Ich glaube, das war er.«

»Also los«, meinte Notke und rannte voraus. Er kam nicht weit. In Höhe der Hüxstraße spannte sich eine altersdunkle Kette mit feinen, in der Dunkelheit kaum sichtbaren Gliedern über das Pflaster. Notke hatte den Blick fest geradeaus gerichtet und dabei die Kette übersehen. Er stolperte und schlug schwer zu Boden. Jordan kam ihm zu Hilfe und richtete ihn wieder auf. Der Maler schrie vor Schmerzen, als er versuchte, mit dem rechten Fuß aufzutreten. Er machte einen weiteren Versuch, dann noch einen. Zwar schienen Bein und Fuß nicht gebrochen zu sein, doch Notke konnte unmöglich sein Lockspiel fortführen. Er humpelte gotterbärmlich. Nach einigen Schritten bat er Jordan mit einem tiefen Seufzer, ihn zur Hütte zu geleiten. Sie machten sich auf den Weg durch die Hüxstraße, und Notke stützte sich schwer auf Jordan. Als sie in Höhe des »Adlers« waren, hörten sie ein böses Lachen aus der Richtung des Ägidienviertels. Jordan hatte Notke ins Bett gelegt und ihm den Knöchel mit Wasser aus der Waschschale gekühlt. Der Maler litt starke Schmerzen, die durch die Kühle etwas gelindert wurden. Notke kippte einen Becher mit Hypocras gegen die Pein hinunter. An einen Narrentanz in den Straßen Lübecks war nicht mehr zu denken.

Oder etwa doch?

»Zieht das Gewand aus, Meister«, sagte Jordan, während er vor dem Bett stand und den Maler anschaute.

»Bist du verrückt? Willst du es selbst machen? Du wärest allein; ich kann dir nicht helfen. Außerdem ist es nicht dein Gesicht, das den Narren auf dem Bild ziert.« Nochmals schenkte sich der Maler Würzwein ein.

»Ich glaube, es ist gleichgültig, um wessen Gesicht es sich handelt«, gab Jordan zurück. »Alheid Gudalbert wurde umgebracht, obwohl die Jungfrau auf unserem Bild ihr in keiner Weise gleicht. Es geht nur um die Gestalten und um das, was sie vorstellen.«

»Warum hatten dann die drei ersten Toten die Gesichter aus den Bildern?«, fragte Notke.

Jordan zuckte die Achseln. »Woher soll ich das wissen? Bin ich etwa der Mörder?«

Notke lachte heiser auf. Dabei bewegte er unbeabsichtigt den verletzten Knöchel und stöhnte vor Schmerz.

»Es kommt nicht in Frage, dass du in die Nacht hinausgehst. Du bist ohne Schutz. Du könntest angegriffen werden und unterliegen. Und dann haben wir das nächste Opfer«, sagte er und leerte wieder einen Becher Wein.

Jordan lachte. Er bemerkte selbst, wie hohl es klang. »Ich bin jung und stark, Meister. Mir wird schon nichts geschehen. Wenn ich aber nicht gehe, haben wir unser Bild vergebens gemalt.«

»Ich verbiete es dir.«

Kurze Zeit später schlief der Maler ein. Und er schlief tief und fest. So fest, dass er nicht bemerkte, wie Jordan ihm das Gewand auszog, es sich überstreifte und danach die Kappe aufsetzte. Er verließ unbemerkt die Malerhütte.

*

Lucia klang Jordans Warnung noch in den Ohren, als sie auf die Straße trat. Es war inzwischen dunkel geworden. Sie sah sich nach einem Laternenträger um und wurde vor dem Heilig-Geist-Spital mit seinen spitzen Türmchen fündig. Einer ihrer letzten Schillinge wechselte in die Hand des Mannes, der behauptete, er könne kein Wechselgeld herausgeben. Sie verpflichtete ihn für den gesamten Abend und hastete los in Richtung St. Marien. Sie wollte Notke und Jordan abholen, denn der Weg in den Gang bei St. Ägidien war weit, und sie wollte die Zeugenschaft der beiden Männer, wenn sie die arme alte Dalendorp'sche befragte – außerdem wollte sie einfach, dass Jordan bei ihr war. Sie bog ein nach St. Marien und klopfte an die Bauhütte des Malers. Nichts rührte sich. Sie klopfte erneut, lauter diesmal, aber sie traute sich nicht einzutreten. Dann rief sie Notkes Namen, während der Laternenträger auf ihr Geheiß ebenfalls gegen die Tür hämmerte. Ein klägliches »Herein« war die Antwort. Lucia hieß den Laternenträger warten und betrat die Hütte.

Der Maler lag angekleidet auf dem Bett und drehte sich mit schmerzverzerrtem Gesicht zu ihr um. Neben ihm brannte eine kleine Tranfunzel, in deren schwachem Licht Lucia sah, dass Notkes rechter Fuß mit nassen Tüchern bedeckt war.

»Was ist Euch geschehen?«, fragte sie.

»Verrenkt!«

»Wie konnte denn das passieren? Beim Malen?«

»Das geht Euch nichts an.«

»Habt Ihr noch Marquards Minze? Sie kühlt alle Schwellungen.«

»Die Minze ist hinten, beim Brot, in einem Tiegel.«

Lucia fand das Tiegelchen rasch, sie setzte sich neben Notke und nahm die Tücher von seinem Fuß.

»Wo ist eigentlich Jordan?«, fragte sie. Der Maler antwortete mit einem unverständlichen Grunzen. Sie bestrich die Haut mit dem kühlenden Öl und fächelte Luft darüber.

»Das ist höllisch kalt.«

»Die Hölle ist heiß, Notke. Und wenn Ihr mir nicht sagt, wo Jordan ist und was ihr beiden vorhabt, dann mach ich höllischen Ärger.«

Notke stöhnte. »Weiber.«

»Was ist also los? Ich wollte, dass ihr mich auf meiner Suche nach dem Mörder begleitet und muss feststellen, dass der eine invalide und der andere verschwunden ist. Sprecht endlich, Notke.«

»Jordan sucht den Mörder. Allein. Ich konnte ihn nicht aufhalten.«

Lucia sah ihm an, dass etwas nicht stimmte. »Er bringt sich in Gefahr, nicht wahr?«

Notke nickte, sah ihr in die Augen und berichtete von der Falle, dem tanzenden Narren und Jordans Alleingang.

»Wo will er tanzen?«

»Ich vermute, die Breite Straße entlang in Richtung St. Katharinen, weil Ihr doch immer behauptet, die Morde hätten was mit dem Kloster zu tun.«

»Dummer Männermut«, fluchte Lucia. »Ich hab draußen einen Laternenträger stehen, den nehme ich mit und gehe Jordan suchen.«

»Tut das, das ist das Beste«, murmelte Notke und ließ sich wieder in die Kissen rutschen.

Als Lucia aus der Tür trat, war der Laternenträger verschwunden. Sie stieß einen leisen Fluch aus, schlich in die Malerhütte zurück und stibitzte Notkes Laterne, entzündete sie an dem Licht neben dem schlafenden Maler. Dann machte sie sich allein auf den Weg ins Dunkel. Sie musste Jordan folgen – zu seinem Besten.

*

Jordan huschte die Breite Straße hinunter bis zum Schrangen. Er konnte nicht so tanzen wie Notke, doch er hoffte, ein wenig Springen und Hüpfen würde ausreichen. Das Gewand war etwas zu groß für ihn, und er musste aufpassen, dass er nirgendwo hängenblieb.

Als er über die Kette am Ende des Schrangens gesprungen war, hielt er inne und lauschte. Die Stadt lag wie tot vor ihm. Kein Laut drang aus den Straßen. Es war, als habe ein Ungeheuer alle Geräusche verschluckt. Es war stockfinster. Hinter keinem Fenster brannte Licht, nirgendwo war ein Laternenträger zu sehen. Ob der Mörder tatsächlich in den Eingeweiden der Stadt auf ihn wartete? Was war, wenn Jordan sich hier nur zum Narren machte? Doch er durfte jetzt keinen Rückzieher mehr machen.

Er tanzte die Königstraße hoch in Richtung St. Katharinen. Da sprang ihn aus der Hundestraße der Tod an. Knochenarme und Knochenfinger schlossen sich um seinen Hals. Der Angriff war so schnell erfolgt, dass Jordan nicht einmal mehr einen Schrei hatte ausstoßen können. Feuer brannte in seinen Augen und in seiner Lunge. Er schlug wild mit den Armen aus und traf auf etwas Festes. Es waren keine klappernden Knochen. Es fühlte sich an wie Stoff. Und wie sehniges Fleisch darunter. Das war kein Knochenmann. Und auch kein Dämon. Auch wenn er nach offenen Gräbern und fischiger Verwesung stank. Es war ein Mensch aus Fleisch und Blut.

Jordan ruderte mit den Armen, und einer seiner verzweifelten Schläge schien den anderen getroffen zu haben. Er spürte, wie sich der Griff um seinen Hals lockerte. Sofort schrie er aus Leibeskräften: »Hilfe! Zu Hilfe!« Dann schickte ihn ein Kinnhaken, der wie aus dem Nichts kam, zu Boden. Hart schlug er auf dem Straßenpflaster auf. Eine Marienfigur an einem Eckhaus schaute auf ihn hinunter und schien ihn anzugrinsen. Sie verschmolz mit dem Bild des Todes.

Noch bevor Jordan wieder aufspringen konnte, hatte sich der tanzende Tod auf seinen Brustkorb gesetzt. Jordan roch den fauligen Atem. Eine Erinnerung stieg wie eine Seifenblase in ihm hoch. Der Gestank nach faulem Fisch und Verwesung wurde stärker, als sich die Gestalt tiefer über ihn beugte, ihm die Hände wieder um den Hals legte und zudrückte. Jetzt erkannte Jordan deutlich, dass das Gerippe bloß auf schwarzen Stoff gemalt war. Er versuchte sich mit aller Kraft aufzubäumen, doch der Angreifer saß zu fest auf ihm.

Er kannte den Täter. Das wusste er plötzlich ganz genau. Ihm wurde schwarz vor Augen. Seine Lunge drohte zu platzen. Das Feuer hinter seinen Augen wirbelte in roten Kreisen umher. Der Tod über ihm keuchte, doch er sagte kein Wort. Er arbeitete schweigsam und zielgerichtet. Jordan hörte noch ein Letztes: Es war das Klappern von Trippen irgendwo auf dem Pflaster. Dann wurde alles dunkel um ihn herum.

Durch die Dunkelheit gellte ein Schrei. Ein sehr naher Schrei, der Jordan zurück in die Wirklichkeit holte. Er spürte, wie sich der Griff um seinen Hals lockerte, er hörte ein Röcheln, dann hob sich das Gewicht von seinem Brustkorb. Der Tod über ihm vollführte seltsame, ruckartige Bewegungen. Etwas hatte sich um seinen Hals geschlungen und drückte das Gewand zusammen, sodass die Knochen grotesk verzerrt wurden.

Jordan blinzelte. Er starrte auf den lautlosen Kampf, der da über ihm tobte. Das, was sich um den Hals des tanzenden Todes geschlungen hatte, war ein Schal. Jordan kannte ihn. Es war der Schal, den die tote Alheid getragen hatte.

Der Tod kämpft gegen ein Gespenst, dachte Jordan benommen, doch dann sah er die kleine Frau, die den Schal mit all der ihr zur Verfügung stehenden Kraft hinter dem tanzenden Tod zusammenzog. Es war Lucia.

Jordan sprang auf, packte den Angreifer, rang mit ihm, während er krächzend nach der Stadtwache rief. Es gelang ihm, den Tod auf den Rücken zu werfen, und Lucia sprang ihm auf den Brustkasten und hielt seine Hände fest.

»Du hast mir das Leben gerettet«, stieß Jordan hervor.

Gemeinsam hielten sie den Tod fest und schrien lauthals: »Gefahr! Gefahr!«

Ein verschlafener Wächter erschien mit einer kleinen Hellebarde, sein Nachtlicht tanzte wie ein Glühwürmchen vor ihm her. Als er sah, was hier vor sich ging, versetzte er dem am Boden liegenden Gerippe mit dem Stiel seiner Hellebarde einen Stoß gegen den Kopf. Die Gestalt wehrte sich nicht mehr. Lucia und Jordan hoben den Gugel an, auf den weiß der Schädel gemalt war, und zogen ihn dem Ohnmächtigen über den Kopf. Der Wächter hielt seine Laterne über die erschlafften Züge.

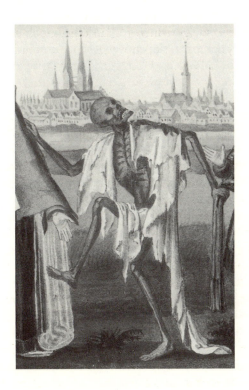

CAPUT 31

Ich bin ein Mensch, doch den Menschen nicht geneigt

Die Züge des am Boden Liegenden waren grob. Die schwarzen Haare hingen ihm wirr ins Gesicht.

»Wer ist das?«, fragte Lucia.

Statt einer Antwort sprang Jordan auf und rannte fort, noch bevor der Wächter dem Bewusstlosen Fesseln angelegt hatte.

»Du kannst doch jetzt nicht weglaufen«, rief Lucia hinter ihm her.

»Ich muss!« Er lief in seiner närrischen Gewandung die Johannisstraße hoch. Die Schellen klirrten. Zwei Wachen sahen ihn und lachten. Er blieb stehen und forderte sie auf, ihrem Gefährten in der Königstraße zu helfen, dann hastete er weiter.

Jordan konnte es einfach nicht glauben. Die Wahrheit war erschreckender als alles, was sie vermutet hatten.

Der Mond tauchte die Stadt in ein geisterhaft graues Licht. Die schmalen Giebelhäuser mit ihren himmelwärts strebenden Blendarkaden starrten auf ihn hinunter. Auf ihren bemalten Backsteinen lagen dichte Schatten, unterbrochen von Mondlichtstreifen. Dann kam die Schauwand des Rathauses in Sicht; durch ihre Windlöcher tropfte der Mondschein, und die Türmchen stachen in den samtenen Himmel wie die Messer, die in Jordans Herz steckten. Schon eilte er an St. Marien vorbei, durch die Mengstraße und stand vor dem elterlichen Haus.

Ein Haus wie alle anderen, vielleicht ein wenig stattlicher, vielleicht ein wenig reicher – vielleicht ein wenig verdorbener. Jordan hastete die Stufen hoch, eilte durch die Diele und rief: »Vater. Komm runter, ich muss mit dir reden.«

Brun Wulfledder kam nicht aus der ehelichen Schlafkammer, sondern aus dem Kontor, das rechts von der Diele abzweigte, und erbleichte, als er seinen Sohn im Narrengewand sah. Die beiden standen einander gegenüber. Zunächst sagte keiner ein Wort. Mit Erstaunen stellte Jordan fest, dass die Ader an seines Vaters Schläfe nicht pochte. Er war blass wie der Tod. Endlich fragte der alte Kaufmann: »Du? Wieso steckst du in diesem dummen Gewand?«

»Warum sollte ich es nicht tragen?«

»Weil du kein Narr bist.«

»Noch vor kurzem hast du das Gegenteil behauptet.«

»Es ist gefährlich, sich zum Narren zu machen.«

»Ach ja? Warum?«

»Komm mit ins Kontor. Schließlich muss nicht das ganze Haus mithören.« Sein Vater drängte ihn in den engen Raum, der Jordan seit jeher wie eine Folterkammer vorgekommen war. Niemand sonst hielt sich in dem Raum auf, der von einer einsamen Kerze auf dem Schreibpult erhellt wurde. Brun Wulfledder ließ sich schwer auf einen Stuhl fallen. Jordan blieb vor ihm stehen. »Also sprich: Warum trägst du dieses Narrengewand?«, fragte der Kaufmann und schaute zu Boden.

»Notke und ich haben dem Totentanzmörder eine Falle gestellt«, antwortete Jordan und sah seinen Vater fest an. »Wir wollten den Mörder auf die Spur des Narren setzen und ihn überwältigen, wenn er versuchen sollte, den nächsten Mord zu begehen.«

»Das Bild in St. Marien trägt Notkes Gesicht«, murmelte der Vater.

»Das stimmt, und zuerst war es auch Notke, der den Lockvogel gespielt hat«, erklärte Jordan. In ihm krampfte sich alles zusammen. Jedes Wort, das sein Vater sagte, bestätigte seinen Verdacht. »Aber dann hat sich Notke den Knöchel verstaucht, und ich bin für ihn eingesprungen.«

»Das war sehr gefährlich«, flüsterte Brun Wulfledder, der seinen Sohn noch immer nicht ansehen konnte.

Jordan hatte genug von diesem Versteckspiel. »Warum?«

»Warum ... was?«

»Warum hast du diesem flämischen Matrosen befohlen, Leute aus der Stadt zu töten, die den Dargestellten auf dem Totentanz ähnlich sehen? Ich habe Claes, den ersten Maat von der ›Dat hilligen Boek van DeSleghte‹ wiedererkannt.«

»So weißt du es also.« Brun Wulfledder sah seinen Sohn offen an. »Es ging um dich. Ich wollte Notke in Verruf bringen. Ich wollte erreichen, dass er als Mörder verhaftet oder wenigstens aus der Stadt geworfen wird.« Er stand langsam auf und verschränkte die Arme vor der Brust. »Ich wollte, dass du zu mir zurückkommst. Du darfst dein Leben nicht wegwerfen. Um keinen Preis.«

»Mein Leben – oder deines?«, fragte Jordan kalt zurück.

»Es ging mir um dich. Natürlich wäre ich niemals in den Rat gewählt worden, wenn du wirklich Maler geblieben wärest. Und ich hätte niemanden gehabt, der mein Erbe übernimmt. Auch das wiegt schwer. Aber vor allem liegt mir dein Glück am Herzen.«

»Wie konntest du nur versuchen, mein Glück auf dem Tod anderer zu gründen?«, fragte Jordan mit tiefem Abscheu in der Stimme.

»Du solltest mich kennen. Zur Erreichung meiner Ziele ist mir jedes Mittel recht. Ich habe dich mehrfach gewarnt, aber du wolltest ja nicht auf mich hören.« Wulfledder reckte das Kinn. »Es war so einfach, den tanzenden Tod zur Wirklichkeit werden zu lassen. Ich kannte ja die Bilder und auch die Vorbilder für diese Werke. Und Seeleute sind manchmal sehr dankbar, wenn man ihnen einen fürstlichen Lohn in Aussicht stellt, der es ihnen ermöglicht, von ihrem Seelenverkäufer herunterzukommen.« Der alte Kaufmann lächelte kalt. »Ich habe die ganze Stadt in Aufruhr versetzt und die Meute auf Notke gehetzt. Fast wäre mein Plan aufgegangen. Du wärest zu mir zurückgekommen, hättest Anna Lipperade geheiratet, und alles wäre gut gewesen. Ihr alle habt nach meiner Pfeife getanzt. Wie aber hätte ich ahnen sollen, dass du den Narren spielen wirst? Fast hätte ich das getötet, was mir das Liebste im Leben ist.«

»Du bist kein Mensch mehr, Vater. Du bist der Teufel!«

»Zu viel der Ehre! Ich bin nur ein einfacher Kaufmann, der seinen Vorteil auszuspielen weiß.«

»Weiß Mutter davon?«

»Natürlich nicht.«

Jordan richtete den Blick aus dem Fenster. »Dein Handlanger Claes ist erwischt worden. Man wird ihn verhören, und du weißt, was das heißt. Er wird gegen dich aussagen – aber erst morgen, wie ich vermute. Du hast also noch ein wenig Zeit. Ich gehe jetzt. Ich überlasse es dir, nun das Richtige zu tun.«

»Einen guten Kaufmann zeichnet nicht nur aus, dass er Gewinn macht, sondern auch, dass er weiß, wenn er verloren hat«, sagte sein Vater und bedachte Jordan mit einem Blick, aus dem jede Gefühlsregung verschwunden war.

Jordan schritt durch die Tür und rannte aus dem Haus, das nicht länger sein Vaterhaus war. Er wusste, dass er auch seine Mutter zurückließ, doch er konnte keinen Atemzug länger bleiben.

Am Ende der Mengstraße lehnte er sich gegen die warmen Ziegel eines Hauses und weinte.

Als Jordan am Morgen vor Lucias Haus gegenüber St. Johannis stand, zitterten ihm die Beine. Er wäre am liebsten umgekehrt und hätte sich irgendwo verkrochen.

Noch am Abend zuvor hatte er Notke berichtet, was vorgefallen war und wer hinter den Morden steckte. Auch Notke war entsetzt gewesen.

»Habe deinen Vater nie geschätzt«, hatte er gemurmelt, »aber das hätt ich ihm nicht zugetraut.«

Jordan hatte die Nacht in der Malerhütte verbracht und furchtbare Träume gehabt. Eigentlich hatte er sofort zu Lucia laufen wollen, doch dafür er war zu aufgewühlt gewesen.

Er riss sich zusammen und klopfte. Es dauerte nicht lange, bis Lucia ihm öffnete. Auch sie schien schlecht geschlafen zu haben. Dunkle Ringe lagen unter ihren Augen, und ihr schönes blondes Haar war zerzaust.

Als sie ihn sah, flog sie ihm in die Arme. Er vergaß alles, was er hatte sagen wollen, schmiegte sich an sie, streichelte sie, und ihre Lippen fanden zu einem verzweifelten Kuss. Es lag darin weniger Leidenschaft als das Verlangen, einander Halt zu geben und sich zu stützen. Sie zog ihn ins Haus und warf die Tür hinter sich zu. In der Diele berichtete er ihr von dem Besuch bei seinem Vater und dessen furchtbarem Geständnis. Lucia wurde bleich. Tränen füllten ihre schönen grauen Augen.

»Du musst zur Fronerei gehen«, sagte sie schließlich. »Du musst zu Protokoll geben, dass du den Mörder kennst.«

Jordan nickte. Ihm war unendlich elend zumute. Lucia umarmte ihn und drückte ihn an sich.

»Ich kann mir vorstellen, wie schwer das alles für dich ist«, sagte sie, während sie ihm über das braune Haar streichelte. »Ich habe meine Schwestern verloren, und du hast deinen Vater verloren.«

»Er hat es selbst zu verantworten, dass er sein Leben verwirkt hat«, sagte Jordan traurig. Er hielt sich an der kleinen Lucia fest

241

wie an einem Rettungsanker. »Aber deine Schwestern waren unschuldig.«

»Umso wichtiger ist nun, dass die Gerechtigkeit ihren Weg nimmt. Geh und sorge dafür. Und komm danach wieder zu mir.« Sie drückte ihn sanft von sich fort. Er küsste sie ein letztes Mal und verließ das Haus.

In der Fronerei hatte man ihn schon erwartet; es waren zwei Wachen nach ihm geschickt worden. Er sollte gegen Claes, den Flamen aussagen, der die Nacht im Kerker verbracht hatte und gleich zum ersten Mal verhört werden sollte.

Jordan wurde in eine Kammer zu ebener Erde geführt, deren gewölbte Decke von zwei mächtigen Pfeilern getragen wurde. An der Stirnwand stand ein langer Tisch, hinter dem Doctor von Hachede als Gerichtsherr saß. Neben ihm wartete der Stadtsyndikus Simon Batz de Homborch mit einem Schock Pergament auf die Aussagen. Sein langer Federkiel sah aus, als wolle er jedes Wort in der Luft aufspießen und dann auf dem Pergament festnageln. Von Hachede bedeutete Jordan, sich neben den Syndikus zu setzen.

Claes, der flämische Maat, wurde hereingebracht. Als er Jordan sah, grinste er ihn frech an. Die Wachen zwangen den schwarzhaarigen Flamen auf einen Stuhl in einiger Entfernung vor dem Richtertisch und stellten sich neben den Mordbuben, dessen Hände noch gefesselt waren. Der Flame spuckte dem Wächter zu seiner Rechten vor die Füße. Dieser verzog keine Miene und tat, als habe er die beleidigende Handlung gar nicht bemerkt.

»Kennt Ihr diesen Mann, Jordan Wulfledder?«, fragte der Gerichtsherr.

»Ja. Er gehört zur Besatzung der ›Dat hilligen Book van DeSleghte‹, die Waren meines Vaters an Bord hatte.«

»Was sagst du dazu, Flame?«, rief der Gerichtsherr dem Gefangenen zu.

Claes grinste noch breiter. »Was soll ich sagen? Habt mich doch auf frischer Tat ertappt. Stimmt, ich stehe in Diensten von Brun Wulfledder.«

»Du wolltest seinen Sohn töten«, meinte der Gerichtsherr. Es war keine Frage, sondern eine Feststellung.

»Kann ich wohl nicht leugnen, obwohl ich keine Ahnung hatte, dass der Mann im Narrenkleid Wulfledders Sohn war. Sein Vater hätte mir wohl kaum den Auftrag erteilt, seinen einzigen Spross zu ermorden, auch wenn der ziemlich schlecht geraten und aus der Art geschlagen ist. Wenn ich Wulfledder wäre, würde ich dem Burschen und seinem Malermeister höchstpersönlich den Hals umdrehen. Aber so feine Kaufherren brauchen dafür unsereins.«

Er spuckte wieder auf den Boden.

Von Hachede schluckte. Jordan sah, wie der Syndikus im Schreiben innehielt. Die Aussage des Flamen verschlug den beiden Gerichtsleuten den Atem.

Als sich der Gerichtsherr wieder gefasst hatte, fragte er nach: »Du gibst also zu, die Morde begangen zu haben?«

Der Flame nickte. Jordan wunderte sich, warum er so kampflos aufgab. Hoffte er trotzdem davonzukommen?

»Und du behauptest, Brun Wulfledder sei dein Auftraggeber gewesen?«, wollte der Gerichtsherr wissen. Der Unglaube troff aus seiner Stimme.

»Jawohl. Ich habe keine Ahnung, warum er von uns wollte, dass wir als Tod verkleidet durch die Straßen tanzen und die Gestalten auf diesen seltsamen Bildern morden, aber genauso war es. Und er zahlte gut. Es war ein mächtiger Spaß, die Stadt in Angst und Schrecken zu versetzen.« Er verdrehte die Augen.

»Wir? Du hattest noch einen Komplizen?«, fragte der Gerichtsherr. Die Feder des Notars kratzte so laut über das Pergament, dass sich Jordan am liebsten die Ohren zugehalten hätte.

»Piet, mein Kumpan von der ›Dat hilligen Book van DeSleghte‹.«

»Und zusammen habt ihr all die armen Menschen umgebracht?«

»Arme Menschen? Die Bettlerin hat es besser jetzt, wären sowieso bald krepiert, die und ihr Balg«, meinte Claes leichthin. »Und der Küster ist bei seinem Gott, wo er immer hinwollte. Und dieser Narr da neben Euch hat schließlich überlebt.«

»Nicht zu vergessen die Mönchin und die Jungfrau«, sagte der Gerichtsherr streng.

»Die hab ich nicht getötet.«

»Wer dann? Dein Spießgefährte?«

»Nein. Piet hat nur getanzt.«

»Du lügst.«

»Warum sollte ich lügen? Hab ich nicht die anderen Taten gestanden? Piet kann nur springen und hüpfen. Die wahre Arbeit machte ich, denn nur ich konnte es tun. Und dazu stehe ich. Ich kann nichts verlieren, nicht einmal mein Leben, denn ich bin unsterblich wie alle Dämonen.« Er grinste, als hätte er einen guten Witz gerissen.

Jordan zog die Brauen zusammen. Er verstand das alles nicht. Die Aussage des Flamen war unbegreiflich für ihn. Er würde für seine Untaten hingerichtet werden. Was nützte es ihm, zu behaupten, er habe die Schwestern Gudalbert nicht getötet, wo doch das Gegenteil offensichtlich war?

»Du lügst«, wiederholte der Gerichtsherr stur. »Du hast sogar in das Beutelbuch der Mönchin einen Spruch geschrieben, der auf den Totentanz und dessen Urheber hinweisen sollte.«

»Geschrieben? Ich?« Claes lachte grell auf. »Ich kann gar nicht schreiben.«

»Du warst doch Erster Maat«, entgegnete von Hachede.

Der Mörder grinste. »Dafür brauchte ich nicht zu schreiben. Wieso hätte ich es auch lernen sollen? Ich vertändele meine Zeit nicht mit billigen Worten. Ich schaffe Tatsachen.« Er räusperte sich, dann fuhr er fort: »Habt Ihr schon einmal einen Menschen umgebracht?«

Von Hachede sah ihn verständnislos an.

»Aber natürlich, wie konnte ich nur diesen Fehler begehen!«, rief Claes und lachte böse. Jordan lief es kalt den Rücken herunter. Es war dasselbe Lachen, das er schon mehrfach im nächtlichen Lübeck gehört hatte. Es war das Lachen der Hölle.

»Ihr habt schon eine Menge Leute ins Jenseits befördert, nicht wahr, Herr Richter? Sagt selbst: Macht es nicht einen schrecklichen Spaß? Wir Höllengezücht kennen jedenfalls nichts Besseres.«

Er grinste den jungen Rechtsgelehrten an. Jordan warf ihm von der Seite einen raschen Blick zu. Von Hachede war bleich geworden – ob aus Ärger oder aus Angst, wusste Jordan nicht zu sagen. Das bisher einzige Todesurteil des jungen Gerichtsherrn war das gegen die Bettlerin gewesen, gegen eine Unschuldige. Jordan sah, wie der Ratsherr würgte.

Auch der Flame erkannte die Unsicherheit des hohen Herren und spielte weiter mit ihm wie die Katze mit der Maus. Er trumpfte auf als säße er im Wirtshaus. »Wenn man mordet, ist man wie

Gott. Dann sind wir Dämonen seine Kinder. Und wenn man uns auch noch Geld dafür gibt, warum nicht? Auch Gott ist nichts anderes als ein Schlächter, aber er ist billig. Er tötet nicht um Gold, sondern um Gebete.«

Plötzlich brach es aus von Hachede heraus. Er sprang auf und schlug mit der Faust auf den Tisch:

»Du bist ein Ketzer schlimmster Sorte. Es würde mich nicht wundern, wenn du einen Pakt mit dem bösen Feind geschlossen hättest. Man sollte dich mit glühenden Zangen zwicken, bevor du zu Tode gebracht wirst – auf die schrecklichst mögliche Weise, wie die Hexen und Zauberer.«

Der Flame spuckte wieder aus und erwiderte gelassen: »Ist unser Herrgott nicht auf ähnliche Weise gestorben? Gegeißelt und zum Verbluten aufgespickt? Welche Ehre für jemanden aus dem Gefolge Satans!«, kreischte er und kicherte irr.

Von dieser Anmaßung völlig überwältigt ließ sich von Hachede wieder auf seinen Stuhl fallen. Er blickte zum Syndikus Batz de Homborch, der ihm zunickte. Der junge Jurist gewann seine Fassung wieder.

»Ich frage dich noch einmal«, sagte er mit eisig-kalter Stimme, »behauptest du immer noch, dass du Alheid und Juleke Gudalbert nicht getötet hast?«

»Ich habe davon gehört, dass zwei Weiber umgebracht wurden, und eine von ihnen war sogar auf einem der Bilder des Totentanzes abkonterfeit. Die andere aber nicht, was schon beweist, dass weder ich noch Piet es waren. Wir dürfen uns nicht mit fremden Federn schmücken.«

»Du hättest beinahe Jordan Wulfledder getötet, und der Narr auf dem Bild in St. Marien trägt nicht sein Gesicht, sondern das des Meisters Notke, wie ich mir habe sagen lassen«, wandte der Gerichtsherr ein.

»Das wäre in der Tat ein Fehler gewesen«, gab der Flame so sachlich zu, als rede er über die Qualität von Bier oder Wein. »Aber zunächst war es der Meister, der als Narr durch die Straßen getanzt ist. Ihm bin ich einige Zeit gefolgt. Dann scheinen sie das Gewand gewechselt zu haben.«

»Schreibt, dass er den Mord an den Schwestern hartnäckig leugnet«, befahl der Gerichtsherr dem Syndikus. »Wir werden die peinliche Befragung durchführen.« Von Hachede stand auf und rieb sich die Hände. »Führt ihn ab.«

»Ich freue mich darauf, Euch wiederzusehen«, sagte der Flame, als er aus dem hohen Kuppelsaal gebracht wurde. »In der Hölle.« Dann verschwand er mit den beiden Wächtern durch die Tür. Seine letzten Worte hingen noch als Drohung im Raum.

»Nun müssen wir, fürchte ich, Euren Vater befragen, Jordan Wulfledder. Würdet Ihr uns den Gefallen tun, uns zu begleiten?« Jordan nickte.

Von Hachede, der Notar, zwei Stadtwächter und deren Hauptmann Moritz von Pyrmont machten sich auf den Weg in die Mengstraße zu Jordans Elternhaus. Jordan ging ein wenig hinter ihnen. Teils hoffte er, der alte Mann werde seine gerechte Strafe erhalten, teils betete er darum, dass sein Vater bereits geflohen war.

Der Gerichtsherr klopfte schwer an das Portal, und Peter Rode, der Schreiber öffnete. Er führte die Männer ehrerbietig in die Diele, wo sie von Jordans Mutter Johanna empfangen wurden. Sie trug nur ihren hellgrauen Pelzhoyken und ein Nachthemd. Ihr Gesicht war tränenüberströmt, und sie zitterte. Während sie erklärte, dass ihr Mann am Morgen verschwunden sei, sah sie ihren Sohn flehend an. Sie erzählte, Brun Wulfledder habe all jene Kleidungsstücke mitgenommen, die für Nowgorod gedacht waren – alle Pelze, gefütterten Wämser, wärmenden Kappen – und all sein Geld. Er sei seit etwa fünf Stunden fort und habe ihr nicht gesagt, wo er hingehen wollte.

»Die ›Dat hilligen Book van DeSleghte‹!«, rief Jordan. »Sie ist vor einigen Tagen, als das Morden begann, aus Brügge hergekommen und sollte hier Salz für Nowgorod an Bord nehmen. Ich glaube, heute läuft sie aus.«

Sofort stürmte der Hauptmann mit seinen Männern aus dem Haus.

»Was ist hier los?«, fragte Jordans Mutter mit großer Qual in der Stimme. Jordan brachte es nicht über sich, ihr die Wahrheit zu sagen. Er küsste ihr die Stirn und floh ebenfalls aus dem Kaufmannshaus. Also blieb es von Hachedes Aufgabe, die gebrochene Frau über das Verbrechen ihres Gemahls aufzuklären.

Jordan gelang es, den Hauptmann und seine Leute noch vor dem Tor an der Trave einzuholen.

»Ich kann Euch zeigen, wo die ›Dat hilligen Book van DeSleghte‹ liegt«, rief er hinter ihnen her. Sie drehten sich zu ihm um. Gemeinsam durchquerten sie das Tor; die Wachen erkannten Moritz von Pyrmont sofort. Jordan führte die Stadtsoldaten durch das Gewühl am Hafen zur Anlegestelle der flämischen Kraweel. Doch das Schiff hatte bereits abgelegt – vor zwei Stunden, wie sie von einem Schauermann erfuhren. Damit war Brun Wulfledder entkommen. Der Sohn schickte dem Vater einen Fluch und ein Gebet hinterher.

An der Kaimauer der Trave bildete sich ein Aufruhr, als einige Männer einen Leichnam aus dem Wasser zogen. Sie winkten von Pyrmont heran und Jordan folgte ihm. Bei dem Toten handelte es sich um Piet, den Spießgesellen des verhafteten Flamen. Brun Wulfledder hatte Lübeck nicht verlassen, ohne ein weiteres Verbrechen begangen zu haben. Dass er es war, der den gedungenen Mörder zum Schweigen gebracht hatte, bezweifelte Jordan nicht. In der Tat fanden sich rasch zwei Augenzeugen, die gesehen hatten, wie ein älterer Mann mit einem schweren Seesack über der Schulter in einen heftigen Streit mit einem Seemann geraten war. Sie hatten es allerdings nicht für nötig befunden, einzugreifen, da sie den Alten als Brun Wulfledder erkannt und ihm keine Schandtat zugetraut hatten.

Sie hatten auch nicht mehr gesehen, wie das Opfer erstochen und in die Trave gestoßen wurde.

Jordan lief wieder die Mengstraße hoch, vorbei an seinem Elternhaus, vorbei an den hohen Türmen von St. Marien, die wie Mahnmale in den blauen, von wenigen Wolken durchzogenen Frühlingshimmel stachen, er überquerte die Breite Straße, lief die Johannisstraße hinunter, wurde immer schneller, je näher er seinem Ziel kam.

Ein Gedanke ließ ihn auf dem ganzen Weg nicht los: Warum hatte Claes geleugnet, die Schwestern Gudalbert ermordet zu haben, wo dieser Teufel doch die anderen Taten so bereitwillig eingestanden hatte? Wo er geradezu stolz gewesen war, da sie ihn in seinen Augen gottgleich gemacht hatten, in Wirklichkeit aber nur zu einem grausamen, irren, widersinnigen Dämon.

War der Schrecken nun wirklich und endgültig vorbei?

CAPUT 32

Wenn dieser Zug geschehen, so ist der Lauf vollbracht?

Lucia brannte darauf, zu erfahren, was mit dem Mörder ihrer Schwestern geschehen sollte. Sie wollte Rache für ihre Schwestern, aber sie sehnte sich ebenso sehr nach ihrem Liebsten. Als es endlich an der Haustür klopfte, sauste Lucia zur Tür. Sie zog ihn ins Haus und umarmte ihn. Er umfing sie, steckte seine Nase in ihre Zöpfe und weinte.

»Was ist mit deinem Vater?«, fragte sie leise.

Jordan zuckte mit den Schultern. »Er hat sich davongemacht, auf der ›Dat hilligen Book van DeSleghte‹. Ich habe ihm sozusagen zur Flucht verholfen, weil ich ihn wegen seiner Untaten zur Rede gestellt habe. Verzeih mir.«

Lucia zog Jordan in die warme Dornse. Sie wusste, dass sie ihm alles verzeihen würde. »Es war gut so. Du wärst mir unheimlich geworden, wenn du deinen Vater dem Henker übergeben hättest. Ich vermute, wir sehen ihn in Lübeck nicht wieder. Also ist alles gut.«

»Das ist es keinesfalls«, sagte Jordan. Er berichtete davon, dass der mörderische Claes sich zwar seiner Untaten gebrüstet, aber den Mord an Lucias Schwestern nicht zugegeben hatte.

»Vermutlich wollte er nur das Bild vom ritterlichen Mörder nicht durch den Mord an zwei unschuldigen Frauen beschmutzen«, sagte sie.

»Das glaube ich nicht.«

»Wieso zweifelst du daran?«

»Hast du nicht gestern gesagt, dass die Schneiderin meinte, die Kleider für Alheid seien schlecht genäht gewesen?«

»Ja, aber was bedeutet das?«

»Eines der Opfer passte nicht zum Totentanz, das bedeutet es«, sagte Jordan leise.

Lucia legte die Stirn in Falten. »Der Küster, das Kind, Juleke – sie entsprachen völlig den Bildern. Alheid hingegen musste zurechtgemacht, ins Bild gepresst werden.«

»Alheids Tod passt ganz und gar nicht zu den anderen«, meinte Jordan und strich sich über das Grübchen an seinem Kinn. »Und das gibt mir zu denken. Der Mörder leugnet den Mord an Alheid und an Juleke. Und der an Alheid passt nicht ins Bild der Totentanzmorde. Könnte es nicht sein, dass es für beide Morde einen anderen Beweggrund gibt?«

»Du denkst also, es ist möglich, dass jemand anderer Alheid umgebracht hat?«, fragte Lucia erschrocken.

»Und auch Juleke. Doch Juleke passte zu den Totentanzmorden, weil Marquard sie porträtiert hat. Dennoch war sie vielleicht bereits das erste Opfer des anderen Mörders.«

»Alheid wurde passend ausstaffiert, aber ihr Gesicht konnte der Mörder nicht verändern. Wir müssen los«, meinte sie plötzlich und rannte in die Diele. Sie sauste die Wendeltreppe zum Schlafzimmer hinauf.

»Wenn es noch einen Mörder gibt, müssen wir seiner Spur folgen, wie die Jagdhunde. Wir müssen endlich zur Daledorp'schen!«, rief Lucia von oben. Sie kam mit ihrem Hoyken und dem Bündel mit dem schrecklichen roten Gewand, in dem Alheid aufgefunden worden war, die Treppe hinab. Sie schlüpfte in ihre Trippen und zog Jordan aus der Haustür.

»Wer ist die Daledorp'sche?«, fragte er verständnislos.

»Das ist die Krämerin, bei der angeblich das Todesgewand für Alheid zum Verkauf stand. Das habe ich im Franziskanerkloster erfahren, kurz bevor ich dich aus den Klauen des Todes erretten musste.«

»Erzähl genauer«, forderte er sie auf.

Lucia berichtete Jordan von ihrem Besuch im Franziskanerkloster und von der sterbenskranken Krämer in Dalendorp, die angeblich ein Kleid in ihrem Vorrat hatte, wie es die tote Alheid getragen hatte. »Wir müssen sie fragen, ob es wirklich dieses Kleid ist und wer es gekauft hat«, keuchte Lucia, während sie mit weiten Schritten ausholte.

Schweigend eilten sie am Birgittenhof vorbei und auf St. Ägidien zu, als plötzlich Lucias Name gerufen wurde.

»Lucia, warte.« Volke Morkerke lief ihnen aus der Ägidienstraße entgegen. »Wo willst du denn so schnell hin, liebe Meddere?«, fragte er und trat so nah an sie heran, dass sie wieder seine Nasenhaare sehen konnte. Lucia wich einen Schritt zurück. Sie hatte nicht die geringste Lust, jetzt mit ihrem Vetter zu plaudern; sie mussten unbedingt zur Daledorp'schen und sich dort Gewissheit verschaffen.

»Mit wem habe ich die Ehre?«, fragte Volke und wandte sich Jordan Wulfledder zu. »Wir sind uns noch nicht vorgestellt worden.«

»Volke, dies ist Jordan Wulfledder, Geselle des Meister Notke. Jordan, das ist der Apotheker Volke Morkerke, mein Vetter«, sagte sie kühl und zerrte an Jordans Ärmel.

Volke sah Jordan von oben bis unten an. »Malergeselle! Das ist ein einträgliches Geschäft, wie ich sehe.«

»Volke, wir haben geschäftlich zu tun«, unterbrach sie ihn.

»Lucia, ich mache mir Sorgen wegen deiner Geschäfte. Was hast du mit den Malern des Totentanzes zu tun? Ist es nicht ein wenig verrufen, mit ihnen zu verkehren?«.

»Das geht dich gar nichts an«, zischte Lucia.

»Ich möchte nicht, dass meine kleine Meddere in Verruf gerät, Lucia. Schließlich bin ich dein letzter lebender männlicher Verwandter.«

Lucia hätte schreien mögen, weil er gerade jetzt auf sein Recht anspielte, als ihr Vormund zu agieren.

Jordan trat vor Lucia und lächelte Volke an. »Ich möchte Euch beruhigen. Lucia und ich waren auf dem Weg zu einer Krämerin, um ihr ein Gewand zu zeigen. Mehr Geschäfte verbinden Eure Meddere nicht mit Notke und mir.«

Volke nickte, aber dann griff er blitzschnell in Lucias Bündel und zog einen Zipfel des roten Stoffes heraus.

»Das ist also das Gewand. Mir ist zu Ohren gekommen, dass unsere arme Alheid so etwas getragen hat, als sie starb, und dass eben so ein Gewand auf dem Totentanz verewigt wurde. Und das wollt ihr nun verkaufen?«

Lucia stöhnte. Es blieb ihnen nichts übrig, als Volke die ganze Geschichte zu erzählen, ansonsten würde er sie immer weiter mit seinen Fragen belästigen. Er ließ sich einfach nicht abschütteln. Als sie von Geschäften sprach, hatte sie gehofft, er würde sie ziehen lassen, doch sie hatte seine aufdringliche Neugier in allen Dingen, die sie betrafen, vergessen.

250

»Nun gut, Volke, du sollst es wissen. Wir gehen zur Krämerin Daledorp. Es ist möglich, dass sie das Kleid feilgeboten hat, das der Mörder umgearbeitet hat, um damit Alheid auszustaffieren. Vielleicht erinnert sich die Alte ja noch daran, wer das Kleid gekauft hat.«

Volke sah sie erstaunt und ungläubig an. »Ich dachte, der Mörder wäre gefasst.«

Jordan schüttelte den Kopf. »Der Flame hat nur die Morde an dem Kind und dem Küster gestanden. Wir vermuten, dass sich noch ein Unhold in der Stadt umhertreibt und wollen dem auf den Grund gehen.«

»Ich begleite Euch. Wenn es um den Tod meiner Meddere geht, will ich nicht zurückstehen«, sagte Volke entschlossen.

Die Daledorp'sche schien zu schlafen. Lucia klopfte laut und rief, sie bringe Alheids Medizin, doch aus dem oberen Zimmer der alten Krämerin kam keine Antwort. Eine Nachbarin öffnete ein Fenster und riet, sie sollten einfach hinaufgehen.

»Keiner verschließt hier die Tür, wir sind arm, uns kann man nichts mehr stehlen.«

Lucia drückte die Tür auf. Im Schlafzimmer glimmte eine Tranfunzel, und so kletterte sie einfach die steile Treppe hinauf. Im Bett war statt der Kranken nur ein großer Kissenhaufen zu sehen.

»Sie schläft«, flüsterte Lucia Jordan zu, der nach Volke die Treppe hinaufgeklettert war. Jordan trat an das Bett. Dann schüttelte er den Kopf.

»Mit dem Kissen über dem Kopf schläft es sich nicht gut«, sagte er mit tonloser Stimme. Vorsichtig hob er das Kopfkissen an. Die Augen der Toten waren schreckgeweitet, ihr Mund im Schrei verzerrt.

»Mutter Gottes!«, keuchte Lucia. »Jemand hat sie erstickt.«

Von Volke war nur ein erschrecktes Grunzen zu hören. Dann rannte er die Stiege hinunter. Vor der Tür sackte er in sich zusammen.

»Dein Vetter ist ziemlich empfindlich«, sagte Jordan.

»Nicht jedem bereitet das Grauen Vergnügen«, sagte sie und ging die Stiege hinunter und zog Volke vom Gang zurück in den düsteren Lagerraum.

251

»O Herr, ich hab noch nie eine Tote gesehen«, stöhnte er.

»Verhalte dich trotzdem leise, sonst verdächtigt uns die Nachbarin noch«, flüsterte Lucia. »Kannst du laufen und die Büttel holen gehen?«

Volke schüttelte den Kopf. Er lehnte sich mit einer Hand an eine Wand, mit der anderen hielt er sich den Bauch.

Jordan kam mit der Tranfunzel nach unten. »Der Mord kann noch nicht lange her sein. Die Tranlampe ist noch fast voll«, sagte er. »Schau dich noch einmal um, ob hier ein rotes Gewand hängt, das der Klosterknecht mit Alheids fürchterlicher Verkleidung hätte verwechseln können«, bat Lucia. Er leuchtete mit der Lampe den Raum aus. »Er sagte, es habe auf einer Stange gehangen«, flüsterte sie. »Aber so etwas ist hier nicht zu sehen.« Sie ließ die Blicke über Stoffe und alte Kleider schweifen. Nirgendwo entdeckte sie ein rotes Gewand.

»Offenbar hat es jemand gekauft«, sagte Jordan.

»Der Mörder. Und er hat die Alte zum Schweigen gebracht, damit sie niemals mehr erzählen kann, dass es kein schwarzhaariger Flame war, der das Mordgewand bei ihr gekauft hat«, sagte Lucia.

Volke hustete im Hintergrund. »Ich will nur weg von hier.«

Lucia drehte sich zu ihm um. »Wir laufen zu den Bütteln. Du solltest dich erfrischen, am Brunnen bei St. Ägidien. Dann geh bitte zu den Franziskanern. Die Daledorp'sche war Pater Hinricus' Beichtkind. Die Bettelmönche werden für ihre Beerdigung sorgen.« Volke nickte und wankte in den Gang hinaus.

»Und wir sollten uns so schnell wie möglich zu Moritz von Pyrmont oder zum Ratsherrn von Hachede oder sonst einem Vertreter der Obrigkeit begeben, um nicht selbst in Verdacht zu geraten. Kommt«, sagte Lucia. Sie zog Volke am Ärmel aus dem Haus.

CAPUT 33

Den Geist vermache ich Gott, das Gut den rechten Erben

Auf dem Weg in die Fronerei hielten sich Jordan und Lucia verstohlen bei der Hand. Jordan war in der letzten Zeit häufiger im Rathaus als in seinem Elternhaus gewesen. Als die Türmchen des hohen Hauses vor ihm aufragten, krampfte es ihm das Herz zusammen. Noch ein Todesfall. Jordan konnte die schreckerstarrten Augen der Alten nicht vergessen. Zusammen mit Lucia trat er in das kühle Innere des Gebäudes. Jordans Gedanken kreisten um den zweiten Mörder. In welchem Verhältnis stand er zu dem Totentanz? Hatte sein Vater auch ihn beauftragt? Würde er jetzt aufhören zu töten, wo Brun Wulfledder geflohen war? Aber warum dann die alte kranke Krämerin?

Nachdem sie dem diensttuenden Sekretarius im Rathaus von ihrem grausigen Fund im Gang an der Schilderstraße berichtet hatten, verließen sie das dunkle Gebäude. Sie wollten weder auf von Hachede noch auf von Pyrmont warten und waren froh, rasch wieder draußen auf der hellen Frühlingsstraße zu stehen. Vögel zwitscherten in einer kleinen Eiche auf dem Schrangen; die Buden mit hübsch dekoriertem Gemüse und leckeren Schinken gaukelten ein friedliches Leben vor. Hinter alldem lauerte das Grauen.

»Warum mordet er weiter?«, fragte Jordan. »Es ist doch unwahrscheinlich, dass die Daledorp'sche ihn verraten hätte. Sie war alt und krank und hat bestimmt nichts von dem mitbekommen, was in der Stadt vor sich geht.« Jordan schüttelte den Kopf. Er stand vor Lucia und schaute auf sie hinunter. Ihr blondes Haar leuchtete in der Sonne, doch in ihren Augen lagen Schatten.

»Ich habe eine Ahnung«, sagte sie, »aber ich will hier nicht darüber reden.« Sie sah sich rasch um. Alles wirkte wie immer. Doch wer konnte schon sagen, ob der Mörder sie nicht gerade in diesem Augenblick belauschte?

»Komm mit zu mir.«

Sie nahmen sich nicht mehr bei der Hand, sondern liefen so rasch wie möglich zur Straße bei St. Johannis. Lucia sperrte die

Tür ihres kleinen Hauses auf, das nun so einsam und verlassen war.

Lucia führte ihn in die Dornse, und sie setzten sich neben den kalten Kamin. Jordan betrachtete Lucia: ihr klares und offenes Gesicht, ihre grobe Kleidung, die ein wenig von dem ahnen ließ, was sich darunter verbarg. Sie sah ihn an, und er wusste, dass sie dasselbe fühlte.

Lucia legte die Hände in den Schoß. »Wenn wir der Aussage des Flamen Glauben schenken, dann sind zwei Mörder in der Stadt am Werke.«

Jordan nickte. »Dieser Teufel war so stolz auf seine Taten, dass er jede weitere gestanden hätte.«

»Also müssen wir davon ausgehen, dass Alheid und auch Juleke nicht seine Opfer waren«, pflichtete ihm Lucia bei.

»Doch Juleke war auf dem Totentanz abgebildet«, warf Jordan ein, »nur Alheid fällt aus dem Rahmen.« Sogleich schämte er sich für seine linkische Bemerkung.

»Was ist, wenn es dem zweiten Mörder einfach wunderbar in den Plan passte, dass Marquard Juleke auf dem Totentanz porträtiert hatte? So konnte er die Tat auf den ersten Mörder schieben, ohne dass man argwöhnisch wurde – so ist es ja auch gewesen. Vielleicht haben die ersten Morde den zweiten Mörder sogar zu seinen Taten angeregt.«

»Aber was bedeutet das alles?«, fragte Jordan verwirrt.

»Ich frage mich die ganze Zeit eines: Warum meine beiden Schwestern, warum zwei Opfer aus demselben Haus?« Lucia schaute ihn mit großen Augen an. »Dafür gibt es nur eine verständliche Erklärung: Es muss einen Zusammenhang zwischen dem Mord und meiner Familie geben. Ich werde das Gefühl einfach nicht los, dass möglicherweise das Testament meines Onkels Jacobus eine Rolle spielt«, sagte sie und schenkte Jordan ein schwaches, aber höchst bezauberndes Lächeln.

Sie erklärte ihm, dass ihr verstorbener Oheim, der Domherr Jacobus, den drei Schwestern eine große Summe Geldes hinterlassen hatte, die aber nur einem von mindestens einer der Schwestern zu gründenden Beginenkonvent zugute kommen sollte. Sollte keine der Schwestern Gudalbert Begine werden wollen, würde das Geld an eine fromme Stiftung fallen, die Juleke aussuchen sollte. Bei der

Erwähnung des Namens ihrer Schwester traten Lucia die Tränen in die Augen. »Falls eine von uns binnen Jahresfrist heiraten sollte, gäbe es sechsunddreißig Mark Lübsch als Leibrente, was allerdings immer noch eine hübsche Summe ist.«

»Hast du denn jetzt vor, Begine zu werden?«, fragte Jordan besorgt.

Lucia sah ihn an und lächelte. »Es war immer Julekes Traum, Dienerin Gottes zu sein. Sie wäre gerne Begine geworden. Ich kann nicht den Traum meiner Schwester erfüllen. Nein, zur Begine bin ich nicht bestimmt.«

»Das heißt, das Erbe verfällt«, meinte Jordan. »Es sei denn, du heiratest binnen Jahresfrist.«

Lucia seufzte. »Ja, dann bekäme ich die Leibrente. Ich habe sogar einen Brautwerber. Aber das Erbe ist mir so gleichgültig.«

Jordan spürte, wie ihm das Blut in den Kopf schoss. »Wen?«, fragte er harscher, als er beabsichtigt hatte.

»Meinen Vetter Volke. Das ist dir heute doch bestimmt nicht verborgen geblieben. Aber sei beruhigt, ich mag ihn nicht, obwohl es eine gute und vielleicht sogar kluge Partie wäre.«

Jordan atmete auf, dann kratzte er sich am Kinn. »Ich verstehe das Testament deines Oheims nicht.«

»Ich auch nicht«, gab Lucia zu. »Vielleicht ging es dem Oheim Jacobus darum, Juleke einen gesicherten Weg aufzuzeigen. Deshalb bin ich mir nicht sicher, ob das Testament etwas mit dem Tod meiner Schwestern zu tun hat. Aber es ist so seltsam, dass irgendeine verborgene Bedeutung dahinterstehen könnte.«

Sie holte tief Luft. »Das Testament ist die einzige Veränderung, die es im Leben meiner Schwestern nach Vaters Tod gab. Kurz darauf wurden sie ermordet. Andererseits hat die Dalendorp'sche erzählt, dass Guardian Hinricus in der Nacht von Alheids Ermordung nicht bei ihr war, obwohl er das Gegenteil behauptet hatte. Für mich ist er deshalb immer noch der Hauptverdächtige.«

»Aber warum?«, wandte Jordan ein. Er stand auf und lief in der Wohnstube umher. »Zugegeben, er hat etwas gegen den Totentanz. Aber er war nicht der Mörder der Bettlerin und des Küsters. Das ist inzwischen bewiesen.«

»Na und?«, meinte Lucia, die Jordan mit den Augen folgte.

»Vielleicht haben ihn die ersten beiden Morde nur auf die Idee gebracht, diese schrecklichen Taten für seine Zwecke auszuschlachten.«

»Das ist doch kein Grund, sein frömmstes Beichtkind zu meucheln. Und mit dem Testament, das ich ebenfalls für sehr merkwürdig halte, hat es erst recht nichts zu tun.«

»Nein, das stimmt nicht. Es könnte sogar eine Menge mit dem Testament zu tun haben. Wahrscheinlich kann Hinricus sogar davon profitieren, wenn Juleke tot ist. Er war ihr Beichtvater. Er hat Juleke in St. Katharinen beerdigt. Er könnte vor dem Rat darum kämpfen, dass sein Kloster das Domherrenerbe bekommt, weil es sehr wahrscheinlich ist, dass Juleke gewollt hätte, dass die Franziskaner von dem Erbe etwas haben.« Sie sprang erregt auf. »Das ist es! Hinricus hat meine Schwestern ermordet, um das Erbe für die Franziskaner einzustreichen.«

Jordan blieb stehen und schaute aus dem Fenster. Draußen sah er, wie eine Krähe aus der kleinen Buche im Innenhof des Gudalbert'schen Hauses flog. Es war wie der Abflug einer schwarzen Seele. »Glaubst du das wirklich? Guardian Hinricus ist schließlich ein Mann Gottes.«

»Das sind die Schlimmsten. Er hat schon meinen Vater bei dessen Aufnahme als Laienbruder ausgenommen. Da hatte er kein Mitleid mit uns Mädchen.«

Jordan schüttelte den Kopf. Das wollte er nicht glauben. Schon der Flame war ihm wie eine Kreatur des Teufels vorgekommen, aber wenn Lucia recht mit ihrem Verdacht hatte, dann war Pater Hinricus der Teufel selbst.

»Was sollen wir jetzt tun?«, fragte er.

Lucia zuckte die Achseln. »Wir müssen abwarten. Vielleicht gesteht dieser Flame unter der Folter ja doch noch die anderen Morde – obwohl ich das sehr bezweifle. Aber uns bleibt nichts anderes übrig. Erst danach können wir Doctor von Hachede in unsere Überlegungen einweihen, oder meinetwegen auch Moritz von Pyrmont, falls du ihn für klug genug hältst«, sagte Lucia.

Jordan steckte die Hände unter die Oberarme, als wollte er sich selbst vor etwas beschützen. Seine Stirn lag in Falten.

»Nein. Das geht nicht. Ich kann nicht untätig sein. Mich interessiert dieses seltsame Testament. Vielleicht ist es wirklich ein

Hinweis. Ich würde gerne mehr darüber wissen. Dazu brauche ich den genauen Wortlaut. Ich kann nicht einfach hier sitzen und Däumchen drehen. Ich muss etwas tun.« Mit entschlossenen Schritten lief er auf die Tür der Wohnstube zu.

Lucia sprang auf. »Ich komme mit.«

»Nein.«

»Warum nicht?«

»Du solltest hier im Haus bleiben und niemandem öffnen. Es wäre möglich, dass du in Gefahr schwebst.« Er schaute ihr besorgt in die Augen.

»Wieso?«, fragte Lucia und stemmte die Hände in die Hüften. Nun sah sie wieder ganz so aus, wie Jordan sie kennengelernt hatte.

»Du bist in Gefahr, weil noch ein weiteres Bild des Totentanzes zu sehen war, in der Werkstatt und in St. Marien: die Kaiserin.«

Lucia lächelte scheu. »Glaubst du denn, der zweite Mörder will mich als Kaiserin ausstaffieren?«

Jordan blieb ernst. »Es wäre durchaus möglich. Wenn er Alheid so umgebracht hat, dann könnte er auch dich im Auge haben. Sei vorsichtig.«

Als er aus der Tür ging, bestand er darauf, dass sie den Balken vorlegte.

✳

Jordan konnte einfach nicht glauben, dass der Guardian von St. Katharinen tatsächlich etwas mit den Morden zu tun haben sollte, aber ganz auszuschließen war es nicht. Vielleicht hatte Lucia recht, und der Schlüssel zu all den schrecklichen Ereignissen lag in dem Testament ihres Oheims.

Mit raschen Schritten lief er nach Süden, auf die Türme der Domkirche zu. Er hastete an St. Ägidien vorbei, lief durch die St.-Annen-Straße, überquerte die verrufene Mühlenstraße und eilte durch die Straße mit Namen »Fegefeuer« geradewegs auf das Paradies zu.

Auf das Paradies, die Vorhalle des Domes, den schönsten Eingang aller Lübecker Kirchen. Er hoffte, hier jemanden zu treffen, der ihm sagen konnte, wo er den Dompropst Didericus finden

257

konnte. Er wollte genau wissen, was in dem Testament des Jacobus Gudalbert stand. Unter den ausladenden Linden stand er
lange unschlüssig da, denn weit und breit war niemand zu sehen.
Wie still es hier war. Im Gegensatz zu den engen und schmalen
Straßen und Gassen der Stadt wirkte der Dombezirk wie im
Grünen gelegen, weit außerhalb der Stadtmauern. Hier spendeten Linden und Buchen Schatten, hier rauschten ihre Blätter, hier
war kaum mehr etwas von der großen Stadt zu sehen. Hier war
eine andere Welt.

Ein Sakristan kam aus dem Paradies und wollte zum Fegefeuer
hinunterlaufen, doch Jordan hielt ihn an und fragte, wo er den
Dompropst Didericus finden konnte.

»Erstes Kurienhaus hinter dem Südflügel!«, rief der Sakristan,
ohne stehen zu bleiben.

Jordan eilte um den Chor herum und kam schließlich zu den
schmalen Gebäuden, die am Querhaus angebaut waren und einen
Hof um das südliche Schiff bildeten, genau wie bei einem Kloster.
Allerdings waren es einzelne Häuser, die so genannten Kurien,
von denen jedes einen Domherrn beherbergte. Jordan klopfte an
das erste Tor.

Ein kleiner Mann mit langem Gesicht und spitzer Nase öffnete
ihm und fragte ihn nach seinen Wünschen.

»Mein Name ist Jordan Wulfledder. Ich möchte zum Dompropst Didericus.«

»Seid Ihr angemeldet?« Der Mann blickte Jordan an wie ein In-
quisitor.

»Nein.«

»Ihr müsst sowieso warten. Aber kommt mit herein; die Messe
ist bald vorüber. Vielleicht hat der hohe Herr danach noch einige
Gespräche zu führen, doch derweil mögt Ihr es Euch in der Dornse bequem machen.« Er führte Jordan in den ersten Raum, der
links von der Diele abzweigte, und hieß ihn, auf einem Stuhl mit
einem dicken Kissen darauf Platz zu nehmen. Die Tür wurde wieder geschlossen, und Jordan war mit seinen Gedanken allein.

Alles in diesem Zimmer atmete Reichtum. Der flämische Web-
teppich an der Wand, die dicken weißen Wachskerzen in zwei Sil-
berständern auf einem ausladenden Eichentisch, die beschnitzten
Stühle, die Butzenscheiben, der mit zierlichen Ornamenten ver-

sehene Kamin, die Malereien an der Decke – das alles war weitaus vornehmer als in Jordans Elternhaus, wo Geld nicht mit Geschmack zusammenging.

Die Domuhr hatte schon zweimal die volle Stunde geschlagen, als der Propst Didericus endlich eintrat. Er war ein etwas gebückter Mann in einer schweren Soutane aus dicker Seide und schien trotz der Frühlingswärme zu frieren. Sein Händedruck war eiskalt, aber seine Augen waren fröhlich und lebendig. Jordan stellte sich vor.

»Ich habe von Euch und von Eurem Vater gehört, Jordan Wulfledder«, sagte der Dompropst und bedeutete seinem Gast mit schwer beringter Hand, sich wieder zu setzen. Er selbst setzte sich auf einen Armlehnstuhl ihm gegenüber. »Das ist eine schreckliche Geschichte.«

»Das Morden wird weitergehen«, sagte Jordan.

Der Dompropst hob eine Braue. Jordan berichtete von seinen Vermutungen, doch er vermied es, Lucias Verdacht gegen den Franziskanerguardian zu erwähnen. »Daher möchte ich gern wissen, was genau in dem Testament steht, das Jacobus Gudalbert gemacht hat.«

»Das kann ich Euch auswendig sagen, so oft habe ich darüber nachgedacht«, meinte Didericus und schaute zum Blumengerank an der Decke. Und er erzählte Jordan genau das, was Lucia ihm bereits gesagt hatte.

Nun war Jordan keineswegs schlauer als zuvor. Es war ein sinnloser Besuch gewesen – ein Besuch, der nur Zeit gekostet hatte. Er wollte schon aufstehen, doch da kam ihm plötzlich eine Idee. Jetzt wusste er, was ihn an dem Testament störte, so wie Lucia es ihm erklärt hatte. Es schien alles zu regeln, doch einen Fall ließ es offen.

»Wer erbt, wenn es keine Schwestern Gudalbert mehr gibt?«, fragte er.

Der Domprobst sah den jungen Mann nachdenklich an. »Das ist eine interessante Frage«, meinte er schließlich und rieb sich die Hände, als wäre ihm kalt. »Diesen Fall hatte Jacobus wohl nicht bedacht; es ist ja auch allzu unwahrscheinlich, dass alle drei jungen Schwestern innerhalb eines Jahres dahingerafft werden. Darüber steht jedenfalls nichts im Testament.«

»Und was bedeutet das, falls es doch so kommen sollte?«

»Das bedeutet, dass dann nach lübschem Recht die gesetzliche Erbfolge eintritt.«

»Wer ist in diesem Fall der Erbe?«

»Wenn auch die letzte Schwester Gudalbert verstorben sein sollte, was Gott verhüten mag?«

»Ja.«

»Hm, die nächste noch lebende Verwandte des Domherrn.«

»Und wer ist das?«, wollte Jordan ungeduldig wissen.

»Wenn ich mich nicht irre, ist das Agnes Morkerke, die Mutter von Lucias Vetter Volke.«

CAPUT 34

Inzwischen lass die Furcht der Einsamkeit verschwinden

Lucia versuchte vor sich selbst zu verbergen, dass ihre Hände zitterten. Sie stieg in den engen Keller hinab und holte eine Flasche von Alheids heilsamen Hypocrasen. Sie öffnete den Wachsverschluss, goss einen Becher voll und leerte ihn hastig. Ihre Gedanken kreisten um Alheid. War der Mörder ihr zufällig begegnet, oder war ihr der Unhold durch die Stadt gefolgt, um sie umzubringen? Und wenn es ihm tatsächlich darum ging, alle Gudalbertschwestern zu töten, was hatte er für sie geplant? Durfte sie bis zu seiner Auffindung nicht mehr das Haus verlassen? Könnte er ins Haus gelangen? Sie ließ die Hypocrasflaschen stehen und lief die Wendeltreppe hinauf zum Schlafzimmer, prüfte die Fenster, dann eilte sie noch weiter hinauf zu Alheids geheimem Lager auf dem Trockenboden. Auch hier waren alle Luken geschlossen. Sie sauste zurück in die Diele, prüfte die Hintertür zum schmalen Gärtchen, dann die Fenster der Dornse. Schwer atmend stand sie wieder in der Diele und lauschte. Das Haus knackte und knisterte. Ging da ein Wind oder kletterte jemand übers Dach? Ihre Angst wurde unerträglich. Sie lief nochmals in den Keller, holte eine Flasche Hypocras mit Baldrian. »Mariens Trost« hatte Alheid das Gemisch genannt. Lucia zerknackte den Wachsverschluss und zog den Korken. Ohne das Weingemisch zu erwärmen, trank sie einen Becher, dann noch einen. Ihr wurde wärmer, fast wohlig. Sie dachte an Alheid, die gesagt hatte, nur die Arbeit habe ewig Bestand. Vielleicht half Arbeit auch gegen Angst. Sie öffnete ihr neues Mandelfass, dachte liebevoll an Jordan und begann Nüsse zu knacken. Die Arbeit trieb ihr bald den Schweiß auf die Stirn, und die Hände schmerzten.

Wie sehr sie Juleke vermisste! Nicht nur ihre Kraft und Ausdauer bei der Arbeit, sondern auch ihre gelassene Fröhlichkeit. Und Alheids Vernunft und Tatkraft. Ihre Klugheit, ihr Gerechtigkeitssinn und ihre Nächstenliebe. Lucia fehlten sogar die Streitereien der beiden. Die Schwestern hatten ihr nichts hinterlassen als ein altes, knisterndes Haus und viel Arbeit. Lucia seufzte. Sie durfte dennoch nicht unzufrieden sein. Für eine alleinstehende Jungfrau ging es ihr gut. Sie hatte sogar so etwas wie einen Lebensunterhalt. Fast wie die Struck'sche. Nein, besser als der Struck'schen ging es ihr. Sie hatte ein Haus. Außerdem: Die Struck'sche war eine Böhnhasin, hinterging eine Zunft. Es gab keine Zunft für Marzipanmacher. Auch wenn die Bäcker gerne Konfekt machten, war es nicht ihr ausschließliches Recht. Marzipan gehörte in die Apotheke, Latwergen und Morellen ebenso. Der neue Ratsapotheker hatte sich nie um Lucias Leckereien für die Reichen gekümmert, und Volke würde … Sie wusste nicht, wie Volke mit ihr verfahren würde. Volke war schwierig, stets lästig, stets fordernd, stets unzuverlässig. Auf keinen Fall würde sie zulassen, dass er ihr Vormund würde. Vielleicht konnte Jordan sie rechtlich vertreten, oder Notke, wenn er das Bürgerrecht bekam. Gedanken, Gedanken – sie schwirrten wie winzige Vögel durch Lucias Hirn. Wie angstvoll flatternde Sperlinge.

Da klopfte es an der Tür. Der Schrecken nahm ihr fast den Atem, ihre Brust schien zu zerspringen.

»Jordan!«, rief sie … Keine Antwort, nur erneutes Klopfen. Ihre Beine zitterten, als sie zur Tür ging.

»Wer ist da?«, fragte sie.

»Ich bin es, Bruder Hinricus. Lucia, mach auf. Es ist wichtig.« Seine Stimme klang klagend, verängstigt. »Lucia, du bist in Gefahr, lass mich ein!«

Sie zitterte so sehr, dass sie sich nicht rühren konnte. Sie räusperte sich.

»Lucia, ich weiß, dass du da bist. Doch ich kann hier draußen nicht reden. Ich will dir helfen. Jemand will dir ein Leid antun!«

»Ja, ich weiß«, rief sie kraftlos und entsetzt. »Ihr selbst, Ihr wollt mich aus dem Weg schaffen.«

»Kind, nein, wie kommst du darauf? Lass mich ein.«

»Geht weg.«

»Ich will dir nichts tun, bitte öffne die Tür.«

»Ihr habt meine Schwestern gemordet! Ich lass Euch nicht rein!«

»Wer hat behauptet, dass ich das war? Volke?«

»Mein Vetter?«, fragte sie verblüfft. »Nein, ich hab es selbst herausgefunden. Geht weg, oder ich schreie.«

»Bitte, vertrau mir, mach auf!«, keuchte er.

Sie legte das Ohr an die Tür. Draußen polterte es, als würde sich Hinricus gegen die Tür werfen. Dann röchelte jemand. Lucia erstarrte vor Schreck. Erst als sie Volkes Stimme hörte, konnte sie wieder atmen.

»Ich hab ihn, Lucia«, ächzte Volke. »Ich hab ihn mit seinem eigenen Mönchsstrick gefesselt. Lass mich rein!«

Sie war noch nie so erleichtert gewesen, Volke zu hören. Sie warf den Balken von der Tür, riss sie auf und zerrte Hinricus herein, den Volke wie an der Leine führte. Dann warf sie die Tür zu. Volke hatte Hinricus offensichtlich eine Kopfnuss gegeben und ihm ein Nasentuch in den Mund gequetscht. Er stieß ihn voran. Der Mönch wehrte sich mit unsicheren Bewegungen und machte verzweifelt bellende Geräusche durch den Knebel.

»Lass uns ihn einsperren.«

Lucia nickte eingeschüchtert und zeigte auf die Klappe zum Weinkeller. Volke stieß den Mönch die Stiege hinunter, warf die Luke wieder zu und rollte eines der Mandelfässer darüber.

»Er war der Mörder, nicht wahr?«, stieß Volke hervor. Lucia nickte.

»Ich hab beobachtet, wie er um dein Haus schlich. Er hat alle Türen und Fenster ausprobiert.«

Daher das Knacken und Knirschen, dachte Lucia. Ihr Herz flatterte immerzu.

»Du musst hier weg, fort von ihm.«

»Wir müssen zum Rathaus, Anzeige machen.«

»Dazu bist du viel zu schwach, du zitterst ja.« Er nahm sie leicht in den Arm. Zum ersten Mal ließ sie ihn gewähren.

»Komm, ich bring dich zu meiner Mutter. Sie kümmert sich um dich. Ich erledige alles weitere.« Lucia nickte. Sie hätte nie gedacht, dass sie die unordentliche Apotheke Morkerke einst als Hafen der Geborgenheit empfinden würde. Aber nun war es so.

CAPUT 35

Weil manches Menschenherz das Bild des Teufels zeigt ...

Jordan eilte zurück zu Lucia Gudalberts Haus. Agnes Morkerke! Noch vor wenigen Stunden hatte Jordan diesen Namen aus Lucias Mund gehört. Er rannte wieder an St. Ägidien vorbei; die hohen Häuser in der schmalen Gasse hinter der Mühlenstraße schauten mit ihren Glasfenstern auf ihn herab, als wären sie erstaunt über so viel Hast und Eile. Eine Gänseschar stob schnatternd vor ihm auseinander, eine reich gekleidete Kaufmannsgattin rümpfte die Nase über ihn, ein Kufenkarren mit zwei Bierfässern versperrte ihm den Weg, er drückte ihn einfach beiseite und erntete dafür heftige Flüche von dem armselig gekleideten Mann, der die kostbare Fracht zog. Endlich sah er in einiger Entfernung vor sich den kleinen Turm des Johannisklosters. In seiner Seite stach es. Doch er hastete weiter, bis er vor der Tür seiner Liebsten stand. Er stützte sich mit den Händen auf den Oberschenkeln ab, beugte sich nach vorn und rang nach Luft. Dann klopfte er an die Tür.

Sie gab nach.

Angstpfeile durchbohrten Jordan. Er lief in die Diele, schloss die Tür hinter sich und rief laut nach Lucia, doch er erhielt keine Antwort.

O Gott, er kam zu spät. Sie hatte doch hier bleiben und niemandem öffnen sollen. Sie war gegen ihren Willen verschleppt worden!

»Lucia!«

Er schaute in der Dornse nach, in der Wohnstube, oben in der Bettkammer, sogar im Abtritt und danach auf dem Dachboden. Lucia war nirgendwo. Es gab keine Spuren eines Kampfes. Doch wenn es wirklich Agnes Morkerke oder ihr Sohn gewesen waren, hätten sie Lucia aus dem Haus locken können, ohne bei ihr Verdacht zu erregen. Er musste unbedingt zur Morkerke-Apotheke. Er rannte über die schmale Wendeltreppe hinunter in die Diele. Da hörte er ein Klopfen.

Wie vom Blitz getroffen blieb er stehen. »Lucia?«, rief er. Das Klopfen wurde lauter. Doch woher kam es? Er öffnete die Tür zur

Dornse, lief hinauf zum Schlafzimmer, schaute überall nach, wo sich jemand verstecken konnte. Doch er fand niemanden.

Dann begriff Jordan endlich.

Er hatte die Falltür nicht bemerkt; sie passte sich vollkommen den Bodendielen an. Jordan rollte das Fass beiseite, bückte sich und versuchte die Tür anzuheben.

Mit einer Hanfschlaufe ließ sich die Tür anheben.

Sofort kroch jemand auf der in die lichtlose Tiefe führende Treppe nach oben.

»Gelobt sei Jesus Christus«, stöhnte Guardian Hinricus, als Jordan ihm das schmuddelige Tuch aus dem Mund gezogen hatte. »Ich danke dir, mein Sohn, dass du mich gerettet hast.«

Jordan wich einen Schritt vor dem Mönch zurück. »Wo ist Lucia?«, fragte er gepresst.

»Wir müssen sie retten. Komm«, sagte der Mönch und lief schon auf die Haustür zu. »Wir dürfen keine Zeit verlieren!«

»Ein Grund mehr, dass Ihr mir endlich sagt, was los ist.«

Hinricus seufzte tief. »Also gut. Volke Morkerke hat mich draußen auf der Straße überwältigt und Lucia eingeredet, ich sei der Totentanzmörder«, erklärte er. »Sie hat es ihm geglaubt, das arme, verwirrte Kind. Jedenfalls haben mich die beiden in den Keller gesperrt.« Der Guardian ballte die Fäuste und redete weiter: »Ich habe gehört, dass er sie bei sich zu Hause in Sicherheit bringen will.« Er lachte auf. »In Sicherheit! Sie ist geradewegs in die Höhle des Löwen gelaufen.«

»Volke hat also mit den Morden zu tun?«, fragte Jordan, der seinen Verdacht bestätigt sah.

»Volke hat Juleke und Alheid und auch die Dalendorp'sche umgebracht.«

»Woher wisst Ihr das?«

»Das sage ich Euch auf dem Weg.« Er zerrte Jordan am Ärmel zur Tür. »Ich hoffe, wir kommen nicht zu spät. Ich weiß, wo Volke wohnt.«

Sie liefen beinahe gemeinsam durch die Tür, rannten nebeneinander die Salunenmacherstraße, die Balauerfohr, dann die Ägidienstraße entlang. Ihre Schritte hallten auf dem Kopfsteinpflaster im Gleichklang mit Jordans Herzschlag. Der Turm von St. Ägidien warf einen tiefen Schatten in die Straße.

Auf dem Weg erzählte der Guardian seine Geschichte. »Ich weiß es durch die Beichte. Das erste Mal bin ich Volke in einer Nacht begegnet, als ich zur Dalendorp'schen gehen wollte. Er hat mich bei St. Ägidien abgefangen und dazu gezwungen, ihm die Beichte abzunehmen. Ich breche jetzt das Beichtgeheimnis. Aber es geht um Lucias Leben. Und das ist diese Sünde wert.« Hinricus holte tief Luft. »Volke hat mir gebeichtet, dass er Alheid und Juleke getötet hat, nachdem Lucia seinen Heiratsantrag abgelehnt hatte. Heute hat er mir gebeichtet, die Dalendorp'sche umgebracht zu haben, weil er bei ihr das Kleid gekauft hat, mit dem er Alheid als Jungfrau nach der Vorgabe eures Totentanzes ausstaffierte. Sie sollte nicht mehr aussagen können, wem sie es verkauft hat.«

»Er will Lucia töten, um an das ganze Erbe des Domherren zu kommen«, stöhnte Jordan.

»Es wäre ihm gelungen, wenn ich das Beichtgeheimnis nicht gebrochen hätte«, bestätigte Hinricus

Inzwischen waren sie in der Stavenstraße angekommen. Hinricus zeigte auf ein verwahrlostes Haus. »Da hinten, zwischen den Badern, befindet sich die Apotheke der Morkerkes.«

Ein verblichenes Apothekenschild hing über den Stufen; die Fenster waren fast blind. Der ehemals dunkelrote Putz hatte Flecken und das Mauerwerk war brüchig. Die Tür stand offen. Jordan sah Dutzende weißer Krüge und Stapel von Spanschachteln. Eine verhärmte und abgearbeitete Frau kam und versuchte sich an einem müden Lächeln. Ihr graues Haar hing unter ihrer Haube hervor, und tiefe Runzeln hatten sich in das Gesicht gegraben. Jordan erkannte Volkes Mutter; er hatte sie beim Leichenschmaus für Juleke am Arm ihres Sohnes gesehen. Sie verneigte sich und murmelte, als sie den Mönch sah: »Gelobt sei Jesus Christus.«

»In Ewigkeit, Amen«, erwiderte Hinricus und setzte sogleich hinzu: »Wo ist Euer Sohn Volke?«

»Hinten, in der Stube, zusammen mit meiner Nichte Lucia. Sie soll das Tanzkleid anprobieren, das er ihr schenken will«, antwortete Agnes Morkerke frei heraus. Jordan begriff, dass sie keine Ahnung von dem hatte, was hier vor sich ging. »Wollt Ihr keine Arzneyen kaufen?«, fragte sie, doch da waren die beiden Männer schon in den Tiefen des Hauses verschwunden.

Trotz des sonnigen Frühlingstages war es kalt und klamm hier drinnen, weil zu wenig geheizt wurde. Sie durchquerten die geräumige Diele, an deren Wänden fadenscheinige, alte Gobelins hingen. Die Luft war abgestanden und roch nach den vielen Arzneyen aus der Apotheke.

Hinter ihnen ertönten Schritte. Volkes Mutter war ihnen gefolgt. »Was ist denn los?«, rief sie verwirrt. Niemand machte sich die Mühe, ihr eine Antwort zu geben.

Jordan riss die Tür zur Dornse auf. Außer zwei altmodischen, ausladenden Stühlen war kein einziges Möbelstück zu sehen.

Auf einem dieser Stühle saß die Kaiserin aus dem Totentanz. Sie hatte den Eintretenden den Rücken zugewandt, sodass diese nur den weiten roten Mantel mit weißem Hermelinsaum und das gelbe, mit blauen Ranken geschmückte Kleid darunter sahen und die hohe, goldene Krone auf dem Kopf über den blonden, welligen Haaren. Die Gestalt schwankte, als wäre sie betrunken. Sie bildete einen starken Kontrast zu dem schäbigen Raum, an dessen ehemals weißen Wänden sich schwarzer Schimmel ausgebreitet hatte.

Vor der Kaiserin stand ein junger Mann, der genauso blondes Haar hatte wie sie. Mit einem Stich im Herzen bemerkte Jordan, wie sehr Volke Lucia ähnelte. Er war gerade dabei, seinem Opfer die Krone zu richten.

»Was wollt ihr hier?«, rief Volke entsetzt. Jordan sprang auf ihn zu und streckte ihn mit einem Kinnhaken zu Boden. Der junge Mann fiel wie vom Blitz getroffen. Jordan wirbelte um ihn herum und stand jetzt vor Lucia.

Sie lebte noch.

»Lucia!«, rief er. Sie sah ihn an. Und sah ihn nicht. Um ihre Lippen spielte ein seliges Lächeln. Mit einem Sprung war Jordan bei Volke, der noch benommen auf dem Rücken am Boden lag. Jordan hockte sich auf ihn und gab ihm einige Ohrfeigen. »Was hast du mit ihr gemacht? Sag es endlich, oder ich brech dir sämtliche Rippen im Leib!«

»Ich hab sie zur Kaiserin gemacht«, gab Volke hämisch zurück. Jordan schlug erneut zu, und Volke jammerte auf.

»Haltet ein!«, schrie eine weibliche Stimme von der Tür her.

Agnes Morkerke drängte sich an dem reglos dastehenden Franziskanerpater vorbei und versuchte Jordan in den Arm zu fallen. »Das ist mein Sohn.«

»Euer Sohn ist ein gemeiner Mörder!«, zischte Jordan und drückte sie von sich fort. »Er hat seine Medderen auf dem Gewissen.«

»Nein!«, kreischte die alte Frau. »Ihr irrt. Das kann nicht sein. Das war Brun Wulfledder.«

»Seht doch, was er mit Lucia gemacht hat«, brüllte Jordan sie an, dann legte er die Hände um Volkes Hals.

»Willst du es wirklich wagen, mich in Gegenwart meiner Mutter und eines Gottesmannes umzubringen, Malergeselle?«, höhnte Volke.

Jordan drückte mit aller Kraft zu. Volkes Gesicht schwoll rot an.

»Wird auch Lucia sterben?«, schrie Jordan ihn an. »Was müssen wir tun, um sie ins Leben zurückzuholen?«

»Nichts«, krächzte Volke. »Es wird bald … vorübergehen.«

»Was wird vorübergehen?« Jordan lockerte seinen Griff ein wenig. Volke hustete, dann sagte er: »Ich hab ihr nur ein wenig Theriacus Somniferus, vermischt mit ihrem eigenen Marzipan, gegeben. Die Wirkung wird rasch verfliegen. Ich wollte ihr nicht zu viel geben, sie muss noch den Kirchturm hinauf. Da kann ich sie nicht schleppen.«

Hinricus hielt mit einer Hand Volkes Mutter fest, mit der anderen betastete er den Stoff an Lucias Kaiserinnenkleid. »Billigster Tand. Ich könnte schwören, dass er der Daledorp'schen gehört hat.«

Agnes Morkerke war erstarrt. Sie blickte auf die Kaiserin und wirkte, als könnte sie nicht glauben, was hier vor sich ging. Tränen liefen ihr übers Gesicht, aber sie gab keinen Laut von sich.

Jordan verstärkte den Druck auf Volkes Kehle wieder. »Warum?«, fragte er nur. »Warum?«

»Ich … ich …« Volke hustete. Jordan spürte, wie der Adamsapfel unter seinen Fingern hüpfte, als wolle er sich aus dem Körper befreien. Volkes fein geschwungene Nase blähte sich in dem vergeblichen Versuch, so viel Luft wie möglich einzusaugen. Was für ein erbärmlicher Wicht, dachte Jordan. Da legte sich ihm eine Hand auf die Schulter.

»Bringt ihn nicht um. Das wird die Obrigkeit für Euch erledigen.« Jordan sah sich um. Hinricus sah Jordan traurig an. »Stürzt Euch nicht in eine Todsünde.«

Agnes Morkerke kniete vor dem Mönch nieder. »Heiliger Mann, schreitet ein! Befreit meinen Volke von diesem Unhold! Mein Sohn hat doch nur ein Kleid für seine Braut gekauft. Darf er das denn nicht? Die beiden sind einander versprochen. Er hat doch nichts Unrechtes getan«, flüsterte sie heiser.

Hinricus ergriff die ausgestreckten Hände der alten Frau und zog sie wieder auf die Beine. Unter seinem strengen Blick verstummte sie.

Jordan lockerte vorsichtig den Griff um Volkes Hals. Volke versuchte nicht, die Lage für sich auszunutzen. Er blieb reglos liegen und rang nach Luft. Schließlich stand Jordan auf.

»Wenn du zu fliehen versuchst, wirst du es mit dem Leben bezahlen«, sagte er. Dann kümmerte er sich um Lucia, während der Franziskaner dem Apotheker einen Fuß auf die Brust setzte, um ihn am Boden zu halten. Lucias Augen standen offen, aber sie blickten ins Leere. Jordan zwang sich dazu, ihr ein paar leichte Ohrfeigen zu geben. Tatsächlich hatte er den Eindruck, als wache sie langsam auf.

»Du brauchst dir keine Mühe zu machen, sie kommt gleich wieder zu sich. Dann ist sie einige Zeit willenlos, aber das vergeht auch«, sagte Volke kühl.

Jordan stellte sich über ihn. »Warum hast du das getan?«, fragte er noch einmal.

Volke seufzte. »Das wirst du nie verstehen.«

»Mag sein. Versuch dennoch, es uns verständlich zu machen«, zischte Jordan.

Volke brachte sich in eine sitzende Position und stützte sich mit den Armen am Boden ab. »Der Domherr Jacobus Gudalbert war mein Vater.«

Jordan begriff zuerst nicht. Hinricus hingegen sog entsetzt die Luft ein. »Aber der Domherr und deine Mutter sind doch …«

»Geschwister«, beendete Volke den Satz für ihn.

Jordan sah die alte Frau an. Sie war dunkelrot angelaufen.

»Ich … ich … wollte das nicht. Nie«, stammelte sie. Sie fiel wieder auf die Knie. »Er hat mich gezwungen. Gott kann es bezeugen. Ich war seine Schwester und seine Zugehmagd. Ich konnte niemanden um Hilfe bitten. Er hat sich Dinge herausgenommen, die ich meinem Gemahl nie gestattet hätte.«

»Und ich war das Ergebnis dieser *Dinge*«, sagte Volke. »Um diese Peinlichkeit zu verbergen, wurde Mutter dann an Clawes Morkerke verschachert. Von ihrem zweiten Bruder, dem allseits beliebten Apotheker Johannes.«

»Nein, Volke, das ist falsch«, sagte seine Mutter mit zitternder Stimme. »Mein Bruder Johannes hat alles getan, um meine Ehre zu retten. Er gab Morkerke sogar das Versprechen, dass er die Ratsapotheke erben würde, wenn er mich ehelichte. Und ein Vermögen von fünfzig Mark Leibrente. Um das zusammenzubekommen, hat mein lieber, ehrlicher Bruder Johannes an allem gespart. Den eigenen Töchtern hat er nichts gegönnt, weil er wollte, dass du, Volke, als eheliches Kind zur Welt kommst. Er hat versucht, alles gutzumachen, was Jacobus mir antat, er hat mehr getan, als je ein Bruder für seine Schwester tat«, sagte die alte Frau verzweifelt.

»Das hat aber nicht geholfen«, meinte Volke und richtete den Blick auf Jordan. »Ich bin ein Sündenbalg, ein Priesterbankert. Das hat mein Stiefvater, dein Ehemann, mir oft genug eingebläut. Und das predigen die Pfaffen sogar selbst. Meine Seele war von Anbeginn an verloren, was kommt es da auf zwei oder drei Morde an?«

Jordan schüttelte den Kopf. »Das ist ein schweres Los, aber es erklärt immer noch nicht deine Missetaten. Wie konntest du deine Medderen töten, die dir immer geholfen haben?«

Er sah die alte Frau an. Sie hielt sich die Hand vor den Mund und beobachtete ihren Sohn. Ihr Blick war eine einzige verzweifelte Frage.

»Du hast das Juleke angetan? Und Alheid?«, presste sie zwischen den Fingern hindurch.

»Ja, Mutter, ich«, sagte Volke fest. »Und ich habe es für dich getan.«

Er rieb sich die Stirn, als wollte er seiner Erinnerung auf die Sprünge helfen. Dann stand er langsam auf. Jordan streckte schon die Hand aus – bereit, ihn zu packen, falls er versuchen sollte, zu fliehen. Doch Volke dachte offenbar nicht mehr an ein Entkommen. Er ließ die Schultern hängen und wandte sich seiner Mutter zu. »Als Jacobus, dieses alte Schwein, gestorben ist, hatte ich gehofft, dass er wenigstens im Tod das Unrecht wiedergutmacht, das er dir im Leben zugefügt hatte. Du hast doch auch mit einem Erbteil gerechnet, Mutter. Aber wir hatten uns geirrt. Seine Seele wird in der Hölle braten. Wenn Lucia mich geheiratet hätte, wäre es uns möglich gewesen, das große Erbteil auszuschlagen und stattdessen mit dem doppelten kleinen Erbteil zu leben. Außerdem hätte Lucia mit ihren Fähigkeiten unser Geschäft wieder auf die Beine gebracht. Uns allen wäre gedient gewesen. Aber nein, sie wollte ja nicht. Und deshalb mussten ihre Schwestern dran glauben.«

Er warf einen bösen Blick auf die Kaiserin, deren Oberkörper nun langsam hin und her schaukelte. Der Franziskanerpater trat neben sie und war bereit, sie aufzufangen, falls sie vom Stuhl rutschen sollte.

Volke kniete vor seiner Mutter nieder und redete weiter.

»Mutter, sieh dich doch nur einmal um, wie wir hausen. Diese Armut, dieser Dreck. Das hast du nicht verdient. Ich wollte es dir wenigstens einmal im Leben schön machen. Ein neues Haus, ein, zwei Mägde. Und da ich schon nicht die Frau bekommen konnte, nach der ich mich so sehr gesehnt habe, bin ich auf einen anderen Plan verfallen. Ich muss immer noch sagen, dass er sehr gut war.« Er grinste. »Ich wollte das Geld für uns beide allein haben, Mutter. Meine Kusinen mussten sterben, damit du erbst. Der ehrenwerte Onkel Jacobus hätte uns leer ausgehen lassen, ihm ging es nur um sein Seelenheil. Aber in Jacobus' Testament war der Fall, dass die Gudalbert-Mädchen binnen eines Jahres sterben, nicht vorgesehen. Er hat nicht bedacht, dass dann du nach lübschem Recht alles bekämst. Du, die es am meisten verdient hat. Dafür hab ich gesorgt, dass du bekommst, wofür du geschuftet und gelitten hast. Ich liebe dich doch, Mutter, und so wollte ich dir meine Liebe zeigen. Ich wollte für dich sorgen – für uns sorgen.« Er griff beide Hände seiner Mutter und küsste sie inbrünstig.

Jordan wusste nicht, ob er Mitleid mit dieser elenden Kreatur haben oder sie verdammen sollte. Er schwieg und hörte weiter zu.

Volke fuhr fort, als säße er im Beichtstuhl, diesmal nicht vor Hinricus, sondern vor seiner Mutter. »Jemand hatte begonnen, die Figuren, die auf den bereits fertiggestellten Teilen des Totentanzes dargestellt waren, umzubringen. Ich hatte natürlich keine Ahnung, wer das war und warum er es tat. Aber als ich die Gestalt des Kartäusers in St. Marien sah und darin Juleke Gudalbert erkannte, wusste ich, dass meine Stunde gekommen war. Es war so leicht. Juleke hab ich zufällig getroffen. Sie kam aus Eurem Kloster. Doch das habe ich Euch ja schon gebeichtet.« Dabei sah er den Franziskanerguardian mit einem grimmigen Lächeln von unten herauf an. »Eigentlich hatte ich mich als tanzender Tod verkleiden wollen, da die Leute so viel über diese Gestalt im nächtlichen Lübeck redeten, aber dazu war keine Zeit mehr, als ich Juleke in der Königstraße sah.« Er schloss die Augen. »Juleke hat mir vertraut«, sagte er. »Ich hab ihr gesagt, ich würde sie begleiten. Und dann hab ich ihr ein Stück Marzipan gegeben, feines Marzipan. Lucias Marzipan kann halt niemand widerstehen, auch wenn es mit meinem Somniferus-Theriak gemischt ist. Und der machte sie schläfrig und willenlos. Sie hat sich gar nicht gewehrt. An der Dreckgrube hab ich sie erledigt, ganz leise, ohne Kampf. Und dann habe ich die Zeilen in ihr Beutelbuch geschrieben, damit es so aussieht, als ob ihr Tod in unmittelbarem Zusammenhang mit dem Totentanz des Meister Notke steht. So sollte alles zusammenpassen. Schließlich hat der Kartäuser auf dem Bild auch ein Beutelbuch.«

Aus Agnes Morkerkes Kehle klang ein Wimmern wie das eines neugeborenen Kindes, doch sie hielt die Hände ihres Sohnes fest in ihren. Jordan versuchte das Gesicht der verzweifelten Frau nicht anzusehen.

Mit grimmigem Gesicht wandte er sich Volke wieder zu. »Du warst es, der zweimal in die Kirche eingedrungen ist und sich die Bilder angesehen hat.«

Volke nickte. »Ich musste ja erfahren, wie ich meine Opfer auszustatten hatte. Dann habe ich mir ein solches Kostüm besorgt, wie es die Jungfrau auf dem Bild trägt, und einige Nächte später Lucia angegriffen. Sie ist mir entkommen, wie Ihr wisst. Da wollte ich sie nur erschrecken, um sie zur Besinnung zu bringen. Aber statt auf mein Werben einzugehen, hat sie dir schöne Augen gemacht.«

»Und deshalb musste Alheid sterben«, sagte Jordan.

»Ja. Wenn schon keine Ehe, dann wenigstens ein Erbe. Es war der Ausweg. Lucia hätte es einfach verhindern können. Alheids Fehler war, dass sie so furchtlos war. Sie ist ohne jegliche Begleitung durch die Stadt gelaufen. Ich hab ihr aufgelauert, als sie vom Malermeister kam. Dann ging es wie vorher. Erst bot ich ihr Begleitung an, dann Marzipan, dann kam sie mit mir zum Danzelhus.

Heute wäre Lucia nun dran gewesen, auch wenn der Totentanz-mörder schon gefasst ist. Trotzdem wäre nie jemand auf mich ge-kommen.«

»Du hast doch gesagt, dass du Lucia liebst. Wie kannst du sie töten?«, fragte Jordan und trat bedrohlich nah an den knienden Volke heran.

»Wenn man etwas nicht bekommen kann, sorgt man dafür, dass es auch niemand anderer bekommt. So ist das eben«, sagte Volke mit einem bitteren Lächeln. Gerade als Jordan zuschlagen wollte, hörte er ein Rascheln hinter sich. Er drehte sich um. Lucia schüt-telte den Kopf, als wollte sie einen schrecklichen Traum loswer-den. Sie war wieder bei Bewusstsein. Der Franziskaner hielt Volke bei den Schultern fest, während Jordan durch den Raum zu ihr eil-te.

»Lucia«, hauchte Jordan. »Geht es dir gut?«

Lucia sah Jordan erstaunt an. Dann bemerkte sie, in welcher Kleidung sie steckte, und schreckte auf. Jordan drückte sie sanft wieder auf den Stuhl.

»Es ist alles in Ordnung«, sagte er leise zu ihr. Er beugte sich vor, und seine Lippen fanden die ihren.

Als sie seinen Kuss erwiderte, flog er aus dem Haus an der Sta-venstraße geradewegs in den Himmel.

EPILOG

Hilft kein geweihtes Nass und kein geweihtes Licht?

Jordan strahlte über das ganze Gesicht, als Lucia am Arm Bernt Notkes die Oldesloer Kapelle betrat.

Sie lächelte ihn scheu an. Für ihn hatte sie ihr bestes Kleid angezogen. Das blaue mit den grünen Bändern hatte die Böhnhasin Struck in einen Traum aus gestickten Blüten verwandelt und paspelierte Ärmel angesetzt, die einer Bürgermeisterstochter den Neid ins Gesicht getrieben hätten.

So manche Stunde hatte Lucia ihr zugesehen, wie sie aus dem alten Kleid ein neues Prunkstück machte.

Lucia setzte sich neben Jordan, scheu den Blick nach unten gerichtet.

Gemeinsam hörten sie die Messe in der Kapelle, in der bald der Tod auf Notkes Bilder seinen Reigen tanzen würde.

Unruhig suchte Jordan in dem kleinen Lederbeutel an seinem Gürtel nach dem goldenen Ring, den er Lucia nach der Messe draußen vor dem Portal anstecken würde. Als seine Finger das kalte Metall spürten, beruhigte er sich wieder.

»Oremus …«

Jordan war nicht besonders andächtig. Immer wieder schielte er hinüber zu Lucia, und oft trafen sich ihre Blicke. Er sah seine Mutter Johanna an und bemerkte, dass sie weinte. Es mochte die Trauer über ihren Mann sein, oder die Freude darüber, dass Jordan nun heiratete, auch wenn er nicht den Beruf ergriff, den seine Eltern sich für ihn gewünscht hatten.

»In nomine Patris et Filii et Spiritus sancti …«

*

Lucia dachte an die arme Agnes Morkerke. Was sie in ihrem Hause hatte sehen und erfahren müssen, hatte sie um den Verstand gebracht. Nun war sie bei den Beginen im Kranenkonvent untergebracht. Dort würden die fleißigen Laienschwestern sie pflegen, bis ihre Zeit gekommen war. So war wenigstens eine der Frauen der Gudalberts zur Begine geworden, das hatte Lucia ein wenig getröstet. Jacobus Gudalberts Vermögen hatten eben diese Beginen für die Versorgung von Tante Agnes bekommen. Nur den Anteil, der ihr als Ehefrau zustand, hatte Lucia behalten. Es war eine hübsche Summe, die für Jordan und sie erst einmal zum Leben reichte. Und Notke hatte Jordan prophezeit, dass er mit dem Malen schon recht bald seine kleine Familie würde unterhalten können.

Jordans Mutter hatte dem jungen Paar ein großzügiges Geldgeschenk gemacht. Sie hatten ausgesorgt – doch waren sie nicht sorgenfrei.

Nachdem der Priester den Schlusssegen gesprochen hatte, verließ er vor der kleinen Gemeinde die Kirche, und vor dem Portal segnete er Jordan und Lucia, die zum Zeichen ihrer Verheiratung einander die Hand gaben. Dann steckte Jordan Lucia den Ring an den Mittelfinger der rechten Hand. Als sie sich küssten, wischte sich Johanna Wulfledder eine letzte Träne aus den Augen.

Bernt Notke schniefte gerührt und bestand darauf, dass sie in den »Adler« in der Hüxstraße gehen sollten. Lucia lächelte Jordan an. Wohin sonst? Die Sonne leuchtete über Lübeck, und die Finsternis war verflogen.

Jordan und Lucia beteten stumm, dass die Schatten nie wiederkehrten.

PERSONEN

Historisch verbürgte Personen:
Bernt Notke – Freimeister, beauftragt vom Rat der Stadt Lübeck,
den Totentanz in St. Marien zu malen
Hinricus Risebitter – Guardian und somit Leiter des Franziska-
nerklosters St. Katharinen zu Lübeck
Moritz von Pyrmont – Hauptmann der Stadtwache, als Söldner
arbeitender Adliger
Didericus –Propst des Doms zu Lübeck
Johannes Gudalbert – verstorbener Ratsapothekenprivilegien-
halter
Berend Witig – Bürgermeister
Heinrich von Hachede – Ratsherr und erster Dr. Juris in dieser
Funktion
Simon Batz de Homborch – Ratssyndikus
Der Fron – Henker, Kerkermeister und Ausführender der Folter
Johann Backmester – Meister der Malerzunft zu Lübeck
Hinnerich Lenschouwe – Cellerar des Klosters St. Katharinen

Erfundene Personen:
Lucia Gudalbert – Apothekertochter
Alheid Gudalbert – Apothekertochter
Julia Gudalbert – verniedlicht Juleke, Apothekertochter
Jacobus Gudalbert – Domherr und Erbonkel der Gudalbert-
schwestern
Brun Wulfledder – einflussreicher Kaufmann in Lübeck
Jordan Wulfledder – Kaufmannssohn
Johanna Wulfledder – seine Frau
Volke Morkerke – Vetter der Schwestern Gudalbert, Apotheker
Clawes Morkerke – sein Vater, Apothekerkollege des Johannes
Gudalbert, Gatte seiner Schwester Agnes Gudalbert
Agnes Morkerke – Mutter von Volke, Tante der Gudalbert-
schwestern

Marquard Fassmaler – wendischer Gehilfe des Malers Bernt
Notke
Hennerk Padelügge – Novize der Franziskaner
Heinrich – Küster von St. Marien
Magdalena Backmester – Frau des Malerzunftmeisters Johann
Backmester
Witwe Daledorp – kranke Krämerin, die in einem Gang bei
St. Ägidien wohnt
Margarethe Berner – Bettlerin
Der Madonnenschnitzer – einbeiniger Bettler
Die Struck'sche – unzünftische Schneiderin
Anneke Struck – Klostermagd
Der oberste Laienbruder des Franziskanerklosters

Glossar

Antidot

Gegengift. Im mittelalterlichen Sprachgebrauch auch Gift gegen ein Krankheitsgift, einen Krankheitserreger.

Begine

Seit 1170 gab es die Bewegung der Beginen. Die Frauen lebten in kleinen religiösen Gemeinschaften, Konvente genannt. Sie legten zwar kein Gelübde ab, widmeten aber ihr Leben dem Gebet und der Fürsorge für andere. Die Beginen entstammten hauptsächlich den städtischen Mittelschichten. Beim Eintritt in einen Beginenkonvent bezahlte die Frau ein Aufnahmegeld. Sie konnte den Konvent jederzeit wieder verlassen, verlor dann jedoch ihr Geld. Beginen waren in der Krankenpflege und in der Mädchenausbildung tätig, einige Konvente stellten handwerkliche Produkte her. Seit Mitte des 13. Jahrhunderts gerieten Beginen unter Ketzereiverdacht. Daher unterstellten sich die meisten norddeutschen Beginenkonvente einem Priester, der ihre Glaubensausübung und ihren Lebenswandel überwachte. Heute gibt es keine Beginen mehr, die letzte starb 1998 im belgischen Turnhout.

Begräbnisrecht

Im Juli 1277 starb eine Lübecker Bürgerin, die testamentarisch verfügt hatte, von den Franziskanern in St. Katharinen beerdigt zu werden. Die Vikare ihrer Kirchengemeinde brachten sie jedoch in die »zuständige« Marienkirche. Daraufhin entführten Angehörige und Freunde die Leiche nach St. Katharinen. Der Rat unterstützte sie und versuchte, die Pfarrstelle in St. Marien mit einem Mann seines Vertrauens neu zu besetzen. Dekan und Probst reagierten mit Exkommunikationen, die Klöster solidarisierten sich mit dem Rat. Darauf untersagte Bischof Burkhard Franziskanern und Dominikanern das Predigen und die Abnahme der Beichte. Orden wie Bürger ignorierten das Interdikt, woraufhin der Bischof die Abhaltung von Gottesdiensten und anderen Amtshandlungen in der gesamten Stadt verbot. Erst nach einem mehrjährigen Schiedsverfahren in Rom kehrte wieder Ruhe in Lübeck ein.

Böhnhase

Handwerker, der außerhalb der Zunft arbeitete und die Zunftregeln, insbesondere die Preisfestlegung, umging. Deshalb waren diese Handwerker bei den Zünften sehr unbeliebt und wurden mit Hilfe des Rats in vielen Hansestädten gesucht und vertrieben. Zuwanderern aus den Dörfern blieb nach ihrer Ankunft in den Städten jedoch oft nichts anderes übrig, als unzünftische Arbeit zu leisten.

Dornse

Dornse bedeutet »beheizter Raum«. Die Feuerstelle der Küche oder Diele grenzte an die Wand der Dornse, sodass dieser Raum wohlig warm wurde. In Kaufmannshäusern beherbergte er oft die Schreibstube. Vielerorts wurde er aber als kleine Alltagswohnstube genutzt, in der die Familie abends beieinander saß.

Hoyken

Der Hoyken war ein weiter Mantel, der den Körper ganz umschloss, meistens fiel er locker von den Schultern hinab, oft hatte er eine weite Kapuze. Der Hoyken war durch die Stoffmenge ein sehr wertvolles Kleiderstück, das in vielen Testamenten als Erbgut erwähnt wird. Er war je nach Ausstattung wetterabweisende Alltagsbekleidung oder, besonders im Spätmittelalter, ein prächtiges Repräsentationsstück der Städterin.

Hypocras

Mittelalterlicher Würzwein. Die Weine des Mittelalters waren weniger stark und saurer als heute gängige Weinsorten. Daher wurde Wein, noch in römischer Tradition, mit Gewürzen, Honig und Zucker vermischt. Hypocras, ein pfeffriger Wein, konnte auch als Träger medizinischer Substanzen verwendet werden. Hier ein einfaches Rezept zum Ausprobieren: 2 l Rotwein mit 175 g Zucker, 1 TL gemahlenem Zimt, 3/4 TL Ingwer und je 1 TL gemahlenen Nelken, Muskat, Majoran, Kardamom und schwarzem Pfeffer erwärmen. Zehn Minuten ziehen lassen und filtern.

Kranenkonvent

Der Kranenkonvent in der Kleinen Burgstraße wurde 1260 als Beginenhaus gebaut, also als Haus für Jungfrauen oder Witwen, die aus religiösen oder wirtschaftlichen Gründen wie Nonnen leben wollten oder mussten. Der Kranenkonvent war eines der reichsten Beginenhäuser Lübecks. Er ist nach den Kranichen benannt, die die Front des Hauses zierten. Nach der Reformation wurde der Konvent in ein Armenhaus umgewandelt, dann zog ein Siechenhaus ein.

Kochkunst des Mittelalters

Vor 1492 waren all jene Nahrungsmittel unbekannt, deren Herkunftsgebiet der amerikanische Doppelkontinent ist, wie beispielsweise Truthahn, Paprika, Mais, Kartoffeln, Kaffee und Kakao. Dennoch war die mittelalterliche Küche schmackhaft. Der Mensch des Mittelalters fastete an ungefähr hundert Tagen im Jahr, d.h. man aß dann kein Fleisch, was aber nicht vom Genuss von Fisch und Eiern abhielt. In den Quellen sind vor allem die Rezepte der Klöster und der Oberschicht zu finden, die sich durch Gewürzreichtum und Reichhaltigkeit auszeichnen. Einiges, was in diesem Buch erwähnt wird, darf durchaus auch heute noch als Leckerei bezeichnet werden.

Weiße Torte: Einen Teig aus 250 g Mehl, 125 g Butter, 1/2 TL Salz und etwas Eiswasser herstellen. Mehl, Butter und Salz verkneten, dann vorsichtig das geeiste Wasser zufügen, bis das Ganze ein dehnbarer Teig ist. Kalt stellen. Füllung vorbereiten: 300 g Frischkäse mit 6 leicht aufgeschlagenen Eiweiß, 125 g Zucker und 3/4 TL Ingwerpulver vermischen, dann langsam Milch unterrühren, bis das Ganze eine cremige Konsistenz hat. Kühlen. Teig dünn ausrollen und eine gefettete Tortenform mit hohem Rand damit ausfüllen. Creme einfüllen und auf der untersten Schiene bei 225 Grad mindestens eine Stunde backen. Dabei darf die Torte nicht braun werden.

Süßes Gemüse: 700 g Spinat oder Frühlingszwiebeln in 2 l Gemüsebrühe blanchieren, abseihen, klein schneiden. Dann in 4 TL Walnussöl anbraten und dabei mit 1 TL Salz, frischem weißen Pfeffer, geriebener Muskatnuss und Zimt kräftig würzen. Vor dem Servieren mit 1 TL braunem Zucker bestreuen.

Mandeltörtchen: Mürbeteig aus 250 g Mehl, 30 g Schmalz, 1 Ei, 1 Eigelb, 3 EL Wasser herstellen. Kühlen. 250 g gemahlene Mandeln, mit etwas Rosenwasser beträufeln. 3 Eiweiß steif schlagen, Mandeln, 1/8 l Sahne und 125 g Zucker unterrühren. Teig in Becherförmchen drücken, mit Mandelmasse füllen, bei 200 Grad 50 Minuten backen, bis sie braun sind. Mit einem Gemisch aus einem Eigelb und einem EL Rosenwasser bestreichen, 5 bis 10 Minuten weiterbacken

Kreuzauffindungstag
3. Mai. Tag der Kreuzauffindung, Lateinisch *inventio crucis*. Der Überlieferung nach reiste Kaiserin Helena, die Mutter Kaiser Konstantins, im Jahr 324 nach Jerusalem, um das Kreuz Christi zu suchen. Ein Levit namens Judas soll die Kaiserin zu einer Grube vor der Stadt geführt haben, in der sich drei Kreuze befanden. Um das gesuchte Kreuz herauszufinden, wurde ein erst kürzlich Verstorbener auf die Kreuze gelegt; der Tote erwachte am Kreuz Christi wieder zum Leben.

Lettner
Von Lateinisch *lectorium*, Lesepult, Kanzel. Eine steinerne oder hölzerne Barriere, die anstelle der Chorschranke in vielen alten Kathedralen, Kloster- und Stiftskirchen den Altarraum vom restlichen Kirchenschiff abtrennt. Liturgiegeschichtlich spielen für das Entstehen von Lettnern zwei Entwicklungen eine Rolle: die Aufteilung der christlichen Gemeinde in Geistliche und Laien, die besonders im Vollzug des Gottesdienstes sichtbar wurde, und die Trennung von Weltkirche und klösterlicher Kirche, sprich dem Mönchskonvent. In manchen Kirchengebäuden sind Lettner und Kanzel miteinander verbunden. Andere Lettner sind als Bühne konstruiert und bieten Platz für eine Orgel bzw. für einen Chor.

Latwerge
Mus- oder pastenartige Arzneiform. Honig oder eingekochte Früchte wurden verwendet, um medizinische Wirkstoffe einnehmen zu können. Die Früchte wurden dabei so lange gekocht, bis sie kein Wasser mehr enthielten. Im Mittelalter wurden Fruchtlatwergen auch gern als Süßigkeit gereicht.

Kirschlatwerge: 1 kg Sauerkirschen entsteinen, im eigenen Saft eine Viertelstunde kochen, abkühlen und im Mixer pürieren. Dann mit 350 g Honig mischen und mit 2 Messerspitzen Anis würzen. Diese Masse so lange erneut köcheln lassen, bis sie sich nicht mehr umrühren lässt. Ein Blech mit Alufolie bedecken und mit Honig bestreichen. Die Masse darauf verteilen und trocknen.

Marzipan

Mischungen aus Honig oder Zucker und Nüssen wurden schon im 9. Jahrhundert von arabischen Ärzten zur Stärkung ihrer Patienten verwendet. Das daraus entwickelte Marzipan galt auch im christlichen Westeuropa zunächst als diätetisches Mittel zur Behebung von Schwächekrankheiten und als Aphrodisiakum. So ist es nicht verwunderlich, dass die Apotheker das Recht auf Marzipanherstellung beanspruchten. Krämer durften zwar die Zutaten verkaufen, nicht aber das Fertigprodukt. Erst im 17. Jahrhundert verlor das Marzipan seine Aura als Heilmittel und wurde hauptsächlich als Süßigkeit gegessen. Lübeck wurde im Laufe des 19. Jahrhunderts zu einer Hochburg der Marzipanherstellung.

Meddere

Tochter eines Onkels oder einer Tante, auch liebevolle Bezeichnung für weibliche Verwandte zweiten und dritten Grades.

Mercatoria

Im Unterschied zu anderen Hansestädten war es Lübeckerinnen erlaubt, sich mit einer festgelegten Summe Geldes eigenständig am Handel zu beteiligen, ohne die Geschäfte über ihre Vormünder abzuwickeln. Dazu mussten sich die Frauen beim Rat als Mercatoria vermerken lassen und Absicherungen für das in den Handel investierte Vermögen vorweisen. Sie trugen dann selbst das Risiko für Verluste und hatten die Verfügung über ihre Gewinne.

Morelle

Schwarzkirsche. In alten Apotheken wurde der Begriff für ein kräuter- und wirkstoffhaltiges Bonbon verwendet. Honig oder Zucker wurden gelöst und mit Wirkstoffen vermischt.

Profess

Mönchs- oder Nonnengelübde. Nach dem Noviziat legen Klosterleute eine »Ewige Profess« ab, die sie ihr Leben lang an das Leben im Kloster bindet. Die Professfeier im Mittelalter war die letzte Festlichkeit, die ein junger Mönch oder eine junge Nonne mit der Familie beging. Dementsprechend groß wurde dieser Anlass gefeiert.

Theriak

So genanntes Allheilmittel, das seit der Antike in verschiedenen Zusammensetzungen überliefert wird. Es enthielt zwischen zwölf und neunzig verschiedene Substanzen, denen je nach Diagnose, Wirkstoffe hinzugefügt werden konnten. Oft war Opium einer der Hauptbestandteile. Der Theriak brauchte eine Reifezeit von bis zu einem Jahr und wurde daher schon im Mittelalter von Großherstellern produziert. Der wichtigste Herstellungsort war Venedig. Große Bekanntheit erhielt Theriak nach 1348, da er als Heilmittel gegen die Pest galt.

Trippen

Hölzerne Unterschuhe, die von vielen Menschen der Mittel- und Oberschicht unter ihren Schuhen getragen wurden, damit das feine Leder nicht durch den Matsch der Straßen in Mitleidenschaft gezogen wurde. Trippen zog man im Eingang des Hauses aus, sodass der Schmutz nicht mit in die Wohnräume getragen wurde.

Salunenmacher

Diese Weber stellten grobe Wolldecken her, Satteldecken und Bettdecken. Ihre vielfarbige Ware hängten sie auf Stangen und Leinen über die Straße, die deshalb ihren Namen erhielt.

St. Johanniskloster

Das St. Johanniskloster in Lübeck wurde bereits zur Zeit Heinrichs des Löwen durch Bischof Heinrich I. von Brüssel als Benediktiner-Kloster gegründet und 1177 dem Evangelisten Johannes geweiht. Die dort zuerst lebenden Benediktinermönche hatten Schwierigkeiten, ein den Ordensregeln entsprechendes Leben zu führen, zumal auch einige Nonnen zum Kloster gehörten. Nach mehreren Reformversuchen wurden die Mönche im 13. Jahrhundert nach Wagrien gesandt, wo sie das Kloster Cismar gründeten. Das Johanniskloster wurde als Nonnenkloster der Zisterzienser fortgeführt. Nach der Reformation blieb das Kloster als Stift für ledige Frauen bestehen. Es wurde weiterhin von einer Äbtissin geleitet und beanspruchte gegenüber dem Rat der Stadt die Reichsunmittelbarkeit, die es bis zum Reichsdeputationshauptschluss 1803 auch faktisch besaß. Um 1900 wurde das große Klostergrundstück geteilt. Auf einem Teil wurde das Gymnasium Johanneum zu Lübeck errichtet, das das verbliebene mittelalterliche Refektorium des ehemaligen Klosters heute für den Musikunterricht nutzt.

St. Katharinen

Das Lübecker Franziskanerkloster. In Lübeck traten die Franziskaner zuerst 1224/1225 auf. Sie betrieben ein Leprosenhaus vor dem Burgtor. Zum Dank für diese Tätigkeit erlaubte der Senat ihnen den Bau eines Klosters im Stadtinneren und stellte ihnen ein Grundstück zur Verfügung. Im Norden entstand nach alten Klosterplänen die Kirche, daran schließt die Klausur an, daran der profane, öffentlich zugängliche Teil des Klosters. Der Bau von St. Katharinen ging langsam voran. 1305 wird der (damals hochmoderne) gotische Chor errichtet, 1335 das Langhaus der Kirche. Doch das entscheidende Jahr sollte 1350 werden: In Lübeck wütete die Pest. Lübecker Bürger spendeten große Summen und warfen sie der Legende nach in Beuteln über die Klostermauern, damit die Mönche für die noch Lebenden Fürbitte einlegten oder mit dem Lesen von Messen die Verstorbenen vor dem Fegefeuer bewahrten. Diese Einnahmen ermöglichten einen Neubau der gesamten Klosteranlage. Die Lübecker Franziskaner spielten im norddeutschen Raum eine bestimmende Rolle für die Minoritenklöster. Nach der Reformation wurde das Kloster 1531 in eine Lateinschule, das Katharineum, umgewandelt.

St. Marien

Die Lübecker Marienkirche wurde von 1250 bis 1350 erbaut. Die Lübecker Bürger- und Marktkirche ist seit jeher ein Symbol für Macht und Wohlstand der alten Hansestadt. Bei ihrem Bau wurde der Gotik-Stil aus Frankreich mit dem norddeutschen Baumaterial Backstein umgesetzt. Die Marienkirche war Vorbild für rund siebzig Kirchen der Backsteingotik im Ostseeraum. Sie beherbergt das höchste Backsteingewölbe der Welt (38,5 Meter im Mittelschiff). Die Marienkirche steht im ehemaligen Viertel der Kaufleute, das sich von den Speichern am Traveufer bis hinauf nach St. Marien erstreckt. Sie war die Haupt-Pfarrkirche des Rates der Hansestadt Lübeck. In der Nacht zum Palmsonntag, vom 28. auf den 29. März 1942, brannte die Kirche bei einem Bombenangriff fast völlig aus. Etliche Kunstwerke verbrannten in den Flammen. Die bei dem Brand herabgestürzten Glocken blieben als Mahnmal am Boden liegen. Der Wiederaufbau begann 1947 und wurde zwölf Jahre später größtenteils abgeschlossen.

Substituarium
Ersatzstoffe, die Apotheker verwendeten, wenn die in den Apothekerbüchern vorgeschriebenen Wirkstoffe nicht vorhanden waren. Es kam so zu Veränderungen der festgelegten Rezepturen, die die Wirkung der Arzneien schwächten. Geizige Apotheker benutzten Ersatzstoffe anstelle wertvoller Wirkstoffe.

Zirkelgesellschaft
Diese Bruderschaft wurde 1379 von Lübecker Fernhändlern gegründet. Ihr Zeichen war ein nach unten hin offener Kreis. Sie verfolgte religiöse und politische Zwecke. Über lange Zeit hin nahmen ihre Mitglieder Einfluss auf die Politik des Rats. Durch die Absprachen und den Zusammenhalt in dieser Korporation sicherten sich die konservativen Lübecker Patrizier die Herrschaft in der Stadt. Die Zirkelgesellschaft stellte die Mehrheit der Lübecker Bürgermeister. Bis auf einige Jahre nach einem Bürgeraufstand 1408 war sie das Zentrum der Macht in der Stadt.

Es folgt der Text des Lübecker Totentanzes in der Übersetzung von Nathaniel Schlott, Lübeck 1701. Abbildungen (auch im Innenteil): Carl Julius Milde, Totentanz, 8 Lithographien nach Bernt Notkes 1942 zerstörtem Lübecker Totentanz (Marienkirche Lübeck, 1463), aus: »Der Todtentanz in der Marienkirche zu Lübeck«, Lübeck 1866.

»TOTENTANZ ODE

Der Tod.
HEran / ihr Sterblichen; das Glas ist aus / heran!
Vom Höchsten in der Welt / bis auf den Bauersmann:
Das Wegern ist umsonst / umsonst ist alles Klagen;
Ihr müsset einen Tanz / nach meiner Pfeife / wagen.

Der Tod an den Papst.
KOmm / alter Vater / komm, es muß geschieden seyn!
Kreuch / aus dem Vatican / in diesen Sarg hinein:
Hie trägt dein Scheitel nicht das Gold von dreyen Cronen;
Der Hut ist viel zu hoch / du mußt izt enger wohnen.

Der Papst.
WIe / scheut der Tod den Blitz von meinem Banne nicht?
Hilft kein geweih'tes Naß / und kein geweih'tes Licht?
So bleibt mir doch die Macht / zu lösen und zu binden;
Wie sollt' ich sterbend nicht den Himmels=Schlüssel finden?

»STERBENSSPIEGEL«

Der Tod an den Kaiser.
AUf / grosser Kaiser / auf! Gesegne Reich und Welt /
Und wisse / daß ich dir den letzten Tanz bestellt.
Mein alter Bund gilt mehr / als Apfel / Schwerdt und Bullen;
Wer mir Gesetze schreibt / mahlt eitel blinde Nullen.

Der Kaiser.
WAs hör' ich? trägt der Tod für Göttern keinen Scheu?
Sind Kaiser=Cronen nicht vor seiner Sichel frey?
Wolan! so muß ich mich / ach hartes Wort! bequemen /
Und von der dürren Hand den Reiches=Abschied nemen.

Der Tod an die Kaiserin.
REicht ohngewegert her der Hände zartes Par /
Und wandert fort mit mir zu jener grossen Schar:
Doch spar't die Thränen=Flut des bittern Scheidens wegen;
Man wird euch dem Gemahl bald an die Seite legen.

Die Kaiserin.
ISt Zeit und Stunde da: so schick ich mich darein /
Und will / auch sterbend / dir / mein Kaiser / änlich seyn:
Kannst du dem Reiche dich nicht stets / als Sonne zeigen
So muß sich auch der Mond zum Untergange neigen.

Der Tod an den Cardinal.
GIb gute Nacht der Welt / bestürzter Cardinal;
Dein Ende rufet dich zur ungezählten Zahl.
Ich weiß nicht / was du dort wirst für ein Theil erlangen;
Das weiß ich / Sohn / du hast viel Gutes hier empfangen.

Der Cardinal.
ROm schenkte mir den Hut; der Hut trug Ehr' und Geld.
So baut' ich Sorgen=frey das Paradis der Welt.
Mein Wunsch war / mit der Zeit auf Petri Stuhl zu rücken /
Und muß davor erblasst das Haupt zur Erde bücken.

Der Tod an den König.
DEnk an den wahren Spruch / den Sirach abgefasst:
Der heute König heisst / liegt morgen schon erblasst.
Alsdenn so kann man dich nicht mehr großmächtig schreiben /
Weil deine Macht zu schwach / die Würmer zu vertreiben.

Der König.
STeckt denn des Todes Faust auch Königen ihr Ziel?
So gleicht das Regiment dem Schacht= und Königs=Spiel.
Mein Scepter streckte sich von Süden bis zum Norden;
Nun bin ich / durch den Tod / besetzt und schachmatt worden.

Der Tod an den Bischof.
DU lehnest dich umsonst auf deinen Hirten=Stab;
Zerbricht das schwache Rohr: so taumelst du ins Grab.
Hiernächst mag Menschen=Hand dir auf den Leich=Stein schreiben:
Ein Hirte kann nicht stets bey seiner Heerde bleiben.

Der Bischof.
UNsträflich konnt' ich zwar / doch nicht unsterblich / seyn;
Drum bricht der Tod mit Macht zu meinem Fenstern ein.
Nun wache / wer da will; ich rüste mich zum Schlafe /
Und sage nichts / als dieß: Gehabt euch wol / ihr Schafe!

Der Tod an den Herzog.
HErr / Herzog / her mit mir zu jener langen Nacht!
Wenn dieser Zug geschehn / so ist der Lauf vollbracht.
Hast du nun deine Lust / ais wie den Feind / befochten:
So nimm den Ehren=Kranz von GOttes Hand geflochten.

Der Herzog.
ICh zog mit Heeres=Kraft durch manch entferntes Land /
Und machte Nam und Ruhm der tapfern Welt bekannt;
Jtzt hemmt die Todes=Post den Glückes=Lauf im Siegen /
Und rufet: Schicke dich zu deinen letzten Zügen!

Der Tod an den Abt.
HÖr' Abt / die Glocke schlägt / so dich zu Bette ruft!
Nun tanze fort mit mir zu der bestimmten Gruft:
Inzwischen laß die Furcht der Einsamkeit verschwinden;
Dort wirst du ein Convent von tausend Brüdern finden.

Der Abt.
ZU steigen war mein Wunsch / bis daß ich Ehrensatt.
Ach aber / ach wie bald kehrt sich das Hoffnungs=Blatt!
Indem ich Tag und Nacht nach hohen Tituln schnappe:
Erhascht ein schneller Tod mich bey der schwarzen Kappe.

Der Tod an den Ritter.
WIrf ab den schweren Rock / womit dein Leib bedeckt /
Und den polir'ten Stal / der in der Scheide steckt:
Kein Eisen schützet dich vor meinen starken Pfeilen;
Du must mit mir zum Tanz / in leichter Rüstung / eilen.

Der Ritter.
IHr Helden / schauet mich in diesen Waffen an!
So focht' ich / als ein Löu; so stund ich als ein Mann /
Bis daß mein Gegen=Part gestrecket lag zur Erden!
Nun will der letzte Feind an mir zum Ritter werden.

Der Tod an den Carthäuser.
FOrt / Bruder / folge mir zur allgemeinen Ruh /
Und schleuß die Augen so / wie dein Gebet=Buch / zu!
Kannst du nun dort / als hier / in weiß gekleidet stehen:
So wirst du an den Tod / als wie zum Tanze / gehen.

Der Carthäuser.
MEin strenger Orden schrieb mir tausend Reguln für;
Jtzt greift der Tod mich an / und rufet: Folge mir!
Wolan ich bin bereit / mein Kloster zu verlassen /
Wenn ich die Regel nur der Sterbe=Kunst kann fassen.

Der Tod an den Bürgermeister.
IHr Bürger / zürnet nicht / wenn / durch des Höchsten Schluß /
Der Bürgermeister selbst mit an den Reihen muß:
Der zu gemeinem Heyl so oft das Recht gesprochen /
Sieht über sich den Stab / durch meine Faust / gebrochen.

Der Bürgermeister.
ES ward fürs Vater=Land mein Leben abgenützt /
Und Stadt und Bürgerschaft mit Raht und That geschützt;
Ich fürchte nicht den Tod; denn / wenn ich hier erkalte /
So weiß ich / daß ich dort das Bürger=Recht erhalte.

Der Tod an den Dohm=Herrn.
IHr habet an dem Dohm doch nicht ein bleibend Haus /
Und müßt / auf einen Wink / mit Sel' und Leib hinaus.
So werdet ihr zwar hie / nicht aber dort / vertrieben /
Bleibt euch der Himmel nur als Eigen=Thum verschrieben.

Der Dohm=Herr.
DEn Jonas warf ein Fisch / doch lebend / an den Strand;
Mich wirft des Todes Schlund in jenes Vater=Land.
Ihr Menschen bauet doch die Häuser nicht so feste;
Dort seyd ihr erst daheim / hier aber fremde Gäste.

Der Tod an den Edelmann.
WAs hilft es deiner Faust / die manches Stück erjagt /
Wenn man dies wahre Wort nach deinem Hintritt sagt:
Dem Jäger ist es so / wie seinem Wild' / ergangen;
Denn jenes ward durch ihn / er durch den Tod / gefangen.

Der Edelmann.
ICh war auf nichts so sehr / als auf die Jagd / verpicht;
Die Sonne fand mich zwar / doch in den Federn / nicht;
Kein Wild entwischte mir in dick belaubten Büschen:
Jtzt kann ich / leyder! selbst dem Tode nicht entwischen.

Der Tod an den Arzt.
BEschaue dich nur selbst / und nicht dein Kranken=Glas;
Du bist / dem Cörper nach / so dauerhaft / als das:
Ein Stoß zerbricht das Glaß / der Mensch zerfällt im Sterben;
Was findet man hernach von beyden? Nichts / als Scherben.

Der Arzt.
VErlässt mich meine Kunst / alsdann gesteh' ich frey:
Daß zwischen Glas und Mensch kein Unterschied nicht sey.
Ihr Brüder sucht umsonst in Gärten / Thälern / Gründen /
Um für die letzte Noth ein recipe zu finden.

Der Tod an den Wucherer.
ICh fod're deinen Rest / als meinen Zins / von dir;
Zahl ab / und laß die Last des schweren Beutels hier!
Ein Geiz=Hals hat noch nie den Geld=Sack mitgenommen;
Warum? Weil kein Camel durchs Nadel=öhr kann kommen.

Der Wucherer.
WAhr ists / ich liebte nichts / als Wucher und Gewinn /
Und merke / daß ich arm / beym Reichthum / worden bin;
Mein Capital ist fort / die Zinsen sind verstoben.
Ach hätt' ich einen Schatz im Himmel aufgehoben!

Der Tod an den Capellan.
IHr Armen / seyd getrost! tanzt gleich der Mann mit mir;
So bleibt sein Beutel doch / zu eurem Vortheil / hier.
Nun suchet / wo ihr könnt / den Antheil von Praebenden;
Ich eile / seinen Leib den Würmern auszuspenden.

Der Capellan.
ICh diente dem Altar / und dieser diente mir;
Er gab mir Unterhalt / und ich war seine Zier.
Den Beutel trug ich zwar / doch nicht auf Judas Weise /
Drum bin ich auch so leicht zur letzten Todes=Reise.

Der Tod an den Amtmann.
DU zeigest / nach Gebrauch / ein saures Amts=Gesicht;
Jedoch was acht' ich das? Ich bin kein Bauer nicht.
Muß dieser schon dein Amt ganz tief gebücket ehren;
So ruf' ich: Amtmann fort! Du solt den Reihen mehren.

Der Amtmann.
DEn Bauern schafft' ich Recht; den Obern war ich treu.
So blieb mein Wandel rein / und mein Gewissen frey.
Nun merk' ich / daß der Tod die Tugend wenig schätzet;
Er rufet: Fort mit dir! Man hat dich abgesetzet.

Der Tod an den Küster.
DU siehest / wie mich deucht / recht miserable aus /
Doch dieß bewegt mich nicht; bestelle nur dein Haus!
Steht jemand oben an in meinem Zeit=Register:
So heisst es: Fort! Du seyst der Kaiser oder Küster.

Der Küster.
DEs Höchsten Knecht hat mich zu seinem Knecht erwählt.
So stund ich oben an / wenn man von unten zählt:
Jtzt miethet mich der Tod mit Schrecken=vollen Minen;
Herr Pastor / lebet wol! Ich kann nicht zweyen dienen.

Der Tod an den Kaufmann.
DEnk an den Banquerot, den Adam längst gemacht!
Der setzet dich in Schuld / und hat mich hergebracht:
Zahl aus und liefre mir den Antheil meiner Ware /
So viel ich fassen kann auf einer Leichen=Bahre.

Der Kaufmann.
DEr letzte Mahner kömmt mir trotzig angerennt;
Doch bin ich nicht fallit, hier ist mein Testament:
Den Geist vermach' ich GOTT / das Gut den rechten Erben /
Dem Satan meine Schuld / den Leib dem Tod' im Sterben.

Der Tod an den Cläusener.
WAs kerkerst du dich selbst in enge Clausen ein?
Bist du ein Mensch / und magst doch nicht bey Menschen seyn?
Laß / greiser Wunder=Kopf / den Schwarm der Grillen fliegen!
Du mußt gestorben doch bey deines Gleichen liegen.

Der Cläusener.
ICh bin ein Mensch / und doch den Menschen nicht geneigt /
Weil manches Menschen=Herz das Bild des Teufels zeigt.
Nun komm / erwünschter Tod! Du machest mir kein Grauen;
Viel lieber will ich dich / als Menschen Unart / schauen.

Der Tod an den Bauer.
KOmm / Landsmann / an den Tanz / von Müh' und Arbeit heiß!
So schwitzest du zuletzt den kalten Todes=Schweiß.
Laß and're seyn bemüht mit pflügen / dreschen / graben:
Dein saurer Lebens=Tag soll Feyerabend haben.

Der Bauer.
ICh trug mit Ungemach des Tages Last und Noth /
Und aß / von Schweiß bedeckt / mein schwer=verdientes Brodt:
Doch da mein Führer mich zur Ruhe denkt zu bringen /
So kann ich wolvergnügt das consummatum singen.

Der Tod an den Jüngling.
IHr Nymphen / die ihr hie den frischen Jüngling schaut /
Wünscht ihr vielleicht durch ihn zu heissen Jungfer Braut?
Umsonst / die Rechnung wird euch mit einander trügen;
Ich werd' ihn in der That / ihr in Gedanken / kriegen.

Der Jüngling.
SO soll ich an den Tanz; wer hätte das gedacht?
Ich / der ich manches Schloß / doch in der Luft / gemacht?
Nun wird mein Hoffnungs=Bau frühzeitig eingerissen;
Ich wollte bald die Braut / und muß die Mutter / küssen.

Der Tod an die Jungfer.
ICh halte / wie die Welt / von Complimenten nicht;
Muß heisst mein hartes Wort / das Stal und Eisen bricht:
Und warum wollt ihr mir den letzten Tanz versagen?
Die Jungfern pflegen sonst kein Tänzgen abzuschlagen.

Die Jungfer.
ICh folge / weil ich muß / und tanze / wie ich kann;
Jhr Schwestern / wählet euch bey Zeiten einen Mann.
So reichet ihr die Faust dem Bräutigam im Leben /
Die ich dem Tode muß / doch halb gezwungen / geben.

Der Tod an das Kind.
NImm / zarter Säugling / an den frühen Sensen=Schlag
Und schlaf hernach getrost bis an den Jüngsten Tag.
Wohl dem / der so wie du fällt in des Todes Hände.
So krönt den Anfang schon ein hochbeglücktes Ende.

Das Wiegen= Kind.
WEinen ist meine Stimme gewest.

Abbitte an die Muse der Geschichtsschreibung
Und warum wollt ihr mir den letzten Tanz versagen?

Einiges an dieser Erzählung ist wahr. Es steht in den alten Urkundenbüchern und Chroniken zu lesen. Viele der Namen gehörten Menschen, die 1466 gelebt haben, fast alle Gebäude sind noch zu finden, das Alltagsleben und die Zeitläufte haben wir gründlich erforscht.

Doch die wilde Mordgeschichte entstammt unserer Phantasie, beflügelt durch den backsteinernen Zauber der Königin der Hanse.

Lübeck hatte gegen 1400 seine bis heute bekannte Form erhalten: Die Stadtmauer reichte um die ganze Insel, die Burg war zum Kloster geworden, die Wakenitz aufgestaut. Die Straßennamen hatten sich herausgebildet, und die Bebauung war dicht. In der Stadt lebten ungefähr fünfundzwanzigtausend Menschen. Doch das Gemeinwesen war Mitte des 15. Jahrhunderts wirtschaftlich unter Druck geraten, der dänische König störte wieder Lübecks Handel, die Profite wurden geringer. Vor kurzem hatte die Pest Lübeck heimgesucht.

Die Bürger gingen mit rigiden Kontrollen gegen wendische Einwanderer vor. Männer wie Moritz von Pyrmont wurden vom Rat angestellt, um innerhalb der Stadt für Ruhe zu sorgen und zudem die Bürger im Notfall zu verteidigen. Die Aufgaben der Bürgermeister, unter anderem Berend Witig, wurden schwieriger, sodass gebildete Juristen wie von Hachede in den Rat berufen wurden.

Auch wenn die Zeiten unruhig waren, blühte die Volksfrömmigkeit. Die Menschen suchten ihr Heil bei Gott.

Der Stadtapotheker von Lübeck, Johannes Gudalbert, gab 1465 das Ratsprivileg zurück und trat in den geistlichen Stand über. Sein Nachfolger wurde Johannes Brakel, ein Junggeselle, dem der Rat eine warme Kammer zur Verfügung stellte. Der Weg des Johannes Gudalbert war für seine Zeit nicht ungewöhnlich. Viele Menschen verließen ihre Familien auf der Suche nach Gott. Dies war eine individuelle Lösung. Menschen, die die »vita activa« nicht hinter sich lassen konnten, zeigten ihre Frömmigkeit durch Stiftungen. Zünfte, Bruderschaften und auch Einzelpersonen bezahlten Altäre, Vikarien und Messen.

Die reichen Kaufleute von Lübeck, angeführt vom Rat und den

Bürgermeistern, wetteiferten mit den Bischöfen um die schönste Kirchenausstattung. Wo würden die Gläubigen am innigsten beten, am meisten staunen? Im bischöflichen Dom oder in St. Marien?

Mit dem Auftrag an Bernt Notke holten die Bürgermeister und der Rat einen jungen Künstler in ihre Kirche, der sich mit dem Totentanz einen großen Namen machen sollte. Bernt Notke arbeitete nicht allein, sondern betrieb eine Werkstatt mit einigen Spezialisten. Er selbst stand nur für das Gesamtwerk, seine Gesellen bearbeiteten große Teile der Kunstwerke eigenständig. Dadurch setzte er sich in der Arbeitsweise vom ehrwürdigen Zunftmeister ab.

Und Zunftmeister zu Lübeck war er nicht. Deshalb kam es zu Streitigkeiten mit den Lübecker Malern vor dem Rat. Seine Gesellen waren durch Mitglieder der Malerzunft belästigt worden. Ein Jahr nach der Vollendung des Totentanzes 1468 setzte er sich durch. Er konnte einen Geburtsbrief aus dem mecklenburgischen Lassahn vorzeigen, der bewies, dass er von ehelicher Abstammung und zudem kein Wende war. So musste die Zunft ihn aufnehmen. Er wurde Lübecker Bürger, erwarb ein Haus und heiratete.

Von Lübeck aus eroberte er mit seiner Kunst den Hanseraum. Er erhielt Aufträge für Kirchenausstattungen in Århus, Stockholm, Uppsala und Tallinn.

Notke war einige Zeit Münzmeister in Stockholm, kehrte aber nach Lübeck zurück, wo er Baumeister am Dom wurde. Der Dom zu Lübeck ist noch heute mit einem seiner Hauptwerke geschmückt. Das Triumphkreuz vereint die Bildschnitzer- und Malerkunst der notkeschen Werkstatt in beeindruckender Weise. Im St. Annenmuseum sind Flügel des Johannesretabels der Schonenfahrer zu sehen. Eine Kopie seiner unter anderem aus Elchgeweihen bestehenden Stockholmer St. Georgsgruppe steht in St. Katharinen. In Tallinn finden sich noch heute Teile eines Totentanzes.

Der Totentanz von St. Marien verging in den Flammen des Feuersturms von 1942.

Während wir die Historie mit unserer Phantasie zu dieser Geschichte verspannen, waren uns viele behilflich. Ausdrücklicher Dank geht an Dorothée Engel vom Hamburger Buchkontor und an Susanne Schümann aus Ulm.

Silke Urbanski, Michael Siefener